法藏知津

三編：佛教文學與藝術研究專輯

杜潔祥 主編

第 9 冊

蘇軾佛教文學研究（上）

吳明興 著

花木蘭文化出版社

國家圖書館出版品預行編目資料

蘇軾佛教文學研究（上）／吳明興 著 — 初版 — 新北市：花
木蘭文化出版社，2015〔民104〕
序2+ 目2+226 面；19×26 公分
（法藏知津三編：佛教文學與藝術研究專輯　第9冊）
ISBN 978-986-322-916-2（精裝）
1.（宋）蘇軾 2.佛教文學 3.文學評論
820.8　　　　　　　　　　　　　　　　　　103014151

ISBN-978-986-322-916-2

9 789863 229162

法藏知津三編：佛教文學與藝術研究專輯
第 九 冊　　　　　　　　　　ISBN：978-986-322-916-2

蘇軾佛教文學研究（上）

作　　者　吳明興
主　　編　杜潔祥
副總編輯　楊嘉樂
編　　輯　許郁翎
出　　版　花木蘭文化出版社
社　　長　高小娟
聯絡地址　235 新北市中和區中安街七二號十三樓
　　　　　電話：02-2923-1455／傳真：02-2923-1452
網　　址　http://www.huamulan.tw 信箱 hml 810518@gmail.com
印　　刷　普羅文化出版廣告事業
初　　版　2015 年 5 月
定　　價　三編 15 冊（精裝）新台幣 25,000 元

蘇軾佛教文學研究（上）

吳明興　著

作者簡介

吳明興，民國 47 年 8 月 4 日，生於臺灣省臺中市，祖籍福建省南靖鄉。

學歷：國立空中大學人文學士，南華大學宗教學研究所碩士，佛光大學文學研究所博士、湖南中醫藥大學醫學博士、白聖佛教學院佛教學系研究部研究。

文化工作資歷：曾任《葡萄園》詩刊主編、腳印詩刊社同仁、象羣詩社社長、《四度空間》詩刊編委、《曼陀羅》詩刊編委、臺北青年畫會藝術顧問、《妙華》佛刊撰述委員、曼陀羅現代詩學研究會副會長、香港文學世界作家詩人聯誼會會員、香港當代詩學會會員、江蘇《火帆》詩刊名譽成員、湖南《校園詩歌報》副主編、黑龍江哈爾濱出版社編委、湖南省《意味》詩刊編委、中國散文詩研究會常務理事、圓明出版社總編輯、華梵大學原泉出版社總編輯、如來出版社總編輯、中華大乘佛學總編輯、昭明出版社總編輯、雲龍出版社總編輯、知書房出版社總編輯、米娜貝爾出版社總編輯、慧明出版集團總經理兼總編輯、湖南中醫藥大學附屬醫院醫師、育達科技大學應用中文系、玄奘大學中國語文學系教師，主講「東西文化」、「應用文」、「中國現代詩」、「中國現代小說」、「中國現代文學史」諸教程。現任瑞士歐洲大學教授、法鼓佛教學院佛教學系助理教授，主講「華嚴學」、「天臺學」、「大學國文」、「第四級產業」諸教程。

文化工作成果：親自「審、編、讀、校、刪、訂、考、潤」出版的叢書有《般若文庫》、《生活禪話叢書》、《薩迦叢書》、《花園叢書》、《密乘法海叢書》、《根本智慧叢書》、《曲肱齋全集》、《流光集叢書》、《大乘叢書》、《昭明文史叢書》、《昭明文藝叢書》、《昭明心理叢書》、《昭明名著叢書》、《頂尖人物叢書》、《科學人文叢書》、《雲龍叢刊》、《佛學叢書》、《famous 叢書》、《全球政經叢書》、《弗洛伊德文集叢書》、《經典叢書》、《人與自然叢書》、《創造叢書》、《新月譯叢》、《花園文庫》、《春秋文庫》等，已出版者凡四百餘種，發行達百餘萬冊。

寫作成果：撰有散文詩百餘篇、創作詩數千首，已在海內外將近三百種報刊、雜誌發表大量創作。並著有學術論文《蘇軾佛教文學研究》、《延黃消心痛膠囊對急性心肌梗死模型大鼠抗心肌細胞凋亡作用機理的研究》、《天臺圓教十乘觀法之研究》、《詩人范揚松論》、〈天臺智顗學統研究〉、〈文學與文學出版品傳播通路在臺灣的出版現象綜論——以二十世紀最後十五年為考察範圍〉、〈華美整飭的樂章——論高準〈中國萬歲交響曲〉〉、〈鋤頭書寫——閱讀陳冠學《田園之秋》〉〈鋤頭書寫的佛教語境——再閱讀陳冠學《田園之秋》〉、〈北宋文學思潮的佛學根源導論〉、〈從古典化裁序論新詩集《聖摩爾的黃昏》〉等，凡百餘萬言。名列瀋陽出版社版《臺港澳暨海外華文新詩大辭典》、北京學苑版《中國現代抒情名詩鑑賞大辭典》、河南中州古籍版《古今中外朦朧詩鑑賞大辭典》、湖南文藝版《當代臺灣詩萃》與《散文詩精選》、臺北九歌版《中華現代文學大系》、臺北幼獅版《幼獅文藝四十年大系》、臺北，正中書局版《中國新詩淵藪：中國現代詩人與詩作》、天津人民版《中國文學家大辭典》、四川西南師範大學中國新詩研究所《1996 年卷中國詩歌年鑑》、廣州教育出版社版《二十世紀中國新詩分類鑑賞大系》、北京中國文聯版《地球村的詩報告》等。作品已被選入百餘種文選、詩選、年度選，並被香港中文大學譯成英文，省立臺灣美術館製成畫展海報、在新嘉坡被譜成歌曲，且出版有個人詩集《蓬草心情》。

曾獲獎項：全國優秀青年詩人獎、第三屆詩粹獎、中國散文詩評選二等獎、甘肅馬年建材盃新詩特別榮譽獎。

提　要

　　蘇軾是博綜該練型的文化學家，從其諸體文本的書寫內容來看，可以看到文學家、文論家、政治家、儒學家、佛學家、道學家、中醫藥學家、鉛汞學家、書法家、畫家、藝術學批評家、水力學家、農家等家數的集大成身影，但我們卻不能因此而稱蘇軾為雜家，因為蘇軾在許多學門中，都有極其專精的成就。其中被現當代研究最廣的論域，雖非文學莫屬，然而，值得注意的是，一旦把蘊涵在其文藝學文本中諸家的思想要素，從字裏行間給釐析掉，乃至於存而不論，那麼，以文學稱名的蘇軾勢將不復存在。

　　通讀蘇軾現存的所有文本，讀者不難看出，意圖從單一的研究方法與思想進路，一窺蘇軾的文化學全豹，是很難清楚闡明蘇軾的生命意識與書寫風華所粲發出來的精神圖式，具備何等伸縮離合的思維運動狀態，因為深深結構在蘇軾文藝學文本中的各家思想要素，片面的來看，既具有獨立性又具有不完整性。從單一學門的獨立性來觀解，蘇軾在各學門中的自成家數，雖沒有甚麼疑義，然而，一旦從不完整性來看，蘇軾的自成某一單方面的家數，卻是以其各自獨立的思想背景，在文藝學文本的書寫中，以有意識的思維方法，做為彼此共構的此在，而被具體體現在同一文本之中。

　　就各家數的思想背景而論，各有其義界不相混淆的互文性根源，但在蘇軾文化學的宏觀視域中，讀者亦不難發現，任何微觀的詮釋，始終都存在著研究者以既定方法與既定立場所產生的趨避現象。大體來看，研究文學者在趨進蘇軾文學時，往往以其文藝學趨向，有意識的避過蘊藉在其文藝學文本中思想背景選擇性的傳承，及其有意識的賦予新義的開展方式。又如從莊學的視域來研究蘇軾的文學，也因往往是在論莊而不知不覺的失去蘇軾做為寫莊者的主體性，蘇軾應該始終被置放在做為論述對象來論證的莊學思想制高點，纔不至因過度詮莊而不見蘇。因此，不論從哪一條進路來研究蘇軾，一直都存在著難以克服的諸多盲點。

　　論者認為，研究蘇軾最鮮明的盲點，是做為佛學家的蘇軾及其在文藝學文本中，以業習文字來開展第一義的問題之上。如把蘇軾的文藝學研究置放在佛教學之上來論證蘇軾的佛教文學，那麼，讀者所將看到的是佛教學做為蘇軾文學的書寫素材而被書寫技法所操弄，以至失去蘇軾佛教學所灌注的佛道之道。反之，如把蘇軾的佛教學研究置放在文藝學之上來論證蘇軾的佛教學文藝學，讀者也祇能從一個有限的側面，看到形象模糊的文豪蘇軾。因此，論者看到了不論從哪一條研究進路論證蘇軾的文藝學文本，都免不了在論述的進程中，存在著顧此失彼的理論破綻。

　　基於對蘇軾跨學門的文藝學文本的覆案，就蘇軾佛教文學的跨論域研究來省思，論者最終在蘇軾會通化成的文化學觀照視域之下，發現了蘇軾以極具自覺性的圓通思想，在任何文本形式的書寫中，有意識的把可輕易被區辨出來的各個獨立學門的貫時思想，置放在盛宋時文革新的共時的思想平臺上，進行互根互用的融攝與銷釋，使其

成為在無方所的思想運動形態中，體現出隨緣任運的超越之思，而有從蘇軾禪文學研究全面將之上升到佛教文學研究的抉擇，並將蘇軾的佛教文學從宗門教下的相互管帶式的接受與發用之中，照察其與世學的博綜關係，是如何從相適應的覺知，沿著蘇軾生命朝向上一路的開顯，而證立其義理之於文藝學書寫的合法性根據。

本論文共開為七章，從蘇軾的文學、佛學思想趨近蘇軾佛教文學的論域，係一整全生命實踐下的產物，並在最終申詳，這祇是蘇軾文學佛教學研究的開始。

第二章〈蘇軾佛教文學發生論〉，以信史為根據，從中印思想的會通，敘明中國士大夫對佛教學的接受、排拒、涉入與護持，及轉而弘揚的一般現象，進而提出北宋皇室以護佛為隱在家法的特殊論題，係成就佛學與文學會通的主導思想，並揭明蘇軾佛教文學並非理論預設下的產物，而是在思想充分準備的前提之下，在文化上以和而不同的開放態度，進行舉一全收的結果。

第三至第六章，專論蘇軾文學思想與佛學思想離合融通的思維進路，是如何在蘇軾勝義文學觀的總體觀照之下，被導入文藝學創作實踐的書寫之路，並以蘇軾的諸體詩文文本，內證蘇軾的筆墨佛事所奠定的無情說法的法喜典範，與雙照真俗的妙悟詩學，且在尋常日用的圓覺境中，以真實相體現遊戲三昧的遊戲法，做為圓運悲心的行持指撝，從而在三界火宅中，照了當相的解脫境，進而就蘇軾兼容繁複的文學格調來審視，意圖顯明蘇軾拓展與豐富了中國大乘文學的創造空間，是如何型塑九百年後二十一世紀蘇學研究的一大論域，以論者認為，如無法恰如蘇軾之所是的將其文藝學的佛學互文性，自其文藝學文本及其思想根源的佛教學元典，給如實的彰示出來，是無法證明論證的有效性是如何有效的，因而論者每不惜辭費，無非認為在最大的可能範疇之內，申詳蘇軾佛教文學的實踐之道，是既源於正確領悟佛教義學，又源於對文藝學書寫在技藝上已達爐火純青，而在進行假藉文字傳移的創作當際共構的結果。

最後，在第七章〈餘論：這祇是一個開始〉中，論者主要釐辨了朱熹對蘇軾佛教文學選擇性讎校所遺留的批評問題之後，指出以片面思想研究中國佛教文學的專斷性，不但無益於中國自東晉南北朝以迄於今的中國涉佛文藝學的正確研究，反因其對既定意識形態的固滯所並存的自我遮蔽，不僅使人無法正確欣賞已成為中國文化四大支柱的佛教宗教學義項下不可逆轉的事實，反而徒然暴露出其學術不夠週延的片面性危機，從而意圖申明錯誤詮釋法的集體退場，是以全球化的視域，跨越華夷之辨的等觀之道，乃至於超越任何既定形態的預設觀解，都合當被一如研究對象所已然給出的客觀實際，做為和而不同的導正與化成之道，庶幾在此一義界之上所顯明的新義，是與時俱進的如實說，而非僅止於私意的指涉。

誌謝辭——代自序

　　將此深心奉塵刹　　是則名爲報佛恩

　　是則名爲報親恩　　報師恩報眾生恩

　　盛年讀書，或者說從小讀書讀到盛年，雖說是爲己之學的必然結果，但如果沒有眾多善因緣的類聚與增上，是很難取得任何讓人足堪告慰之成果的，何況更有眾多善知識在我問學的途程中，適時授手扶掖，使我每於生命轉彎之處，驚喜的發現人生充滿了光明的能量，再再提撕著我朝向更圓融的嘉境升進。

　　首先，要感謝父親大人吳文賢先生，母親大人張巧雲女士，他們倆老賦予我健康的身心與聰穎的智慧，教我在長期的學習進程中，不知疲厭爲何事，且始終能以歡喜心優游於經典的極詣之境，而不爲人間煩瑣的緣務所牽嬈。

　　首先，要感謝內子梁玫玲老師，他是眞言宗普賢流徹聖阿闍梨的入室女弟，法號悲愍密玫，也是與我同爲印順導師在九十九歲嵩齡時，一齊攜手在嘉義妙雲蘭若皈依在導師法席下的法侶，法號明慈。父母親大人與梁老師，不但是我讀研究所迄今六年來的經濟後盾，更是時時砥礪我以新刃的硎石，與我朝夕同參向上一著，使六度萬行，不廢金口宣說的密密意，而其上上機，則開爲顯密圓通，是爲心造法界，世出世法，帝網等觀。

　　首先，要感謝中國文化大學哲學研究所創辦人、中國文化大學藝術研究所創辦人、蓮華學佛園佛學院創辦人、華梵大學創辦人曉雲導師，導師雖然已圓寂有年，然而，當我在導師身邊董理導師所有著作總纂法務的那一段日子，親受導師指授之法意，可說歷久彌新，而做爲嶺南畫派畫祖高劍父的首

席女弟，與諦閑大師付法為天臺宗第四十四世的法嗣倓虛大師的嗣法弟子，曉雲導師莊嚴法界的畫藝、書藝、詩學、文學、哲學、佛學、覺之教育學，是經師、人師、人天師範的典型，對我做為全人的型塑，使我得以有具足的能力，再現同樣博綜該練的蘇軾，洵非無因之果。

首先，感謝佛光大學文學研究所潘師美月主任，在當今首臺版本學與文獻學權威的潘教授的丈席下學習，不但是一件讓人身心俱感愉快的事，特別是潘教授對學生的學習進程，賦予極其溫暖的關心，使我在撰寫論文期間，時時明覺到潘教授懇切的耳提面命，而不敢稍有懈怠，且得以如期完成。

首先，感謝臺灣大學中文系蕭師麗華教授，蕭師在我考入博士班之前，雖然素昧平生，但蕭師豐碩的佛教文學研究成果，卻早已以其文字先行的文字般若，對我的涉佛文學研究，做了最深廣的啟發，並在僅僅聽取歐陽宜璋博士對我的研究意願與選題說明後，樂意接見我，且以謙和的儒雅風範，聽取我的研究構想後，即當下授手把我接進臺灣學界草萊初闢的中國佛教文學研究的靈山，擔任拙論的指導教授，而得已讓我在這三年半之中，目標明確的逐步深入一切相應的論域，使我得以進窺中國佛教文學堂奧之典麗，咸信在後續的研究上，蕭師為我奠下的礎石，是建構中國佛教文學最堅實的基磐。

首先，感謝前臺灣師範大學中文系胡其德教授，在我撰寫論文後期纔有緣結識的詩人胡教授，以其最專業的史識與寬容心，多次聽取我的片面之辭，而不吝惜給予讚歎和關懷，並對我的初稿進行糾謬，即使在完成口試答辯之後，仍持續關切修訂原則與進度，是以胡教授精嚴的治學態度與煦煦然的學者風度，如同潘師、蕭師，為我樹立起讀書深意氣平的學術典範，必當終身受用。

首先，感謝瑞士歐洲大學標竿學院在臺執行長詩人范揚松博士，以及詩人陳福成教授、詩人方飛白等鷗盟，在我讀研究所期間，長達六年不定期的詩話茶敘時，每次都給我以最大的加油打氣，詩人的意氣，就像四時繽紛的繁花，當我長時間伏案立論而備感思路蹇澀之際，便在眼前示顯著境界清妙的風華，教我精神也跟著粲發出無比自信的光芒。

民國九十八年五月寫於臺北

第一章　緒　論

第一節　前　言

　　帝曰：「夔！命汝典樂，教胄子，直而溫，寬而栗，剛而無虐，
簡而無傲。詩言志，歌永言。聲依永，律和聲，八音克諧，無相奪
倫，神人以和。」〔註1〕

　　《尚書》所總結出來的詩教理論，不論它的思想是生發於三千年前的西
周，抑或萌芽於兩千五百年前的東周，但有一點可以確定的，那就是至遲在
西漢中期被儒生楷定之前，已是先秦時期士人階層的普遍觀點，並隨著儒術
治世思想的縱深發展，逐步形成繁瑣的論述體系，而與往後長達一千九百年
中國古典文學的創作思維、審美方式與批評方法，牢固的結構在一齊。因
此，歷來的主流文論，即使逸出言志與論世傳統，也無不以此做為通變的理
論衡準，直到清德宗光緒二十二～三（丙申～丁酉，1896～1897）年間，梁
啟超在《詩話》中，從內容上提出反對「撏撦新名詞以自表異」的詩界革命，
〔註2〕民國五（1916）年胡適正式創作第一首語體新詩〈蝴蝶〉，從形式與語
言上實踐詩體變革，〔註3〕纏在詩學論域根深柢固的思維定勢中，朝向完全不

〔註1〕　吳樹平等點校，《尚書・虞書・舜典》，標點本《十三經》，上冊，臺北，曉園
　　　　出版社有限公司，1994，頁101。〈堯典〉，參見張少康、盧永璘編選，《先秦
　　　　兩漢文論選》，北京，人民文學出版社，1999，頁4。在〈舜典〉中者出自於
　　　　《古文尚書》，在〈堯典〉中者出自於《今文尚書》。
〔註2〕　梁啟超著，《飲冰室文集類編》，下冊，臺北，華正書局，民63，頁851。
〔註3〕　張厚德、張福貴、章亞昕著，《中國現代詩歌史論》，長春，吉林教育出版社，
　　　　2006，頁25。

同的文藝思想與表現進路轉移。

梁僧釋慧皎在《高僧傳》卷第一〈譯經上・攝摩騰〉中載:「明皇帝夜夢金人,飛空而至,乃大集羣臣,以占所夢。通人傅毅奉答:『臣聞西域有神,其名曰佛。』」〔註4〕東漢明帝於是派遣博士弟子秦景等人,至天竺求取佛法,而於永平十(67)年,中天竺佛教僧侶迦攝摩騰、竺法蘭與秦景等人,聯袂結伴來到漢都雒陽,這是印度佛教傳入漢土,並立即進行梵文佛典漢譯,而開啓以佛學爲主要內涵的印度思想,源源傳入華夏思想界的序幕,祇是他們的譯文,因時局變亂而佚失了。根據梁僧釋僧祐在《出三藏記集》上卷第二〈新集經論錄第一〉的記載,直到桓帝建和元(147)年,捨王位皈依佛門的安息國王子安世高來到中夏,並於元嘉元(151)年,在雒陽譯出第一部現存佛典《七處三觀經》,〔註5〕而讓我們一如當時代人那樣,看到了迥異於儒術的解脫思想。在《佛說七處三觀經・第一經》中,釋迦牟尼佛說:

> 比丘!七處爲知,三處爲觀,疾爲在道法脫結,無有結意,脫從點得法,已見法,自證道,受生盡,行道意,作可作,不復來還。
> 〔註6〕

安世高是個百科全書型的佛教學者,慧皎在《高僧傳》卷第一〈譯經上〉中指出,安世高除「七曜、五行、醫方、異術,乃至鳥獸之聲,無不綜達」之外,更精通阿毘曇學、禪數學。〔註7〕根據最早出的漢文佛典著錄《出三藏記集》上卷第二〈新集經論錄第一〉的記載,安世高所譯的小乘禪籍,多達七種八卷。〔註8〕可以說,安世高在漢地奠定了第一塊中國人接受禪佛教的牢固基石,並爲我國禪宗初祖菩提達磨,在三百六十年後的梁武帝普通元(520)年,從南天竺國泛海來華,做了開展印度式大乘禪法朝中國化過渡的充分準備,如宋僧釋契嵩在《傳法正宗記》卷第五〈天竺第二十八祖菩提達磨尊者傳・下〉說:「菩提達磨之東來也,凡三載,初至番禺,實當梁武普通元年庚子九月之二十一日也。」〔註9〕而菩提達磨所傳的禪法,根據提倡「教禪一致」

〔註4〕 《大正藏》,第五十冊,臺北,傳正,2001,頁 322^c。
〔註5〕 《大正藏》,第五十五冊,頁 6^a。
〔註6〕 《大正藏》,第二冊,頁 185^b。
〔註7〕 《大正藏》,第五十冊,頁 323^a。
〔註8〕 凡《安般守意經》一卷(佚)、《大道地經》二卷(現存)、《大十二門經》一卷(佚)、《小十二門經》一卷(佚)、《大安般經》一卷(現存)、《思惟經》一卷(佚)、《禪行法想經》一卷(現存)。《大正藏》,第五十五冊,頁 5^c〜6^a。
〔註9〕 《大正藏》,第五十一冊,頁 742^b。異說參見:

的華嚴宗第五祖圭峯宗密在《禪源諸詮集都序》卷上之一說：

> 若頓悟自心，本來清淨，元無煩惱，無漏智性，本自具足，此
> 心即佛，畢竟無異。依此而修者，是最上乘禪，亦名如來清淨禪，
> 亦名一行三昧，亦名眞如三昧。此是一切三昧根本，若能念念修習，
> 自然漸得百千三昧。達摩門下展轉相傳者，是此禪也。〔註10〕

　　菩提達磨係以元魏西來僧菩提留支，於宣武帝延昌二（513）年譯出的《入
楞伽經》卷第三〈集一切佛法品第三之二〉所說，「如實入如來地故，入內身
聖智相三空三種樂行故，能成辦眾生所作不可思議」的「觀察如來禪」，〔註11〕
爲一百年後因聽客誦姚秦・西來僧鳩摩羅什譯《金剛般若波羅蜜經》所云「應
無所住而生其心」開悟的六祖慧能，〔註12〕再奠定了第二塊禪佛教眞正中國
化的磐石，就在這一塊祖師禪的磐石上，南北朝時期「南講」的梵語義學，
與「北禪」印度式修觀語境，〔註13〕更在慧能於唐玄宗先天二（713）年入滅
的一百年後，以「一花開五葉，結菓自然成」之勢，〔註14〕取道唐武宗在會
昌五（845）年的廢佛之路，〔註15〕迅速向分燈禪的農禪語境過渡，如唐僧百
丈懷海原著，明僧德輝奉勅重編《勅修百丈清規》卷第二〈住持章第五〉說：
「至於作務，猶與眾均其勞。常曰：『一日不作，一日不食。』烏有庾（倉）
廩之富、輿僕之安哉？」〔註16〕並在有宋一朝，普遍深入士大夫的生活觀照

---

1. 現存最早出的《祖堂集》作：「梁武普通八年丁未之歲九月二十一日。」南
　唐・靜、筠二禪僧編，張華點校，《祖堂集》，鄭州，中州古籍出版社，2001，
　頁67。
2. 宋・楊億撰，《景德傳燈錄》，卷第三，〈中華五祖并旁出尊宿共二十五人・
　第二十八祖菩提達磨〉作：「實梁普通八年丁未歲九月二十一日也。」《大
　正藏》，第五十一冊，頁219ᵃ。
〔註10〕《大正藏》，第四十八冊，頁399ᵇ。
〔註11〕《大正藏》，第十六冊，頁533ᵃ。
〔註12〕《大正藏》，第八冊，頁749ᶜ。
〔註13〕參見呂澂著，《中國佛學源流畧講》，六、〈南北各家師說・上〉，七、〈南北各
　　　　家師說・下〉，《呂澂佛學論著選集》，第五卷，濟南，齊魯書社，1991，頁66
　　　　～244。
〔註14〕唐・法海集，《南宗頓教最上大乘摩訶般若波羅蜜經六祖惠能大師於韶州大梵
　　　　寺施法壇經》，印順導師考訂，《精校燉煌本壇經》，下編，〈壇經附錄〉。印順
　　　　著，《華雨集》，第一冊，臺北，正聞出版社，民82，頁479。
〔註15〕唐武宗的滅佛詔，具載於後晉・劉昫等撰的《舊唐書》，卷十八上，〈本紀第
　　　　十八上・武宗〉中。後晉・劉昫等撰，楊家駱主編，《新校本舊唐書》，第一
　　　　冊，臺北，鼎文書局，民81，頁605～606。
〔註16〕《大正藏》，第四十八冊，頁1119ᵇ。

與生命意識中，而與仍舊綿延不絕的義學，如般若學、中觀學、唯識學、天臺學、華嚴學、法華思想、維摩思想、圓覺思想、楞嚴思想、淨土思想等等，在盛宋佛教文藝學成熟時期的創作上，以互根互用的互文性手法，〔註 17〕體現爲「結菓自然成」的藝術審美風華。

關於宋代文學的分期，主要活動於南宋理宗朝前期（1225～1241）的詩評家嚴羽，在「論詩如論禪」時，〔註 18〕首先把唐代文學的分期概念導入宋代，並做出相應的附會，根據朱自清的研究，陳衍在點評宋詩時，就是在嚴羽的概念下，繼承明人高棅《唐詩品彙》的分期方式，〔註 19〕並在〈甚麼是宋詩的精華〉中，認爲「頗爲妥帖自然」，〔註 20〕陳衍說：

> 此《錄》亦畧如唐詩，分初、盛、中、晚。……今畧區元豐、元祐以前爲初宋，由二元盡北宋爲盛宋，王、蘇、黃、陳、秦、晁、張具在焉，唐之李、杜、岑、高、龍標、右丞也。南渡茶山、簡齋、尤、蕭、范、陸、楊爲中宋，唐之韓、柳、元、白也。四靈以後爲晚宋，謝臯羽、鄭所南輩，則如唐之有韓偓、司空圖焉。……宋何以異於唐哉！〔註 21〕

陳衍是以對號入座的機械方式，站在高棅看待唐詩學的固有視域，把兩個文學思潮不同的朝代中各期的主要文學家，硬生生的聯繫起來，但規避了彼此不相適應的內容、語言與形式問題，以致悖離了嚴羽「大曆以前，分明別是一副言語；晚唐，分明別是一副言語；本朝諸公，分明別是一副言語」的判分方式，〔註 22〕於是上承清人紀昀等《楊仲宏集・提要》「宋代詩派凡數變」論點的木齋認爲不妥，〔註 23〕因此，重新「從詩史內部流變的角度」，〔註 24〕將宋詩的發展釐爲「初宋、盛宋、江西、中興、晚宋五個時期。這種

〔註 17〕詳見本章第四節「三、互文性研究方法」。

〔註 18〕宋・嚴羽著，陳伯海、徐文茂編纂，《嚴羽詩話》，吳文治主編，《宋詩話全編》，第九冊，南京，鳳凰出版社，2006，頁 8719。

〔註 19〕明・高棅著，《唐詩品彙・總敘》，周明編纂，《高棅詩話》，吳文治主編，《明詩話全編》，第一冊，頁 350～356。

〔註 20〕朱自清著，朱喬森編，《朱自清全集》，第三卷，南京，江蘇教育出版社，1996，頁 17。

〔註 21〕陳衍著，《宋詩精華錄》，卷一，「案」，錢仲聯編校，《陳衍詩論合集》，上冊，福州，福建人民出版社，1999，頁 716。

〔註 22〕《宋詩話全編》，第九冊，頁 8726。

〔註 23〕元・楊仲宏著，《楊仲宏集・提要》，文淵閣《四庫全書》鈔本，葉 1^b。

〔註 24〕木齋著，《宋詩流變》，北京，京華出版社，1999，頁 3。

分期方式，是根據宋代詩史的實際演變情況而提出的。」〔註 25〕然而，木齋的分期方式，雖比陳衍的看法，進一步切近宋文學史內部思想流變的運動軌跡，但他把重疊在盛宋與中興時期之間併軌異流的江西派，獨立成一個時期，以致在方法論上混淆了分期與分派的界限，並畧去了西崑與梅、歐迥異的變革理路不論，顯見對宋代文學分期的方式，仍有從文學思想與審美方式互為因依的變衍途徑，進行更審慎釐辨的必要。因此，張毅在此找到了一條文學思想史的出路，從「宋代士風」與「文化心理結構」兩個向度，以當時代客觀的學術環境與文學家主觀的「創作個性」為分析根據，〔註 26〕而「按照文學思想發展過程中自然形成的時間段落」，〔註 27〕把宋代文學思想分為北宋初期、變革時期、成熟時期——又分上下，可視為前後期之分、中興時期、南宋後期五期。

　　根據論者對宋文學文本的思想通變與審美方式遷流的考索而論，在對蘇門學士佛教文學的探討中，務須明確指出的是此一時期，既與陳衍的「由二元盡北宋為盛宋，王、蘇、黃、陳、秦、晁、張具在焉」吻合，又與「所謂集大成表現為儒、道、佛以至百家雜說的融匯〔會〕貫通」的成熟時期前期的思想論合拍。〔註 28〕因此，在總體上表述這一時期的宋文學時，概名之為「盛宋文藝學成熟時期」。誠如張毅明白指出：

　　　　蘇、黃詩學往往由技藝間事轉入治心養氣的人格修養。……在
　　當時，治心養氣是儒、佛、道三家思想的會通與別異之處，學問之
　　道實乃如何安身立命（儒），或頓悟解脫（佛、老、莊、禪）的做人
　　之道，追求的是治心養氣時主體自身的內在超越。〔註 29〕

　　這就使「盛宋文藝學成熟時期」，概為儒生出身且意在致君堯舜的士大夫，紛紛以居士之名，在儒理與佛學思想上，意識鮮明的從更加深廣的義理系統，進行化約、概括、融通、合會乃至於片面比附、勉強遷合的學術環境中及政教功能上，自覺的與佛教義學在中國化的禪佛教普遍入世化的審美氛圍裏，既廣為讀誦佛教經論、參究禪典，又有依法修行實踐的願力，並在遊

〔註 25〕　《宋詩流變》，頁 3。
〔註 26〕　參見張毅著，《宋代文學思想史・結束語——宋代文學思想發展中的幾個理論問題》，北京，中華書局，2006，第二版，頁 259～273。
〔註 27〕　《宋代文學思想史・引言》，頁 1。
〔註 28〕　《宋代文學思想史》，頁 77。
〔註 29〕　《宋代文學思想史》，頁 6。

賞乃至燕集、居停佛寺之際，普爲結交名士化的詩僧，談禪、證道、論藝，從而把佛學思想，以各種文藝創作手法，或隱或顯的置入作品之中，而別開盛宋文藝美學的新境界。

　　然而，務須留意的是當時人眼光中的居士特質爲何，纔能正確理解爲甚麼連排佛的歐陽修都以居士之目銜名，根據宋徽宗朝僧人睦庵善卿在《祖庭事苑》卷第三〈雪竇祖英・上〉說：「凡具四德乃稱居士：一、不求仕宦，二、寡欲蘊德，三、居財大富，四、守道自悟。」並引佚經《菩薩行經》說：「有居財之士，居家之士，居法之士，居朝、居山之士，通名居士也。」〔註30〕歐陽修就是「居朝之士」，而《菩薩行經》的教說，代表了宋人對以各種形式研究佛學、修持佛法者，與佛教關係具有正相關性的普遍看法，於是關佛的理學集大成者朱熹，不得不站在純儒的立場，接著理學前輩程頤在〈伊川先生語・四〉所指出的「今人不學則已，如學焉，未有不歸於禪也」的話頭往下說，〔註31〕並盡力排除佛學思想的干擾，且在《朱子語類》卷第十八〈大學五・或問下・傳五章・獨立其所謂格物致知一段〉中，對弟子輔廣講出一番從表面看起來灰溜溜的，但意謂卻深深蘊涵著大宋文化多元兼蓄精神的高論：

　　　　廣曰：「大至於陰陽造化，皆是『所當然而不容已者』。所謂太極，則是『所以然而不可易者』。」

　　　　曰：「固是。人須是向裏入深去理會。此箇道理，纔理會到深處，又易得似禪。須是理會到深處，又卻不與禪相似；方是。今之不爲禪學者，祇是未曾到那深處；纔到那深處，定走入禪去也。譬如人在淮河上立，不知不覺走入番界去定也。祇如程門高弟游氏，則分明是投番了。……」〔註32〕

　　朱熹站在民族學術的狹隘尖錐上，遵循韓愈在〈論佛骨表〉中開出的「佛者夷狄之一法」的夷夏之辨之路，〔註33〕通過程頤以儒學思想爲論證「性」

〔註30〕《卍新纂續藏經》，第六十四冊，日本，東京，株式會社國書刊行會，平成1（1989），頁356ᵃ。

〔註31〕宋・程顥、程頤著，劉元承手編，王校魚點校，《二程集》，上冊，《河南程氏遺書》，卷第十八，北京，中華書局，2004，頁196。

〔註32〕宋・黎靖德編，王星賢點校，《朱子語類》，第二冊，北京，中華書局，2004，頁415。

〔註33〕馬其昶校注，《韓昌黎文集校注》，臺北，河洛圖書出版社，民64，頁354。

與「理」的合理性基準，對「異端」學術佛學，〔註34〕祇爲「要周遮」的否
證，〔註35〕試圖將思維進路已中國化的佛學知識論與出世論，從中國固有的
道論與用世論中清理出去，這就必然要導出對盛宋文藝學成熟時期，早已將
生命意識深深浸潤在禪佛教思想環境中的文藝家，做出雜耍式的負面評價，
如《朱子語類》卷第一百三十九〈論文・上〉，朱熹告訴弟子李方子說：

> 今人祇於枝葉上粉澤爾，如舞訝鼓然，其間男子、婦人、僧、
> 道、雜色，無所不有，但都是假底。〔註36〕

朱熹缺乏合理性根據的看法，致使一部分後世學者，長期對中國佛教文
學的既成事實，採取熟視無睹的非理性規避，直到二十世紀幾乎所有的中國
文學史書寫，也都承其餘緒，不是畧而不述，就是述而語焉不詳。然而，論
者所看到的，卻是在本質上呈現一體多面的並軌共振現象，也就是儒、釋、
道、醫思想做爲在文藝創作的實踐中各取所需的精神底蘊，自魏晉玄學與格
義佛學以迄於今，都已不能再在思想根據與思維方法上，用固定的衡準否證
一方來證立自家的正確性，因爲採取這等立論基礎的片面論述，最終都將會
被見樹不見林的結果所蒙蔽，這尤其見諸於中國傳統文藝學與佛學，在文本
互文的共存關係上，既非純儒亦非原佛的對應現象。

第二節　研究動機與目的

宋仁宗嘉祐四（1059）年農曆十月初，時年二十四歲的青年進士蘇軾，
與同榜進士二十歲的弟弟蘇轍，〔註37〕結束爲母親程太夫人之喪長達兩年半

〔註34〕《二程集》，上冊，頁 187。
〔註35〕《二程集》，上冊，頁 195。
〔註36〕《朱子語類》，第八冊，頁 3318。
〔註37〕參見：

1. 李燾説，嘉祐二（1057）年三月：「丁亥，賜進士建安章衡等二百六十二人
   及第，一百二十六人同出身。」宋・李燾撰，上海師範大學古籍整理研究所、
   華東師範大學古籍整理研究所點校，《續資治通鑑長編》，第八冊，北京，中
   華書局，2004，頁 4472。以下縮畧爲：《長編》，第八冊，頁 4472。

2. 《宋史・本紀第九・仁宗四》說：嘉祐「二年春……三月，……是月，賜
   禮部奏名進士、諸科及第出身八百七十七人。」元・脫脫等撰，楊家駱主
   編，《宋史并附編三種新校本》，第一冊，臺北，鼎文書局，民80，頁 241。
   以下縮畧爲：《宋史》，第一冊，頁 241。

3. 蘇轍在〈亡兄子瞻端明墓誌銘〉說：「嘉祐二年，歐陽文忠公考試部進
   士，……乃寘第二。復以《春秋》對義，居第一。殿試中乙科。」宋・蘇

的丁憂之後，〔註 38〕隨即整肅行裝，陪侍父親蘇洵離開故鄉眉州，赴京師準
備接受朝廷授官，三蘇父子有感於沿途所見風物而文思泉湧，如蘇軾在《南
行前集‧敘》說：

> 山川之有雲霧，草木之有華實，充滿勃鬱，而見於外，夫雖欲
> 無有，其可得耶？……而山川之秀美，風俗之樸陋，賢人君子之遺
> 蹟，與凡耳目之所接者，雜然有觸於中，而發於詠歎。〔註 39〕

於是父子三人，在一派難得的閒情逸致中，詩興與文情，迭相駘蕩，一
趟路走下來，便寫了一百篇詩文。因此，當論者在通讀《蘇軾詩集合注》所
輯錄的二千七百餘首蘇詩之後，再回過頭來細讀時，首先映入眼簾的，便是
與三蘇父子同行的沿途快意，祇是乍看之下，不免爲其洋溢著朗暢繽紛的抒
情風華所蔽，待將細細品賞之際，方纔驚覺此中別有一番邃徹的深意，隨著
對蘇軾終其一生所作詩文的賞會與研幾，而愈益明晰起來。

根據查慎行引范成大《吳船錄》的考證，〔註 40〕與孔凡禮的說法，〔註 41〕
不到十天的行程，三蘇父子已經遠離故鄉一百二十里，來到嘉州大渡河、青
衣江與岷江交會處的地界，即樂山城東人稱九頂山的凌雲勝境。在唐武宗滅
佛之前的州境中，凌雲九峯，峯峯都有法筵鼎盛的佛教寺院。然而，當三蘇
父子聯袂再度路過嘉州的仁宗嘉祐年間，除了高僧海通始鑿於唐玄宗開元元
（713）年，歷時凡九十年，最終由劍南西川節度使韋皋捨俸錢五十萬，而得
以在唐德宗貞元十九（803）年峻工，高七十一公尺，有「山是一尊佛，佛是
一座山」之譽的世界最大石刻佛像之外，〔註 42〕放眼所見，便是在蘇轍〈初

　　　　轍撰，《蘇轍集》，《欒城後集》，卷第二十二，臺北，河洛圖書出版社，民
　　　　64，頁 217。
〔註 38〕宋‧蘇洵撰，〈上歐陽內翰第三書〉說：「二子軾、轍，竟不免丁憂。」《蘇洵
　　　　集》，《嘉祐集》，卷十一，臺北，河洛圖書出版社，民 64，頁 110。
〔註 39〕宋‧蘇軾撰，孔凡禮點校，《蘇軾文集》，第一冊，北京，中華書局，2004，
　　　　頁 323。
〔註 40〕宋‧蘇軾著，清‧馮應榴輯注，黃任軻、朱懷春點校，《蘇軾詩集合注》，上
　　　　冊，上海古籍出版社，2001，頁 3。
〔註 41〕孔凡禮著，《蘇軾年譜》，上冊，北京，中華書局，2005，頁 68。
〔註 42〕參見：
　　　　1.《佛光大辭典》，「大佛寺」條、「凌雲山大佛」條，佛光大辭典編修委員會
　　　　　編，《佛光大辭典》，高雄，佛光出版社，1995，初版六刷，頁 787、4057。
　　　　2.《中國大百科全書‧文物　博物館》，「樂山大佛」條，中國大百科全書編
　　　　　輯委員會「文物　博物館」編輯委員會編，《中國大百科全書‧文物　博物

發嘉州〉筆下，浩浩蕩蕩，「櫓急不容語」的激流，與「巉巉九頂峯，可愛不可住」的驚疑。〔註43〕然而，在湍飛的江船上，三蘇父子視野中的偉岸法相，一旦攝入蘇軾心版，再在論者眼前出現的一幕，卻是讓人深深感到高度反差的悵然意緒，如蘇軾在〈初發嘉州〉詩云：

> 野市有禪客，釣臺尋暮煙；
>
> 相期定先到，久立水潺潺。〔註44〕

蘇軾自註：「是日，期鄉僧宗一會別於釣臺下。」〔註45〕也就是說，三蘇父子在嘉州停留期間，蘇軾要不是在從眉州走馬敘官之前，就預先寫信給駐錫在九頂峯的鄉里舊識宗一禪師，並約請他在嘉州驛站，把握有限的會晤時光，當面請益宗門禪法或內典要義，便是在與父親同遊凌雲寺時，〔註46〕不期而遇且相談世出世法甚契的鄉野新知。如果是鄉里故交，那麼，野逸在叢叢山彙之中修真的出塵禪師，與正要前往蘇轍後來在〈上樞密韓太尉書〉中所描述的「天子宮闕之壯，倉廩、府庫、城池、苑囿之富且大」的京師，〔註47〕去致君堯舜的進士，他們之間既有的生命共識，究竟是甚麼呢？如果衹是鄉野新知，那麼，在遊山玩水之路上的偶然邂逅，這一僧一俗究竟又是誰先向對方問訊的呢？按不相識的僧俗初見面的常禮，理當是蘇軾先向宗一禪師致意，然後開啓一系列的你問我答。然而，不論是舊識或新知，都可以想見蘇軾絕不會去問一個方外禪師：「如何為官之道？」而是問離開嘉州之際，仍在沿途尋繹而不得其解的「超越之道如何可能」的問題。問題是青年蘇軾參不透的心理矛盾，隱約之間，始終橫亙在他的胸臆中，如〈夜泊牛口〉詩云：

> 人生本無事，苦為世味誘；
>
> 富貴耀吾前，貧賤獨難守。〔註48〕

　　　館》，臺北，錦繡出版事業有限公司，1993，頁298。

〔註43〕宋・蘇轍撰，〈初發嘉州〉，《蘇轍集》，《欒城集》，卷第一，臺北，河洛圖書出版社，民64，頁1。

〔註44〕《蘇軾詩集合注》，上冊，頁4。

〔註45〕同上。

〔註46〕宋・蘇洵撰，〈遊凌雲寺〉，傅璇宗等主編，《全宋詩》，第九冊，北京大學出版社，1998，頁4369。

〔註47〕宋・蘇轍撰，《蘇轍集》，《欒城集》，卷第二十二，臺北，河洛圖書出版社，民64，頁301。

〔註48〕《蘇軾詩集合注》，上冊，頁7。

　　十年寒窗苦讀，一朝中舉，兼程授官去，那春風得意的況味，是千萬儒生自發蒙以來就深深自我期許的人生極境，因為在他們眼前鋪陳開來的陞官圖，是凡人都會受到功名利祿誘惑的康莊大道，既可光耀門楣，又可肥己致富，但對生命滿懷疑團的蘇軾而言，此時潛抑在心靈深處的，卻是一路走來都揮之不去的生命困惑：「今予獨何者？汲汲強奔走！」〔註49〕可見蘇軾在赴京首度接受人人艷羨的敘任官職之前，他的一門心思，自始就明明白白的攤在言志的詩文本上。也就是從嘉州出發時，宗一禪師沒有如約送別，致使站在冰涼的江水中等待宗一禪師到來等到心焦如焚的蘇軾，不得不矇著滿眼迷茫的暮煙離去，且在滔滔流逐的沈浮中，為自己不能免俗的被世味所蔽誘，而在自性的靈光乍然顯現與變滅無端的剎那，偶或自問：在這一世的生命流轉中，自己究竟意欲何往？又將往何處去安頓連自己都掌握不住的身心？

　　蘇軾自我否證人生實際與生命本質的疑團，及其證立超越之道如何可能的軌跡，展現在終其一生的所有詩文文本中，明白可見的不出儒、釋、道、醫四個範疇，約而言之，即：

一、表現在《東坡易傳》〔註50〕中的經世論與〈中庸論〉〔註51〕中的性命論等等。

二、表現在《廣成子解》中的莊學與道家思想的自然觀與道論等等。〔註52〕

三、表現在〈求醫診脈〉、〈醫者以意用藥〉諸篇章中，蝟釋、道醫藥學思想的資生論等等。

四、但更普遍與深刻的則是廣泛滲透在其各種文體中的佛教義學與宗門禪觀。

　　在第四個範疇中，與「禪客」及「世味」兩組概念相適應，對元僧宗寶糅寫宋僧釋契嵩本的《六祖大師法寶壇經‧行由第一》所說的「佛法在世間，不離世間覺」一體兩面的辯證，〔註53〕在多方考索之後，引起了論者對

〔註49〕《蘇軾詩集合注》，上冊，頁7。
〔註50〕宋‧蘇軾撰，《東坡易傳》，文淵閣《四庫全書》鈔本。
〔註51〕《蘇軾文集》，第一冊，頁60～64。
〔註52〕《蘇軾文集》，第一冊，頁176～179。
〔註53〕《大正藏》，第四十八冊，頁351ᶜ。

蘇軾佛教文學研究的深刻關注。因而蘊涵在探索中國佛教文藝學動機之中的研究目的，就中國傳統文藝學與佛學，既非純儒亦非原佛一比一的對應關係而論，論者意在透過文藝家的創作實踐所產生出來的各種文體書寫的宏觀背景，進行與佛教法義對應的肌理論析，使長期潛匿在儒生出身的文士筆下，自覺的將抽象的形上理境恰如其分的轉移到具象的藝術語境，而從以形象思維為文藝審美表現的文本表層，在層層深入開掘的同時，以蘇軾的各體書寫文本做為主要的微觀研究範疇，給予適切的顯明出來。日本學者福井康順說：

> 佛教文學並不祇是說明教理，也並非祇是文學的修飾，而是以生命的體悟為主。作者根據自己對佛教信仰的體驗，創作具有文學性內容的作品。故無真實的親近佛教、信仰佛教、體會佛教精神，是無法成就文學的。為此，貫徹佛教的信仰，體會佛教精神，所創作之詩偈纔充滿著佛教之真義。〔註54〕

福井站在文藝作者創作佛教文學作品如何可能的立場，試圖指出，以佛教教理及信仰體驗為精神內涵，與文學書寫及藝術手法相結合，如何可能成就體悟生命的途徑，並以文學作品足以充分表詮佛教真義，而做為佛教文學得以在文學領域中，成為一門獨立學門的基礎上，再開出佛教文學亦為一門獨立學門的學理根據。但論者不能不在此一片面的看法之下，提出應有的反質，按福井的論點，做為表詮佛教真義的佛教文學，如果祇是為了達成宣教或護教的目的，那麼，文本的書寫者，祇要採取傳統佛教義學家對三藏十二部進行疏註的老方法，並且因應語言在歷史的遞嬗過程中「換句話」接著說，便可以達到比透過文學創作的藝術審美途徑所能完成的更切合弘教的任務，祇是文藝書寫一旦這樣做，便有從文藝做為文學創作的主體地位朝宗教附庸地位傾倒的危險，從而喪失佛教文學做為一門獨立的文學學門的立論根據。

易言之，論者以為，佛教文學之所以在文藝研究上具足充分的文學價值，它首先應該是文藝學的，而最終也祇能是文藝學的；至於文學的宗教學內涵，也祇能透過文藝創作的藝術途徑來體現與完成，而不能本末倒置的把文藝作品的完成，簡單的看做宗教見證的派生物。

〔註54〕 福井康順著，〈代序〉，〔日〕加地哲定著，劉衛星譯，《中國佛教文學》，臺北縣，佛光文化事業股份有限公司，民82，頁14～15。

　　論者之所以給出此一定義，係在蕭師麗華教授多年的研究基礎上，根據向明、陳慧劍、梁寒衣、周慶華諸學者的看法，跨過前三者將文學與佛教學，在中印思想會通的進程中所派生的關係，從護教學立場描述佛教文學的省思。至於周慶華在《佛教與文學的系譜》一書中，描述佛教文學的研究所下的「佛教的文學」或「文學的佛教」的定義，雖具有一定的靈活性與權宜性，並在實際批評上有其方便性，但卻也因其權宜而顯得後續研究，需要從其留下的可會通空間，做更周全的開拓，並找出一個蕭師麗華教授所指出的「涵蓋全幅範圍的有效方式」，〔註55〕因此，論者認為，中國佛教文學允宜如同中國山水文學、隱逸文學、貶謫文學等等分支那樣，在文學學的總體概念之下，以特具科學性學科的認知，確立起獨立學門的概念，纔能使佛教文學的定義，具備自身具足的文學性及特屬佛教義理的宗教性，而被鮮明的認識到。

第三節　研究之思想背景

　　自五代入宋時，第一個在著作中提到文學與佛學關係的人是黃州刺史孫光憲，孫光憲在現存的唯一著作《北夢瑣言》卷四〈唐吳融侍郎文筆〉說：「唐吳融侍郎……為僧貫休撰詩序，〔註56〕以唐來唯元、白、休師而已。」〔註57〕卷二十〈詆訐朝賢〉說：「沙門貫休，鍾離人也，風騷之外，精於筆箚，舉止眞率，誠高人也。」〔註58〕文中所及雖僅止於唐代詩僧的詩學，但它卻早已透出佛學與中國文學互涉的悠遠傳統，雖歷經五代十國國體離析的嚴峻衝擊，但並沒有因此而在文士的論述中消聲匿跡，反而因此開啓了有宋以降，中國傳統學界對此一議題不斷多方深入探索與會通的諸多門徑。因此，不論其持論是試圖從正向思考，以達致合會異質文化的圓融之道，抑或從漢文化本位主義出發，意圖從闢佛的途徑達致滅佛之舉，如宋初第一個闢佛而被南

〔註55〕蕭師麗華著，〈佛教文學網路建構的現在與未來〉，「佛學數位資源之應用與趨勢研討會論文」，2005.9.16，頁2。

〔註56〕吳融〈序〉說：「貫休……幼得苦空理，……神機穎秀，雅善詩歌。……上人之作，多以理勝，復能創新意。其語往往得景物於混茫自然之際，然其旨歸必合於道。」唐・釋貫休著，陸永峰校注，《禪月集校注》，成都，四川出版集團巴蜀書社，2006，頁3～4。

〔註57〕宋・孫光憲撰，俞鋼整理，《北夢瑣言》，《全宋筆記》，第一編，第一冊，鄭州，大象出版社，2003，頁50。

〔註58〕《北夢瑣言》，頁209。

宋理學家追認爲理學先驅「北宋三先生」之一的孫復，在〈答張洞書〉說：

> 自西漢至李唐，其間鴻儒碩生，摩肩而起，以文章垂世者眾
> 矣。然多楊、墨、佛、老虛無報應之事，……雜乎其中，至有盈編
> 滿集，發而視之，無一言及於教化者。此非無用聱言徒污簡冊者
> 乎？〔註59〕

從孫復的議論，可以看出中國文士對印度佛學的接受史，由來深遠，以至在禪佛教普遍入世化的李唐時代，早已成士人「摩肩」問道之勢，且相關文章的書寫也已然「盈編滿集」，是以在佛學思想廣泛向宋代文士的書寫意識中流動的這一傾向，就更值得任何研究「宋學」的人，對當時代儒、釋、道文化迅速走向融通之路的思潮，投以正確對待的眼光。

關於「宋學」的概念，漆俠在比較陳寅恪與鄧廣銘兩位史學家的「宋學」所蘊涵的內容時指出，陳寅恪「提出來的新宋學和（鄧廣銘的）宋學兩個概念的涵義是很不相同的：新宋學包括了哲學（主要是經學）、史學、文學藝術多個方面，涵蓋面是較爲寬廣的；而宋學則指的是，在對古代儒家經典的探索中，與漢學迥然不同的新思路、新方法和新學風」。〔註60〕祇是論者認爲，新宋學所覆蓋的論域比宋學更切近宋代學術研究的實際，並在文、史、哲、藝在傳統學術本不分家的認識上，採取陳寅恪的看法，而不以清代漢學家「反宋返漢」的狹隘視野，將之限定在經學論域，乃至在科際整合上稱新論舊，以致徒增困擾，雖然在當代學門分科日細的認識下，一旦在陳寅恪的「新宋學」概念上，再加入宗教學乃至於政治學、社會學、民俗學等要素，不免引致學者本末倒置的疑慮，然而，祇要回到當時代的具體實踐者之一蘇軾身上來看問題，便沒有甚麼不妥，故祇名之曰「宋學」。

所云正確對待佛教文藝學的眼光，所應看到的是自大宋初初開國之際，從朱存率先創作〈阿育王塔〉詩云「窣堵凝然鎮梵宮」開始，〔註61〕在騷人墨客的文藝書寫中，終有宋一朝，佛教意象與佛學思想，都沒有離開過文士藝術生活與創作實踐的審美觀照，並至少在諸法上體現爲唐僧曹山本寂在《撫州曹山元證禪師語錄・三種墮》中所指出的「六根門頭」，〔註62〕即使一度闢佛不遺餘力的歐陽修也不例外，如其〈宿廣化寺〉詩云：「樵歌雜梵

〔註59〕宋・孫復著，徐文茂編纂，《孫復詩話》，《宋詩話全編》，第一冊，頁124。
〔註60〕漆俠著，《宋學的發展和演變》，石家莊，河北人民出版社，2004，頁3。
〔註61〕《全宋詩》，第一冊，頁4。
〔註62〕《大正藏》，第四十七冊，頁534ᵃ。

響。」〔註63〕更何況稍後於歐陽修的理學開山祖師純儒周敦頤，又豈能免諸？
如其〈游山上一道觀三佛寺〉詩，有句云：「是處塵勞皆可息。」〔註64〕再如
明人朱時恩等輯錄的《居士分燈錄》卷下〈周敦頤・佛印了元禪師法嗣〉載，
周敦頤嘗問禪法於晦堂祖心禪師「教外別傳之旨」，又向蘇軾的嗣法師東林常
總禪師叩問佛法的「實際理地」，並在神宗熙寧初，遷廣東轉運判官、提點刑
獄時，因為身體違和，請求知南康軍，並住在廬山蓮花峯下，就在此時參學
於與蘇軾過從甚密的佛印了元禪師有悟，而呈偈曰：

> 昔本不迷今不悟，心融境會豁幽潛；
>
> 草深窗外松當道，盡日令人看不厭。〔註65〕

　　至於在政見上與蘇軾一度相左的政敵王安石，更是在佛學思想之於文藝
創作的表現上，展現了彼此高度惺惺相惜的情懷，如王安石在讀了蘇軾〈雪
後書北臺壁二首〉詩之後，一連和了五首次韻詩，但仍然覺得神不完氣不足，
於是特別對蘇軾詩藝手法滿心激賞的再追和一首〈讀眉山集愛其雪詩能用韻
復次韻一首〉，〔註66〕否則不足以體現蘇詩熔佛學與文藝修為於一爐的深湛造
詣於萬一。

　　王安石〈讀眉山集次韻雪詩五首〉，其二有句云：「白小紛紛每散花。珠
網纚連拘翼座，……豈即諸天守夜叉？」〔註67〕其三有句云：「紛然能幻本無
花。觀空白足甯知處，……慧可忍寒真覺晚，為誰將手少林叉？」〔註68〕

〔註63〕宋・歐陽修撰，《歐陽修全集》，上冊，《居士集一》，臺北，河洛圖書出版社，
　　　　民64，頁2。

〔註64〕宋・周敦頤撰，清・董榕輯，《周子全書》，臺北，臺北市財團法人廣學社印
　　　　書館，民64，頁342。又，《全宋詩》「塵勞」作「塵埃」，誤。《全宋詩》，第
　　　　八冊，頁5061。

〔註65〕《卍續藏》，第八十六冊，頁600b。

〔註66〕宋・王安石撰，《王安石全集》，下冊，《王安石詩集》，臺北，河洛圖書出版
　　　　社，民63，頁108。

〔註67〕《王安石全集》，下冊，《王安石詩集》，頁108。又，「白小紛紛每散花」，宋・
　　　　李壁注本作「小白紛紛每散花」，並注云：「《華嚴經》有小白花山。」誤，據
　　　　考以晉譯、唐譯《華嚴經》，並無「小白花山」故，依詩意當如河洛本。見
　　　　宋・王安石撰，宋・李壁注，李之亮補箋，《王荊公詩注補箋》，成都，巴蜀
　　　　書社，2002，頁499～500。又，《全宋詩》，卷五五五，考以南宋龍舒刊《王
　　　　文公集》、張元濟影印季振宜舊本《王荊文公詩李雁湖箋注》本，即李壁注本
　　　　等多種刊本，作「白小『張本作小白』紛紛每散花」，亦以「白小」為主。見
　　　　《全宋詩》，第十冊，頁6611。

〔註68〕《王安石全集》，下冊，《王安石詩集》，頁108。

設使把王詩中用事的佛學元典如實鋪展開來，進行文學表現與佛學思想的接受、傳釋與互文性論述，將不難顯明盛宋文藝學成熟時期佛教文學的藝術審美景觀，與一大藏經教是何等的不棄不離，而在思想的融貫上，又是如何成爲一體兩面的具足存在。如鳩摩羅什譯《維摩詰所說經·觀眾生品第七》說：

> 時，維摩詰室有一天女，見諸大人，聞所說法，便現其身，即以天華，散諸菩薩、大弟子上，華至諸菩薩，即皆墮落，至大弟子，便著不墮，一切弟子，神力去華，不能令去。
>
> 爾時，天女問舍利弗：「何故去華？」
>
> 答曰：「此華不如法，是以去之！」
>
> 天曰：「勿謂此華，爲不如法，所以者何？是華無所分別，仁者自生分別想耳！若於佛法出家，有所分別，爲不如法，若無所分別，是則如法：觀諸菩薩，華不著者，已斷一切分別想故。」〔註69〕

這是王安石以大乘般若實相論，做爲「紛然能幻本無花」文藝學文本書寫的思想根據，擬狀實相空、諸法有的白雪，如何在寓目道存的現象界，透過短暫影現在明淨的詩眼中的人生世相，示現既無須亦無從拘執的智慧光華，也同時表現了王安石與蘇軾在熙寧變法的能爭與所爭的一切異見，即彼此一度尖銳對立的經世致用條件與利害關係，一旦在政權轉移與因革損益的措施中變得一無是處，自當當體放下，而在以詩會友的藝境中，一笑泯恩仇，還原生命的本眞，使「若無所分別，是則如法」的抽象法義，得以找到假藉對白雪進行形象思維的心靈出口，而在藝術審美觀照的權宜過程中，用具體可感的手法予以方便傳釋出來，並讓讀者在涵詠之際，領受到生命原來可以一片平懷的深刻感動，從而以自我覺知的正面導向，爲自我的沈陷，發現一條唾手可得的超越道。因此，緊接著天女散華而被詩人從般若空觀的觀照進路把握到的緣起法界與事事無礙的華嚴思想，也就勢必要在行般若波羅蜜時，把白雪做爲諸法所開顯的實相，如實的泯入空有一如的所觀境中，並自然而然的朝向詩化語言的文本書寫轉向而去，而吟出「珠網纏連拘翼座」的詩句。如華嚴宗第四祖唐僧清涼澄觀在《大方廣佛華嚴經疏》卷第二說：

> 刹海之中，復有微塵；彼諸塵內，復有刹海；如是重重，不可

〔註69〕　《大正藏》，第十四冊，頁547^c～548^a。

窮盡，非是心、識、思量境界，如天帝殿，珠網覆上，一明珠內，
萬像俱現，珠珠皆爾，此珠明徹，互相現影，影復現影，而無窮
盡。〔註70〕

這如鏡似燈，重重交光互映的無盡緣起法界，被釋迦牟尼佛表述為因陀
羅網事事無礙的圓融境界，而那「影復現影」的現象，豈不正是詩人筆下萬
里雪飄的傳移模寫？祇是詩人的命意，是不會拙澀到以這等寫真的初級手藝
來做為展演詩意更為豐裕的極境的，他必須在更透闢的思想上，把紛紛揚揚
的視象與空明無染的空觀，在假藉詩眼正在看的同時用慧眼等觀起來，纔能
恰如其分的彰顯「拘翼」與「散花」、「白小」在形容與比擬上，是如何透過
可見的直觀視象把所照察到的明淨本質，通過「纏連」的途徑，從詩思運動
的內在規律上有機的聯繫起來，而顯示其深致與周全，並在意向上朝最終可
能被證顯的現量境逼進，如此一來，「心、識、思量境界」的詩藝手法，即能
因其譬喻得體，與意向性從諸法上升到與實相相即的如實境，而使任運豎窮
而自在無礙的法性，得以當相圓明顯了，是以，詩人對「拘翼」的詩想，便
在西晉西來僧無羅叉譯《放光般若經》卷第六〈摩訶般若波羅蜜無住品第二
十八〉，須菩提對拘翼所說的摩訶般若波羅蜜中，適時的找到最切題的命名與
用事根據了。須菩提說：

所念意不成意，道意亦非意，亦不成意，不持非意，念非意意，
則是非意，非意亦是意。〔註71〕

從對王安石次蘇軾〈雪後書北臺壁〉詩韻的兩例思想背景的舉隅中，論
者所看到的正是盛宋文藝學成熟時期，蘇門學士佛教文學的奠基者蘇軾，在
現實生活與創作實踐中，是如何把佛學思想透過各體文本的書寫灌注到自覺
的生命意識之中，又如何從生命本真與書寫行為共在的實然在並時發用之
際，給予行雲流水般的傳釋出來，是以蘇轍在〈亡兄子瞻端明墓誌銘〉中，
肯認乃兄的證境說：

既而謫居於黃，杜門深居，馳騁翰墨，其文一變，如川之方至，
而轍瞠然不能及矣！後讀釋氏書，深悟實相，參之孔、老，博辯無
礙，浩然不見其涯也。〔註72〕

〔註70〕《大正藏》，第三十五冊，頁515^c。
〔註71〕《大正藏》，第八冊，頁38^a。
〔註72〕宋・蘇轍撰，《蘇轍集》，《欒城後集》，卷第二十二，臺北，河洛圖書出版社，

　　《長編》卷二百九十九神宗「元豐二（1079）年七月己巳」第三條載，御史中丞李定奏聞：「知湖州蘇軾，初無學術，濫得時名，偶中異科，遂叨館職，有可廢之罪四：……陛下明法以課試羣吏，則曰：『讀書萬卷不讀律，致君堯舜知無術。』……其他觸物及事，應口所言，無一不以詆謗為主。」〔註73〕並在御史何正臣等的聯手彈劾之下，促成神宗的偏聽並下詔：「知諫院張璪、御史中丞李定推治以聞。時，定乞選官參治，及罷軾湖州，差職員追攝。」〔註74〕在政敵的深文羅織之下，蘇軾於是蒙冤莫白而被捕下獄，是為烏臺詩案。蘇軾一直在御史臺的大牢中被拘管到同年十二月二十六日，纔在張方平、范鎮、蘇轍、慈聖光憲皇后、吳充、章惇等人不斷的救援之下獲釋，如《長編》卷三百一「元豐二年十二月庚申」第三條所說：「責授檢校水部員外郎、黃州團練副使，本州安置，不得簽書公事。」〔註75〕蘇軾在〈子姑神記〉說：「元豐三年正月朔日，予始去京師來黃州。二月朔至郡。」〔註76〕蘇軾從此開始了黃州時期長達四年三個月的「讀釋氏書，深悟實相」的內省歲月。因此，考察蘇軾佛教文學的思想根源，除了站在〈初發嘉州〉一詩的基盤上來追索其發生的可能根苗之外，更應隨其一生各個階段的際遇，看到佛教思想對其人生觀日漸圓熟的啟導與實踐效用，是如何與其各體文本書寫緊密結合起來而馴致不擇地皆可出的才具。蘇洵在〈仲兄字文甫說〉云：

> 風行水上，渙、此亦天下之至文也。然此二物者，豈有求乎文哉？無意乎相求，不期而相遭，而文生焉。是其為文也，非水之文也，非風之文也。二物者，非能為文，而不能不為文也。物之相使，而文出其間也，故此天下之至文也。〔註77〕

　　蘇軾上紹乃父對儒家根本經典易學之體用論，在〈與謝民師推官書〉評謝民師的詩、賦、雜文時說：

> 大畧如行雲流水，初無定質，但常行於所當行，常止於所不可不止。文理自然，姿態橫生。〔註78〕

民64，頁225。
〔註73〕《長編》，第十二冊，頁7265～7266。
〔註74〕《長編》，第十二冊，頁7266。
〔註75〕《長編》，第十二冊，頁7333。
〔註76〕《蘇軾文集》，第二冊，頁406。
〔註77〕宋・蘇洵撰，《蘇洵集》，《嘉祐集》，卷十四，臺北，河洛圖書出版社，民64，頁145。
〔註78〕《蘇軾文集》，第四冊，頁1418。

　　然而，這種任運無礙的文藝學文本書寫，何嘗不是蘇軾的夫子自道呢？蘇軾對自己的文藝書寫，在進行創作時的精神狀態，自有一番傳誦千古的自述，如其在〈自評文〉說：

　　　　吾文如萬斛泉源，不擇地皆可出，在平地滔滔汩汩，雖一日千里無難。及其與山石曲折、隨物賦形，而不可知也。所可知者，常行於所當行，常止於不可不止，如是而已矣。其他雖吾亦不能知也。〔註79〕

宋僧釋覺範在《冷齋夜話》卷七「廬山老人於般若中了無剩語」條，記錄了黃山谷眼中的蘇軾說：「此老於般若，橫說豎說，了無剩語。」〔註80〕釋覺範自己則在《石門文字禪》卷二十七〈跋東坡《仇池錄》〉說：

　　　　歐陽文忠公，以文章宗一世，讀其書，其病在理不通。以理不通，故心多不能平，以是後世之卓絕穎脫而出者皆目笑之。東坡蓋五祖戒禪師之後身，以其理通，故其文渙然如水之質，漫衍浩蕩，則其波亦自然成文。蓋非語言文字也，皆理故也。自非從般若中來，其何以臻此？〔註81〕

　　覺範抑文忠之文且置毋論，但其所論蘇文的超越特質，既是《黃檗山斷際禪師傳心法要》所說「但直下無心，本體自現」的禪觀，〔註82〕如其《南行前集・敘》中的自述，在自性上「得於談笑之間，而非勉強所為之文」的發用，〔註83〕更是其於〈書孫元忠所書《華嚴經》後〉，從「人能攝心，一念專靜，便有無量感應」的華嚴義海所流出者，〔註84〕而最重要的根源，不外乎以寓動於靜，寓靜於動，動靜一如為體的法界觀思想，在〈送參寥師〉詩中所體達的「詩法不相妨」文藝觀的昇華，〔註85〕誠如題唐西來僧般剌蜜諦譯《大佛頂如來密因修證了義諸菩薩萬行首楞嚴經》卷第五瑠璃光法王子所說：

〔註79〕　《蘇軾文集》，第五冊，頁2069。又，別題〈文說〉，見郭紹虞主編，《中國歷代文論》，第二冊，上海古籍出版社，2003，頁310。

〔註80〕　張伯偉編校，《稀見本宋人詩話四種》，南京，江蘇古籍出版社，2002，頁63。以下縮署為：《稀見本宋人詩話四種》，頁63。

〔註81〕　文淵閣《四庫全書》鈔本，葉8a~b。

〔註82〕　《大正藏》，第四十八冊，頁380b。

〔註83〕　《蘇軾文集》，第一冊，頁323。

〔註84〕　《蘇軾文集》，第五冊，頁2208。

〔註85〕　《蘇軾詩集合注》，上冊，頁864。

　　我於爾時，觀界安立，觀世動時，觀身動止，觀心動念，諸動
無二，等無差別，我時了覺，此羣動性，來無所從，去無所至。
〔註86〕

　　易言之，覺範論蘇軾的文理，即是黃山谷所說的般若之理，而般若波羅
蜜根據無羅叉譯《放光般若經》卷第十一〈摩訶般若波羅蜜問相品第五十〉
則說爲「諸佛之母」，〔註87〕是以做爲三乘共法，乃至於世間般若與出世間般
若，在世出世法中的全方位體達，正是文字般若在言辭上的「隨宜方便」法
門，如天臺宗開宗祖師隋僧智者大師在《妙法蓮華經玄義》卷第五下說：「若
干言辭，隨宜方便，即是文字般若。……若言方便、知見，皆已具足，即文
字般若。」〔註88〕因此，在盛宋文藝學成熟時期與禪佛學思想普遍入世化的
背景下，進行蘇軾佛教文學的研究，就不能以僅止於淺嘗輒止的附會之說爲
已足，而是應當看到被傳統學術長期隱覆在以儒術治國爲儒生致君堯舜的論
述之下，猶有等待後人去開掘其生命的本眞，之所以能夠在不斷流逐中相應
解脫的龐大超越空間。

第四節　研究方法與應用

　　文藝學與宗教學研究，在學門獨立分科日細的當代，分屬兩個義界完
全不同的範疇。因此，爲有效達到不同的研究目的，在批評實踐上所採用的
研究工具，勢必會有操作方法上的巨大差異。如就文學研究方法研究文藝
學文本而論，當代學界所使用的既有方法，除了共同方法如文獻學、影響與
平行研究……等等之外，各別方法如形式主義、精神分析、語義學、現象
學、原型批評、結構主義、符號學、敘述學、詮釋學、主題學、接受美學、
閱讀理論、互文性、解構主義、後現代主義、新歷史主義，乃至於馬克思
主義、女性主義、東方主義……等等，都已在實踐上被廣泛的檢驗過，並得
出或成功或功敗垂成的成果，而且較少發生工具使用不當的疑慮。如就宗
教學範疇研究宗教經典而論，目前所操作的工具，幾乎都是從西方哲學研究
中借用來的研究方法，而最主要的則爲詮釋學。也就是說，宗教學做爲一
門獨立科學的研究，既獨立於哲學方法的詮釋之外，卻又在研究方法上無

〔註86〕　《大正藏》，第十九冊，頁 127ᶜ。
〔註87〕　《大正藏》，第八冊，頁 78ᵃ。
〔註88〕　《大正藏》，第三十三冊，頁 745ᵃ。

法眞正蔚爲學術大國的再度淪爲哲學的附庸，而往往被以宗教哲學之名視之。〔註89〕

　　文藝學與宗教學研究在研究方法上，表面看來似乎不無交集，至少它們在詮釋學研究方法的運用中，走到同一個學術平臺上了，但事實卻不全然如此，因爲它們所要導出的結論，有著範疇上的根本差異，亦即同途殊歸。也就是說，文藝學研究的目的在得出研究對象的審美如何可能的結論，宗教學研究的目的則在得出終極關懷如何可能的合理性，而這一現象恰恰說明了文藝學與宗教學跨論域研究，不論在方法或目的上，都存在一個嶄新的理論空間，正等待著被開發和建設。海倫・加德納說：

> 詩歌中是否有一個明確的、可下定義的部門可稱爲「宗教詩歌」；假如像人們一般認爲的那樣確實有，那它的範圍有多大？我們如何對宗教詩歌下定義？在定義下完之後，所謂宗教詩歌是否對具有批評眼光的讀者提出了有別於一般詩歌的特殊問題？我們在考察宗教詩歌時是否採用了或是否該採用特殊的判斷標準？換言之，是否存在一些由宗教詩歌表現的特殊的快感和情趣？或者正相反，宗教詩人是否有某種局限和約束使得宗教詩歌變成一種「次要詩」？

〔註89〕依出版年代爲序，參見：

1. 關世謙譯著，《佛教研究指南》，臺北，東大圖書股份有限公司，民75。
2. 吳汝鈞著，《佛學研究方法論》，臺北，臺灣學生書局，民78。
3. 傅偉勳著，《從創造的詮釋學到大乘佛學：「哲學與宗教」四集》，臺北，東大圖書股份有限公司，民79。
4. 吳汝鈞著，《佛教的概念與方法》，臺北，臺灣學生書局，民81。
5. 呂大吉主編，《宗教學通論》，臺北，博遠出版有限公司，民82。
6. 吳汝鈞著，《中國佛學的現代詮釋》，臺北，文津出版有限公司，民87。
7. 格蘭・奧斯邦（Grant R. Osborne）著，劉良淑譯，《基督教釋經學手冊・釋經學螺旋的原理與應用》（*The Hermeneutical Spiral-A Comprehensive Introduction to Biblical Interpretation*），臺北，校園書房，民91。
8. 藍吉富編，《當代中國人的佛教研究》，臺北，商鼎文化出版社，1993。
9. 曾仰如著，《宗教哲學》，臺北，臺灣商務印書館股份有限公司，1999。
10. 賴賢宗著，《佛教詮釋學》，臺北，新文豐出版公司，民92。
11. 約翰・希克（John Hick）著，王志成譯，《宗教之解釋——人類對超越者的回應》（*An Interpre-tation of Religion: Human Responses to the Transcendent*），成都，四川人民出版社，2003。
12. 張志剛著，《宗教哲學研究——當代觀念、關鍵環節及其方法論批判》，北京，中國人民大學出版社，2003。
13. 方立天著，《中國佛教哲學要義》，北京，中國人民大學出版社，2003。

宗教詩人是否稱得上「對人類說話的人」？〔註90〕

　　當海倫・加德納站在宗教的立場，從宗教學盱衡詩學的單一視域來看待文學，一如以哲學的論理方法論證宗教學而把宗教學帶回哲學研究的老家，不可避免要發生的是把文學朝宗教學的論域牽合，致使連自己都覺得這樣做的目的是可懷疑的。論者以爲，問題產生的關鍵，在於海倫・加德納試圖把一般詩歌涉及到宗教書寫的文本，從一般詩學中離析出去，並以宗教詩歌的概念，意欲使之成爲一種特殊的文類而獨立存在於文學之外。其實，就宗教學對宗教自身的研究而論，沒有人會對《聖經・詩篇》，產生那不是宗教經典而是純文學文本的質疑，也沒有人會對存在於佛教經典中爲數龐大的應頌與諷頌，產生那不是經典本身而是文學文本的疑惑，〔註91〕雖然賴信川在〈佛典詩偈與造頌法初探〉中認爲那是「佛教文學重要的源頭」，〔註92〕但值得注意的是賴信川指的是弘教學。因此，並不意謂著應頌與諷頌就是文學本身，頂多祇能表明那之中運用了文學的表現手法，如意象的選擇與運用、語序的調整與修飾、精確譬喻的要求、合理想像的發揮、模擬詩體的用韵……等等，而達到使其看起來具有更大的可讀性與親切感，從而使信徒產生更堅定的意念，或使一般讀者生起皈信願望，但誰都知道，即使如此做，也不能使應頌與諷頌的書寫成爲一般概念中的文學文本。這樣說來，從研究存在於文藝學文本中的宗教學內涵來研究佛教文學，就勢必要從文學研究的工具中去找到適合研究文學宗教學的方法，否則不爲功。

　　基於上述對佛教文學研究工具的清理，論者認爲現階段的佛教文學研究，除了共同的文學研究方法之外，對盛宋文藝學成熟時期佛教文學的研究工具，在更完善的操作方法還沒有被建構起來的此際，可以通過如下既成的途徑來達成一定的目的：

一、主題學研究方法

　　雖然曹順慶等人說：「人們對於主題學的定義眾說紛紜，迄今沒有定論。」

〔註90〕　海倫・加德納（Helen Gardner）著，江先春、沈弘譯，《宗教與文學》（*Religion and Literature*），四川，四川人民，2003，頁 133～134。

〔註91〕　彌勒菩薩在《瑜伽師地論》卷第八十一〈攝釋分之上〉說：「法者，畧有十二種，謂契經等十二分教。……應頌者，謂長行後宣說伽他。……諷頌者，謂以句說，或以二句，或以三、四、五、六句說。」《大正藏》，第三十冊，頁 753[a]。

〔註92〕　劉楚華主編，《唐代文學與宗教》，九龍，中華書局（香港）有限公司，2004，頁 53。

〔註 93〕但論者認爲陳鵬翔教授的看法，做爲研究中國佛教文學的可能方法是值得細究的，陳鵬翔教授在〈主題學研究與中國文學〉中說：「主題學研究是比較文學的一個部門，它集中在各別主題、母題，尤其是〔對〕神話（廣義）人物主題做追溯探源的工作，並對不同時代作家（包括無名氏作者）如何利用同一個主題或母題來抒發積愫以及反應時代，做深入的探討。」〔註 94〕又說：「主題學探索的是相同主題（包括套語、意象和母題等）在不同時代以及不同的作家手中的處理，據以瞭解時代的特徵和作家的意圖。」〔註 95〕並指出：「在研究抒情詩尤其〔是〕中國的四〔五？〕言〔句〕絕句時，意象與母題的關係必須廓清。……意象與母題是兩個意義涇渭分明的詞語，……是兩個不同層次的概念。……在抒情詩裏，一行詩通常都具有一個意象，有時甚至具有兩三個不等。這麼一個意象有時可能是一〔個〕象徵，……當一個意象不斷出現時，它纔可能被賦予象徵的意義。……好幾個意象可能構成某個母題。」〔註 96〕

　　相對於漢文化，佛學做爲異質文化的宗教學書寫模式，與中國各種文類的文學書寫模式，不論在內容或形式上，似乎都不具可比性。然而，如果從佛學對與漢文化相適應的長遠歷史進程來考查，直到七世紀時慧能南禪的誕生，而從禪佛學的途徑完成中國化而論，必然會在由印而漢、由宗教而文藝的傳導過程中，發生各種方式的傾斜現象，如格義佛學、科判詮釋法、疏鈔學、說法次第、形成宗派的判教，以及宗教史傳的創造、莊禪合流的比附等等，而這一系列由印而漢的改造過程，正是文化本位思想上的夷狄入中國則中國之的選擇性會通，如韓愈在〈原道〉說：「諸侯用夷禮，則夷之；進於中國，則中國之。」〔註 97〕乃至於具有相對理性的片面否證所致，這就不可避免的要以中國化佛學的方式，進入中國文士的視野與生活之中，並以其漸積力久而成爲生命意識的一部分，且在文學文本書寫的內容取資與語境的美學接受上，自覺或不自覺的朝創作的互文性手法與藝術審美的表達之路轉向，

〔註 93〕 曹順慶等著，《比較文學論》，臺北，揚智文化事業股份有限公司，2003，頁 266。
〔註 94〕 陳鵬翔編著，《主題學研究論文集》，臺北，東大圖書股份有限公司，2004，頁 16。
〔註 95〕 《主題學研究論文集》，頁 26。
〔註 96〕 《主題學研究論文集》，頁 32。
〔註 97〕 《韓昌黎文集校注》，頁 10。

這就鋪陳出可比性的可能空間。因此，論者同意，張高評與林朝成在〈兩岸中國佛教文學研究的課題評介與省思——以詩、禪交涉爲中心〉一文中所說的「蕭麗華〈宴坐寂不動，大千入毫髮〉一文討論唐代的宴坐詩，也是主題研究的好題材」在研究實踐上的成功，〔註98〕而這已足夠表明，運用主題學的研究方法來研究蘇軾佛教文學，應是有效的工具。

二、接受美學研究方法

　　德國康士坦茨學派的創始人之一漢斯‧羅伯特‧姚斯，在一九六七年發表接受美學（Aesthetic of Reception）的宣言性文獻〈文學史做爲向文學理論的挑戰〉，提出更新文學史研究的接受美學，主張重建文學與歷史、歷史方法與美學統一的研究方法論。姚斯「認爲文學研究應落實爲文學作品的研究，文學作品的研究應落實爲文學作品的存在方式的研究，文學作品的存在方式研究應落實爲文學作品的存在史的研究，而文學作品的存在史也就是文學史研究的眞正內容」。〔註99〕

　　姚斯的方法論，係針對如何以文學文本爲根據的美學研究，而非僅止於以文學史本身，或其他次要文獻爲參照系或最終根據的歷史研究，並以兩者會通的研究方法，做爲重新書寫文學史而爲文學接受史而提出的。而論者亦認爲，在研究蘇軾佛教文學的論題上，最直截的途徑，莫過於從文藝學文本本身入手，但與形式主義迥異的是既考查佛教文學文本在文藝學研究中，是如何以文藝學方式存在的問題，又追索文藝學文本在當時代的諸種存在方式，是如何存在的，如具備官僚身分的文學家們，是如何在儒術治國與傳統言志詩教的基本信念中，得以同時在自己的心靈上，別開超越之道的幽徑，去尋找完全不同於世法的生命觀照之路，又是通過怎樣的途徑，去體達被觀照的生命實相，並最終透過文藝學文本的書寫，而給予恰如其分的體現出來。

　　當然，在蘇軾的生命觀照上，還有更複雜的論題，並置在其生命意識之中，且達到圓融任運的境界，纔使宗教的超越之思，得以轉化爲審美的創意，而在文藝學文本的創作實踐上，以文藝學的方式給予開顯出來，並能使其不至於在瞎比附的狀態之下，淪爲宗教的附庸，這就必然要觸及到，蘇軾是如

〔註98〕　《普門學報》，第九期，高雄縣，佛光山文教基金會，2002.5，頁283。
〔註99〕　朱立元主編，《當代西方文藝理論》，上海，華東師範大學出版社，2003，頁287。

何從宗教的信念上，接受佛教信仰做為自己的精神內涵，並將其本質導向文藝學文本的表現之路，而能不在世出世法兩個範疇，之於儒學的終極目的與佛法的終極關懷迥然不同的前提上，產生認知衝突與心理焦慮？

從姚斯接受美學的要項之一「真正意義上的讀者」來看，〔註100〕蘇軾首先必然是佛教典籍在「接受美學意義上的讀者」，而這種類型的讀者，「實質性參與作品的存在，甚至決定著作品的存在」。〔註101〕也就是說，蘇軾對佛典的接受，具備了參與以及決定佛典存在的事實。這就說明了，論者對姚斯接受美學研究方法論的取資，也俱備了參與以及決定蘇軾佛教文學存在的事實，並以此做為對論題進行分析、傳釋與立論的工具。

三、互文性研究方法

保加利亞籍法國學者朱麗婭・克里斯特娃，在一九六七年發表的〈封閉性的文本〉一文中，首先給互文性（intertextualité）下了明確的定義：「一篇文本中交叉出現的其他文本的表述。」〔註102〕從此開啟了互文性在西方學界的進一步研究，如羅蘭・巴特、里法特爾、熱奈特、孔帕尼翁、洛朗・堅尼……等等，克里斯特娃在《符號學，語義分析研究》一書中說：「橫向軸（作者——讀者）和縱向軸（文本——背景）重合後揭示這樣一個事實：一個詞（或一篇文本）是另一些詞（或文本）的再現，我們從中至少可以讀到另一個詞（或一篇文本）。」〔註103〕

蒂費納・薩莫瓦約從對語言的聯繫、動態、轉變、交叉等方面，指出克里斯特娃的互文性定義，暗含著引申的概念：「一個詞有著自己的語義、用法和規範，當它被用在一篇文本裏時，它不但攜帶了它自己的語義、用法和規範，同時又和文中其他的詞和表述聯繫起來，共同轉變了自己原有的語義、用法和規範。」〔註104〕

如果把互文性的概念轉移到中國古典文論上來，不難讓人看到〈神思〉篇之後整整半部的《文心雕龍》，以及由其所開展出來的相關論述，如梁詩評

〔註100〕 《當代西方文藝理論》，頁 288。
〔註101〕 《當代西方文藝理論》，頁 288。
〔註102〕 蒂費納・薩莫瓦約著，邵煒譯，《互文性研究》，天津市，天津人民出版社，2003，頁 3。
〔註103〕 《互文性研究》，頁 4。
〔註104〕 《互文性研究》，頁 4。

家鍾嶸脫胎於「深文隱蔚，餘味曲包」〔註105〕的滋味說，〔註106〕唐詩論家僧皎然對「文外之重旨」〔註107〕的發揮，〔註108〕而就在皎然的筆下對中國詩學義法的探討中，首先導入了中國古典文學與佛教思想是如何產生正相關的長遠傳統的論述，皎然在〈文章宗旨〉說：「康樂公早歲能作文，性穎神徹。及通內典，心地更精。故所作詩，發皆造極，得非空王之助道邪？」〔註109〕

　　就在這裏，論者看到了盛宋文藝學由變革時期向成熟時期蛻化之際，蘇軾之於中國佛教文學文本書寫的思想潮頭，是如何衝開純儒們所苦苦固守的地盤，而紛紛逸出歐陽修在〈與張秀才〉第二書中所指出的「究古明道」的六經防線，〔註110〕朝佛國的疆域遊戲三昧而去。因此，當蒂費納・薩莫瓦約指出互文性是「文學體系的一種手法和文本的多種表現形式」時，〔註111〕必然要在方法論上表明這種疆界被突破所帶來的可能結果及其限制，如說：「在一篇文本中可以聽到幾種聲音，但沒有一處清晰可辨的互文現象。……文本根據直觀的合併方式直接參考已有的文本。……文本離不開傳統，離不開文獻，而這些是多層次的聯繫，有時隱晦，有時直白。……整篇文本都來自其他文本，互文是絕對主要的依據。」〔註112〕在此，以互文性研究方法，做為研究蘇軾中國佛教文學的研究工具，在文本的生成、分析與傳釋上，便具有了傳統與現代相互為用的功能。

四、佛典詮釋學

　　二十世紀末的臺灣佛學界，在研究方法論上興起了一股從詮釋學的進路研究佛教哲學的探索之風，如賴賢宗在〈佛教詮釋學的重省──論佛教詮釋學的意義、相關研究與主要論題〉中，立足於「勝義自性」義的基礎，通過西哲存有學的路徑，意圖創建「大乘佛教的本體詮釋學」，以便在「大乘佛學

〔註105〕梁・劉勰撰，臺灣開明書店注，《文心雕龍注》，卷八，〈隱秀第四十〉，臺北，臺灣開明書店，民62，頁20^b。

〔註106〕梁・鍾嶸著，《詩品》，何文煥輯，《歷代詩話》，第一冊，臺北，漢京文化事業有限公司，民72，頁3。

〔註107〕《文心雕龍注》，卷八，〈隱秀第四十〉，頁20^a。

〔註108〕唐・皎然著，《詩式》，卷一，〈重意詩例〉，張伯偉著，《全唐五代詩格彙考》，南京，鳳凰出版社，2005，頁233。

〔註109〕《全唐五代詩格彙考》，頁229。

〔註110〕《歐陽修全集》，上冊，《居士外集・二・書》，頁78。

〔註111〕《互文性研究》，頁32。

〔註112〕《互文性研究》，頁32～33。

的存有學」的研究中，論證中國哲學的體用論思想，在對佛教義學世俗有與世俗諦及勝義有與勝義諦在修觀上如何可能的論述中，既達致對前者的遮詮與後者的表詮，又能證立「大乘佛教的本體詮釋學做為超存有學」在法義的研究上的有效性與合法性。〔註113〕但在另一方面，論者也聽到了傳自海峽對岸研究中國佛教哲學的聲音，如龔雋在〈宋代「文字禪」的語言世界〉說：「實際發生在漢語禪宗哲學解釋活動中的情況似乎表明，過於仰賴西方哲學的資源，有時難免流於化約主義，即把禪的語言解釋變成西方哲學觀念的東方注腳，而不去面對紛繁的禪宗歷史文本中的複雜性，以及文本本身所可能產生的抵抗。」〔註114〕

　　誠如論者在本節第一段的結尾所指出的那樣，在哲學論域中的佛學宗教學的哲學研究，有著使佛學研究再度淪為哲學附庸的學術危機。然而，在文學論域中的佛學宗教學的文學研究，又將在研究方法論上出現怎樣的研究工具，纔不至於陷入相同的學術疑慮呢？這個問題在當代涉佛的文學批評實踐上，似乎還沒有被以方法論的方式給提到研究工具如何保證其有效性的議程上來，即使著有《佛教與中國文學》專論的南開大學孫昌武教授，在自述研究方法時，也難免在「一直努力學習與運用馬克思主義的觀點和方法上」，〔註115〕把佛教文學當做「一種意識形態」來處理。〔註116〕這就使得中國佛教文學的研究，增加了以後見之明見前見之明於不明的思想困擾，亦即保證中國佛教文學研究做為獨立學門的文學研究的獨立性與合理性的學術話語的合法性，如果必須片面的通過馬克思的意識形態而取得，論者認為它的危機，並不亞於使其成為哲學的附庸而對中國佛教文學應有的題中之義所產生的重重遮蔽。

　　職是之故，論者在深度省察龍樹與智顗的佛典詮釋學時，發現智顗在《妙法蓮華經文句》卷第一上〈序品第一〉所提出的「四意消文」，即「今帖文為四，一、列數，二、所以，三、引證，四、示相。列數者，一、因緣，二、約教，三、本跡，四、觀心。……皆以四意消文」，〔註117〕可以從天臺學的教

〔註113〕賴賢宗著，《佛教詮釋學》，臺北，新文豐出版公司，民92，頁3～8。
〔註114〕龔雋著，《禪史鈎沈——以問題為中心的思想史論述》，北京，三聯書店，2006，頁297。
〔註115〕孫昌武著，《佛教與中國文學‧後記》，上海人民出版社，1988，頁383。
〔註116〕《佛教與中國文學‧前言》，頁1。
〔註117〕《大正藏》，第三十四冊，頁2ª。

相判釋論中給個別的轉移出來，而成為研究蘇軾中國佛教文學詮釋學取法的可能研究工具。

這種轉移雖然不無嘗試性質，但論者以為，直接面對佛典本身，從佛教典籍內部來求索中國佛教文學文本與佛典文本的互文性關係，至少可以在本義上先站定正確義解的腳跟，然後在分析文學文本與佛典文本的共存關係時，找到佛典文本與文學文本在文藝學書寫上的共構根據，至於中國佛教文學文本與佛典文本在超文性的派生關係方面，也可以在衍生義上，找到釋惠洪在《冷齋夜話》卷之四所說的「用事琢句，妙在言其用，不言其名」的體用根源，〔註118〕纔不致因空泛的浮想，乃至於斷章取義的有意誤讀，或一知半解甚至盲然不解的強解，而將有限的詮釋上綱成無限的詮釋，並在過度詮釋下，掉進文本意圖與詮釋意圖扞格不入的兩難困境中。

從上述可知，關於中國佛教文學的研究方法，截至當代為止，尚無一套普遍有效的研究架構。事實上也沒有那個必要，因為學術研究迥別於生產線上既定的製程，不可能把來源不同的金砂，依照機械化的操作工序，統統澆鑄成統一化、規格化、標準化但卻毫無美感的金磚，然後被嚴密的窖藏起來便了事。因此，根據不同範疇論題的提出，便有重建或借用與改造不同方法的必要，何況「文學不是一個靜止的、孤立的、無生命的社會現象，它是一個有廣泛聯繫、相互交錯且能自生發展，自我運動的產物」，〔註119〕更明確的說，它的前提是文學而不是其他的甚麼，如中國第一部詩歌總集《詩三百》，是文學意義上的詩而不是經學意義上的經那樣，祇有把它置放在文學的論域中進行論述，纔能看到它的本來面目，否則，何不從宗教學的研究本身下手去研究宗教經典，豈不更省事、更沒有異見？祇是如此一來，文學家因宗教信仰而生發對生命超越之思的審美觀照，勢將失去合理存在的根據與在被鑑賞中所必然會發生的判準失焦。因此，論者自始即相信，中國佛教文學是印度佛學中國化的必然產物，它從中國人一開始接受之初，就已註定要走上中國化的中國文化之路，並被累代的文學家視為中國文化既有的本身給繼承了下來，且成為文藝學文本書寫的主要底蘊之一，而同儒、道兩家的文化光華那樣，閃爍著般若智慧的輝芒，從而在盛宋文藝學成熟時期的蘇軾筆下，與

〔註118〕《稀見本宋人詩話四種》，頁43。

〔註119〕蕭師麗華著，《元詩之社會性與藝術性研究》，臺北，國家出版社，1998，頁24。

中國佛教同時達到爛熟的極致，以致後世的中國古典文學論者，不論在主觀上抱持同意的正視態度或不同意的偏執定見，都必然要在客觀上無可規避的看到它他們同時具足存在的事實，是中國文化特有的精神景觀。

第五節　當代相關研究之探討

　　站在二十一世紀的開頭來回顧中國文化史的時空象限，宋代正處於中古與近古時期轉折的接榫點上，這個歷史位置表明了它勢必要承擔起繼承與開創的多重時代使命，就文學本身的發展來看，在詩學上有唐音與宋調「主情」與「主理」的因革，〔註120〕在詞學上有「詞調競繁，詞體大備」的開拓，〔註121〕在散文上有韓、柳「獨開門戶」之後的「文運天啟」，〔註122〕至於小說觀念，在歐陽修、宋祁編修的《新唐書·藝文志》中，亦從先前的的史部析出，併入子部的小說家類。〔註123〕

　　就佛學本身的發展來看，大宋開國之前的一百一十五年之間，雖連續遭到唐武宗在會昌五（845）年、後周世宗在顯德二（955）年兩次嚴重的滅佛法難，但佛教的法脈並沒有因此而斷絕，反而在太宗朝（976～997，在位）迅速復興，如黃啟江在〈宋太宗與佛教〉說：

> 　　有計畫的管制與扶持之下，不但促成了東西佛教的交流，完成大批佛典的翻譯，而且將北宋都城建立成新的佛教中心，助成後來佛教，尤其是禪宗的發展，奠定北宋皇室崇佛的「祖宗之制」，於北宋對佛教的信仰、北宋佛教文化的形成，頗有鼓舞開創之功。
> 〔註124〕

　　關於「祖宗之法」，是「宋太宗總結並且繼承了太祖的微妙用意」，〔註125〕

〔註120〕曾祥波著，《從唐音到宋調——以北宋前期詩歌為中心》，北京，昆侖出版社，2006，頁2。

〔註121〕劉揚忠主編，《中國古代文學通論·宋代卷》，遼寧人民出版社，2005，頁49。

〔註122〕明·茅坤撰，《唐宋八大家文鈔評文·總敘》，王水照編，《歷代文話》，第二冊，上海，復旦大學出版社，2007，頁1783。

〔註123〕宋·歐陽修、宋祁撰，楊家駱主編，《新校本新唐書》，第二冊，臺北，鼎文書局，民81，頁1539～1543。

〔註124〕黃啟江著，《北宋佛教史論稿》，臺北，臺灣商務印書館股份有限公司，1997，頁31。

〔註125〕鄧小南著，《祖宗之法——北宋前期政治述畧》，北京，三聯書店，2006，頁9。

並「經由士大夫羣體相繼闡發而被認定的」。〔註126〕這說明了它不是寫在正式文件上的具文，所以不會是公開召告天下的律令。也就是說，這種不成文的習慣法，是以大宋歷任皇帝的主觀意願做為最終根據，因而潛藏著不確定性的變數，以至在徽宗朝遭到了嚴重的侵擾，如《宋史·本紀第二十二·徽宗四》載，宣和元（1119）年正月乙卯，詔曰：「改佛號大覺金仙，餘為仙人、大士。僧為德士，易服飾，稱姓氏。寺為宮，院為觀。改女冠為女道，尼為女德。」〔註127〕又如志磐在《佛祖統紀》卷第四十六〈法運通塞志第十七之十三·徽宗〉載：「致〔政〕和……七（1117）年。初，永嘉道士林靈素，挾妖術遊淮泗，乞食於僧寺。是年至楚州，與僧慧世，抗言相歐〔毆〕，辨〔辯〕於官，郡倅石仲，喜其口辨〔辯〕，脫之，挈入京師，謁太師，蔡京以為異人，引見上，即誕言曰：『上即天上長生帝君，居神霄玉清府，弟曰青華帝君，皆玉帝子也，蔡京即玉清左相仙伯，靈素乃書罰仙吏褚惠也。』上大喜，賜號金門羽客，築通真宮以居之，因自號教主道君皇帝。……召入見，上問曰：『朕昔見東華帝君，聞改除魔髡之語，何謂也？』靈素遂縱言曰：『佛教害道久矣！今雖不可滅，宜與改正，以佛剎為宮觀，釋迦為天尊，菩薩為大士，僧為德士，皆留髮、頂冠、執笏。』詔可。」〔註128〕

　　在鄧小南的研究中，雖然沒有涉及佛教的論題，但根據論者的理解，當是指《長編》卷二十四「太平興國八（983）年十月甲申」第二條所載的「上以新譯經五卷示宰相」時所說的一段話：

　　　　浮屠氏之教有裨政治，達者自悟淵微，愚者妄生誣謗，朕於此
　　道，微究宗旨。凡為君治人，即是修行之地，行一好事，天下獲利，
　　即釋氏所謂利他者也。……為君者撫育萬類，皆如赤子，無偏無黨，
　　各得其所，豈非修行之道乎？雖方外之說，亦有可觀者。〔註129〕

　　此前，禪宗南宗因長期在南方與山林安住，因而避過廢毀的鋒頭，但也應當看到天臺、華嚴、淨土與律宗的再度振興，並在社會生活上，對文士的精神樣態產生的普遍影響。

　　至於佛教典籍的纂輯與出版，自宋太祖甫登基不久的開寶四（971）年，即在成都開雕中國出版史上第一部印刷版《大藏經》以來，一直到民國七十

〔註126〕 《祖宗之法──北宋前期政治述畧》，頁 10。
〔註127〕 《宋史》，第二冊，頁 403。
〔註128〕 《大正藏》，第四十九冊，頁 420^{b-c}。
〔註129〕 《長編》，第一冊，頁 554。

二（1983）年刊行的《佛光大藏經》陸續問世，在這一千年之間，可說累代都有纂輯。因此，主要的漢文佛典，基本上都被完整的保留了下來。〔註130〕祇是文人的著作，卻一直沒有得到完善的整理，雖在《永樂大典》散佚之後有《四庫全書》的編纂，但卻因其長期束諸於禁宮之內，一般讀書人無從一睹真章，而對傳統深遠的中國古典文學研究，造成了種種文獻不足徵的限制，如此一來，對某一論題的研究，除了詩話與筆記文本的反覆傳鈔之外，便很難在文論上有既見樹又見林的成果出現，直到二十世紀晚期，關於宋代文人的著作，纔在文獻學領域有大規模整理的總集出現，如《全宋詞》、〔註131〕《詞話叢編》、〔註132〕《全宋詩》、〔註133〕《全宋筆記》、〔註134〕《宋詩話全編》、《全宋文》〔註135〕等等。

然而，這些新近完成的基礎文獻，並沒有對二十世紀中期以來的宋代文學研究帶來全面性的便利。因此，在探討以現代學術研究方法所得出的盛宋文藝學成熟時期的佛教文學研究成果時，仍然看不到豐碩的果實。至於蘇軾佛教文學的跨論域研究，則更顯得匱乏，是以，論者所能做的，祇能從正式出版的相關專論中，分為蘇軾類與宋文學涉佛研究類，以問世年代的先後著手，去舉一隅以三隅反了。

一、唐玲玲、周偉民著，《蘇軾思想研究》，臺北，文史哲出版社，民85。

本書大分三篇，論述蘇軾的思想，如何從「北宋社會的時代思潮」〔註136〕之政制變革中開展而出，揭示做為官僚的蘇軾，以其在政見上與宰相王安石相左，而造成終其一生，都在宦海浮沈不定的特殊生命景觀，並用三章的篇幅，從「蘇軾的自然觀」、「儒學的信仰」、「老莊思想的蛻變」、「蘇軾思想中的禪思佛意」等學術進路，意圖把蘇軾從文學家的論域，上升到思想家的高

〔註130〕 這僅就漢譯三藏與僧家的弘教著作而言，因為僧侶逸出此一閾限的詩文著作，幾乎都被排除在入藏之列，以致大量亡佚。參見李國玲編著，《宋僧著述考》，成都，四川大學出版社，2007。

〔註131〕 唐圭璋編，《全宋詞》，五冊，臺南，平平出版社，民64。

〔註132〕 唐圭璋主編，《詞話叢編》，五冊，北京，中華書局，2005。

〔註133〕 傅璇宗等主編，《全宋詩》，七十二冊，北京大學出版社，1998。

〔註134〕 鄭州，大象出版社，已出版三輯，每輯十冊，2003～2008。

〔註135〕 曾棗莊等主編，《全宋文》，三百六十冊，上海辭書出版社、安徽教育出版社，2006。

〔註136〕 唐玲玲、周偉民著，《蘇軾思想研究》，臺北，文史哲出版社，民85，頁3。

度，來詮釋蘊藏在蘇軾各類書寫文本中的哲學思想，同時指出：「蘇軾是一個文學家，這已經是有口皆碑，在文學史上享有盛名，佔著重要地位；然而，蘇軾的哲學思想，卻鮮為論者所及。在哲學史著述中，僅侯外廬主編的《中國思想通史》，曾署署提到。」〔註137〕

　　唐玲玲與周偉民可以說是在當代蘇學研究中，較早以多方位的視域，同時觀照到蘇軾做為哲人的思想意謂所蘊藉的多重元素，是如何在蘇軾的各類文本書寫中產生作用，乃至於在文藝學的創作實踐上，將其哲思結構到相應的文本表現之中，進而豐富了文藝學創造的具體內涵，如以「蘇軾思想中的禪思佛意」而論，唐、周二人認為，蘇軾的「禪思佛意」，不但「是與莊學相通」，〔註138〕而且在思想會通上是「以儒學釋佛學」〔註139〕。

　　就是這種義界雜糅的現象，與以儒領佛的古典方法論，把原應進一步釐辨分明的世法是為共外道法，出世法是不共法的蘇軾文藝學表現，做為諸法所應具體而微體現在詩文文本的佛學思想空間，留給後進者做為跨論域研究的門徑。論者便是假此方便，從蘇軾的文藝學表現進路，晉登蘇軾銷釋在其文藝學文本深處的佛學思想堂奧，進而意圖從固有的禪文學的單一視域，開顯出蘇軾文藝學佛教學之於宗門教下，並軌馳思的特殊圓通性，應該具有做為獨立學門而予以單獨立項的學術價值。

　　二、木齋著，《蘇東坡研究》，桂林，廣西師範大學出版社，1998。

　　木齋在本書中，根據蘇軾〈遊廬山次韵章傳道〉一詩所說的「野性猶同縱壑魚」，提出「蘇軾野性論」的立論基礎，試圖以新的見地，突破「以傳統的儒、道、釋來解釋蘇軾的思想，有著不可避免的局限」的閾限，〔註140〕認為「蘇軾的『野性』則是人性中坦直自由的追求與黑暗現實壓迫形成矛盾的對立統一體，是積極入世、抨擊黑暗、指摘時弊與寄情山水、嘯傲園林、追求心靈歸隱、追求精神上的物我同一的對立統一」。〔註141〕

　　從木齋的視野中，的確折射出一個非常不同於一般的如實觀點的蘇軾的全新身影，即蘇軾的內在稟性及其外顯行為，是一個未經儒、道、釋思想深度污染的素樸的自然人，對看不慣的政治社會現實，每每採取非理性的對立

〔註137〕《蘇軾思想研究》，頁197。
〔註138〕《蘇軾思想研究》，頁253。
〔註139〕《蘇軾思想研究》，頁253。
〔註140〕木齋著，《蘇東坡研究》，桂林，廣西師範大學出版社，1998，頁38。
〔註141〕《蘇東坡研究》，頁42。

態度，對之進行積極鬪爭，且爲反對而反對的異議分子，縱使在放懷園林時，也以嘯之傲之的睥睨眼光，採取凌躪的態勢去看。而這恰恰說明了木齋對蘇軾的認識，帶有鮮明的後設的唯物史觀與階級鬪爭論的色彩，用木齋的眼光來看，北宋正是「階級矛盾空前尖銳，使人民生活更加痛苦。在思想文化上也勢必要加強禁錮」的悲慘時代。〔註142〕

木齋的觀點，從文化學的論域來簡別，不但與當代學界所徵證最廣的陳寅恪在〈鄧廣銘《宋史職官志考證‧序》〉所說的「華夏民族之文化，歷數千載之演進，造極於趙宋之世」之論，〔註143〕大相逕庭，並把蘇軾的涉佛思想，朝「空幻觀念，再前進一步，就會歸結到否定君臣父子的叛逆思想」牽引，〔註144〕並假藉朱熹的鬪佛舊調，彈出馬克思宗教觀的新聲，而指證蘇軾的涉佛思想，在「『人生如夢』、『萬境歸空』的認識，……在客觀上起到了瓦解和破壞封建制度的作用」，〔註145〕於是出現了連宋朝的蘇軾也不認識的二十世紀的蘇軾，而二十世紀的蘇軾，便成爲「還不可能作爲新世界的建設者，而祇能是舊世界的掘墓人」。〔註146〕然而，論者從東坡居士的諸體文本與佛學思想互文性的書寫，與當時代的大量文獻脈絡中，所看到的宰官蘇軾與維摩蘇軾之如其本然的面目，卻與木齋的野性論，在本質上有著霄壤之別。

三、劉石著，《論蘇軾與佛教》，《中國佛教學術論典》，第三十八冊，高雄，佛光山文教基金會，2001。

劉石分別從儒、釋融合與釋、道分判的基點，開展蘇軾入世思想與出塵之思的簡要敘述，說明蘇軾如何在經國濟世的信念上，終身執持儒家思想，並在對道家思想進行抉擇之後，「決意『洗心歸佛祖』」的思想昇華。〔註147〕而作者注意到了華嚴法界觀的思想，對蘇軾文學理論的啓發與詩禪會通的論題，並揭示了蘇軾在文本書寫上與佛教經典文本交糅的行文途徑。這一切雖然著力都不深，詮釋規模亦屬有限，但仍可以從影響論的考察上，看出作者意圖論證蘇軾接受佛教的深刻用心。

〔註142〕《蘇東坡研究》，頁42。
〔註143〕陳寅恪著，《金明館叢稿初編‧二編》，《陳寅恪先生文集》，第二冊，臺北，里仁書局，民70，頁245。
〔註144〕《蘇東坡研究》，頁59。
〔註145〕《蘇東坡研究》，頁60。
〔註146〕《蘇東坡研究》，頁60。
〔註147〕劉石著，《論蘇軾與佛教》，《中國佛教學術論典》，第三十八冊，高雄，佛光山文教基金會，2001，頁357。

　　四、黃啓方著,《東坡的心靈世界》,臺北,臺灣學生書局,2002。

　　黃啓方教授在本書中開爲九個小主題,以歸納法娓娓訴說蘇軾的心情,及其在文藝學書寫上的發用,是作者「設身處地、揣摩東坡當年的心境」的心得,〔註148〕其中與佛學般若空思想具互文性的是,〈古今如夢,何曾夢覺——東坡的夢裏乾坤〉一文,以「世事一場大夢」,〔註149〕代蘇軾發出令人不得不也爲之輕喟的太息,如同黃教授在舊作〈三蘇詩〉一文中,說蘇軾在〈百步洪〉一詩所表達的人間擾攘,及其權力予奪的「結果大家都在夢裏」的觀解一致。〔註150〕而這種類似體現蘇軾般若思想的觀解,可以說是開啓隨在蘇軾諸體文藝學文本中,或顯或隱的夢、幻、泡、影、露、電六如思想,對有爲法臨境銷融的鑰匙。

　　五、冷成金著,《蘇軾的哲學觀與文藝觀》,北京,學苑出版社,2004。

　　在這部幾近五十萬言的大書中,冷成金嘗試應用哲學論證的方法,站在「考察佛學對蘇軾的影響,可以看到佛學是怎樣以文學藝術爲切入點來影響宋代士大夫的思維方式」的立論基盤之上,〔註151〕爲專節「蘇軾的禪學思想與其哲學觀」,以歸納法依分類標目排比蘇軾文本,做爲確立佛教禪學對蘇軾思想的影響研究,可以說是第一個深切認識到,以不可測的思維方式,對可見、可析、可論的蘇學書寫文本,從書寫之跡,對成跡的思維運動形態,如何予以適切把握的重要性的學者。

　　冷成金在長達六十頁的蘇軾禪學思想的論述中,依分類標目清理了蘇軾大量的涉佛文本,用以蘇證蘇的方法,試圖證明「蘇軾的藝術思維也受惠於佛學,尤其是禪宗,使他的詩文創作上升到了『哲理層面』」。〔註152〕然而,冷成金卻沒有徵證任何使蘇軾的詩文創作,是通過怎樣的思維模式,上升到哲理層面,並與之具正相關的佛典文據,而在涉佛蘇學的研究上,徒然留下了不可彌補的理論破綻。換言之,佛典文據及其思想做爲甲文本,蘇軾的書寫文本做爲乙文本,甲文本在乙文本中的共存關係,或甲思想做爲乙思想的派生根源,在論證乙文本時與甲文本互爲一體的兩面,冷成金單單以乙文本

〔註148〕黃啓方著,《東坡的心靈世界》,臺北,臺灣學生書局,2002,頁Ⅱ。
〔註149〕《東坡的心靈世界》,頁194。
〔註150〕黃啓方著,《宋代詩文縱談》,臺北,臺灣商務印書館股份有限公司,1997,頁38。
〔註151〕冷成金著,《蘇軾的哲學觀與文藝觀》,北京,學苑出版社,2004,頁260。
〔註152〕《蘇軾的哲學觀與文藝觀》,頁319。

證明乙文本係受甲文本的影響，但卻沒有一個字及於甲文本與乙文本的共存與派生關係，顯然與學理不符。

六、杜松柏著，《禪學與唐宋詩學》，臺北，黎明文化事業股份有限公司，民65。

這是臺灣第一部用當代學術研究的方式撰寫，並正式出版的涉宋禪學與詩學的博士學位論文，作者是以「無禪學即無宋代理學」的觀念，〔註153〕做為對宋學思考的先在基礎，然後纔提出「無禪學則唐宋之詩亦不能有高玄意境」的論題，〔註154〕展開禪學對唐宋詩學在創作實踐與理論建構上的影響。

首先，以史傳論的方法，建立祖師禪在中國弘傳的系譜，並在點出包括慧能在內等六位中國禪宗祖師與北宗神秀的禪法之後，概述分燈禪五家七宗接引學人的不同作畧，並順勢導論兩宋禪學宗派的分流與興衰，再在宗教哲學的認識上探討禪學的根本思想、特性，及其對唐宋士風的影響。

其次，以比較的方法，說明詩人援禪入詩、以禪論詩，禪師以詩寓禪的詩禪融合之道，並具體指出宗教與文學固有的差別。而值得注意的是作者把禪門祖師的付法偈與禪師開悟的偈頌、發明公案的頌古、互示機境的韻語，全部都說為詩，這不但使禪詩的研究範圍廣為擴大，並使禪詩發生的歷史，直接上挑南朝梁武帝年間來華的初祖達磨。〔註155〕

其三，以馮友蘭《新知言・論詩》的論理學方法，〔註156〕論述禪學理論對詩學理論與創作兩方面所產生的新論題，都具有奠基之功。

整體看來，做為詩禪研究的先行者，杜松柏對禪宗與宋詩學互涉研究基礎文獻的搜討、整理、分類與運用的紮實治學精神，對啓發後進接著做，是卓有貢獻的。

〔註153〕 杜松柏著，〈宋代理學與禪宗之關係〉，《知止齋禪學論文集》，臺北，文史哲出版社，民83，頁152。

〔註154〕 杜松柏著，《禪學與唐宋詩學》，臺北，黎明文化事業股份有限公司，民65，頁1。

〔註155〕 《全宋詩》收有宋代僧人凡六百四十三家，可以說為數眾多，而所收作品包括偈、頌、贊等，除「凡例」第六條，簡單的提到「方外僧尼，一般於法名上冠以釋字，禪〔俾〕便識別」之外，在長達二十六頁的「序」與「編纂說明」中，並無一語述及之所以把僧家偈、頌、贊也一併收入的原因，未審是否受到杜松柏研究的啓發所致？參見《全宋詩》，第一冊，頁1～25。

〔註156〕 具詳馮友蘭著，《新知言》，《貞元六書》，下冊，上海，華東師範大學出版社，1996，頁958～964。

七、王樹海著，《禪魄詩魂：佛禪與唐宋詩風的變遷》，上海，知識出版
　　社，2000。

王樹海以影響論與互涉論爲研究進路，「從已形成的唐代詩風到宋代詩風
的終於形成，在近四百年的過渡、變遷中，探尋佛禪加被的影響及其交互作
用，以期發現詩歌創作變化發展的規律」。〔註157〕易言之，王樹海的論旨在於
透過禪學對詩創作的影響方式與實際表現，通過相關子題的分類與詮釋，
申述詩人對佛禪思想的接受與審美轉化，如何從詩學內部變衍的規律型塑新
風格。

王樹海以嚴羽評宋詩「以文字爲詩，以才學爲詩，以議論爲詩」的論點，
〔註158〕切入宋詩學者化與題材細瑣化的論題，用以說明宋人變唐與創新詩風
的思維模式，並把宋詩人對佛禪的知見與體會，導入理趣的藝術範疇，而爲
官僚文士的「禪隱」與「禪悅」之風，找到了立論根據。唯其涉宋的選材，
僅止於王安石、蘇軾、黃山谷三家，且甚爲簡署，因而爲論者留下了研究盛
宋文藝學成熟時期蘇軾佛教文學得以再論述的廣大空間。

八、林湘華著，《禪宗與宋代詩學理論》，臺北，文津出版有限公司，
　　2002。

張高評教授在〈從會通化成論宋詩之新變與價值〉說：「宋代文化注重『和
合化成』，崇尚『兼容會通』，其間自有理性之取捨，知性之抉擇在。」〔註159〕
林湘華在乃師「會通化成」的通變觀之下，以禪學和詩學在「語言系統中特
有的思維方法」做爲觀照面，〔註160〕站在文學的、詩人的、詩論的立場，通
過傅偉勳哲學一般方法論的創造的詮釋學的五個辯證層次的第五個層次「意
謂」層次，〔註161〕做爲考索宋代詩論家既是詩人又是行者雙重身分的詩學理
論的詮釋進路，對禪學理論影響詩學理論的內在論據進行檢驗，以期在兩種
不同的學術領域之間，澄清彼此各自固有的觀念，在會通之後所產生的詩學
意義與文學價值。也就是說，林湘華是以創造的詮釋學爲方法論，研究宋代

〔註157〕王樹海著，《禪魄詩魂：佛禪與唐宋詩風的變遷》，上海，知識出版社，2000，
　　　　頁1。
〔註158〕《宋詩話全編》，第九冊，頁8720。
〔註159〕張高評著，《會通化成與宋代詩學》，臺南，國立成功大學出版組，2000，頁
　　　　14。
〔註160〕林湘華著，《禪宗與宋代詩學理論》，臺北，文津出版有限公司，2002，頁2。
〔註161〕傅偉勳著，〈創造的詮釋及其應用〉，《從創造的詮釋學到大乘佛學：「哲學與
　　　　宗教」四集》，臺北，東大圖書股份有限公司，民79，頁19～27。

詩學理論與禪學理論互涉的對應架構，而從比較中達致系統性的理解。

　　然而，截至目前為止的相關研究中，做得比較全面的是周裕鍇通過「微觀的詩法討論，宏觀的美學概括，橫向的詩禪相通的內在機制，縱向的詩風禪風的演變軌跡」，〔註162〕所進行的影響與模仿的影響研究，與詩禪在事實聯繫上的平行研究，以及以「親證其事而知其義」的解讀方式，〔註163〕來達到對宋代文人以禪喻詩的義解。職是，儘管論者在研究蘇軾佛教文學時，所探究的主要對象是與佛典具互文性的文藝學文本，但蘊涵著這種特質的書寫思維，往往結構在蘇軾之所以要如此而不如彼創作的理路中，並以此做為根據的審美表現與義理開彰。因此，與林湘華相類的研究成果，都是同樣值得給予高度的關注。

　　九、周裕鍇著，《文字禪與宋代詩學》，《中國佛教學術論典》，第五十六
　　　　冊，高雄，佛光山文教基金會，2002。

　　繼通論性的《中國禪宗與詩歌》在一九九一年夏脫稿之後六年的一九九七年，周裕鍇以學位論文《文字禪與宋代詩學》，〔註164〕獲得四川聯合大學古典文獻學博士學位。「不立文字」是宗門被確立為「教外別傳」的分宗根據，如宋僧普濟在《五燈會元》卷第一〈釋迦牟尼佛〉載，世尊說：「吾有正法眼藏，涅槃妙心，實相無相，微妙法門，不立文字，教外別傳。」〔註165〕然而，「不立文字」之所以在佛教中國化的長遠進程中發生，並被列入傳法系譜而上紹到釋迦牟尼佛的付法之舉（傳說），以便取得在教界合法的發言權，並非無因之果，而是通過魏晉時期與中國傳統文化在言意之辨上格義的結果，如釋慧皎在《高僧傳》卷第四〈義解一・竺法雅四〉說：「法雅，河間人，凝正有器度，少善外學，長通佛義，衣冠士子，咸附諮稟。時依門徒，並世典有功，未善佛理，雅乃與康法朗等，以經中事數，擬配外書，為生解之例，謂之格義。」〔註166〕

　　祇是宗門傳法，如果僅止於片面強調文字所無法言詮的不可思議的悟境，那麼，即使在分燈禪時代越過教下所執以為弘教憑信的經典義學，在朝

〔註162〕周裕鍇著，《中國禪宗與詩歌》，高雄，麗文文化事業股份有限公司，1994，
　　　　頁3。
〔註163〕周裕鍇著，《中國古代闡釋學研究》，上海人民出版社，2003，頁207。
〔註164〕簡體字版，北京，高等教育出版社，1998。
〔註165〕《卍續藏》，第八十冊，頁31^a。
〔註166〕《大正藏》，第五十冊，頁347^a。

農禪語境的語言學轉向的發展過程中，又如何離開不是經典文字的言說方式，而使諸法證立爲實相，並成爲被農禪語言表述的可能呢？何況在農禪修行的日常作畧中，體現在一切施爲言動上的語與境，那一樣不是透過參禪主體的六根門頭而被直觀到的？這樣的言意矛盾，在學人請法時，往往被禪師以現量語給輕輕的遮撥掉了，但關於如何開悟以及悟後風光如何印證的問題，卻祇是被懸置起來而沒有得到合理性的克服，因爲農禪語、現量語豈不正是誕生爲數龐大的宗門公案與語錄的巨大溫牀？也是騷人墨客假途禪學「以文字作佛事」的終南捷徑！而最終從生命意識的超越機轉中，走上詩學審美文本創作的書寫與理論在概念上借喻的會通之路，這對蘇軾佛教文學的促進，無疑是一條通過「法眼」達致「妙觀逸想」的境界，〔註167〕而得以在各體文本的書寫上被具足體現的坦途。

十、史雙元著，《宋詞與佛道思想》，《中國佛教學術論典》，第五十七冊，高雄，佛光山文教基金會，2002。

後蜀廣政三（940）年，歐陽炯在爲中土現存最早的詞選《花間集》寫序時，破題便說：「鏤玉彫瓊，擬化工而迥巧。裁花剪葉，奪春豔以爭鮮。」〔註168〕明確指出詞做爲一種當時正在成熟的新文體，其書寫的趨向，顯然與傳統詩教所標舉的溫柔敦厚之旨，不論在形式、內容或鑑賞目的上，都有著根本的差別，即使歷史來到了以詞做爲時代文學主要表徵之一的大宋王朝，根據《全宋詞》的纂輯者唐圭璋在二十世紀初的統計，目前已知尚有作品存世的宋詞人及作品，也不過「一千三百三十餘家，詞作一萬九千九百餘首，殘篇五百三十餘首」，〔註169〕比起《全宋詩》含不可考者在內「近萬」的宋詩人，〔註170〕在投入創作行列的人數上，也不過八分之一強。因此，論者實在很難理解，一般中國文學史敘述的合法性，是怎樣被確立起來的？不過有一

〔註167〕 梁道禮編纂，《惠洪詩話》，《宋詩話全編》，第三冊，頁2443。李保民校點，《冷齋夜話》，《歷代筆記小說大觀・宋元筆記小說大觀》，第二冊，上海古籍出版社，2001，頁 2189。以上二書皆作「法眼」。《稀見本宋人詩話四種》，頁 63，則作「詩眼」。就中國佛教文學的研究而論，此一字之別，在詩禪互涉的對應分析上，必將在還原詩人不同的觀照視域中，導出完全不同的結論。

〔註168〕 後蜀・趙崇祚編，《花間集》，《宋紹興本花間集附校注》，臺北，鼎文書局出版，民63，葉 1ª。

〔註169〕 唐圭璋編，《全宋詞・凡例》，第一冊，臺南，平平出版社，民64，頁 1。

〔註170〕 《全宋詩・編纂說明》，第一冊，頁 19。

點值得注意的，那便是詞文本的佛教書寫，是如何打破惠洪左抑的疆界，而進入詞人的審美意識中，並從詞的創作實踐中給表述出來的？惠洪說：「法雲秀關西鐵面冷嚴，能以理折人。魯直名重天下，詩詞一出，人爭傳之。師嘗謂魯直曰：『詩，多作無害；艷歌小詞，可罷之。』魯直笑曰：『空中語耳。非殺非偷，終不至坐此惡道。』師曰：『若以邪言蕩人心，使彼逾禮越禁，爲罪惡之由。吾恐非止墮惡道而已！』魯之頷之，自是不復作詞曲。」〔註171〕因此，當論者看到史雙元以「實證影響研究」與「平行比較研究」的方法，〔註172〕論證存在於宋詞中的苦、空等佛教義學的論題時，自是不免要對詞文本書寫作手蘇軾，提到佛教文學總體探討的論域中來檢視。

十一、張晶著，《禪與唐宋詩學》，北京，人民文學出版社，2003。

將貶謫與文學聯繫起來，而以「貶謫文學」命題做爲中國文學研究的特殊論題，還是二十一世紀的事。當然，這並不是張晶的論述對象，祇是如同歷來的學者那樣，張晶也注意到了貶謫與士人心態與文學在創作實踐上的對應現象，問題是張晶除了把這些關係與禪學思想並置起來審視的同時，還注意到了審美現象在奉佛文士文本書寫中所產生的作用，則是值得注意的，張晶說：「禪學思想中的『任運自在』，是文人士大夫度過人生困厄，消解心理壓力的『良方』。尤其是身處貶謫境遇之中，禪的『隨緣自適』、『任運自在』的思想，幫助士大夫們度過那些飽經坎坷的歲月，也使他們的詩詞創作沖融怡然的審美情趣。」〔註173〕

如同冷成金以人生哲學的視域，來看待蘇軾在〈黃州安國寺記〉自敘「歸誠佛僧」的因由，〔註174〕對「消弭煩惱」的心理作用，〔註175〕祇是冷成金走得比張晶更遠，把蘇軾對待佛教的態度與對待人生的態度給聯繫了起

〔註171〕梁道禮編纂，《惠洪詩話》，《宋詩話全編》，第三冊，頁2469。後來俞彥爲黃山谷抱屈說：「佛有十戒，口業居四，綺語、誑語與焉。詩、詞皆綺語，詞較甚。山谷喜作小詞，後爲泥犁獄所懼，罷作，可笑也。綺語小過，此下尚有無數等級罪惡，不知泥犁下那得無數等級地獄，髡何據作此誑語，不自思當墮何等獄耶？文人多不達，見忌眞宰，理或有之。不達已足蔽辜，何至身文重比，令千古文士氣短。」明·俞彥撰，《爰園詞話》，唐圭璋主編，《詞話叢編》，第一冊，北京，中華書局，2005，頁402～403。
〔註172〕史雙元著，《宋詞與佛道思想》，《中國佛教學術論典》，第五十七冊，高雄，佛光山文教基金會，2002，頁6。
〔註173〕張晶著，《禪與唐宋詩學》，北京，人民文學出版社，2003，頁3。
〔註174〕《蘇軾文集》，第一冊，頁391。
〔註175〕《蘇軾的哲學觀與文藝觀》，頁323。

來，而論者則在這個普遍的基礎上，看到了蘇軾佛教文學中的六度萬行，在遷流不已的人生旅途上，把世出世間炳然齊現的生命意識，以各種文藝書寫的手法，在與主體意識泯然合一的所觀境裏，導入文本書寫的不得不然的圓融之思。

　　十二、張文利著，《理禪融會與宋詩研究》，北京，中國社會科學出版社，2004。

　　賈海濤說：「如果中國歷史上有過『儒術治國』的話，北宋政治就是『儒術治國』的典型或者說『典範』。」〔註176〕儒、釋、道做為中國傳統文化自漢末以來並駕的主流思想，在大唐時代都已分別達致爛熟的程度，並在宗派佛學已全部建制完成之後，一方面朝學派佛學復歸，而從學術思想上進行求同存異的銷釋，一方面從政教與社會功能上，進行深具文化意義的融通。因此，處於國史上中古與近古時期轉折點的宋代，爲了重建崩毀於五代時期的統治秩序與倫理綱常，選擇對儒家思想的重建、改造以適應新政府與新社會的現實需要，就成爲迫在眉睫的建政綱領，並在不斷的探討中，逐漸形成付諸實踐的指導原則，祇是如此一來，在學術的發展上，便也爲「道學」的誕生打開了順利引產之路。〔註177〕

　　然而，與儒家思想的新詮同步發展的禪佛教與道家思想，並不因此而在學術論述中被單純以儒士自居者以政治力給有效的徹底清理出去，反而在彼此的互動中，往更核心的思想互涉之路上前進，而爲往後三教合一的中國文化，奠定了良性互動的對話平臺。可以說，張文利在以理學爲「儒家用世精神」的研究進路之際，〔註178〕即發現了理學「兼取佛、老而形成新儒學」的根苗。〔註179〕

　　從此，不難看出宋代文士是否能從科考的場屋中躍過龍門，或成爲官僚組織中的一份子，或野逸山林布衣終身，他們的學問根柢，無疑都是儒術的

〔註176〕賈海濤著，《北宋「儒術治國」政治研究》，濟南，齊魯書社，2006，頁2。
〔註177〕「理學」在當時代名爲「道學」，蔣義斌說：「『道學』不但是當時學者自覺得〔的〕使用著，他們彼此也認同此一詞語。《宋史》中有『道學傳』的設立，是符合史實的用詞。」蔣義斌著，《宋儒與佛教》，臺北，東大圖書股份有限公司，民86，頁26。唯論者爲避免與道家的道學在義界上產生混淆，在文中涉及「道學」一詞時，將採用當今學界的通用詞「理學」。
〔註178〕張文利著，《理禪融會與宋詩研究》，北京，中國社會科學出版社，2004，頁1。
〔註179〕《理禪融會與宋詩研究》，頁1。

致君思想，是以在論究蘇軾佛教文學的同時，論者自然會把視野投置到彼等援儒入禪或以禪證儒的場域，並在儒學與佛教思想交集的論域邊限，對「儒家與佛教又有極不相同之處」，〔註180〕在文藝學文本書寫的表述中，做出不相融的義理釐辨，誠如張文利所指出的「三蘇蜀學思想駁雜，深受禪宗和道家〔、〕道教影響，主張三教並行不悖」那樣，〔註181〕而在相應的論題上，予以客觀等視的同時，指出佛理與儒學相悖的否證之道，在佛理上是如何在懸置或覆蓋中被超越的。

十三、張培鋒著，《宋代士大夫佛學與文學》，北京，宗教文化出版社，2007。

張培鋒採用歷史主義的研究方法，在宏觀與微觀的羣體與個案的分析後，得出了「中國佛學的真正創立者，正是融會了三教思想的宋儒們」的結論，〔註182〕可以說作者的主要興趣是哲學，或者說，佛教對宋代士大夫人生態度的影響所型塑的特殊的人生哲學，而鮮少像乃師孫昌武教授對佛教文學的研究那樣，給予文學本身同樣高度的關注，不過一如論者之前多次所述及的佛教對宋代士大夫生命意識的深度浸淫，是如何對其文藝學文本的書寫發揮潛在的作用那樣，張培鋒從佛教對苦的論題的否證上，正面揭舉「追求人生至樂」，〔註183〕在宋代文學中的表現，證成禪悅精神在文學中所體現的超越性，而其超越如何可能的論題，就蘇軾佛教文學的研究來審視，仍是一個有待開掘的美學空間，而這正是論者長時垂注的範疇之一。

以上僅就專論而言，尚有許多單篇的學術論文，在晚近被陸續發表出來，但這些論著的共同命題，幾乎全部集中在禪與詩的關係上，而尟少深入佛教之所以被認為是佛教的思想根據──三藏十二部元典。因此，中國佛教文學的研究，便成為中國禪文學研究，更狹義的說法，則是禪詩研究，或公案與禪詩的研究。

從宏觀的論域來審視，這無疑是中國佛教文學研究在論題開發上單向度的嚴重傾斜，乃至於在同一共知共見的問題上疊牀架屋的鈍化現象。更危險

〔註180〕蔣義斌著，《宋儒與佛教》，臺北，東大圖書股份有限公司，民86，頁7。
〔註181〕張文利著，《理禪融會與宋詩研究》，北京，中國社會科學出版社，2004，頁48。
〔註182〕張培鋒著，《宋代士大夫佛學與文學》，北京，宗教文化出版社，2007，頁6。
〔註183〕《宋代士大夫佛學與文學》，頁259。

的是學界開始出現以後見之論，做為接著再說一次的二手研究根據，已到了讓人感到索然寡味的田地，因為橫說豎說都是公案禪、文字禪，或中國禪學對莊學的會通之後的莊禪，乃至於誤認為中國佛教禪宗是由莊學派生出來的莊禪而沒有佛教。而且正說反說都是詩，尟少觸及其他文類的文本書寫對佛學深度互文性的涉入，好像文學家書寫的當行本色，祇有詩而沒有其他形式似的。

　　如此一來，自然會發生對元文獻探討的相對遮蔽，亦即研究者所用以做為徵證論據的佛教文獻，主要是宋代以來纔被陸續纂輯起來的禪典。也就是說，十之八九都是禪門用以「據款結案」了事的諸家語錄。〔註184〕這就意謂著研究者對佛教經論元典消文能力的可懷疑，因為不論採用怎樣的研究方法研究中國佛教文學，如最普遍被採用的影響研究、平行研究、文獻學研究、歷史主義研究、詮釋學研究，在前提上都把方向指向中國文學對佛學思想要義的接受。更何況中國佛教自隋唐之際，由學派佛教走向宗派佛教的確立以來，中國禪宗的立派，不過是八宗的一宗。因此，如果中國佛教文學的研究大抵停逗在詩禪乃至僅止於詩與莊禪的論域，就不無以偏概全甚或倒果為因之虞。在這樣的省思之下，論者以為，務須把研究對象接受的理據，沿三藏十二部之波給討源回去，纔能廓清蘇軾佛教文學做為中國佛教文學具體而微的體現如何可能的藝術價值。

〔註184〕圓悟禪師說：「若是具眼者，看他一拈一掇，一褒一貶，祇用四句，揩定一則公案。大凡頌古，祇是繞路說禪，拈古大綱，據款結案而已。」佛果圓悟禪師編撰，《碧巖錄》，卷第一，《大正藏》，第四十八冊，頁141[a]。

第二章　蘇軾佛教文學發生論

第一節　佛法東漸與中國佛教文學問題的提出

　　從現存文獻來考查中印文化的交流，它的發生自始以來，便帶有鮮明的傳說色彩，司馬遷在《史記》卷一百一十一〈衛將軍驃騎列傳第五十一〉載：

　　　　元狩二（121 B.C.）年春，以冠軍侯霍去病爲驃騎將軍，將萬騎出隴西，有功。……收休屠祭天金人。〔註1〕

關於「金人」的解釋，依序共有三條：

一、南朝人如淳《史記集解》說：「祭天爲主。」

二、唐人司馬貞《史記索隱》說：「張嬰云：『佛徒祠金人也。』」明指佛教徒奉祠的對象是代表佛的金製或銅製佛像本身。

三、如淳又說：「祭天以金人爲主也。」指祭祀天神用的金俑或銅俑。

　　〔註2〕

　　班固《漢書》卷五十五〈衛青霍去病傳第二十五〉對《史記》之說全文照錄，〔註3〕唐人顏師古的注則一字不易的保留了如淳「祭天以金人爲主」、張晏〔嬰〕「佛徒祠金人」的解釋，而將「金人」一詞坐實爲：「今之佛像是

〔註1〕　漢・司馬遷撰，楊家駱主編，《新校本史記三家注并附編二種》，第四冊，臺北，鼎文書局，民82，頁2929～2930。

〔註2〕　《史記》，第四冊，頁2930。

〔註3〕　漢・班固撰，楊家駱主編，《新校本漢書并附編二種》，第三冊，臺北，鼎文書局，民75，頁2479。

也。」〔註4〕

顏師古的注，雖然確指「金人」為「佛像」，但卻巧妙的避過了如淳的「祭天」說，如以大唐是中國佛學的黃金時代而論，「祭天」這種純粹漢儒的敬天論〔註5〕與佛教的緣起論〔註6〕及解脫論，〔註7〕在思想上的扞格不入，應是當時代學者必須通曉的基本知識。因此，身為史學注疏家的顏師古，理當不至於不知道，但仍不免做出呼應時代學術氛圍的斷論，就很難讓論者不得不指出，那是有意誤讀所致。因為梵文 buddha 一詞，是否曾被譯師譯為漢語「休屠」？以其不曾見於任何存世的梵漢譯佛教經、律、論三藏之故，本身就成為一件極可商榷的事。更何況在中國佛學界開始使用霍去病的史事入佛家史傳部，以致「休屠」一詞逐漸衍生出「佛」義，已經是晚至隋朝翻經學士費長房所撰的《歷代三寶紀》，後代僧史家皆以此為根據，而在相關著作中，習焉不察的輾轉傳錄，並主要集中在唐僧的著作中，如：

一、釋道宣撰的《釋迦氏譜》、《釋迦方志》、《廣弘明集》（編）。

二、釋神清撰的《北山錄》。

三、釋彥悰撰的《集沙門不應拜俗等事》。

四、釋法琳撰的《破邪論》、《辯正論》。

五、釋道世撰的《法苑珠林》。

六、釋玄嶷撰的《甄正論》。

值得注意的是這些僧家學者與佛教史傳家，之所以在著作中頻頻轉錄霍去病的史事，都有一個共同現象，即試圖在佛教傳入中國的歷史上，取得中國佛教歷史具備悠久傳統的合法性根據，祇是證據力如此薄弱的孤證，對佛法東傳的確切時代，並無法做出充分的證明。

〔註4〕 《漢書》，第三冊，頁2480。

〔註5〕 馮友蘭說：「董仲舒所說之天，實有智力之意志，而卻非一有人格之上帝，故此謂之自然也。」馮友蘭著，《中國哲學史》，上海商務印書館，民24，頁503。

〔註6〕 釋聖嚴說：「緣起的意思是沒有一樣東西的完全成是憑空而起的，一定有其原因，而且必然是由許多因素的相加相聚而成，稱為因緣和合；由於聚散無常，所以也稱為緣起緣滅。」釋聖嚴著，《智慧一〇〇》，《法鼓全集・光碟版》，第七輯，第七冊，臺北，法鼓山基金會，2001～2002，頁97。

〔註7〕 北涼・曇無讖譯《大般涅槃經》卷第五〈如來性品第四之二〉，世尊說：「真解脫者，名曰：『遠離一切繫縛。』若真解脫，離諸繫縛，則無有生，亦無和合，……是故，解脫名曰：『不生。』……真解脫者，即是如來：如來解脫，無二無別。」《大正藏》，第十二冊，頁392[a]。

至於造成「休屠」在後來被誤認為是梵文複合詞 buddha-stūpa 的多種對音異譯，即「浮屠」、「佛圖」、「蒲圖」、「浮圖」的訛臯；或「浮屠」被認為是 buddha 在語音學上的音轉所致，都是不無原因的。關於後者的這種判斷，顯係源自於另一傳說，即曾受北魏孝明帝之命，參與曇無最與道士姜斌辯論的《魏書》作者魏收在卷一百一十四〈釋老志〉中所提出的右佛之說有關。〔註8〕魏收云說：

> 哀帝元壽元（2 B.C.）年，博士弟子員秦景憲受大月氏王使伊存口授浮屠經。……浮屠正號曰佛陀，佛陀與浮屠聲相近，皆西方言，其來轉為二音。華言譯之則為淨覺，言滅穢成明，道為聖悟。

〔註9〕

關於 buddha-stūpa 的原義則單指佛塔，如東魏人楊衒之在專記北魏首都洛陽的佛寺志《洛陽城內伽藍記》卷第一載：「中有九層浮圖一所……四道引刹向浮圖……浮圖有九級角……浮圖有四面。」〔註10〕指的並非顏師古抄自《歷代三寶紀》的「佛像」。然而，問題既然被提出來了，就不應被簡單的片面消解，即司馬遷與班固所述的「休屠」，既不可能如《佛光大辭典》以《漢書》的「收休屠祭天金人」為根據，將「休屠」之義衍為「僧侶」與「佛陀」，〔註11〕又不可能在做為主語的請情況下指稱「浮圖」，因為中國第一部正史《史記》在〈衛將軍驃騎列傳〉載：「渾邪王與休屠王等欲謀降漢，使人先要邊。」〔註12〕在卷一百二十三〈大宛列傳第六十三〉中又載：「益發戍甲卒十八萬，酒泉、張掖北，置居延、休屠以衛酒泉。」〔註13〕《漢書》卷六十八

〔註8〕參見：
1. 南山律宗之祖唐僧道宣在《續高僧傳》卷第二十三〈護法上‧魏洛都融覺寺釋曇無最傳一〉載：「帝遣尚書令元乂宣勒，道士姜斌論無宗旨，宜令下席。又議《開天經》是誰所說？中書侍郎魏收，尚書郎祖瑩，就觀取經。」《大正藏》，第五十冊，頁625ᵃ。
2. 關於北魏孝明皇帝詔令佛道辯論事，《北史》卷四〈魏本紀第四‧肅宗孝明帝元詡〉、卷五十六〈列傳第四十四‧魏收〉，失載。參見唐‧李延壽撰，楊家駱主編，《新校本北史并附編三種》，臺北，鼎文書局，民80，第一冊，頁134～156，第三冊，頁2023～2038。
〔註9〕北齊‧魏收撰，楊家駱主編，《新校本魏書并附西魏書》，第四冊，臺北，鼎文書局，民82，頁3025～3026。
〔註10〕《大正藏》，第五十一冊，頁1000ᵃ。
〔註11〕《佛光大辭典》，「休屠」條，頁2162。
〔註12〕《史記》，第四冊，頁2933。
〔註13〕《史記》，第四冊，頁3176。

〈霍光金日磾傳第三十八〉亦載：「金日磾字翁叔，本匈奴休屠王太子也。武帝元狩中，票騎將軍霍去病將兵擊匈奴右地，多斬首，虜獲休屠王祭天金人。」〔註14〕可見休屠祇是匈奴王的名字，並非 buddha 的音譯，也不是 stūpa 的對音縮畧。至於「金人」則是匈奴人用來祭天的俑，屬於萬物有靈的薩滿信仰範疇，並與佛教的教義相違，因為佛陀反對祭天，如失譯《別譯雜阿含經》卷第三〈初誦第三・第五十二經〉，世尊在耆闍崛山中明白告訴天帝釋說：「焚物而祭天，徒費而無福。」〔註15〕又，「金人」如果真的是費長房所理解的「佛像」的話，那麼，被奉祀的對象便應該是「佛陀」，而不應該用「佛像」去「祭天」。

然而，「休屠」一詞為甚麼會在中印文化交流史上變成「佛陀」的衍生義，論者認為係「休屠」與梵文複合詞 buddha-stūpa 的 stūpa 一詞的漢音對譯為「窣堵婆」、〔註16〕「窣都婆」、〔註17〕「藪斗婆」、〔註18〕「數斗波」、〔註19〕「蘇偷婆」〔註20〕、「私鍮簸」、〔註21〕「窣都婆」、〔註22〕「卒都婆」〔註23〕等詞，

〔註14〕 《漢書》，第四冊，頁 2959。

〔註15〕 《大正藏》，第二冊，頁 391ᵃ。

〔註16〕 新羅僧憬興在《三彌勒經疏・彌勒上生經料簡記》說：「妙塔者，昔云：『兜婆。』此云：『塔。』訛語。今窣堵婆，此云：『積聚也。』」《大正藏》，第三十八冊，頁 315ᵇ。

〔註17〕 唐僧法寶在《俱舍論疏》卷第二十九〈分別定品第八之二〉說：「又，《法住記》云：『十六羅漢，各將無量眷屬，於人壽漸增至七萬歲時，已本願力，用其七寶，為佛造窣都婆』。」《大正藏》，第四十一冊，頁 802ᶜ。

〔註18〕 唐僧慧琳在《一切經音義》卷第十三〈大寶積經音義之三・大寶積經第四十七卷〉說：「窣覩波：『上蘇沒反，古譯云：藪斗婆。又云：偷婆。或云：兜婆。曰：塔。婆，皆梵語訛轉，不正也，此即如來舍利塼塔也。或佛弟子、緣覺、聲聞及轉輪王等身，皆得作塔。或石、或塼、或木塔是也。或曰：方墳。或曰：廟。皆一義耳也。』」《大正藏》，第五十四冊，頁 386ᵇ。

〔註19〕 明僧弘贊在《四分律名義標釋》卷第十八〈佛塔〉說：「若依梵本，瘞佛骨所，名曰：『塔婆。』新言：『窣堵波。』是也。《西域記》云：『窣堵波，所謂浮圖也。』舊曰：『鍮婆。』又曰：『塔婆。』又曰：『私鍮簸。』又曰：『數斗波。』皆訛也。」《卍續藏》，第四十四冊，頁 540ᶜ。

〔註20〕 隋・闍那崛多等譯《起世經》卷第二〈轉輪聖王品第三〉世尊說：「既闍毗已，收其灰骨，於四衢道中，為轉輪王，作蘇偷婆（隋言：『大聚。』舊云『塔』者，訛畧也），高一由旬，闊半由旬，雜色莊挍，四寶所成。」《大正藏》，第一冊，頁 320ᵇ。

〔註21〕 唐僧玄奘在《大唐西域記》卷第一〈呾蜜國〉說：「諸窣堵波，即舊所謂『浮圖』也。又曰：『鍮婆。』又曰：『塔婆。』又曰：『私鍮簸。』又曰：『藪斗波。』訛也。」《大正藏》，第五十一冊，頁 872ᵃ。

與漢語上古音與中古音的近似有關。中古如指魏至唐八代而言，相對的上古則爲秦、漢兩代，中古如指秦、漢兩代，相對的上古則爲夏、商、周三代。然而，根據霍去病的史事而論，論者所說的上古，自當爲秦、漢兩代，中古則爲魏至唐八代。問題是「上古沒有反切，也沒有字母和韻書」，〔註24〕直到魏、晉時代，纔陸續出現韻書，如隋人潘徽在〈韻纂序〉說：

> 至於尋聲推韻，良爲疑混，酌古會今，未臻功要。末有李登《聲類》、呂靜《韻集》，始判清濁，纔分宮羽，而全無引據，過傷淺局，詩賦所須，卒難爲用。〔註25〕

也就是說，終整個中古早期的晉代，中國人對漢語音韻的探索，仍處在茫昧狀態，直到中古中期的南北朝時代，中國的語音學研究，纔陸續取得具有影響力的學術成果，這從《隋書》卷三十二〈志第二十七·經籍一〉所收的韻書多達十餘種可知，如陽休之撰《韻畧》、李槩撰《修續音韻決疑》、劉善經撰《四聲指歸》、沈約撰《四聲》、釋靜洪撰《韻英》等等。〔註26〕是以「休屠」與「浮圖」等詞同音異譯的關係，顯非訛舛或音轉所致，而是牽強比附的結果。因爲從中古時期開始，天竺來華僧侶的佛典漢譯，便在上古晚期約一百五十年持續不斷開展的深厚基礎上，一方面逐步完善迻譯的規則，如道宣在《續高僧傳》卷第二〈譯經篇二·釋彥琮〉傳中，記錄了東晉僧釋道安的見解說：

> 譯胡爲秦，有五失本、三不易也。
> 一者，胡言盡倒而使從秦，一失本也。
> 二者，胡經尚質，秦人好文，傳可眾心，非文不合，二失本也。
> 三者，胡經委悉，至於歎詠，丁寧反覆，或三或四，不嫌其繁，

〔註22〕 唐僧圓暉在《阿毗達磨俱舍論頌疏論本》卷第十八〈分別根品二之一〉說：「一爲供養如來馱都（此云性，佛身體也），建率都婆，於未曾處。」《大正藏》，第四十一冊，頁922b。

〔註23〕 吳越僧清凉在《四分律行事鈔簡正記》卷第十六〈從四藥篇畢諸雜要行篇〉說：「梵云：『塔婆。』或云：『偷婆。』此云：『高勝處。』今言『塔』者，存畧名也。新云『卒都婆』者，此云：『高顯處。』謂封殯舍利處也。」《卍續藏》，第四十三冊，頁436a。

〔註24〕 嚴修等著，《古代漢語》，上冊，臺北，洪葉文化事業有限公司，1992，頁319。

〔註25〕 唐·魏徵等撰，楊家駱主編，《新校本隋書》，第二冊，臺北，鼎文書局，民82，頁1745。

〔註26〕 《隋書》，第二冊，頁944。

而今裁斥，三失本也。

　　四者，胡有義説，正似亂詞，尋檢向語，文無以異，或一千、或五百，今並刈而不存，四失本也。

　　五者，事以合成，將更旁及，反騰前詞，已乃後説，而悉除此，五失本也。

　　然智經三達之心，覆面所演，聖必因時，時俗有易，而刪雅古，以適今時，一不易也。

　　愚智天隔，聖人巨階，乃欲以千載之上微言，傳使合百王之下末俗，二不易也。

　　阿難出經，去佛未久，尊大迦葉，令五百六通，迭察迭書，今雖千年，而以近意量裁，彼阿羅漢，乃兢兢若此，此生死人，平平若是，豈將不以知法者猛乎？斯三不易也。

　　涉茲五失，經三不易，譯胡爲秦，詎可不慎乎？〔註27〕

　　一方面培養漢僧參與翻譯，並在皇家對譯場制度化的建置下與文士合作，使譯文具有更佳的可讀性，且在流通上創造更大的覆蓋面，如《續高僧傳》卷第三〈譯經篇三・波羅頗迦羅蜜多羅〉說：

　　上以諸有非樂，物我皆空，眷言眞要，無過釋典，流通之極，豈尚翻傳？下詔所司，搜揚碩德，備經三教者，一十九人，於大興善，創開傳譯，沙門慧乘等證義，沙門玄謨等譯語，沙門慧賾、慧淨、慧明、法琳等綴文；又勅上柱國尚書左僕射房玄齡、散騎常侍太子詹事杜正倫，參助勘定；光祿大夫太府卿蕭璟，總知監護。
　　〔註28〕

　　這種嚴謹的譯經態度，最終在玄奘的手裏達到極致，如宋人周敦義在爲當時人法雲編的《翻譯名義集》寫序時特別指出：

　　唐奘法師論五種不翻：

　　一、祕密故，如「陀羅尼」；

　　二、含多義故，如「薄伽梵」具六義；

　　三、此無故，如「閻淨樹」，中夏實無此木；

　　四、順古故，如「阿耨菩提」，非不可翻，而摩騰以來，常存

〔註27〕《大正藏》，第五十冊，頁438[a]。
〔註28〕《大正藏》，第五十冊，頁440[a–b]。

梵音：

　　五、生善故，如「般若」尊重智慧輕淺。〔註29〕

　在玄奘手裏譯出的三藏部帙，亦臻於巔峯，如唐僧智昇在《開元釋教錄》卷第八〈總括羣經錄上之八‧大唐李氏都長安‧沙門釋玄奘〉中說：

　　奘，自貞觀十九（645）年乙巳，於弘福寺創啓梵文，訖麟德元
　　（664）年甲子，終於玉華宮寺，凡二十載，總出大、小乘經、律、
　　論等，合七十五部，一千三百三十五卷。〔註30〕

　也就是說，在這樣綿密與系統化的專業學術翻譯流程中，設有譯者、綴文者、證義者、勘定者、監護者、證文者等職掌的國家級翻譯院，對譯文義理在品管上的重重覆覈，實在沒有理由不從詞彙學、語言學、語義學、音韵學、文字學等相應的視域，將與 buddha-stūpa 不相應的「休屠」一詞，給從胡漢譯的三藏典籍中糾謬、剔除。因此，不難理解後人之所以要一再假藉音轉與訛畧的途徑，繼續有意的誤讀下去，顯然蘊含有為中國佛教史拉開更加深遠時間軸的護教動機，是為了確立佛教在中國弘傳史上與中國文化相適應的既成傳統，具備在史論上取得充分論證並證立其合法性的根據。

　然而，做為異質文化思想的佛學，又是如何在嚴華夷之辨的傳統漢文明中，進入中國古人的視域，並在根本觀念的衝突中尋求發展之路，且在發展中被逐漸接受下來，從而深入中國知識階層的生命意識，並最終成為中國儒、釋、道、醫四大文化共存局面的同時，在中國文藝學創作上各擅勝場？凡此，在思考佛法東漸的歷史進程與盛宋時期蘇軾佛教文學相應的論域裏，都務須逐步從其文藝創作實踐的互文性文本中開掘出來。唯其在正式進入論題之前，仍須在中國佛教發生學這一議題上，分析一則由袁宏所提出並最常被引述的成說，有何特別需要留神之處？

　邈不可憑的傳說，既不是信史，也不必是信史，是故，對於探索一件既存的事實是如何發生的？孔子所立下的史學方法，即使從二十一世紀來回顧，在研究文化的學術價值上，仍具有足資參照的典範性，《論語‧為政第二》說：

　　子張問：「十世可知也？」

　　子曰：「殷因於夏禮，所損益，可知也；周因於殷禮，所損益，

〔註29〕《大正藏》，第五十四冊，頁 1055[a]。
〔註30〕《大正藏》，第五十五冊，頁 560[c]。

－49－

可知也；其或繼周者，雖百世，可知也。」〔註31〕

《論語‧八佾第三》說：

夏禮，吾能言之，杞不足徵也；殷禮，吾能言之，宋不足徵也。

文獻不足故也，足，則吾能徵之矣。〔註32〕

儘管自漢末以來，對佛教是何時與中國開始接觸的？雖始終眾說紛紜，以致在佛教諸家史傳中，出現大量補述中國佛教史的現象，但在「文獻不足」的客觀限制之下，就佛教文化已是中國主要文化之一的這一歷史實際來審視，也就沒有甚麼好苛求的了。例如費長房在《歷代三寶紀》卷第一〈帝年‧上‧周秦〉中說：

穆王聞佛生迦維，遂西遊而不返，依《像正記》，當前周第十七主，平王宜臼四十八（723 B.C.）年戊午。〔註33〕

問題是：

釋尊誕生之年代，現代學者亦有多種推定。日本佛教學者宇井伯壽謂西元前四六六年為佛誕年；中村元依據其說，後採用新發現之希臘史料，考證後訂為西元前四六三年。〔註34〕

明僧心泰在《佛法金湯編》卷第一〈始皇〉引《周書異記‧白馬寺記》中說：

始皇帝，莊襄王子，三十（217 B.C.）年甲申。西域沙門室利防等十八人，賷梵本經至咸陽，有司以聞，帝以其異俗，囚之。利防等念「摩訶般若波羅蜜多」，光明照耀，瑞氣盤旋，滿於圄圖，須臾，有金神長丈六，持杵揚威，擊碎其獄，出之。帝驚悔，即厚禮之而去。〔註35〕

問題是司馬遷在《史記》卷六〈秦始皇本紀第六〉中祇說：

三十年，無事。〔註36〕

念常在《佛祖歷代通載》卷第七〈齊著作魏收〉引《魏書》卷一百一十四〈釋老志〉說：

〔註31〕《十三經》，下冊，頁2001。

〔註32〕《十三經》，下冊，頁2003。

〔註33〕《大正藏》，第四十九冊，頁23[a]。

〔註34〕《佛光大辭典》，頁6824。

〔註35〕《卍續藏》，第八十七冊，頁374[b]。

〔註36〕《史記》，第一冊，頁251。

及開西域，遣張騫使大夏，還云：「身毒天竺國，有浮圖之教。」
〔註37〕

魏收在〈釋老志〉中是這樣說的：

及開西域，遣張騫使大夏還，傳其旁有身毒國，一名天竺，始
聞有浮圖之教。〔註38〕

問題是班固在《漢書》卷六十一〈張騫李廣利傳第三十一〉中祇說：

大夏國人曰：「吾賈人往市之身毒國，身毒國在大夏東南可數千
里。其俗土著，與大夏同，而卑濕暑熱。其民乘象以戰，其國臨大
水焉。」〔註39〕

又，《漢書》卷九十六〈西域傳第六十六〉，並未對「身毒國」立傳。
因此，晉人袁宏「抄撮漢氏《後書》」，〔註40〕並「以張璠《漢記》為主」，
〔註41〕而依荀悅《漢記》的體例編撰成的編年體史書《後漢記》的記載，便
成為現存看起來似乎是「足徵」的第一手文獻。袁宏在〈後漢孝明皇帝紀卷
第十〉中說，永平十三（70）年：

初，帝夢見金人，長大，項有日月光，以問羣臣。臣或曰：「西
方有神，其名曰佛，其形長大。」而問其道術，遂於中國而圖其形
像焉。有經數千萬，以虛無為宗，苞羅精麤，無所不統，善為宏閎
勝大之言，所求在一體之內，而所明在視聽之外，世俗之人，以為
虛誕，然歸於玄微深遠，難得而測，故王公大人，觀死生報應之際，
莫不瞿然自失。〔註42〕

袁宏約當生卒於東晉早期成帝至孝武帝年間的詩人與史學家，房玄齡《晉

〔註37〕《大正藏》，第四十九冊，頁 534^b。

〔註38〕《魏書》，第四冊，頁 3025。

〔註39〕《漢書》，第四冊，頁 2689。

〔註40〕唐・劉知幾撰，清・方懋福等參釋，《史通通釋》，臺北，文海出版社，民 53，
頁 422。

〔註41〕清・永瑢等撰，《四庫全書簡明目錄》，臺北，河洛圖書出版社，民 64，頁
151。

〔註42〕晉・袁宏撰，《後漢記》，上冊，臺北，華正書局，民 63，頁 166^{a-b}。《廣弘明
集》卷第十一〈辯惑篇第二之七〉法琳等〈上秦王論啓〉、《曆代法寶記》卷
第一繫於「永平三年」；《開元釋教錄》卷第一〈總括羣經錄上之一・沙門迦
葉摩騰〉、《貞元新定釋教目錄》卷第一〈二總集羣經錄上之一・沙門迦葉摩
騰〉繫於「永平七年」；《佛祖歷代通載》卷第五、《隆興編年通論》卷第一〈東
漢〉繫於「永平十一年」；這都是向壁傳鈔以致失考的現象。

書》卷九十二〈袁宏〉傳說：「太元初，卒於東陽，年四十九。」〔註43〕逯欽立在《先秦漢魏晉南北朝詩》中因之，〔註44〕三民《大辭典》記爲西元三二八至三七六年，〔註45〕曹道衡等人在《中國文學家大辭典‧先秦魏晉南北朝卷》中所載亦同，但存疑。〔註46〕西元三二八年即東晉成帝咸和三年，三七六年則爲東晉簡文帝太元元年，凡四十九年，時當兩晉之際，正是萌芽於曹魏齊王正始年間（240～248），以何晏、王弼的貴無論，及以阮籍、嵇康的自然論爲主要學術思潮的正始玄學與竹林玄學，已發展到爛熟的極致，代之而起的則是以裴頠崇有論與郭象獨化論爲玄學煞尾的西晉玄學。〔註47〕然而，就在玄學獨領風騷的這一百餘年間（240～376），不但胡漢譯的三藏典籍源源問世，如康僧會於魏嘉平三（251）年譯出《六度集經》，康僧鎧於魏嘉平四（252）年譯出《郁伽長者經》、《無量壽經》，支疆梁接於魏甘露元（256）年譯出《法華三昧經》，竺法護於晉武帝泰始五（269）年譯出《方等泥洹經》，又於太康七（286）年譯出《正法華經》，竺叔蘭於惠帝元康元（291）年譯出《放光般若經》、《維摩經》、《首楞嚴經》，包含在這些佛典中的淨土思想、法華思想、般若思想、圓頓思想等主要的內典義學，在中國佛教弘傳史的講習上，至今不絕。而且早在漢魏之際，便出現了嘗試兼容儒、釋、道三家學說於一爐的理論家牟融，牟融在《理惑論》中說：

> 方世擾攘，非顯己之秋也，乃歎曰：「老子絕聖棄智，修身保眞，萬物不干其志，天下不易其樂，天子不得臣，諸侯不得友，故可貴

〔註43〕 唐‧房玄齡撰，楊家駱主編，《新校本晉書并附編六種》，第三冊，臺北，鼎文書局，民81，頁2398。

〔註44〕 逯欽立輯校，《先秦漢魏晉南北朝詩》，中冊，北京，中華書局，1998，頁919。

〔註45〕 本局大辭典編纂委員會，《大辭典》，下冊，臺北，三民書局股份有限公司，民74，頁4036。

〔註46〕 曹道衡、沈玉成編撰，《中國文學家大辭典‧先秦魏晉南北朝卷》，北京，中華書局，1996，頁324。

〔註47〕 參見：
1. 洪修平、吳永和著，《禪學與玄學》，杭州，浙江人民出版社，1992。
2. 湯用彤著，《漢魏兩晉南北朝佛教史》，《湯用彤全集》，第一卷，石家莊，河北人民出版社，2000。
3. 湯用彤著，《魏晉玄學論稿》，《湯用彤全集》，第四卷，石家莊，河北人民出版社，2000。
4. 余敦康著，《魏晉玄學史》，北京大學出版社，2005。
5. 羅宗強著，《玄學與魏晉士人心態》，天津教育出版社，2006。

也。」於是銳志於佛道，兼研《老子》五千文，含玄妙爲酒漿，翫
五經爲琴簧，世俗之徒，多非之者，以爲背五經而向異道，欲爭則
非道，欲默則不能，遂以筆墨之間，畧引聖賢之言證解之，名曰《牟
子理惑》云。〔註48〕

尤其重要的是，在玄學思想繁興時期，胡、漢僧人已開始在中土同步註
疏佛經與公開宣講法要，如康僧會於魏齊王嘉平元（249）年開始，陸續註解
《法鏡經》、《安般守意經》、《道樹經》等，朱士行於魏高貴鄉公髦甘露二（257）
年在洛陽宣說《道行般若經》，首開中國佛教漢僧弘法之風，並在西晉玄學與
佛教玄學合流且最終朝格義佛學開展的進路上，頻頻出現卓有建樹的佛教思
想家與文獻學家，如定釋氏爲僧姓，將佛教詮釋學訂爲序分、正宗分、流通
分三科，著《綜理眾經目錄》，而有「彌天」之譽的本無宗代表之一的釋道安；
專研般若系經典，著有〈即色遊玄論〉、〈聖不辯知論〉、〈道行旨歸〉、〈學道
誡〉等論文的即色宗代表之一支道林；深思孤發，獨見言表，善詮《放光》及
《法華》思想的識含宗立宗者于法開；通內外典籍，著〈神二諦論〉，詮釋諸
法皆幻，心神不空思想的幻化宗立宗者竺道壹；立心無義，著有《合首楞嚴
經·記》、《合維摩詰經·序》、《經論都錄》的心無宗代表之一的支愍度；立
諸法皆因緣會合義，著有〈緣會二諦論〉的緣會宗立宗者于道邃等等。

從這種異質文化的接觸、碰撞、衝突、會通與接受並改造的一系列學術
工程的建構結果來分析袁宏的文本，不難得出與漢代學者的哲學問題迴異，
獨屬晉人纔能提出的全新命題。就本體論一例以概其餘，西漢人劉安在〈原
道訓〉一文中，認爲「道」具備了由體而用的規定性，即：

覆載，天地；廓四方，柝八極；高不可際，深不可測；包裹天
地，稟授無形；源流泉浡，沖而徐盈；混混汩汩，濁而徐清。故植
之而塞于天地，橫之而彌于四海；施之無窮，而無所朝夕；舒之幠
於六合，卷之不盈于一握；約而能張，幽而能明；弱而能強，柔而
能剛；橫四維而含陰陽，紘宇宙而章三光。……其德，優天地而合
陰陽，節四時而調五行；呴諭覆育，萬物羣生。〔註49〕

簡諸佛學空義，學人所看到的則是完全不同思維的超越論，以譯出於袁

〔註48〕《大正藏》，第五十二冊，頁1ᵇ。
〔註49〕漢·劉安撰，高誘注，《淮南子》，臺北，藝文印書館，影鈔宋本，民57，葉
2ᵇ～3ᵇ。「呴諭覆育」，「諭」又作「嫗」。見漢·劉安撰，高誘注，《淮南鴻烈
解》，臺北，河洛圖書出版社，景印日本耕齋宇校排本，民65，頁3。

宏之前，即晉無羅又譯出於惠帝元康元（291）年的《放光般若經》卷第五〈摩訶般若波羅蜜不可得三際品第二十六〉爲例，須菩提說：

> 用眾生始、終端緒不可得故，菩薩前、後、中央際不可得見。舍利弗！以眾生空故，菩薩端緒亦不可得見。用眾生寂故，菩薩端緒不可得見。用五陰無有邊際、用五陰空、用五陰寂、用五陰不眞故，是故菩薩端緒不可得見，以六波羅蜜無有底、無有邊際故。何以故？舍利弗！空及五陰、菩薩等無異，是三事一、無有二。是故，舍利弗！菩薩端緒不可得見。以六波羅蜜空寂不眞，是故菩薩端緒不可得見。何以故？舍利弗！空本際亦不可見，末際亦不可得見，中際亦不可得見，空與菩薩俱亦不可得見。舍利弗！空、菩薩端緒一、無有二，是故菩薩端緒不可見。內空、外空及有無空邊際不可見，是故菩薩端緒不可得見。〔註50〕

可見印度佛教東傳的早期，始而被中國人認爲諸法爲有，進而認爲諸法爲「虛無」，祇是法有體無一如老莊現象有本質「無」的本體論，實非非本體論而爲言說方便而名之爲本體論的實相論──空論，亦非現象有本體無而爲言說方便而以無名空的玄解。這個問題，直到玄奘在唐高宗龍朔三（663）年完譯凡六百卷鉅帙的《大般若波羅蜜多經》，纔讓中國人得以在思維方法上，找到透徹理悟的正解之路，並爲往後涉佛文士對中國佛教文學的文本書寫，在審美藝境與創作實踐上，提供了從名相的生硬比附、事象牽合的比量，向現量境昇華的超越之道。

從上可知，袁宏的史學文本，完全是晉人在佛玄會通之後纔有可能被操作的特殊語境：首先是上古身毒東北與西域諸語語境向中古漢語語境的滲透，它表現在思辨方法的不同上。其次是印歐語系的曲折語言對漢藏語系在表述方法上的置入，〔註51〕它發展到盛宋時期，自然就會出現蘇轍在〈亡兄子瞻端明墓誌銘〉中，總結蘇軾文藝學文本「博辯無礙，浩然不見其涯」的書寫手法。〔註52〕就像直到民國初年再度在中西文化廣爲交流之際碰上的歐化譯文的時代問題。如以文本書寫形態的「善爲宏闊勝大之言」來看，

〔註50〕《大正藏》，第八冊，頁34[a]。
〔註51〕黃寶生說：「十八、十九世紀西方學者通過研究古代印度語，開創了比較語言學。學者們確認吠陀語和梵語屬於印歐系。」黃寶生著，《印度古典詩學》，北京大學出版社，2000，頁181。
〔註52〕宋・蘇轍撰，《蘇轍集》，臺北，河洛圖書出版社，民64，頁225。

嫻於佛典譯文的讀者，必然一眼就能充分明白，何以有「秦人好簡」之說的被提出？如被僧祐編在《出三藏記集》卷第十釋僧叡撰的《大智釋論‧序》說：

> 幸哉！此中鄙之外，忽得全有此《論》，胡文委曲，皆如〈初品〉：法師以秦人好簡故，裁而略之；若備譯其文，將近千有餘卷；法師於秦語大格，唯識一法，方言殊好，猶隔而未通；苟言不相喻，則情無由比，不比之情，則不可以託悟懷於文表，不喻之言，亦何得委殊塗於一致？理固然矣！進欲停筆爭是，則按競終日，卒無所成；退欲簡而便之，則負傷手穿鑿之，譏以二、三，唯案譯而書，都不備飾，幸冀明悟之賢，略其文而挹其玄也。〔註53〕

依釋僧叡之說，可知漢文這種語言在書寫及言說上不相一致的語序結構方式，不但在上古時期顯得高古簡奧，並在表達功能上自孔子在《論語‧衛靈公第十五》中立起「辭達而已矣」的標竿後，〔註54〕更成為後來者所長期遵行的軌範，即使在中古與近古的雅文學創作上，也一再強調「言以簡為當」，〔註55〕以「文辭尚質」、〔註56〕「精潔、簡勁」為妙，〔註57〕並在清初桐城派初祖方苞以義法要旨在於精當的「至約」論提出時達到高峯。〔註58〕然而，當時代的巨輪已轟然奔向二十世紀的民國初年，仍有人在「白話文之起，……吾不與也」的駭浪中，堅守傳統使命的固守著說與寫兩分的灘頭堡。〔註59〕際此，論者不禁要問，當以白話與方俗語為主要譯文的佛典，在中國的知識階層逐漸被接受與進行長期的理論改造進程中，中國佛學黃金時代的盛唐，出現發軔於慧能佛學革命向百丈懷海農禪語境順利轉向的言說方式，以及相對於雅文的變文的出現，對中國佛教文藝學遍在於諸文體的書寫，是如何在無聲無息中發生，從玄言的附庸地位蔚為盛宋佛教文學雅俗皆宜的大國？

〔註53〕 《大正藏》，第五十五冊，頁75ª。

〔註54〕 《十三經》，下冊，頁2079。

〔註55〕 宋‧陳騤撰，《文則》，王水照編，《歷代文話》，第一冊，上海，復旦大學出版社，2007，頁138。

〔註56〕 元‧李淦撰，《文章精義》，《歷代文話》，第二冊，頁1184。

〔註57〕 明‧杜濬撰，《杜氏文譜》，《歷代文話》，第三冊，頁2463。

〔註58〕 清‧方苞撰，《古文約選評文》，《歷代文話》，第四冊，頁3952。

〔註59〕 劉咸炘撰，《文學述林》，《歷代文話》，第十冊，頁9801。

第二節　盛宋文學思潮的佛學根源

　　余虹在〈解釋學與接受理論〉一文中，指出姚斯認爲：「文學作品的存在方式研究應落實爲文學作品的存在史的研究。」〔註60〕金元浦接著說，這種從審美的「接受之維」，「將文學本體擴展爲作者——本文——讀者三位一體的動態過程」的詮釋進路，〔註61〕相對於新批評與形式主義的文本中心論，既是一種重建文學與歷史、歷史方法與美學統一的進步表徵，又沒有葛林伯雷在〈通向一種文化詩學〉一文中所表示的憂心，即從這個基礎上延伸出來的新歷史主義文化詩學對解構主義與後現代主義進行清算的激進。〔註62〕因此，論者看到了不同於二十世紀一般中國文學史對盛宋文藝學敘述的途徑，即作者的生命意識與時代精神的雙重關係、文本的文學表現與時代思潮的對應關係、批評家讀者的理解形態與文學文本的詮釋關係。

　　宋人陳師道在《後山詩話》中說：

> 　　王師圍金陵，唐使徐鉉來朝，鉉伐其能，欲以口舌解圍，謂太祖不文，盛稱其主博學多藝，有聖人之能，使誦其詩，曰〈秋月〉之篇，天下傳誦之，其句云云。
>
> 　　太祖笑曰：「寒士語爾，我不道也。」
>
> 　　鉉不服，謂大言無實，可窮也，遂以請，殿上驚懼相目。
>
> 　　太祖曰：「吾微時，自秦中歸，道華山下，醉臥田間，覺而月出，有句曰：『未離海底千山黑，纔到天中萬國明。』」
>
> 　　鉉大驚，殿上稱壽。〔註63〕

　　宋朝既處在國史上中古與近古的轉折期，加上有一個在馬上爭天下時，就深明五代十國「未離海底千山黑」的亂象，無非是當時代諸國國主，不諳下馬治天下的目的在於像月亮那樣「纔到天中萬國明」的開國皇帝趙匡胤，一旦從掃平羣雄的鐵騎下馬，脫掉鎧甲，換上朝服，坐上南面而王天下的金鑾殿纔一個多月，便立即下詔開科取士，〔註64〕第二（961）年跟著下令「貢

〔註60〕　朱立元主編，《當代西方文藝理論》，上海，華東師範大學出版社，2003，頁287。

〔註61〕　金元浦著，《接受反應文論》，濟南，山東教育出版社，2002，頁387。

〔註62〕　參見 Stephen Greenblatt 著，朱立元、李鈞主編，《二十世紀西方文論選》，下卷，北京，高等教育出版社，2003，頁670～681。

〔註63〕　何文煥輯，《歷代詩話》，第一冊，臺北，漢京文化事業有限公司，民72，頁302。

〔註64〕　《長編》卷一「太祖建隆元（960）年二月丙戌」第二條載：「先是，中書舍

舉人到國子監謁孔子，並著爲定例，永遠執行。次年（建隆三年，962），又下令用一品禮祭孔子」，〔註65〕同時對近臣發出影響深遠的口諭：「今之武臣，欲盡令讀書，貴知爲治之道。」〔註66〕並在太廟祕密立下保護士大夫的家法，〔註67〕如宋人葉夢得在《避暑漫鈔》中說：

> 藝祖受命之三年，密鐫一碑，立於太廟寢殿之夾室，謂之誓碑。……自後時享，及新天子即位，謁廟禮畢，奏請恭讀誓詞。……一云：「不得殺士大夫及上書言事人。」一云：「子孫有渝此誓者，天必殛之。」〔註68〕

趙匡胤在三年後又說：「作相須用讀書人。」〔註69〕六年後又「命高品張從信去益州」刊刻中國佛教史上第一部印刷版大藏經，〔註70〕從而博得「性

人安次、扈蒙權知貢舉，庚寅，奏進士合格者楊礪等十九人姓名。」《長編》，第一冊，頁9。

〔註65〕姚瀛艇等著，《宋代文化史》，臺北，昭明出版社，1999，頁20。

〔註66〕《長編》，第一冊，「太祖建隆三（962）年二月壬寅」條，頁62。又，參見：
1. 脫脫《宋史》卷一〈太祖一〉作：「朕欲武臣盡讀書以通治道。」《宋史》，第一冊，頁11。
2. 畢沅《續資治通鑑》卷二「宋紀二·太祖建隆三（962）年二月壬寅」條作：「朕欲武臣盡讀書，俾知爲治之道。」清·畢沅撰，《續資治通鑑》，第一冊，臺北，文光出版社，民64，頁42。

〔註67〕參見宋·周煇撰，秦克校點，《清波雜志》，卷一，〈祖宗家法〉，《宋元筆記小說大觀》，第五冊，上海古籍出版社，2001，頁5021。

〔註68〕引自丁傳靖輯，《宋人軼事彙編》，上冊，北京，中華書局，2006，頁7～8。參見：
1. 清·顧炎武著，《原抄本日知錄》，卷十八，〈宋朝家法〉，臺南，平平出版社，民64，頁463。
2. 清·王夫之著，《讀通鑑論·宋論合刊》，下冊，《宋論》，臺北，里仁書局，民74，頁4。王夫之的說法，署有出入。
3. 宋·孟元老撰，伊永文箋注，《東京夢華錄箋注》，上冊，卷之一，〈外諸司〉注〔二○〕「祖中之法」，北京，中華書局，2006，頁74～77。

〔註69〕《宋史》，第一冊，頁50。

〔註70〕參見：
1. 呂澂著，《歷朝藏經署考》，臺北，大千出版社，民92，頁1。
2. 《古今圖書集成·釋教部彙考》，卷第三，〈宋一〉說：「開寶四年，詔館梵僧於相國寺，勒雕大藏經板。按：《宋史·太祖本紀》，不載。《佛祖統紀》說：「開寶四年，沙門建盛，自西竺還，詣闕進貝葉梵經，同梵僧曼殊室利偕來；室利者中天竺王子也，詔館於相國寺，持律甚精，都人施財盈屋，並無用。勒高品張從信往益州，雕大藏經板。」《卍續藏》，第七十七冊，頁25ᶜ～26ᵃ。按：張從信《宋史》無傳。

好藝文」的美譽，〔註71〕關於「不得殺士大夫」之說，是否與蘇軾在烏臺詩案中免於遭難有必然的關係，雖有待論究，但有三件事是值得研究宋文化是如何初始化者慎思的，即：

一、對孔子儒學的敬重與理學勃興的內在聯繫，最終成為中國往後長達一千餘年的學術主流，並對文學創作與社會生活，產生廣泛的影響。如洛學創立者之一的程顥說：「吾學雖有所授受，『天理』二字，卻是自家體貼出來。」〔註72〕便是在這種思潮下寫出膾炙人口的理學詩〈秋日偶成〉，其二云：

> 閒來無事不從容，睡覺東窗日已紅；
> 萬物靜觀皆自得，四時佳興與人同。
> 道通天地有形外，思入風雲變態中；
> 富貴不淫貧賤樂，男兒到此是豪雄。〔註73〕

二、開科取士，重用非士族讀書人，成為教育普及、印刷書籍供需量大增與作家湧現的政經動因，作品已佚者不論，現在仍知名而有作品存世的宋朝作家尚多達九千餘人，這支龐大書寫隊伍的崛起，在中世紀的世界文學史上，可謂史無前例。

三、佛教經藏多達五千餘卷的彙編與刊行，一以確立中國佛教主要譯著集中傳承不失的堅實基礎，並為往後中、韓、日、越的繼起者所遵行，迄今不殆；一以佛教典籍的普及流通，使以儒生出身的廣大文士便於取資，並朝各部類的典籍探索，最終成為騷人墨客的案頭書，進而在各體文本書寫中表現出來，而成為建構宋代文論的主要議題之一，終於在盛宋時期，從中國傳統文學在唐代發展到極致的高原上，再拔出一座成熟的峯頂──中國佛教文學。

宋太祖在位雖祇有短短的十七年（960～976），但其諸項尊儒、右文、護佛、重道（道家、道教）的舉措，實是大宋王朝長達三百二十年的基本國策賴以確立的思想根源，因而開創了宋朝「學術文化包括文學藝術在內的全面繁

〔註71〕宋·吳曾著，《能改齋漫錄》，卷四，〈崇政殿說書〉，文淵閣《四庫全書》鈔本，葉1ᵃ。

〔註72〕明·黃宗羲撰，清·全祖望續修，清·王梓材校補，《宋元學案》，上冊第五分冊，「明道學案·上」，臺北，河洛圖書出版社，民64，頁31。

〔註73〕《二程集》，上冊，頁482。

榮」，〔註74〕而不衹有趙普所說的「國家不安者，其故非他，節鎮太重，君弱臣強而已矣。今所以治之，無他奇巧，惟稍奪其權，制其錢穀，收其精兵」的國家建政伊始的奪權鬥爭論一端而已。〔註75〕易言之，宋太祖對中國傳統文化的復興，〔註76〕對讀書人的寬待，對印度佛教文化始而反對，〔註77〕終而全面接受，甚至把自己與佛教的關係，當成重要的國政來辦理，〔註78〕而在受後周恭帝禪國之後沒有繼續執行世宗的滅佛政策，雖具有一定的治世思維，但學術思想的研究者，應當看到這一系列措施，恐非片面的把它概括爲都是爲了中央集權封建統治的需要的特定史觀，所能既全面而又正確的與當時代精神相適應的去彰顯其至今仍具有多元文化根源性價值的要義，如郭朋說：

　　爲了維護王朝的統治，除了強化國家機器之外，還必須利用思
　　想統治的工具，在這方面，除了儒、道兩家，便是佛教了。〔註79〕

〔註74〕 敏澤主編，《中國文學思想史》，下卷，長沙，湖南教育出版社，2004，頁 1。
〔註75〕 宋・司馬光撰，王根林校點，《涑水紀聞》，《宋元筆記小說大觀》，第一冊，頁 782。「國家不安者」，又作：「陛下之言及此，天地人神之福也。此非他故。」參見：
　　　　1.《長編》，第一冊，「太祖建隆二（961）年七月戊辰」第二條，頁 49。
　　　　2.《朱子語類》卷第一百二十八「本朝二・法制」，朱子告訴賀孫說：「本朝鑑五代藩鎮之弊，遂盡奪藩鎮之權，兵也收了，財也收了，賞罰刑政一切都收了。」《朱子語類》，第八冊，頁 3070。
〔註76〕 如《宋史》卷三〈太祖三〉載，開寶七（974）年下詔：「《詩》、《書》、《易》三經學究，依《三經》、《三傳》資敘入官。」《宋史》，第一冊，頁 41。
〔註77〕 蔡絛說：「藝祖始受命，久之陰計：『釋氏何神靈，而苦患天下？今我抑嘗之，不然廢其教也。』」宋・蔡絛撰，李夢生校點，《鐵圍山叢談》，《宋元筆記小說大觀》，第三冊，頁 3097。
〔註78〕 《宋史・太祖本紀》雖然佔了三卷，但總字數不多，就在這些有限的字數中，太祖與佛教關係的記載之多，在正史中，比率可謂相當重。如：太祖登基的第二年，便把揚州行宮捐給佛教，並以大宋的開國年號篆額，是爲建隆寺：並在生前頻頻移駕佛寺禮佛，以及慎重其事的處理佛教諸事宜，如建隆二年十月己巳「幸相國寺」，建隆三年五月甲子「幸相國寺禱雨」，同月甲申「復幸相國寺」，乾德三年十一月丙子接受「回鶻可汗遣僧獻佛牙」，乾德四年三月癸未詔准「僧行勤等一百五十七人，各賜錢三萬（總計四百七十一萬錢，這是鉅額的財施），遊西域」，同年四月丁巳因進士李藹（靄）謗諛佛法而遭到流放沙門島，乾德五年七月丁酉下詔「禁毀銅佛像」，開寶二年七月丁巳「幸封禪寺」，開寶三年九月己酉「幸開寶寺觀新鐘」，開寶四年四月癸未「幸開寶寺」，開寶九年三月辛卯「幸廣化寺，開無畏三藏塔」，同年八月乙巳「幸等覺院。……又幸開寶寺觀藏經（是否即爲始雕於開寶四年而陸續印出的《開寶藏》，待考）」。《宋史》，第一冊，頁 8～48。
〔註79〕 郭朋著，《宋元佛教》，福州，福建人民出版社，1985，頁 2。

　　然而，論者看到國史上以特定意識形態為強化國家機器的做法，卻是反利用之道而行的焚書坑儒、三武一宗滅教，以及文化大革命，何況一時代的主要思想，一旦被限定為統治者從上而下單向操弄的工具，它的固滯化與衰亡，勢必像乾嘉考證學那樣，被細密的文網，逼到現實世界與人類文化生命的邊限之外，〔註80〕如此一來，就不可能示現任何具有開創性的創造力，尤其像清人蔣心餘在〈詩辨〉所云，「宋人生唐後，開闢真為難」的創造困境之中，〔註81〕面對大唐華彩瀰漫的興象風神，宋人不僅不可能在詩學的表現上，與唐人比翼頡頏，而在千載之後，贏得「唐宋皆偉人」之譽，〔註82〕更不可能在生生不息的歷史長河中，形成蘇軾在〈與王五庠〉第五書所說的對傳統典籍「每一書皆作數過盡之」的深度學習，〔註83〕而又蹊徑獨闢的「點化陳腐以為新」，〔註84〕從而出現了唐宋八大家中的六大家，也不可能出現文學上的蘇門四學士乃至於六君子，至若程朱宋學、士人參禪、禪師士大夫化、書畫藝術、日常器用、工商百業、瓦舍勾欄等等，都不可能在同時被開創出來，並體現為史無前例的集大成範式與繁複格局，從而在勃勃的生機中，達到登峯造極的境界，誠如陳寅恪在〈鄧廣銘《宋史職官志考證・序》〉說：

　　　　華夏民族之文化，歷數千載之演進，造極於趙宋之世。〔註85〕

　　從大宋王朝開國君主的作為中，雖已足以讓人看出盛宋思潮多元共榮的端倪，祇是徒法不能以自行，更何況一個人一旦擁有絕對權力之後，往往會迅速帶來絕對腐化的惡果，進而把整個國家推入災難的泥淖之中，這在盛唐時有玄宗親手擂動的「漁陽鞞鼓」，〔註86〕是以《尚書・君陳》說：「惟日孜孜，無敢逸豫。……爾惟風，下民惟草。……爾有嘉謀嘉猷，……惟良顯

〔註80〕　參見梁啓超著，〈清代學術變遷與政治的影響・下〉，《中國近三百年學術史》，臺北，華正書局，民63，頁28～44。
〔註81〕　清・蔣心餘著，邵海清校、李孟生箋，《忠雅堂集校箋》，第二冊，上海古籍出版社，1993，頁986。
〔註82〕　《忠雅堂集校箋》，第二冊，頁986。
〔註83〕　《蘇軾文集》，第五冊，頁1822。
〔註84〕　金・王若虛著，霍松林、胡主佑、祝杏清編纂，《王若虛詩話》，卷中，吳文治主編，《遼金元詩話全編》，第一冊，南京，鳳凰出版社，2006，頁202。
〔註85〕　陳寅恪著，《金明館叢稿初編・二編》，《陳寅恪先生文集》，第二冊，臺北，里仁書局，民70，頁245。
〔註86〕　唐・白居易著，〈長恨歌〉，朱金城箋注，《白居易集校箋》，第二冊，上海古籍出版社，2008，頁659。

哉。」〔註87〕說的正是孔子在《論語・顏淵第十二》中所說的「君子之德，風」對世道的全面性影響。〔註88〕因此，繼勤政好學，並頻頻移駕佛寺禮佛養慈的太祖之後，〔註89〕被脫脫在《宋史》卷四〈太宗一〉記爲「總兵淮南，破州縣，財物悉不取，第求古帝遺書，恆飭屬之，帝由是工文業，多藝能」的稟性好學而且多才多藝的太宗，〔註90〕除了克紹家法，「銳意文史」之外，〔註91〕更把它發揚光大，如宋人楊仲良在《皇宋通鑑長篇紀事本末》卷第十四〈太宗皇帝・聖德〉載太宗對趙普說：

> 朕每讀書，見古帝王多自尊大，深拱嚴凝，誰敢犯顏言事？若不降情接納，乃是自蔽聰明。〔註92〕

爲了免於偏蔽自失，太宗銜哀登位甫三月，立即責「命翰林學士李昉等」人，〔註93〕承唐人歐陽詢編纂都達一百卷的類書《藝文類聚》的文化餘緒，以十倍規模，從當時代現行的「經史圖書凡一千六百九十種」中，〔註94〕分五十五部，釐爲五千三百六十三類，纂成千卷大書《太平御覽》，這可說是以分類學方法，從「區分義別」、「隨類相從」的科學概念著手，〔註95〕組建人

〔註87〕 《十三經》，上冊，頁 200。

〔註88〕 《十三經》，下冊，頁 2045。

〔註89〕 參見：
1. 《宋史》卷三〈太祖三〉載宋太祖說：「堯、舜之罪四凶，止從投竄，何近代法網之密乎？」《宋史》，第一冊，頁 50。
2. 尊者法救在《法句經》卷下〈忿怒品・第二十五經〉說：「常自攝身，慈心不殺。」《大正藏》，第四冊，頁 568ᵃ。

〔註90〕 《宋史》，第一冊，頁 53。

〔註91〕 參見：
1. 宋・王闢之撰，韓谷校點，《澠水燕談錄》，卷第六，〈文儒〉，《宋元筆記小說大觀》，第二冊，頁 1271。
2. 宋・李攸撰，《宋朝事實》，卷四，〈崇政殿說書〉，文淵閣《四庫全書》鈔本，葉 1ᵃ。

〔註92〕 宋・楊仲良撰，李之亮點校，《皇宋通鑑長篇紀事本末》，第一冊，哈爾濱，黑龍江人民出版社，2006，頁 176。

〔註93〕 《長編》，卷十八，「太宗太平興國二（977）年三月壬寅」條，第一冊，頁 401。

〔註94〕 張元濟，《太平御覽・跋》，宋・李昉奉敕纂修，《太平御覽》，第七冊，臺南，平平出版社影印民國乙亥（24、1935）年上海商務印書館《四部叢刊・三編・補正本》，民 64，頁 4995ᵃ。

〔註95〕 轉引自中國大百科全書編輯委員會「圖書館學・情報學・檔案學」編輯委員會編，《中國大百科全書・圖書館學　情報學　檔案學》，「類書」條，臺北，錦繡出版事業有限公司，1993，頁 241。

類基礎知識庫的龐大文獻工程。就在《太平御覽》編峻的前一年，即太平興國七（982）年，太宗再敕李昉，「續《昭明文選》，……託始於梁末，而下迄於唐」，〔註96〕纂集亦達千卷的總集《文苑英華》，〔註97〕使宋前文學家的作品，得以「賴此編之存」，〔註98〕從而掀起大宋王朝輯錄歷朝及本朝各體文學文本總集的盛大風氣，單單《四庫》所收書，即多達四十三部，可謂潄歟盛哉！在《澠水燕談錄》卷第六〈文儒〉中，記載了太宗的文化事功與好學精神，王闢之說：

> 太宗銳意文史，太平興國中，詔李昉、扈蒙、徐鉉、張洎等，門類羣書爲一千卷，賜名《太平御覽》；又詔昉等，撰集野史爲《太平廣記》五百卷；類選前代文章爲一千卷，曰《文苑英華》。太宗日閱《御覽》三卷，因事有闕，暇日追補之，嘗曰：「開卷有益，朕不以爲勞也。」〔註99〕

太宗登基之後，接手太祖未竟的南北統一大業，而戎機不斷，如御極甫八天，還不到改元太平興國之前的一個多月，即得到李光叡「率兵入北漢界，破吳保寨」的捷報，〔註100〕這一仗在太宗朝就是整整打了三年半，直到太平興國四（979）年五月甲申，北漢末帝英武帝劉繼元，「率其平章事李惲等素服紗帽待罪臺下」投降。〔註101〕際此，除遼之外，大宋歷經長達二十年的開疆拓土，終於完成中國本部的基本統一。〔註102〕然而，太宗不僅沒有將劉繼

〔註96〕《四庫全書簡明目錄》，頁832。

〔註97〕《宋會要輯稿·崇儒五之一》說：「太平興國七年九月，命翰林學士承旨李昉，學士扈蒙，直學士院徐鉉，中書舍人宋白，知制誥賈黃中、呂蒙正、李至，司封員外郎李穆，庫部員外郎楊徽之，監察御史李範，祕書丞楊礪，著作佐郎吳淑、呂文仲、胡汀，著作佐郎直史館戰貽慶，國子監丞杜鎬、舒雅，閱前代文集，撮其精要，以類分之爲千卷，雍熙三（986）年十二月書成，號曰《文苑英華》。」楊家駱主編，《宋會要輯稿》，第五冊，臺北，世界書局，民66，頁2247ª。

〔註98〕《四庫全書簡明目錄》，頁832。

〔註99〕《宋元筆記小說大觀》，第二冊，頁1271。

〔註100〕《長編》，卷十七，「太祖開寶九（976）年十月壬戌」第二條，第一冊，頁383。

〔註101〕《續資治通鑑》，卷十，「太平興國四年五月甲申」條，第一冊，頁238。

〔註102〕《長編》，卷一，「太祖隆元（960）年十月乙酉」條載：「鄭州防禦使荊罕儒……常懸軍深入北漢境，……前後虜獲甚眾，於是領軍千餘騎抵汾州城下。」以此做爲大宋帝國征伐北漢的開始，那麼，宋朝的統一戰役，從建隆元（960）年起算到太宗太平興國四（979）年，前後凡二十年。參見《長編》，

元賜死，反而遵守收復太原之前兩天，也就是「五月壬午」，在陣前起草詔諭劉繼元「越王、吳主獻地歸朝，或授以大藩，或列於上將，臣僚、子弟皆享官封。繼元但速降，必保終始富貴，安危兩途，爾宜自擇」之約，「詔授繼元特進、檢校太師、右衛上將軍，封彭城郡公，館於行在，給賜甚厚」。〔註103〕然而，在這場曠時廢日的統一戰爭中，有兩件事值得研究宋代佛教政策的學者，從帝王對佛教的認知心理上，審究其形構進路是如何造成具體方案的，即開寶二（969）年閏五月，太祖御駕親征河東，王師兵臨北漢首府太原城下時，有一段君臣之間的精彩對話：

> 太常博士李光贊上言曰：「陛下順天應人，體元御極，戰無不勝，謀無不臧，……且太原得之未必爲多，失之未足爲辱，今時屬炎蒸，候當暑雨，儻河津泛溢，道路阻艱，撙運稽留，恐勞宸慮。」
>
> 太祖覽奏甚喜，命宰相趙普撫諭諸將欲班師。
>
> 禁軍校趙翰等叩頭：「願乘城急擊，以盡死力。」
>
> 太祖曰：「汝曹我所訓練，無不一當百，以備肘腋、同休戚也。我寧不取太原，豈忍驅汝曹冒鋒鏑而蹈必死之地乎？」〔註104〕

李光贊原意太祖回鑾，庶免爲苦熱所侵，爲隨時會在雨季爆發的洪汛所陷，而將士則依舊用命前方，爲國赴死。然而，宋太祖想到的並不是一己之私的安危，而是全體將士的生死存亡。宋太祖做爲一個開國君主，卻能在連年征伐的戰陣中，慈心體恤爲國家拋頭顱、灑熱血，亦且視死如歸的將士，其視人如己，如宋僧契嵩在《鐔津文集》卷第三〈輔教編下・孝出章第八〉所說的，「佛之爲道也，視人之親，猶己之親也；衛物之生，猶己之生也」的悲懷，〔註105〕如果不是有佛教信仰做爲憑藉的話，焉能不將自己的同袍推向有去無回的火線，與敵人決一死戰？縱使血流千里，漂櫓成河，對慣於在疆場殺戮的人而言，不但在所不惜，甚至看慣了死亡，也就熟視無睹了，怎還會心存休戚與共之想，而不以已到手的皇權是否鞏固爲慮？

至於太宗在收復太原前夕，想到的則是敵方軍民如何免於冤死，因而在「幸城南，督諸將急攻，士奮怒，爭乘城，不可遏」的方陣中，唯恐自家所領導的部眾，在城破時，殺紅了眼睛，屠城害民，因而臨陣「麾眾少退」，

第一冊，頁 26。
〔註103〕 《宋史》，第十七冊，頁 13940。
〔註104〕 《宋史》，第十七冊，頁 13938。
〔註105〕 《大正藏》，第五十二冊，頁 661ᶜ。

〔註106〕並希望北漢英武帝在大勢已去之際，接受條件優渥的和平招降。問題是，對於一場形勢已經勝券在握的戰爭，御駕主帥太宗，要非紹承太祖的隱在的家法，又何不趕盡殺絕永絕後患呢？祇因這樣做有違佛教法義，有違「太平興國」的稱號，所以和平、不殺，便成為在這場長達二十年的逐鹿之戰中，得以同時用國家的力量興辦如來家業的終極根據了，如宋人王禹偁在〈揚州建隆寺碑〉說：

> 死事之人，盡離鬼趣，士捐生而無恨也。帝王所尚，今古攸同。
> 〔註107〕

太祖始政還不滿一年，即在建隆二（961）年春正月，「詔以揚州行宮為建隆寺」。〔註108〕劉長東在〈宋代寺院合法性的取得程序〉中認為，太祖的這一舉動，祇是「為了修功德或妝點大宋的文物之盛」，〔註109〕並摘引王禹偁在三十八年之後太宗至道四（真宗咸平元，998）年所追記的碑文為證，然而，細讀王禹偁的碑文，並沒有活人──即太祖，假藉死人──即陣亡將士，為自己「修功德」的用心，也沒有為了「妝點」給誰看的意思，因為在此時的中國，除了宋太祖受後周恭帝柴宗訓禪國而登極為帝之外，還有另外七個隨時要以兵戎相向的國主，正在日夜磨刀霍霍，必欲置對方於死地而後快。是以此時仍局促一隅的小小宋國，能否在荊南、南漢、南唐、吳越、後蜀、北漢、契丹諸股軍事對壘的戰場上，〔註110〕持續存在到明天，都是極可懷疑的事。因此，太祖的捨行宮為梵宇，除了意在為建國「徇義効忠」，終至於不幸「捐生」的「精魄」，以佛教「輪迴」的思想，在曾經是「交兵之地」的揚州，就地追薦，使其「盡離鬼趣」而「無恨」之外，是不會有宣揚此時根本就還不存在的大宋「文物之盛」的目的的。而這一明載在唐‧西來僧般若三藏譯《大方廣佛華嚴經》卷第二十五中的「利安一切諸眾生，拔苦與樂無懈心」的大慈精神，〔註111〕恰恰是太宗一統天下之後，迅速從後周世宗柴榮在顯德二（955）年五月甲戌下詔廢佛之後，〔註112〕使中國佛教迅速走上全面復興之

〔註106〕《長編》，卷二十，「太平興國四年五月癸未」條，第一冊，頁451。
〔註107〕宋‧王禹偁撰，《小畜集》，卷十七，文淵閣《四庫全書》鈔本，葉2ª。
〔註108〕《長編》，卷二，「戊寅」條，第一冊，頁37。
〔註109〕劉長東著，《宋代佛教政策論稿》，成都，巴蜀書社，2005，頁133。
〔註110〕荊南亡於963年、後蜀亡於965年、南漢亡於971年、南唐亡於975年、吳越亡於978年、北漢亡於979年、契丹亡於1125年。
〔註111〕《大正藏》，第十冊，頁755ᵇ。
〔註112〕《舊五代史》卷一百一十五〈周書六‧世宗紀第二〉載：「廢寺院凡三萬三百

路，並與儒、道進一步會通的思想根據。易言之，太宗在太平興國四（979）年五月甲申，御駕臨陣，底定江山，第二十天從太原班師回朝時，即效法先帝，「詔以行宮爲佛寺，號平晉，上自記之，刻石寺中」，〔註113〕可見其態度之慎重，是趙家諸帝在佛教信仰行證層面上的體現。因此，在回師首都汴梁的次（980）年二月，隨即效法唐太宗爲玄奘造翻經院之舉，〔註114〕爲從迦濕彌羅國入宋的三藏法師天息災，下詔在太平興國寺西建立國家級的佛經翻譯機構──譯經院，楊仲良在《皇宋通鑑長篇紀事本末》第十四卷〈太宗皇帝・釋老〉中，具詳其事說：

> 上即位五年，又有北天竺迦濕彌羅國僧天息災、烏鎮〔塡〕曩（Udyāna）國僧施護繼至。法天聞天息災等至，亦歸京師。上素崇尚釋教，即召見天息災等，令閱乾德（963～980）以來西域所獻梵經。天息災等皆曉華言，上遂有意翻譯，因命內侍鄭守鈞就太平興國寺建譯經院。〔註115〕

譯經院的組織署如楊億在《談苑・佛經》中所說：

> 譯經院置潤文官，嘗以南北省官充學士，中使一人監院事。譯經常以梵僧，後令惟淨同譯，經梵學筆受二人、綴譯文二人、評議二人，皆選名德、有義學僧爲之。〔註116〕

在大宋建國最初的數十年之間，專述宋文學的現代文學史家，一般皆以承襲五代餘習的白體入手，而在析論上一概從署，如有所敘，評價都不高，如孫望等人衹沿五代「綺麗」舊說；〔註117〕木齋衹說了「淺易」二字；〔註118〕王水照認爲徐鉉「流易有餘而深警不足」，〔註119〕李昉與李至皆「膚淺庸俗」；

三十六，僧尼係籍者六萬一千二百人。」宋・薛居正等撰，楊家駱主編，《新校本舊五代史附編三種》，第三冊，臺北，鼎文書局，民81，頁1531。

〔註113〕《長編》，卷二十，「太平興國四年五月庚子」條，第一冊，頁453。

〔註114〕《舊唐書》卷一百九十一〈列傳第一百四十一・方伎・僧玄奘〉載：「貞觀十九（645）年，歸至京師。太宗見之，大悅，與之談論。於是詔將梵本六百五十七部於弘福寺翻譯，仍敕右僕射房玄齡、太子左庶子許敬宗，廣召碩學沙門五十餘人，相助整比。」《舊唐書》，第六冊，頁5108～5109。

〔註115〕《皇宋通鑑長篇紀事本末》，第一冊，頁189。又，《宋史》、《長編》皆失載。

〔註116〕宋・楊億撰，宋・黃鑑筆錄，宋・宋庠整理，李裕民輯校，《楊文公談苑》，《宋元筆記小說大觀》，第一冊，頁529。

〔註117〕孫望、常國武主編，《宋代文學史》，上冊，北京，人民文學出版社，2001，頁36。

〔註118〕木齋著，《宋詩流變》，北京，京華出版社，1999，頁41。

〔註119〕王水照主編，《宋代文學通論》，河南大學出版社，2005，頁83。

〔註120〕呂肖奐單指「閑適」、「知足」；〔註121〕張毅直判「沒有多少藝術價值可言」、「沒有形成思想潮流」；〔註122〕韓經太則隻字不提；〔註123〕至於阮忠雖然看到了「宋太宗趙光義的詩重理，詩中充滿了勸誡式的說教詞」這個神來一筆的結論，但沒有申明任何根據；〔註124〕祇有張海鷗在〈宋代詩歌概論〉中論白體時，從文獻學角度指出其詩學政教功能的一面：

> 宋太宗則於此最為用心。太宗有意借助白詩中經常演繹的「知足知樂」哲學以教化臣民。今存太宗詩五百六十餘首（據《全宋詩》，卷二十二），主要為《逍遙詠》二百首、《逍遙歌》十六首、〔註125〕《緣識》三百一十八首。這些詩多為發揮佛、道義理，倡導安心靜處，勉勵人們淡漠功名利祿之作，頗類白居易中年以後詩作。〔註126〕

孔子在《論語・顏淵第十二》中又說：「草上之風，必偃。」〔註127〕從宋太宗諸體文本的書寫來看，史上有記載的多達四百五十餘卷，現存完整或部帙較多的著作尚有七十四卷，而且全部是與佛、道思想正相關的詩、賦，即《全宋詩》所收《逍遙詠》十一卷、《緣識》五卷，《全宋詩》以為殘佚到祇剩「偈十八首（含殘章）」的《御製蓮華心輪迴文偈頌》，〔註128〕實則尚存十分之一，〔註129〕凡二十五卷，《全宋詩》失收的《御製祕藏詮懷感迴文五七言詩》三十卷。〔註130〕單從量上而論，不謂不多，從主題而論，不謂不

〔註120〕《宋代文學通論》，頁84。

〔註121〕呂肖奐著，《宋詩體派論》，成都，巴蜀書社，2002，頁4～7。

〔註122〕張毅著，《宋代文學思想史》，北京，中華書局，2006，頁15～16。

〔註123〕參見韓經太著，《宋代詩歌史論》，長春，吉林教育出版社，2006。

〔註124〕阮忠著，《唐宋詩風流別史》，武漢，武漢出版社，1997，頁388。

〔註125〕《全宋詩》所收太宗詩，並無「《逍遙歌》十六首」，顯係作者筆誤。參見《全宋詩》，第一冊，頁310。

〔註126〕劉揚忠主編，《中國古代文學通論・宋代卷》，遼寧人民出版社，2005，頁29。

〔註127〕《十三經》，下冊，頁2055。

〔註128〕李正宇等說：「又據敦煌遺書《御製蓮華心輪迴文偈頌》殘卷，錄偈十八首（含殘章），編次為第十七卷。」《全宋詩》，第一冊，頁310。

〔註129〕《長編》卷二十四「太平興國八年十一月甲寅」第二條載：「上撰《蓮華心輪回文偈頌》十部二百五十卷、《回文圖》十軸，示近臣。」《長編》，第一冊，頁556。

〔註130〕宋太宗撰，《御製蓮華心輪迴文偈頌》、《御製祕藏詮懷感迴文五七言詩》，現存《高麗大藏經》，第三十五冊，韓國，東國大學校東國譯經院，2002，頁

集中。

如從文學思潮而論，喜與羣臣或唱和〔註131〕或命題〔註132〕作詩的佛、道詩大作手，在「上有所好，下必甚焉」以望風承旨的鐵律下，不可能不在當時代掀起佛教文學的書寫思潮，否則往後盛宋文學思潮的佛教根源，及其同時大行其道的禪僧名士化，俟後在文字禪中大量出現的方俗話語在文學書寫領域的合法化，又後以禪喻詩詩學理論的逐步證立，豈不成為徒託空言的無源之水？如此一來，深深結構在宋代文藝學各種有機創造肌理中的平、淡、清、遠的審美觀，將通過怎樣的生命路徑，從生活實際的自我超越中自然流露，並以最適切的藝術手法給形象的呈現出來，而為生命實相與現象風華，找到圓融智慧直達當下解脫之道的梯航？

如以仁宗天聖九（1031）年，做為初宋文學分期的時間下限，〔註133〕在初宋時期繼太宗而起的是至道三（997）年三月癸巳「即位於柩前」的真宗，〔註134〕就在真宗甫即位一個月之後的五月十八日，刑部郎中王禹偁隨即上疏

792～958。

〔註131〕《長編》卷二十六「雍熙二（985）年四月丙子」第二條載：「是日，召宰相，參知政事，樞密，三司使，翰林，樞密直學士，尚書省四品、兩省五品以上，三館學士，宴于後苑，……命羣臣賦詩、習射。自是每歲皆然。」《長編》，第二冊，頁595～596。

〔註132〕《長編》卷三十二「淳化二（991）年十一月辛卯」條載：「上聞之，賜上尊酒，太官設盛饌，至等各賦詩以記其事。宰相李昉、張齊賢，參知政事賈黃中、李沆亦賦詩以貽易簡，易簡悉以奏御。上謂宰相曰：『蘇易簡以卿等詩什上來，斯足以見儒墨之盛，學士之貴也。』」《長編》，第二冊，頁727。

〔註133〕參見：
1. 張毅持此說，本文採用其分期法。參見張毅著，《宋代文學思想史》，北京，中華書局，2006，頁40。
2. 木齋以仁宗明道二（1033）年，做為初宋文學分期的時間下限，原文作：「即天聖結束的後年。」木齋著，《宋詩流變》，北京，京華出版社，1999，頁3。
3. 孫望等以「開國（690年）到英宗末葉（1067年）」為「北宋前期文學」。參見孫望、常國武主編，《宋代文學史》，上冊，北京，人民文學出版社，2001，頁35。
4. 其餘異說甚多，但劉揚忠在綜述諸家之說後指出：「迄今為止，……在整個宋代文學領域，還沒有一種為所有研究者都認同的分期。」可見宋文學分期的問題，還有待以更科學的方法，進行既全面且合理的清理。參見劉揚忠主編，《中國古代文學通論・宋代卷・緒論・宋代文學發展概況及其分期》，遼寧人民出版社，2005，頁15。

〔註134〕《長編》卷四十一「道三（997）年三月壬辰」條，第二冊，頁863。

言事，繼因謗佛而遭太祖流配沙門島的李靄（藹）之後，〔註135〕以眞宗亦虔敬道教而從經濟面首開大宋闢佛先聲，《宋史》卷二百九十三〈列傳第五十二·王禹偁〉載：

> 四曰：沙汰僧尼，使疲民無耗。

> 漢明之後，佛法流入中國，度人修寺，歷代增加。不蠶而衣，不耕而食，……假使天下有萬僧，日食米一升，歲用絹一匹，是至儉也，猶月費三千斛，歲用萬縑，何況五、七萬輩哉？不曰民蠹，得乎？……先朝不豫，捨施又多，佛若有靈，豈不蒙福？事佛無效，斷可知矣！〔註136〕

王禹偁的闢佛之舉，對皇家信仰而論，可以說完全是「城門失火，殃及池魚」，首先是與北方的契丹及党項的關係，在形勢時好時壞的狀況下，邊防始終充滿變數；其次是冗兵、冗吏與廣開科舉之路，已從國家科層組織的內部，形成架牀疊屋之勢，並在財政歲出的負擔上，浮現資金缺口日益擴大的端倪，如果不擬訂妥善解決的經濟良策，便有造成災難之虞。但王禹偁與其後進王安石最大的不同，不是把清算的方針指向冗兵、冗吏、冗費，而是拿元氣纔剛剛恢復過來的佛教下手；再次是太宗駕崩之前多病，雖然既布施又禮佛，卻居然沒有獲致佛陀的賜福——注意：這種他力救贖的神學，與自力證悟解脫的佛教，分屬兩個義界完全不同的宗教觀，——而得以延年益壽，乃至長生久視，因此，得到信佛既沒有靈驗而又無效的相對結論，並進一步以這個信佛無效論，做為思考當時代國家財政日益嚴峻的根據，就必然會倒果為因的派生出已達七萬之眾的僧尼，是侵耗國家經濟來源的另一結論——蠹民論。但值得注意的是，出現於初宋的「出家潮」，其時代背景是由統一朝富強之路開展的上升型社會，而不是殺伐永無寧日的五代十國衰退型的社會。然而，就往後眞宗對佛教的一切施為來分析，力主「其旨一也，……惟達識者能總貫之」，〔註137〕從而推行三教並弘的眞宗，並沒有接受王禹偁片面的建言，反而在更為深廣的層面上，承挑太祖以來一貫隱在的崇佛家法，並

〔註135〕《長編》卷七「太祖乾德四（966）年四月丁巳」第二條載：「靄不信釋氏，嘗著書數千言，號《滅邪集》，又輯佛書綴為衾禂，為僧所訴，河南尹表其事，故流竄焉。」《長編》，第一冊，頁169。

〔註136〕《宋史》，第十二冊，頁9797。

〔註137〕《長編》卷八十一「大中祥符六（1013）年十一月庚戌」第二條，第四冊，頁1853。

在內學撰述上追法太宗，據《長編》卷四十五「咸平二（999）年八月丙子」
條載：

> 始，〔唐〕太宗作〈聖教序〉，上亦繼作，悉編入《經藏》。上又
> 嘗著〈釋氏論〉，以爲釋氏戒律之書，與周、孔、荀、孟，跡同道異，
> 大指〔旨〕勸人之善，禁人之惡，不殺則仁矣，不竊則廉矣，不惑
> 則正矣，不妄則信矣，不醉則莊矣。苟能遵此，君子多而小人少。
> 又上生三途之說，亦與三后在天，鬼得而誅之，言共貫也。〔註138〕

　　眞宗在以儒學爲治國思維的行政基盤上，〔註139〕上紹格義佛學以降歷朝
會通漢、梵思想的方法，再一次以儒家仁、義、禮、智、信的倫理信念，銷
釋佛家不殺、盜、淫、妄、酒五戒的修養論，從而以柔性規範——道德論，
做爲簡別善與惡的性論基準，並將之導向君子與小人、義與利之辨，顯示儒、
釋思想在社會與政教實踐上的同構關係，具有互爲體用的合理性。因此，當
眞宗繼太宗遺業在傳法院「大開梵學」的結果，〔註140〕不僅體現在爲佛教經
典親自撰作注疏上，更從三個大方向，爲盛宋繁花似錦時代的到來，在文化
政策上做了最週延的積極準備。如志磐在《佛祖統紀》卷第四十四，〈法運通
塞志十七之十一·眞宗〉贊述說：

> 眞廟之在御也，並隆三教，而敬佛重法，過於先朝。故其以天
> 翰撰述，則有〈聖教序〉、〈崇釋論〉、《法音集》、注《四十二章》、《遺

〔註138〕《長編》，第二冊，頁961～962。

〔註139〕參見：

1. 《皇宋通鑑長篇紀事本末》卷第二十一〈眞宗皇帝·聖學〉載：「咸平元
　　（998）年正月，……命頤正於後苑講《尚書·大禹謨》，……自是，日令
　　頤正赴御書院待對，講《尚書》至十卷。」《皇宋通鑑長篇紀事本末》，第
　　一冊，頁323。

2. 《皇宋通鑑長篇紀事本末》卷第二十一〈眞宗皇帝·聖學〉載：「天禧元
　　（1017）年二月辛卯，召太子中允、直龍圖閣馮元講《易》於宣和門之北
　　閣，待制查道、李虛己、李行簡與焉。自是，聽政之暇，率以爲常。」《皇
　　宋通鑑長篇紀事本末》，第一冊，頁324。

3. 《長編》卷七十二「大中祥符二（1009）年八月乙亥」第四條載：「上謂
　　王旦等曰：『朕在東宮講《尚書》凡七遍，《論語》、《孝經》亦皆數四。』」
　　《長編》，第三冊，頁1635。

〔註140〕太宗在太平興國八年，把譯經院改爲傳法院，並在院內成立「國家佛學院」，
　　培養佛學與翻譯人材。據《長編》卷二十四「太平興國八年十二月」第十六
　　條載：「是歲，賜譯經院額曰『傳法』，令兩街選童子五十人，就院習梵學、
　　梵字。」《長編》，第一冊，頁566。

教》二經，皆深達於至理。一歲度僧至二十三萬，而僧眾有過者，止從贖法。……至於繼世譯經，大開梵學。五天三藏，雲會帝廷，而專用宰輔詞臣，兼潤文之職。其篤重譯事，有若是者。當時儒賢，如王旦、王欽若、楊億、晁迥輩，皆能上贊聖謨，共致平世，君臣慶會，允在茲時。稽之前古，未有比對。〔註141〕

首先，是在景德二（1005）年，依倣太宗分門類纂《太平御覽》例，以先六經後依《舊五代史》之前十七部正史的年代序，「令資政殿學士王欽若、知制誥楊億修《歷代君臣事蹟》」，〔註142〕而爲千卷的史料類書，參與編修的儒臣凡二十三人的學術隊伍不可謂不大，全書分三十一部一千一百零六門的分類概念不可謂不詳，直到「大中祥符二（1009）年八月庚午，樞密使王欽若等上新編修《君臣事蹟》一千卷。上親製序，賜名《冊府元龜》」。〔註143〕因此，貫徹八年而不輟的文化政策不可謂不長。眞宗雖然以儒學的道德論及其治世功能論，做爲纂修《冊府元龜》的思想總綱，但其嚴謹的態度，卻與在實際生活上具體可行的修養論，緊密結合在一齊，如《長編》卷六十五「景德四（1007）年四月丁丑」條說：

> 上謂王欽若等曰：「今所修《君臣事蹟》尤宜區別善惡，有前代褒貶不當如此類者，宜析理論之，以資世教。」〔註144〕

《長編》卷六十七「景德四年十二月乙未」條又說：

> 手札賜王欽若曰：「編修《君臣事蹟》官，皆出遴選。朕於此書，匪獨聽政之暇，資於披覽，亦乃區別善惡，垂之後世，俾君臣父子有所監〔鑑〕戒。」〔註145〕

易言之，即儒學思想在現實的政教施爲上，與人內在的主觀認識，在社會生活的現實中，從思想的內化達到與外顯行爲和諧的狀態，如何可能的問題，並不是以剛性規範的法令，像緊箍咒那樣，由上而下的強加於人民頭上，並動輒得咎，這就反證了眞宗在善體太祖「不得殺士大夫及上書言事人」的家法時，從人的精神底蘊與自由思想的層面對歷史的反思中，往更加通達的

〔註141〕《大正藏》，第四十九冊，頁 406°。
〔註142〕《長編》卷六十一「景德二（1005）年九月丁卯」條，第三冊，頁 1367。
〔註143〕《皇宋通鑑長篇紀事本末》，卷第十六，〈王欽若等編修冊府元龜事蹟〉，第一冊，頁 237～239。
〔註144〕《長編》，第三冊，頁 1452。
〔註145〕《長編》，第三冊，頁 1509。

領域超越而去，而其展現在盛宋文藝學的藝術創作實踐上，便是履遭政敵排斥與密集打壓的蘇軾、蘇門學士、蘇門君子，乃至於元祐黨人，何以能在不斷謫降的崎嶇路上，以不曾退墮的文本書寫，堅持儒家學者內聖的風骨，並以佛教隨緣任運的自適修為，融浹無間的彰顯出來，且不讓人覺得有瞎比附的突兀感，而其終極根據，實即真宗對佛教福慧「兩足尊」，〔註146〕以慧學為福報根據的正確解悟而有以致之，並非耽溺於迷信之徒可比，而不合理性的宗教迷信，正是太宗明令刊削的對象，如《長編》卷六十七「景德四（1007）年十一月癸酉」第二條載：

> 上謂王欽若曰：「《君臣事蹟‧崇釋教門》，有布髮于地，令僧踐之，及自剃僧頭，以徼福利，此乃失道惑溺之甚者，可並刊之。」
> 〔註147〕

其次，前及重道（道家、道教）亦是大宋王朝賴以確立基本國策的思想根源，如《長編》卷十「太祖開寶二（969）年五月戊辰」第二條載：

> 真定蘇澄，善養生，為道士，……壬申，幸其所居，謂曰：「師年踰八十，而容貌甚少，盍以養生之術教朕？」
>
> 對曰：「臣養生，不過精思鍊氣耳！帝王養生，則異於是。老子曰：『我無為而民自化，我無欲而民自正。』無為無欲，凝神太和，昔黃帝、唐堯享國永年，用此道也。」上悅。〔註148〕

因此，重道同護佛一樣，亦具有隱在家法的性質，如散騎常侍徐鉉「不喜釋氏而好神怪」，〔註149〕知制誥王禹偁雖曾上疏闢佛，卻精於洞真、洞玄、洞神三洞與太清、太平、太玄、正一四輔之學，而在〈謝賜《御製逍遙詠》、《祕藏詮》表〉中說：

> 老氏之書，所以去滋章而務清淨，大不過四句偈，多不出五千

〔註146〕《妙法蓮華經》卷第一〈方便品第二〉世尊說：「諸佛兩足尊，知法常無性，佛種從緣起，是故說一乘。」《大正藏》，第九冊，頁 9ᵇ。

〔註147〕《長編》，第三冊，頁 1054。

〔註148〕《長編》，第一冊，頁 226。

〔註149〕參見：

1. 《宋史》卷四百四十一〈列傳二百‧文苑三‧徐鉉〉載：「鉉性簡淡寡欲，質直無矯飾，不喜釋氏而好神怪，有以此獻者，所求必如其請。」《宋史》，第十六冊，頁 13046。

2. 《長編》卷八「太祖乾德五（967）年三月」第十四條載：「當（南唐）時大臣亦多蔬食、持戒以奉佛，中書舍人徐鉉獨否，然絕好鬼神之說。」《長編》，第一冊，頁 193。

言，……編三洞於《瑤函》，……伏惟聖號皇帝陛下，思妙玄沙，心
遊赤水，因民設教，自天比崇，知幾其神，建皇王之有極，恭默思
道，……詠歌至道，撮其樞要，闢戶牖于法門，搴其菁英，芟蕭稂
於玄圃，示萬機之多暇。〔註150〕

在〈南郊大禮詩十首〉其九中亦說：

綵雲隨步下乾元，雨露新恩洽普天；

四輔首迎丹鳳詔，六師齊散廩犧錢。〔註151〕

但這兩個對道教深有研究的大臣，在太祖與太宗知人善任的寬廣視野
中，不但沒有像辱佛的李藹那樣遭到放逐，反而在太祖廣聚天下圖書時，承
詔校正多達七千餘卷的道經，並去其重複而得「三千七百三十七卷」，〔註152〕
為以儒治世不礙禮佛、禮佛不違問道的眞宗奠下新修《道藏》的基礎。〔註153〕
就在王欽若完成《冊府元龜》編修的同時，即「奏校經藏」事宜，〔註154〕並
得眞宗詔命，隨即付諸施行，而得以在八年之後的大中祥符九（1016）年三
月完成初編稿，據《長編》卷八十六「眞宗大中祥符九（1016）年三月戊申」
第三條載：「樞密使王欽若上新校《道藏經》，賜目錄名《寶文統錄》，上製序。」
〔註155〕以王欽若為總領在崇文院開校的新修《道藏》，又輯入太祖時失收的六
百二十二卷，使其稍復燼於安史之亂的《開元道藏》的原始規模。然而，就
在初編稿完成時，為使版本更加精詳，「深達教法」的王欽若，〔註156〕復薦張
君房等董理覆按工作，並於三年後的天禧三（1019）年春，完成新題的《大

〔註150〕《小畜集》，卷二十一，文淵閣《四庫全書》鈔本，葉 4^b～5^b。

〔註151〕《小畜集》，卷九，文淵閣《四庫全書》鈔本，葉 7^a。

〔註152〕中國大百科全書編輯委員會「宗教」編輯委員會編，《中國大百科全書·宗
　　　　教》，臺北，錦繡出版事業有限公司，1992，頁 78。

〔註153〕參見：

　　1. 《長編》卷七十九「眞宗大中祥符五（1012）年十月辛酉」條載，眞宗
　　　　說：「儒術污隆，其應實大，國家崇替，何莫由斯。」《長編》，第三冊，
　　　　頁 1798。

　　2. 《長編》卷七十五「眞宗大中祥符四（1011）年二月辛未」條載：「次閿
　　　　鄉縣。召承天觀道士柴通玄，賜坐，問以無為之要。」《長編》，第三冊，
　　　　頁 1714。

〔註154〕《長編》卷八十六「眞宗大中祥符九（1016）年三月戊申」第三條，第四冊，
　　　　頁 1976。

〔註155〕《長編》，第四冊，頁 1975。又，「戊申」《宋史》卷八〈眞宗三〉作「己酉」。
　　　　《宋史》，第一冊，頁 159。

〔註156〕《長編》，第四冊，頁 1975。

宋天宮寶藏》，而成爲往後歷朝續修道籍的典範。

此時，大宋建國已長達半個世紀之久，因五代十國國體裂解而長期遭致嚴重破壞的文化，在宋初三帝的傾力護援之下，已從凋敝走上全面繁榮的復興之道，而其做爲促進宋文學三教互文性的動力，便是從出現變革時期歐陽修等仍不免要闢佛的探索，到盛宋在建構新時代文學的同時，成爲文藝學內部自覺的以開放系統接受儒、釋、道思潮的源頭活水，而其波瀾壯闊的藝術審美景觀，要非蘇門學士文藝學的全面薄發，無以適切展現其厚積的底蘊是何等的深湛！如黃山谷〈次韻子瞻書黃庭經尾付蹇道士〉的十三句古體詩，〔註157〕所隱用的道書及相關著作，就有《上清黃庭內景經》、《祕要經》、《六甲符圖》、《陰陽書》、《南華眞經》、《漢書・郊祀志》等六種，並蘊涵有佛典《楞嚴經》的法義在內，其深於道籍的繁複用事手法，站在盛宋時代來回顧過往的中國詩學書寫，可謂空前。

再次，志磐在《佛祖統紀》卷四十四〈法運通塞志十七之十一・眞宗〉中說：

> 景德（1004）元年，……東吳沙門道原，進禪宗《傳燈錄》三
> 十卷，詔翰林學士楊億，裁定頒行。〔註158〕

志磐明確指出，眞宗詔令楊億以官方學者爲代表，對原先由私家撰述的佛教禪宗史進行整編與修訂，如果這一件《宋史》、《長編》、《皇宋通鑑長篇紀事本末》、《宋會要輯稿》、《續資治通鑑》、《宋史紀事本末》、《宋史翼》等常用史籍全都失載的事無訛，那麼，眞宗的聖裁，對於佛教史傳類的著作，把它當做正史來看待的認眞態度，則顯得格外嚴正，因爲楊億在眞宗朝，打從一開始，便是上達天聽的著名史學家和文獻學編纂家，如《宋史》卷三百五〈列傳第六十四・楊億〉說：「眞宗稱其才長於史學。」〔註159〕因此，眞宗在「初踐祚」時，不但在錢若水的奏聞之下，詔令楊億參與《太宗實錄》的編修，而使多達「八十卷，億獨草五十六卷」的大書，〔註160〕得以在短短十個月之間就順利殺青，〔註161〕且在景德二（1005）年，楊億又奉詔編纂千卷

〔註157〕 宋・任淵、史容、史季溫注，黃寶華點校，《山谷詩集注》，下冊，上海古籍出版社，2003，頁1035。

〔註158〕 《大正藏》，第四十九冊，頁402^c。

〔註159〕 《宋史》，第十二冊，頁10080。

〔註160〕 《宋史》，第十二冊，頁10080。

〔註161〕 《長編》卷四十三「眞宗咸平元（998）年八月乙巳」載：「工部侍郎、集賢

正史史料分類鉅帙《歷代君臣事蹟》，直到大中祥符二（1009）年，費時八年繞殺青，可見《傳燈錄》的編修是在這期間同時進行的，根據大中祥符六（1013）年八月，「趙安仁準詔編修」〔註162〕《大中祥符法寶錄》的提要稱，《傳燈錄》在「大中祥符四（1011）年，詔編入《藏》」，〔註163〕而這僅僅三十卷，與祇須在原稿上進行「裁定」的書，卻也整整修訂了八年之久，這對「天性穎悟，……才思敏捷，……而博覽強記，尤長典章制度，時多取正。……留心釋典禪觀之學」的楊億而言，〔註164〕如其在《景德傳燈錄‧序》所表示，「恭承嚴命，不敢牢讓，竊用探索，匪遑寧居」的慎重用心，〔註165〕除了不負皇命而臨事惶恐之外，更是自覺的為了使向來充滿傳說色彩與不合理附會的中國中古佛教禪宗史，也具有信史般的可讀性與可信度。因此，楊億在序文中，特別說明了對《傳燈錄》一如正史般的修訂原則：

況又事資紀實，必由於善敘；言以行遠，非可以無文；其有標錄事緣，縷詳軌迹；或辭條之紛糾，或言筌之猥俗，並從刊削，俾之綸貫。至有儒臣、居士之問答，爵位姓氏之著明，校歲歷以愆殊，約史籍而差謬，咸用刪去，以資傳信。〔註166〕

而這個仍不免於傳說色彩鮮明但已具有文采與傳信性質原則的確立，豈不正是盛宋文藝學家們，何以幾乎人手一部，並置諸案頭，以便在詩文創作之際，苟有興會相通，而得以唾手取資的根據？如蘇軾用《傳燈錄》卷二十七〈金陵寶誌禪師〉「宋泰始（465～471）初，忽居止無定，飲食無時，髮長數寸，徒跣執錫杖，頭掛剪、刀、尺、銅鑑，或掛一、兩尺帛，數日不食無飢容。時或歌吟，詞如讖記，士庶皆共事之」的故事，〔註167〕而為〈僕曩於

院學士錢若水等上《太宗實錄》八十卷。」《長編》，第二冊，頁915。

〔註162〕《長編》卷八十一「大中祥符六（1013）年八月丙子」條，第四冊，頁1846。

〔註163〕宋‧趙安仁撰，《大中祥符法寶錄》，卷二十，〈東土聖賢著撰二之三〉，中華大藏經編纂局編，《中華大藏經》，第七十三冊。轉引自楊曾文著，《宋元禪宗史》，北京，中國社會科學出版社，2006，頁72。又，大宋王朝共纂修了五部佛教藏經，除官修的《開寶藏》開雕於開寶四（971）年完刻於太平興國八（983）年之外，另有私修的《崇寧萬壽大藏》、《開元藏》、《思溪藏》、《磧砂藏》等，但都非真宗朝所修。因此，在大中祥符四（1011）年奉詔入《藏》的《傳燈錄》，在當時究竟入的是那一《藏》？待考。

〔註164〕《宋史》，第十二冊，頁10083。

〔註165〕《大正藏》，第五十一冊，頁196ᶜ。

〔註166〕《大正藏》，第五十一冊，頁196ᶜ。

〔註167〕《大正藏》，第五十一冊，頁429ᶜ。

長安陳漢卿家見吳道子畫佛碎爛可惜其後十餘年復見之于鮮于子駿家則已裝背完好子駿見遺作詩謝之〉詩的「誌公彷彿見刀尺」句。〔註 168〕又如秦觀用《傳燈錄》卷第四〈法融禪師〉「尋閱《大部般若》，曉達眞空，忽一日歎曰：『儒道世典，非究竟法；般若正觀，出世舟航。』遂隱茅山，投師落髮。後入牛頭山，幽棲寺北巖之石室，有百鳥銜華之異。唐貞觀中，四祖遙觀氣象，知彼山有奇異之人」的故事，〔註 169〕而爲〈醴泉開堂疏〉文：「然而飛鳥銜花，空存勝景。」〔註 170〕

　　至於在乾道元（1022）年二月戊午登基的宋仁宗，在位凡四十二年（1022～1063），仁宗把宋文化推向全面開展的歷史前沿，就文學思潮而論，仁宗朝之前三帝兼賅三教的文化政策，已經在社會上，造就滋榮華茂的氣象，因此，具有新時代創造力的文藝家，勢必要以敏銳的觀察力和書寫才具，在洞達新思潮發展的大勢之際，從逐漸成熟的文化園區中，看到唾手可得的甜美果實，已經在眼前不遠的地方，煥發著誘人的光彩，因而開始自覺的從晚唐餘緒中，力圖擺脫陳腐不堪的舊規，進而以嶄新的意識，發出要求變革的呼聲。

　　就文學與佛教的進一步互文而論，文士與僧家的關係，也有了全新的表示形式，即在歐陽修、司馬光等人對儒、釋抉擇的論述中，從理論的高度，開啓儒、釋的辯證之路，進而使儒、釋的文藝觀，從思想的進路，找到了具有更大可能性的會通途徑。然而，與此同時，還應該看到，大宋立國幾近百年來隱在的崇佛家法，仍強而有力的在仁宗多元文化的政策上，發揮著積極的力量，如仁宗御讚鳩摩羅什譯的七卷本《妙法蓮華經》而賦成〈蓮花經讚〉：

> 六萬餘言七軸裝，無邊妙義內含藏；
> 溢心甘露時時潤，灌頂醍醐滴滴涼。
> 白玉齒邊流舍利，紅蓮舌上放毫光；
> 假饒造罪如山嶽，祇消妙法兩三行。〔註 171〕

　　做爲一個深於教下義學的皇帝，在遊心宗門時，既能宗通教通的當體理

〔註 168〕　《蘇軾詩集合注》，上冊，頁 807。

〔註 169〕　《大正藏》，第五十一冊，頁 226ᶜ。

〔註 170〕　宋・秦觀撰，徐培均箋注，《淮海集箋注》，中冊，上海古籍出版社，2000，頁 1074。

〔註 171〕　《全宋詩》，第七冊，頁 4400。

入，因此，在日理萬機之暇，閱讀同朝禪師《投子義青禪師語錄》「至僧問：『如何是露地白牛？』投子連叱」時，就能應機契悟，而開金口一連誦出〈釋典頌〉十四首，其一說：

> 若問主人公，眞寂合太空；
>
> 三頭幷六臂，臘月正春風。〔註172〕

如果姑隱作者帝號，其與禪師之作，何有兩端？更何況仁宗與大覺懷璉禪師的唱和之舉，爲官僚文士與僧家酬唱，開啓具有指標意義的政策性典範，其流風對於盛宋佛教文學的鋪揚，顯然具有「君子之德，風」的深刻涵義，如宋僧曉瑩在《羅湖野錄》卷上說，大覺禪師：

> 奏頌乞歸山曰：
>
> 六載皇都唱祖機，兩曾金殿奉天威；
>
> 青山隱去欣何得？滿籃唯將御頌歸。
>
> 御和曰：
>
> 佛祖明明了上機，機前薦得始全威；
>
> 青山般若如如體，御頌收將甚處歸？
>
> 再進頌謝曰：
>
> 中使宣傳出禁圍，再令臣住此禪扉；
>
> 青山未許藏千拙，白髮將何補萬機？
>
> 雨露恩輝方湛湛，林泉情味苦依依；
>
> 堯仁況是如天闊，應任孤雲自在飛。〔註173〕

然而，問題並沒有這麼簡單，因爲一種具有普適性學風的形成，還需要在總體文化上有更多的互動內涵與作爲，纔能在文藝書寫中被意識到，並具體轉化爲創造性的實踐，而從抽象義理的思辨與形象思維的藝術表現上，給恰如其分的型塑出來。如以近當代的實例來參照，便不難看出盛宋佛教文學之所以在士大夫階層的文藝學書寫中，具有生命自覺的普遍意識與文化價值，是因爲有一個更具普遍性的生命意識與文化價值的時代思想背景做爲創造的底蘊之故，是以自民國肇建以來至民國八十九年，幾乎歷任總統及其家人都信仰基督教，並或明或暗的排佛，如民初藉廟產興學之名沒收佛教寺院，

〔註172〕宋‧曉瑩集，《羅湖野錄》中華佛教文化館編，《禪學大成》，第五冊，卷上，臺北，中華佛教文化館，民70，頁10。

〔註173〕《禪學大成》，第五冊，卷上，頁10。

允許天主教、基督教廣設大學，直到民國八十年代華梵工學院成立之前，率皆以法令阻止佛教人士籌設大學，但卻沒有因此而在文化界造成神學文學的書寫風潮，可見普適性學風的形成，並非社會上層建築片面的主觀意志所能輕易型塑與轉移的。

仁宗朝的傳法院，依然在積極進行著佛教經典的漢譯工作，天聖三（1025）年，詔令先前編纂《冊府元龜》、修訂《道藏》等大書的「宰臣王欽若爲譯經使」，〔註174〕「自後首相繼領，然降麻不入銜。又以參政樞密爲潤文，其事浸重，每生辰必進新經。前兩日二府皆集，以觀翻譯，謂之開堂」。〔註175〕這一條記錄，透露了譯經使由當朝宰相領銜參與佛經翻譯的督導工作，位置在國家行政組織層級的金字塔頂端，並成爲往後的通例，而在每年皇帝生日前兩天，就要把重臣全部集結到一齊，舉行盛大的開堂典禮，並由皇帝親自驗收新譯佛典的成果。這樣做，除了對中樞大臣公開展示，並意在以國家的力量宣揚法佛法之外，還要向天下召告祖宗隱在家法持續的推行，是國家行之有年的既定政策之一。可見仁宗對佛經翻譯的重視，是何等的審慎！而其精神要非《楞嚴經》卷三所云，「將此深心奉塵剎，是則名爲報佛恩」的體現莫辦。〔註176〕

在天聖四（1026）年，「翰林學士夏竦等，上《國朝譯經音義》七十卷」，〔註177〕該書雖已亡佚，但從書名可知，當如北齊僧人道慧撰的《一切經音》、〔註178〕唐僧玄應撰的《大唐眾經音義》、唐僧慧琳撰的《大藏音義》，是對新譯梵經做音訓與名相釋義的工具書，庶免讀者在對音上誤訓，在義理上誤讀，而與法義相違。但更重要的是志磐在《佛祖統紀》卷第四十五〈法運通塞志十七之十二・眞宗〉載，天聖五（1027）年，「三藏惟淨進《大藏經目錄》二裘，賜名《天聖釋教錄》」。〔註179〕這部尚完整流傳的經錄，殘卷收在《宋藏

〔註174〕《長編》卷一百三「天聖三（1025）年十月庚午」條，第四冊，頁2390。
〔註175〕《宋會要輯稿》，第十六冊，〈道釋二之八〉，頁7892[b]。
〔註176〕《大正藏》，第十九冊，頁119[b]。
〔註177〕《長編》卷一百四，「天聖四（1026）年十二月丙子」條，第四冊，頁2427。又，《佛祖統紀》，卷第四十五，〈法運通塞志十七之十二・眞宗〉作：「翰林學士夏竦同三藏惟淨等，進《新譯經音義》七十卷。」《大正藏》，第四十九冊，頁409[a]。
〔註178〕智昇《開元釋教錄》卷第八〈總括羣經錄上之八・大唐李氏都長安〉引唐時猶存世的《大唐內典錄》作《一切經音》，唯後世被訛作《一切經音義》。《大正藏》，第五十五冊，頁526[a]。
〔註179〕《大正藏》，第四十九冊，頁409[a]。

遺珍》中，全帙收在北京中華書局新排校版的《中華大藏經》第七十二冊，
該書係：

> 大中祥符九（1016）年，詔惟淨撰，今潤文官趙安仁、楊億刊
> 定，至是始畢。是年，惟淨言：「藏乘名錄，類例尤多，令〔今〕所
> 流進〔通〕，凡有三錄，僧智昇撰《開元錄》、圓升撰《正元錄》、圓
> 照《續正元錄》，今請將皇朝經總成一錄。」詔惟淨合三錄，令續譯
> 經、律、論，西方、東土聖賢，集傳爲之，凡六千一百九十七卷。
> 〔註180〕

從《宋會要輯稿》的記載，可見《天聖釋教錄》是仁宗朝之前中國佛教
包括譯典與本土主要著述經錄的彙編本，而有宋開國八十年來，傳法院成立
五十年來，也就是說，奠定初宋中國佛教復興的一切內學譯典與本土主要著
述，已大體被著錄在其中，而該書又爲當今學界通用的《大正藏》、《卍新纂
續藏經》，以及較通用的《龍藏》所失收。因此，對鉤沈宋代佛教典籍及研究
宋代佛學思想對五代之前佛學的繼承與發展，以及與其他文化的會通關係，
便顯得格外具有份量。

在二十世紀之前，不僅研究宋代佛教與文藝學關係的中國學者，都清一
色的把論題放在禪學與文學及與禪學互喻的文論上，而且也僅及於禪與詩、
詞的論述。因此，宋代佛教文學的研究，便被有意識的範定在禪學與文學的
狹小論域中，以至成爲禪文學或者說禪詩學的單向研究。另一方面，在涉宋
的中國哲學、中國佛教史的通論性或專題著作中，也都把論題大體固著在與
禪學正相關的論證與敘述上，鮮少有逸出此一論域者，從而顯現出極大的片
面性。直到二十一世紀初，纔有留日學者涉入宋代天臺學、華嚴學的專題研
究，如二〇〇四年林鳴宇在東京山喜房出版了《宋代天臺教學的研究》，二〇
〇八年王頌在北京宗教文化出版社出版了繼乃師木村清孝《中國華嚴思想史》
的分論之作《宋代華嚴思想研究》，至於國內的跨論域專題研究，也祇有民國
八十年熊琬在臺北文津出版有限公司出版的《宋代理學與佛學之探討》，以及
李承貴對同一論題的擴充研究，而在二〇〇七年由北京宗教文化出版社出版
了《儒士視域中的佛教——宋代儒士佛教觀研究》，〔註181〕這就從局促於禪學

〔註180〕《宋會要輯稿》，第十六冊，〈道釋二之八〉，頁 7892^b。
〔註181〕以論主個人爲主的專題研究，也祇有一種：張清泉著，《北宋契嵩的儒釋融
　　　　會思想》，臺北，文津出版有限公司，1998。

單一的視野突破而出，並對唐武宗滅佛使盛唐中國佛學黃金時代八宗並弘的典籍幾乎全部離散的理由，遭到了現存文獻仍然足徵的否證，而更有力的事實是不論唐武宗或後周世宗的滅佛之舉，對佛教八宗共時並在的佛教文獻摧折到怎樣的程度，值得注意的是大宋王朝共修了五部各宗教典俱在的佛教大藏經，除官修的《開寶藏》之外，另有私修的《崇寧萬壽大藏》、《開元藏》、《思溪藏》、《磧砂藏》等，這些不斷被彙編起來的佛教典籍，及其因印刷術的發達而在社會上的普遍流通，在文士與僧人頻繁的交遊，乃至於談禪論道的過程中，是不能不進入文士視野的，否則祇有不讀經論祇參公案的宗門分燈之學，是很難在思想根源上，體現出深深浸透文士生命意識的教下義學，是透過怎樣的進路進入儒生的意識，從而在現實生活與官場的折衝上，轉化為超越之思，並成為文藝學書寫的底蘊？

據《佛祖統紀》卷第四十五〈法運通塞志十七之十二‧仁宗〉載，天聖二（1024）年「詔賜天臺教文入藏」；[註182]《長編》卷一百十七「仁宗景祐二（1035）年十月辛未」條載：「知樞密院王隨上《傳燈玉英集》，乞摩印頒行，從之。」[註183] 卷一百十九「景祐三（1036）年十月辛酉」條又載：「鎮國節度使、駙馬都尉李遵勗上所纂《天聖廣燈錄》，請下傳法院，編入《藏經》，從之。」[註184]《宋史》卷十〈仁宗二〉載，景祐四（1037）年「夏四月乙巳，呂夷簡上《景祐法寶新錄》」。[註185]《長編》卷一百四十七「慶曆四（1044）年三月己卯」條載：「上於邇英閣出御書十三軸，凡三十五事：一曰遵祖宗訓，……十五曰尚儒籍，十六曰議釋老，……。」[註186] 卷一百五十四「慶曆五（1045）年正月甲申」條又載：「命宰臣章得象撰〈御製傳法院譯經碑後記〉。」[註187]

從這些簡畧的記錄中，已足以顯現當時的佛學著作，在皇家著意的推闡之下，其帶有官方學術性格的思想訊息，對宋代官僚士大夫以儒學為底蘊的思想撞擊，頻率之高，很難被視若無睹。因此，研究宋文化是如何初始化，並得以開顯中國文化從上古進入中古的轉折關鍵的思想運動形態，究竟加入

〔註182〕《大正藏》，第四十九冊，頁 408ᶜ。
〔註183〕《長編》，第五冊，頁 2761。
〔註184〕《長編》，第五冊，頁 2809。
〔註185〕《宋史》，第一冊，頁 203。
〔註186〕《長編》，第六冊，頁 3565～3566。
〔註187〕《長編》，第六冊，頁 3740。

了那些被研究者長期選擇性忽畧的新要素，便成爲構成陳寅恪視域中，「華夏民族之文化，歷數千載之演進，造極於趙宋之世」的思想根據。咸信不論是對宋文學的研究，或對宋文化學的全方位研究，這都是一個全新的論域。因爲在此時總人口「主戶……二千一十二萬三千八百一十四；客戶……六百八萬一千六百二十七」，〔註188〕如以每戶五口計即一億人，而「天下僧三十八萬五千五百二十人，尼四萬八千七百四十人」，〔註189〕即四十三萬四千二百六十人，其僧俗比高達總人口的達百分之零點四，不可謂不高。然而，更重要的是，宋代文士是通過科考纔能取得相應的政治與社會身分，而佛教的出家人，也是在通過「試經」合格之後，纔能取得合法的僧侶身分，如志磐在《佛祖統紀》卷第四十五〈法運通塞志十七之十二‧神宗葬永裕陵〉「熙寧元（1068）年」條說：

> 唐太宗感奘三藏，弘法須人之言，即度僧至萬七千人，睿宗度三萬人，本朝太宗普度十七萬人至二十四萬人，此特恩蒙度之大畧也。唐中宗始詔天下試經度僧，是猶漢家以科舉取士，最可尚也。
>
> 我太宗、眞宗、仁宗，並舉試經之科。於玆爲盛。〔註190〕

從遍在於佛教史傳中試經度僧的記載，可以證明僧侶與文士共同構成了唐宋社會的知識階層，並主導了此後直至晚清，中國學術非儒即釋的主軸，是再明白不過的事。然而，景祐年間（1034～1037）正是大宋文學思潮變革的開端，祇是這個開端，並不是接著佛教與以儒士爲中國文學創作主體如何會通的思想道路，去證明外來的印度佛教思想與中國傳統的儒學思想，是如何的若合符節，而是反其道而行，即從前舉的王禹偁闢佛的論域入手。

至道三（997）年五月，已多達「五、七萬輩」之眾的僧侶，在刑部郎中王禹偁的經濟眼光裏，無疑是國家財政的漏源之一。因此，甘冒眞宗的大不韙，上疏建言「沙汰僧尼」，而首開大宋官僚以上書言事闢佛的先聲，直到仁宗天聖七（1029）年，不但始終盤據在東北方的「契丹詳穩大延琳據遼陽反」，〔註191〕西北方的趙〔李〕元昊，也在寶元元（1038）年，「築壇受冊，僭號大

〔註188〕《長編》倦一百十五「仁宗景祐元（1034）年是歲」條，第五冊，頁2712～2713。

〔註189〕《佛祖統紀》，卷第四十五，〈法運通塞志十七之十二‧仁宗〉，「景祐（1034）元年」條，《大正藏》，第四十九冊，頁409ᶜ。

〔註190〕《大正藏》，第四十九冊，頁414ᵃ。

〔註191〕明‧陳邦瞻著，《宋史紀事本末》，卷二十一，〈契丹盟好〉，臺北，三民書局

夏始文英武興法建禮仁孝皇帝，改大慶二年爲天授禮法延祚元年。……遣使奉表以僭號來告」，〔註192〕可謂既稱帝又耀武揚威，致使大宋自建國以來，從東北一路迤邐到西陲始終都有事的萬里邊防，終仁宗一朝更是深深陷在風聲鶴唳之中，而以國用日緊之故，於是關佛之議再起，如《長編》卷一百五十「仁宗慶曆四（1044）年六月丁未」條載，諫官余靖趁開寶寺寶靈塔失火而上疏說：

> 自西陲用兵以來，國帑虛竭，……如其不恤民病，廣事浮費，奉佛求福，非所望於當今。且佛者方外之教，理天下者所不取也。割黎民之不足，奉庸僧之有餘，且以侈麗崇飾，甚非帝王之事。
> 〔註193〕

在余靖的眼光裏，看到的祇是緊急的邊警與國用不足的財政問題，表面看來，好像皇室一旦停止奉佛，西夏與遼國便會自然而然的俯首稱臣，因其所持的理由爲：「開寶寺塔爲天火所燒。……朝廷宜戒懼以答天意。」〔註194〕所使用的正是讖緯家式的荒誕語言，而余靖之所以沒有嚇倒仁宗，是因爲忘了三個月之前，仁宗縷愼重其事的重申「遵祖宗訓」、「議釋老」的決心，庶期臣民不忘。然而，日益嚴峻的軍事形勢，每每不會隨著皇帝意志的轉移而轉移。因此，在仁宗晏駕的前一年，即嘉祐七（1062）年，連被朱熹盛贊爲「有德有言，有功有烈」的司馬光，〔註195〕都不得不上疏，建言限佛：

> 竊以釋老之教，無益治世，而聚匿遊惰，耗盡良民，……是以國家明著法令，有創造寺觀百間以上者，聽人陳告，科違制之罪，仍即時毀撤。……今若有公違法令，擅造寺觀及百間以上者，則其罪已大，……其棟宇瓦木，猶當毀撤，沒入縣官。〔註196〕

司馬光雖不至於像韓愈那樣，意圖予奪儒家道統自孟子以降，虛懸無主

有限公司，民62，頁118。

〔註192〕 《續資治通鑑》卷四十一「宋紀四十一・仁宗寶元元年十月甲戌」條，第二冊，頁933〜934。

〔註193〕 《長編》，第六冊，頁3633。

〔註194〕 《長編》，第六冊，頁3633。

〔註195〕 明・馬巒編輯，《司馬溫公年譜》，清・顧棟高輯，《司馬溫公年譜》，馮惠民點校，《司馬溫光年譜・朱子題溫公畫像贊》，北京，中華書局，2006，頁15。

〔註196〕 《長編》卷一百九十七「嘉祐七（1062）年九月辛亥」第二條，第八冊，頁4778。

長達千年的道席，而在〈論佛骨表〉中，以夷狄之辨的二分法，〔註197〕嫉佛如寇仇，且在〈原道〉中，提出「人〔民〕其人，火其書，廬其居」，〔註198〕公開主張訴諸暴力手段，坑殺佛教僧尼——如原文係避唐太宗李世民諱作「民其人」，則為逼令還俗，——焚燒佛教典籍，拆毀佛教寺院的秦始皇式恐怖主義，而是從政法律令的觀點，建議國家明訂不同於習慣法——隱在家法，而為成文法的法令，一方面限制佛教的發展，一方面明訂使其入罪而科罰有據的罪行，一方面獎勵告密，以便把規模超過「百間以上」的大道場，逐一裁撤成小道場，使其與社會脫節而自行消亡。

也就是說，司馬光意圖從法的規範上，利用政治的干預，為佛老設計一套從社會退場的法律機制。然而，不論是余靖還是司馬光，以其論點都不夠充分與明晰，易言之，沒有確切指出造成國家日益巨大的財政缺口，與佛教的發展之間具有必然聯繫的根據，以致未能引起政治界與思想界的共同注意。直到名列《宋史·儒林傳》的思想家而以文學鳴世的李覯，繼繼被後世理學家追認為「宋初三先生」之一，〔註199〕作〈儒辱〉的孫復、〔註200〕作〈怪說〉的石介之後，〔註201〕在天聖九（1031）年著〈潛書〉，從仁、孝、禮等儒家固有的倫理思想著手，對佛教的護生、辭親出家等行誼進行不仁、不孝、不忠的批判，並指輪迴思想為「訓愚」之舉，〔註202〕進而在作於寶元（1038）

〔註197〕《韓昌黎文集校注》，頁 354～356。

〔註198〕《韓昌黎文集校注》，頁 11。

〔註199〕侯外廬、邱漢生、張豈之主編，《宋明理學史》，上冊，北京，人民出版社，1997，頁 31。

〔註200〕宋·孫復著，〈儒辱〉，署云：「佛老之徒，橫乎中國，彼以死生禍福虛無報應為事，千萬其端，給我生民，絕滅仁義，以塞天下之耳，屏棄禮樂，以塗天下之目，天下之人，愚眾賢寡，懼其死生禍福報應，人之若彼也，莫不爭舉而競趨之。……矧彼以夷狄諸子之法，亂我聖人之教耶？其為辱也，大哉！……由漢魏而下，迨於茲千餘歲，其源流既深，根本既固，不得其位，不剪其類，其將奈何？其將奈何？故作〈儒辱〉。」宋·孫復著，《孫明復小集》，一卷，文淵閣《四庫全書》鈔本，葉 37^a～38^b。

〔註201〕宋·石介著，〈怪說·上〉，署云：「而髡髮左袒，不士、不農、不工、不商，為夷者半中國，可怪也夫。……汗漫不經之教行，妖誕幻惑之說滿，則反不知其為怪。……釋老之為怪也，千有餘年矣！中國盡壞，亦千有餘年矣！不知更千餘年，釋老之為怪也如何？中國之盡壞也如何？」宋·石介著，《徂徠集》，卷五，文淵閣《四庫全書》鈔本，葉 1^b～2^b。

〔註202〕參見宋·李覯撰，《李覯集》，〈潛書〉，第二、第十、第十一篇，臺北，漢京文化事業有限公司，民 72，頁 215～219。

元年的〈廣潛書〉中，公開提出排佛之議，在作於寶元二（1039）年的〈富國策第五〉中，則提出崇佛十害、排佛十利的具體問題所在與解決問題的行動綱領，首先是「緇黃存者其害有十」：

男不耕而農夫食之，女不知蠶而織婦衣之，其害一也。

男則曠，女則怨，上感陰陽，下長淫濫，其害二也。

幼不爲黃，長不爲丁，坐逃縣役，弗給公上，其害三也。

俗不患貧而患不施，不患惡而患不齋，民財以殫，國用以耗，其害四也。

誘人子弟，以披以削，親老莫養，家貧莫救，其害五也。

不易之田，樹藝之圃，大山澤藪，跨據畧盡，其害六也。

營繕之功，歲月弗已，驅我貧民，奪我農時，其害七也。

材木瓦石，兼收並采，市價騰踊，民無室廬，其害八也。

門堂之飾，器用之華，刻畫丹漆，末作以熾，其害九也。

惰農之子，避吏之猾，以傭以役，所至如歸，其害十也。〔註203〕

在以農立國的近古中國，男耕女織的社會生活模式，既是個人生存的憑藉，也是國家施政的主軸。而「民以食爲天」，更是天經地義，不容有絲毫的質疑。然而，僧侶的生活方式，雖然二六時中，都在鳩摩羅什譯《摩訶般若波羅蜜經》卷第一〈序品第一〉的「身心精進不懈怠故，應具足毘梨耶波羅蜜」之教說中用功辦道，〔註204〕即使宗門農禪，也有《敕修百丈清規》卷第六〈普請〉的「『一日不作，一日不食』之誡」，〔註205〕但這種朝心裏去的毘婆舍那活動，與從奢摩他的進路，達致從六道輪迴中，朝圓悟克勤禪師在《圓悟佛果禪師語錄》卷第三〈上堂三〉所說的「向上一路，千聖不傳，學者勞形，如猿捉影。到這裏理絕、事絕、行絕、照絕、用絕、權絕、實絕」的「向上一路」解脫，〔註206〕並以東晉・西來僧佛馱跋陀羅譯《大方廣佛華嚴經》卷第六〈淨行品第七〉，文殊師利回答智首菩薩說的「若嚥食時，當願眾生，禪悅爲食，法喜充滿」的以「禪悅爲食」，〔註207〕因爲不具備肉眼的可目測性，祇有具備佛眼的「諸佛，乃能知之」的究竟寂靜，便不免讓人有遊惰的不佳

〔註203〕　《李覯集》，頁141。

〔註204〕　《大正藏》，第八冊，頁219ᵃ。

〔註205〕　《大正藏》，第四十八冊，頁1144ᵇ。

〔註206〕　《大正藏》，第四十七冊，頁725ᶜ。

〔註207〕　《大正藏》，第九冊，頁432ᵇ。

觀感，並在具體的生產活動中，成為蠹耗社會勞動成果的口實，而在世俗的人間世中，被劃入妨礙國家生存的一害，如唐・西來僧地婆訶羅譯《方廣大莊嚴經》卷第十〈大梵天王勸請品第二十五〉世尊說：

> 如來初成正覺，住多演林中，獨坐一處，入深禪定，觀察世間，作是思惟：「我證甚深微妙之法，最極寂靜，難見難悟，非分別思量之所能解。惟有諸佛，乃能知之，所謂超過五蘊，入第一義，無處、無行，體性清淨，不取、不捨，不可了知，非所顯示，無為、無作，遠離六境，非心所計，非言能說，不可聽聞，非可觀見，無所罣礙，離諸攀緣，至究竟處，空無所得，寂靜涅槃，若以此法為人演說，彼等皆悉不能了知。」〔註208〕

至於僧尼依南山律宗之祖，唐僧道宣在《四分律刪繁補闕行事鈔》卷中〈隨戒釋相篇第十四〉，「今世取涅槃」的教說，而依律受令人「心心繫縛」的「淫戒」，〔註209〕目的在避免思想與行為上的過失，並保證梵行的清淨，以便在解脫道上，頓斷輪迴。唯世尊制戒，並不抑制在家眾變理陰陽的正淫，這與儒家《毛詩・序》「經夫婦，成孝敬，厚人倫，美教化，移風俗」的倫理觀，〔註210〕可以說是站在同一世法的道德衡準上，堅決反對不斷造成社會災難的邪淫，如唐朝時的新羅沙門義寂在《菩薩戒本疏》卷上〈第三婬戒〉中說：

> 欲邪業道事者，謂女所不應行，設所應行，非支、非處、非時、非量，若不應理，一切男及不男，若於母等。母等所護，名不應行。除產門外，所有餘分，皆名非支。若穢下時，胎圓滿時，飲兒乳時，受齋戒時，或有病時。謂所有病，匪宜習欲，是名非時。若諸尊重所集會處，或靈廟中，或大眾前，或堅鞭地，高下不平，令不安穩，如是等處，說名非處。過量而行，名為非量。不依世禮，故名非理。若自行欲，若媒合他，此二皆名欲邪行攝。……出家五眾，正、邪俱禁。在家二眾，制邪開正。〔註211〕

關於僧俗的看法，在終極目的上，有著不容率意折衷的根本區別，即出世法不礙世法，所以出世法與世法在諸法的層次上既等流，而在究竟真如上

〔註208〕《大正藏》，第三冊，頁602^c～603^a。
〔註209〕《大正藏》，第四十冊，頁54^c。
〔註210〕《十三經》，上冊，頁217。
〔註211〕《大正藏》，第四十冊，頁665^{b~c}。

實不等流。因此，一旦用世法簡別出世法，自然無法在實相上，得到相應的觀解而孳生枘鑿不合的認知困擾。然而，不可否認的，李覯的「緇黃十害」說，畢竟從多重的角度，條分縷析的指出了確實存在佛門中的弊害，必有一定的事實根據，否則不會從思想的領域，引起當時代學者的回應，問題是李覯解決問題的「去緇黃十利」說的「十利」，〔註212〕是否在消滅佛教，或說消滅宗教之後，就能實現的道德正確與政治正確，並爲人民帶來美好幸福的生活，爲國家創造萬世富強的條件，是大可商榷的，因爲論者在二十世紀下半葉，親眼看到的事實是消滅「人民的鴉片」——宗教之後，不但在半個地球造成遍地的惰民、舉世無匹的貧窮、道德失律的民風、非時廣行的繇役、五倫互鬥的慘劇、都達億萬人民的枉死等重大災難，是值得凡事都以片面否證的方法去證立否除私意所欲否除的對象是具足合理性的人再三省思。

　　李覯提出〈富國策第五〉的三年後，自故鄉建昌軍南城赴京，於慶曆二（1042）年七月試制科，但卻「應科目罷歸」，〔註213〕鎩羽飲恨孫山，並在心生「決不求仕進」的恨意之際，〔註214〕仍逗留在京城期間，受到時任右正言、知制誥〔註215〕的「歐陽修優禮之」。〔註216〕就在這一年，歐陽修寫出了三篇受到累代學者較多注目的闢佛名篇——〈本論〉，其中收在《居士集・一》的上、下兩篇，集中體現了歐陽修對佛教思想的剗抉要義，這種時間上的耦合，與李覯的思想是否有所聯繫，值得有意於此議題者再分論，唯其之於闢佛議論在宋文學思潮變革之際的提出，對文藝家的書寫，是否產生影從效應？纔是本文所關注的。歐陽修在〈本論・上〉說：

　　　　佛法爲中國患千餘歲，世之卓然不惑而有力者，莫不欲去之。
　　已嘗去矣而復大集，攻之暫破而益堅，撲之未滅而益熾，遂至於無
　　可奈何！是果不可去邪？蓋亦未知其方也。〔註217〕

　　歐陽修用概括力極強的破題方式，把三武一宗的滅佛之舉，坐實爲佛法曾爲中國帶來災難而受到政治力量反撲的必然惡果，並試圖爲三武一宗開

〔註212〕《李覯集》，頁141。
〔註213〕〈先夫人墓銘〉，《李覯集》，頁359。
〔註214〕〈先夫人墓銘〉，《李覯集》，頁359。
〔註215〕《長編》卷一百五十一「慶曆四（1044）年八月癸卯」條，第六冊，頁3684。
〔註216〕劉德清著，《歐陽修紀年錄》，上海古籍出版社，2006，頁131。
〔註217〕《歐陽修全集》，上冊，卷一，《居士集・一》，臺北，河洛圖書出版社，民
　　　　64，頁125。

脫，或者說爲平反，如其在與宋祁合撰的《新唐書》卷八〈本紀第八‧武宗〉
中，將詳載在劉昫等撰寫的《舊唐書》卷十八〈本紀第十八‧上‧武宗〉中，
千餘言的滅佛記載，〔註218〕竄奪爲語焉不詳的「大毀佛寺，復僧尼爲民」九
字，〔註219〕可知其用心，如《佛祖統紀》卷第四十五〈法運通塞志十七之十
二‧仁宗〉引《歐陽外傳》，即指出：

> 詔歐陽修同宋祁、范鎮修《唐書》，如高僧玄奘、神秀諸傳，及
> 方技傳，乃至正觀爲戰士建寺薦福之文，並削去之。有淨因自覺禪
> 師，初學於司馬光，嘗聞其言曰：「永叔不喜佛，《舊唐史》有涉其
> 事者，必去之。嘗取二本對校，去之者千餘條，因曰：『騖性命道德
> 之空言者，韓文也。泯治亂成敗之實效者，《新書》也。』」范祖禹
> 聞光言，乃更著《唐鑑》，陰補《新書》之闕。〔註220〕

但佛法爲自身招惹災難的具體所指是甚麼，在歐陽修通篇洋洋灑灑的敘
論中，卻看不到任何相關的論據，這明擺著的就是羌無故實之論。而歐陽修
用以排佛的立論基準，居然是佛法傳入中國之前千年，發生在周王朝自身的
禮崩樂壞，周王朝的宗法制度與禮樂風教的裂解，雖不是在一夕之間就發生
了，但至少在佛法東來之前的八百年前，也就是春秋時代開始之際，周王朝
內部便已走上分崩離析之路，直到佛法東來之前的五百年前，中國自身更是
陷入長達三百年幾乎無日不征伐的戰國時代，之後便是秦嬴政剿滅六國暗無
天日的大混戰。也就是說，周王朝的禮樂封建，即朱熹在《朱子語類》卷第
一百三十九〈論文‧上〉告訴沈僩的「井田與冠、婚、喪、祭、蒐、田〔畋、
（狩）〕、燕饗〔鄉射〕之禮」的消亡，〔註221〕事實上是與佛法東來了無干係
的，毋怪乎同樣排佛的朱熹，會得出歐陽修錯誤的立論方法，及其所導出的
結論爲：「其計可謂拙矣！」〔註222〕且看歐陽修的「拙」論：

> 及周之衰，秦并天下，盡去三代之法，而王道中絕。後之有天
> 下者，不能勉彊，其爲治之具不備，防民之漸不周，佛於此時，乘
> 間而出。……井田最先廢，而兼并游惰之姦起，其後所謂蒐、狩、
> 婚姻、喪、祭、鄉射之禮，凡有以教民之具，相次而盡廢，然後民

〔註218〕《舊唐書》，第一冊，頁604～606。
〔註219〕《新唐書》，第一冊，頁245。
〔註220〕《大正藏》，第四十九冊，頁412ᶜ。
〔註221〕《朱子語類》，第八冊，頁3310。
〔註222〕《朱子語類》，第八冊，頁3310。

之姦者，有暇爲他。〔註223〕

　　佛法東來是張騫鑿空西域，打開中國通往中亞孔道，有意識的與異族人民交流，而非防堵與驅逐的附帶結果，〔註224〕因爲信仰佛教的商人來了，受商人供養的胡僧，自然要追隨著商人逐利的步伐東行而來，而在胡僧來到中國之前，其弘教的受眾祇能是胡商，因爲祇有他們聽得懂胡語，且在地理知識上，當時的胡僧根本就不知震旦、或支那、或眞丹、或振旦、或至那、或旃丹、或漢國、或脂那、或神州，就是後人所說的他們早就準備好要大舉奔赴前去「征服」的中國，〔註225〕究竟是一個怎樣的地方，更不知周、秦爲何物，當然也不會知道中絕於秦的王道思想的內涵爲何。

　　也就是說，把佛法傳入中國的胡僧，並不是歐陽修眼中所看到的乘中國王道思想崩壞的文化危機之虛而入的宗教奸細或文化侵畧軍，也不是提供《史記》卷六十八〈商君列傳第八〉所說的「爲田，開阡陌」的密謀，〔註226〕給商鞅建議秦孝公廢井田的客卿。可見其向壁式的立論模式，恰恰暴露了一者昧於歷史故實，一者昧於思想文化本身因適應時代的變遷必然要產生任何可能的形式與精神因革的變衍規律。因此，歐陽修的闢佛言論，不但對其所主導的盛宋文學的來臨，沒有在同時代得到任何早已深於內學的文士的呼應，就是在後代也鮮少贏得好評，如宋人呂祖謙在《古文關鑑・歐文評語》中說：「讀之，易使人委靡。」〔註227〕宋人陸九淵在《陸九淵集・語錄・上》說：「祇說得皮膚。」〔註228〕明人茅坤在《唐宋八大家文鈔評文・宋大家歐陽文忠公

〔註223〕　〈本論・上〉，《歐陽修全集》，上冊，卷一，《居士集・一》，頁126。

〔註224〕　參見：

　　1. 中國對異族採取驅逐策畧，始於中華民族的共同祖先黃帝，如《史記》卷一〈五帝本紀第一〉載，黃帝「北逐葷粥」。《史記》，第一冊，頁6。

　　2. 中國對異族採取防堵策畧，始於西元前「七世紀春秋時期的楚國」。《中國大百科全書・土木工程》，「長城」條，中國大百科全書編輯委員會「土木工程」編輯委員會編，《中國大百科全書・土木工程》，臺北，錦繡出版事業有限公司，1994，頁20。

　　3. 另一異說則爲：「戰國『齊』修築長城最早。」三民《大辭典》，下冊，「長城」條，頁5013。

〔註225〕　參見〔荷〕許理和（Erich Zürcher）著，李四龍、裴勇等譯，《佛教征服中國——佛教在中國中古早期的傳播與適應》（*The Buddhist Conquest of China: The Spread and Adaptation of Buddhism in Early Medieval China*），江蘇人民出版社，2003。

〔註226〕　《史記》，第三冊，頁2232。

〔註227〕　洪本健編，《歐陽脩資料彙編》，上冊，北京，中華書局，2004，頁340。

〔註228〕　《歐陽脩資料彙編》，上冊，頁344。

文鈔・論》中則說得更明白：

> 然達磨以下，彼故有一片直見本性之超卓處，故能驅天下聰明穎悟之士而宗其教。歐陽公於佛氏之旨，猶多模糊，而所謂「修其本以勝之」，恐非區區禮文習而行之所能勝也。〔註229〕

在盛宋時代來臨之前，大宋皇家的宗教信仰，雖說釋、道並行不悖，但考諸現存的當時文獻可知，不論宗室、文士抑或庶民，對佛教的崇奉比道教更具有普遍性，社會化、入世化的程度也更深，與中國傳統主流學術儒學，在共同論題的互涉與辨析上也更透徹。因此，當佛教信仰從宗教活動的現象層面，往思想之路逐漸內化為一代人共感的生命意識之後，必然會從尋常的生活中，以各種隨機的方式或特定的形式，在個人的行為與共同的社會活動中體現出來，甚至形成特定的國際禮儀，如每年元旦，外國使節在大明殿朝覲大宋皇帝賀正的「元旦大朝會」，夏國使節行叉手禮展拜，三齊佛國使節穿織有佛面的禮服來儀，南蠻使節「如僧人禮拜」，遼國使節朝見後還要到大相國寺燒香禮佛。又如清明節除了祭祖外，宗室還要到奉先寺禮佛。至於「四月八日，佛生日，十大禪院，各有浴佛齋會」。中元節也要買《尊勝目連經》、演《目連救母》雜劇度亡，並以素食供養祖先。重陽節時，諸禪寺都有齋會，也有僧人講經說法。即使皇帝壽誕的齋筵也席開相國寺祝釐。〔註230〕可以說，宋朝自開國至歐陽修以中樞重臣與文壇領袖的雙重身分，〔註231〕率先從傳統體制揭櫫闢佛言論的八十年間，宋代社會意志彰顯的表徵，已為佛教精神從宗教信仰與學術研究兩條進路所普遍灌注。平實而論，佛教不僅是庶民的佛教，也不衹是皇家的佛教，更是知識菁英的佛教，毋怪乎被侯外廬等人稱為真正「典型形態」的理學家，〔註232〕亦深於佛學典籍的程頤，會在〈伊川先生語・四〉中說：

> 今人不學則已，如學焉，未有不歸於禪也。〔註233〕

〔註229〕《歷代文話》，第二冊，頁1861～1862。

〔註230〕以上引文，參見《東京夢華錄箋注》，下冊，頁516～517、626、749、795、817、829。

〔註231〕《宋史》卷三百一十九〈列傳第七十八・歐陽修〉說，歐陽修「為文天才自然，豐約中度。……超然獨騖，眾莫能及，故天下翕然尊之。獎掖後進，如恐不及」，後世遂據以美稱為當時代之文壇領袖。《宋史》，第十三冊，頁10381。

〔註232〕《宋明理學史》，上冊，頁127。

〔註233〕《二程集》，上冊，《河南程氏遺書》，卷第十八，頁196。

　　程頤的話與張方平的「儒門淡薄」論，正是在盛宋思潮始發之際，一道
騰空噴薄的浪頭，而為當時代每一個文藝學書寫家所注目，據宋僧道謙編的
《大慧普覺禪師宗門武庫》載：

　　　　王荊公一日問張文定公曰：「孔子去世百年生孟子，亞聖後絕無
　　人，何也？」

　　　　文定公曰：「豈無人？亦有過孔孟者。」

　　　　公曰：「誰？」

　　　　文定曰：「江西馬大師、坦然禪師，汾陽無業禪師，雪峯、巖頭、
　　丹霞、雲門。」

　　　　荊公聞舉，意不甚解，乃問曰：「何謂也？」

　　　　文定曰：「儒門淡薄，收拾不住，皆歸釋氏焉！」

　　　　公欣然嘆服，後舉似張無盡，無盡撫几嘆賞曰：「達人之論
　　也！」〔註234〕

　　問題是，歐陽修與李覯等人排佛的結果，不但沒有改變盛宋思潮朝佛學
繼續深化發展的走勢，反而使自己崇儒的心理定勢，在整個時代思潮的覆育
之下，往佛學之路轉移，從而成為盛宋佛教文學複調交響中的和聲。這從李
覯提出〈廣潛書〉之後十年，即慶曆七（1047）年十二月十三日，回覆其「門
下士黃漢傑」的信，〔註235〕可以明白看出，李覯雖然在行文中，對自己向佛
學轉移的事實，說了一些遮遮掩掩的話，如「非尊浮圖也」、「此文勢不得不
然」、「非習聞其說，樂其誕」、「何必去吾儒而師事戎狄哉」等等，但畢竟緊
緊跟著時代思想的浪潮，掌握住了佛學之所以成為當時代主要思想的關鍵問
題，而這些問題的提出與比較，要非曾經深心研習過佛典者莫辦，因此，李
覯在〈答黃著作書〉中，娓娓然說道：

　　　　民之欲善，蓋其天性。古之儒者用於世，必有以教道之。民之
　　耳、目、口、鼻、心智、百體，皆有所主，其於異端，何暇及哉？
　　後之儒者用於世，則無以教道之，民之耳、目、口、鼻、心智、百
　　體，皆無所主，將舍浮屠何適哉？……吾故曰：「儒失其守，教化墜
　　於地。凡所以修身、正心，養生送死，舉無其柄。天下之人，若饑

〔註234〕《大正藏》，第四十七冊，頁954°。

〔註235〕明・釋心泰編，《佛法金湯編》卷第十三〈李覯〉，《卍續藏》，第八十七冊，
　　　　頁427ᵃ。

渴之於飲食，苟得而已。當是時也，釋之徒以其道鼓行之，焉往而不利云云。」〔註236〕

至於歐陽修，對佛學並非一無所知，不但與方外僧侶有所往來，以致有好事者爲其在佛教史傳中，以附會之筆留下多處問道求法的身影，如志磐在《佛祖統紀》卷第四十五〈法運通塞志十七之十二・仁宗〉中說：

諫議歐陽修，……入東林圓通，謁祖印禪師居訥，與之論道，師出入百家，而折衷於佛法，修肅然心服，聳聽忘倦，至夜分不能已，默默首肯，平時排佛，爲之內銷。〔註237〕

又如明人郭凝之在所彙編的《先覺宗乘》卷四〈歐陽修〉中說：

歐陽修，諡文忠，聞浮山遠禪師奇逸，……請因碁說法，……「從來十九路，迷悟幾多人。」

文忠嘉歎，從容謂同僚曰：「修初疑禪語爲虛誕，今日見此老機緣，所得所造，非悟明於心地，安能有此妙旨哉！」〔註238〕

再如清人紀蔭在所編纂的《宗統編年》卷之二十〈臨濟第九世祖〉中亦說：

晚年致仕，居洛中，聞禪師修顒德業，一日，延顒遽問曰：「浮圖之教，何爲者？」顒乃欸論，指揮微妙，修竦然曰：「吾初不知佛書，其妙至此。」

易簣時，召子弟，切誡之曰：「吾生平以文章名當世，力詆浮圖，今此衰殘，忽聞奧義，方將研究，命也奈何？汝等勉旃！無蹈後悔！」修乃捐酒肉，撤聲色，灰心默坐，令老兵近寺借《華嚴》，讀至八卷，安坐而薨。〔註239〕

更何況在官場上，歐陽修也需要與皇帝的佛教信仰有足以對應的共同語言，纔能得到倚重，如至和元（1054）年九月八日，時官拜翰林學士的歐陽修，擔任仁宗祭太祖的陪祭官，就製有〈太祖皇帝忌辰道場齋文〉說：

載嚴淨刹，以集善因，伏願覺力常資，威靈如在。〔註240〕

又在〈太祖皇帝忌辰道功德疏右語〉中說：

〔註236〕 《李覯集》，頁322。
〔註237〕 《大正藏》，第四十九冊，頁410[b]。
〔註238〕 《卍續藏》，第八十七冊，頁208[b]。
〔註239〕 《卍續藏》，第八十六冊，頁213[a-b]。
〔註240〕 《歐陽修全集》，上冊，卷三，《內制集・一》，頁204。

嚴法會於金園，啓靈文於貝葉，伏願超登妙果，高證眞乘。〔註241〕

如果說〈齋文〉是向主子賣乖的話語，不會有甚麼人懷疑，因爲那是內容空洞的應景之作，乃至不無矯情的官樣文章，但撰寫於同時，並在同一場合派上用場的〈疏〉文，則非老於教下義學者所能輕易道得！歐陽修在〈本論・下〉說佛法是「姦且邪」與「善惑者」，〔註242〕明指「貝葉」之文是「邪」文，但這裏說的卻是完全相反的「靈文」，而「邪」文之所以變成「靈文」的根據，無非歐陽修經過深究「貝葉」之文的結果，因「貝葉」的終極要義，在在開彰著超越世法的等覺妙果，是證得《妙法蓮華經》卷第三〈化城喻品第七〉，佛說「世間無有二乘而得滅度，唯一佛乘得滅度耳」的「會三歸一」之法義的眞乘，〔註243〕而非「不知生，焉知死」的斷滅論，亦非特定史觀所否證的唯心論所能片面遮詮的虛誕之論，否則〈太祖皇帝忌辰道功德疏右語〉所言「下均氓庶，咸獲乂寧」的願力，〔註244〕之所以得以證立的基礎，豈非自欺欺人的詭論？易言之，除非此時的歐陽修，是蓄意學舌於佛教義學，以便用於欺君的文化騙子，否則寫不出這樣的文字來自欺。何況歐陽修早在明道元（1032）年，二十六歲任西京留守推官時，就曾問《妙法蓮華經》要旨於高僧汪僧，而有所悟入，是以劉清德說：「明道元年壬申。……九月十二日，歐氏代讀祝，隨謝絳等進香，再遊嵩山。」〔註245〕這可從謝絳寫於明道元年九月的〈遊嵩山寄梅殿丞書〉得到證明，謝絳說：

> 法華者，棲石室中。形貌，土木也。飲食，猿鳥也。叩厥眞旨，則軟語善答，神色睟正，法道諦實，至論多矣，不可具道，所切當云：「古之人，念念在定，慧何由雜？今之人，念念在散，亂何由定？」師魯、永叔，扶道貶異，最爲辯士，不覺心醉色怍，欽歎忘返。〔註246〕

在中國文學史上與歐陽修並稱「梅歐」，且同爲改革時文主催者的梅堯臣，亦有詩盛紀其事，在〈希深惠書言與師魯永叔子聰幾道遊嵩因誦而韵之〉詩，有句云：

〔註241〕《歐陽修全集》，上冊，卷三，《內制集・一》，頁204。

〔註242〕《歐陽修全集》，上冊，卷一，《居士集・一》，頁128。

〔註243〕《大正藏》，第九冊，頁25°。

〔註244〕《歐陽修全集》，上冊，卷三，《內制集・一》，頁204。

〔註245〕劉德清著，《歐陽修紀年錄》，頁46。

〔註246〕《歐陽修全集》，下冊，卷六，《附錄》，頁240。

東崖暗壑中，釋子持經咒。

于今二十年，飲食同猿狖。

君子聆法音，充爾溢膚腠。

嘗期躓屨過，吾儕色先怮。

遂乖真諦言，茲亦甘自咎。〔註247〕

因此，在二十二年之後，四十八歲的歐陽修，再從寫〈疏〉文的筆端，自然流露出法喜來，能說不是當年就已含藏在其阿賴耶中的種子，已經成熟並從自性流出的現行嗎？不然，此時已是盛宋的文學思潮，怎會在歐陽修鼎力提拔的蘇軾身上，突然間就燦發出中國佛教文學特有的光華？

第三節　歐陽修揭開了盛宋蘇軾佛教文學的序幕

歐陽修在問《妙法蓮華經》要旨於汪僧之後三年，即景祐二（1035）年秋，二十九歲時，因石介堅持儒聖的立場，而在〈答歐陽永叔書〉中，極力詆讟受真宗之命編修《傳燈錄》的楊億說：「今天下為佛老，其徒囂囂乎，聲附合應，僕獨挺然自持吾聖人之道。今天下為楊億，其眾曉曉乎！一倡百和，僕獨確然自守聖人之經，凡世之佛老，楊億云者，僕不惟不為，且常力擯斥之。」〔註248〕然而，相當有意思的是歐陽修在〈與石推官第二書〉的回信中，卻把佛老與北宋文學的變革結合起來討論：

足下又云：「我實有獨異於世者，以疾釋、老，斥文章之雕刻者。」

此又大不可也。夫釋、老，惑者之所為；雕刻文章，薄者之所為。

足下安知世無明誠質厚君子之不為乎？〔註249〕

以「聖人之經」自守的石介，是食古不化的極左經世致用論者，但並不以文學鳴世。也就是說，石介所關心的文章，祇要把聖人的教說，在「無悖理害教」的情況下，〔註250〕針對政教訴求傳達出來即可，至於是否修飾得文情並茂，並不是關鍵問題。簡單的說，石介對文章的看法，就像今天仍大行其道的政府文告，屬於應用文的範疇，與文藝學所注重的抒情傳統，沒有必

〔註247〕宋‧梅堯臣著，朱東潤校注，《梅堯臣集編年校注》，上冊，上海古籍出版社，2006，頁37。

〔註248〕《徂徠集》，卷十五，文淵閣《四庫全書》鈔本，葉6ᵃ。

〔註249〕《歐陽修全集》，上冊，卷三，《居士集外集‧二》，頁81。

〔註250〕《徂徠集》，卷十五，文淵閣《四庫全書》鈔本，葉4ᵇ。

然的對應關係，而這看在既是詩人又是散文大家的歐陽修眼裏，毋寧是一件太可奇怪的事，而更奇怪的是此時的青年歐陽修，雖未宣稱信佛，卻已經分明看到了「明誠質厚」的君子，不但在文藝書寫上，講求文學文本在語言與形式上的藝術性，並在思想上把它與「釋老」會通起來理解。祇是在這裏，歐陽修照例說得有些信而不通。明白的說，亦即歐陽修反質於石介的論點，在於石介並沒有看到還有許多經過「雕刻」的文學作品，與對「釋老」之說是有內在聯繫的，而且這些人有的是「明誠質厚」的君子，並非都是離經叛道之徒，是以歐陽修在〈與石推官第二書〉明白指出，如果「士之不爲釋老與不雕刻文章者，譬如爲吏而不受祿財」，〔註251〕勢必無法把自己的精神氣象長養得文質並茂，以致終身窮乏困窘。

　　所以說，七年之後的慶曆二（1042）年，時當三十六歲的歐陽修，繼李覯之後跟著闢佛，除了對三代的封建體制與倫理學意義的禮義之論，在〈本論・上〉的結尾發出「修其本以勝之」的最後歎息之外，〔註252〕是很難從思想上找到其之所以要在當時代的大思潮之下逆勢操作的理論根據的，更何況「釋老，惑者之所爲；雕刻文章，薄者之所爲」，一者，指沒有眞正契悟釋老的經教者而言，如講類似佛法者，或附佛外道，或學佛法學成外道，如智者大師在《摩訶止觀》卷第十上說：「學佛法成外道：執佛教門，而生煩惱，不得入理。《大論》云，若不得『般若方便』，入阿毘曇即墮有中，入空即墮無中，入昆勒墮亦有亦無中。《中論》云，執『非有非無，名愚癡論』，倒執正法，還成邪人法也。」〔註253〕或服食鉛汞致命者，或以符籙誑人維生者；一者，指沒有眞正融會傳統儒學義理，以資實用的場屋舉子的諸多弊端，如歐陽修在〈進擬御試應天以實不以文賦引狀〉中所指出的「但取空言」者，〔註254〕在〈論更改貢舉事件箚子〉中所指出的「不根經術，不本道理，……節抄六帖、〈初學記〉之類，便可剽竊儷偶，以應試格」者。〔註255〕因此，歐陽修在〈與黃校書論文章書〉中所提出的「才識兼通，然後其文博辯而深切，中於時病而不爲空言」的文學觀，〔註256〕便體現爲《宋史》卷三百一十

〔註251〕　《歐陽修全集》，上冊，卷三，《居士集外集・二》，頁81。
〔註252〕　《歐陽修全集》，上冊，卷一，《居士集・一》，頁126。
〔註253〕　《大正藏》，第四十六冊，頁132ᶜ。
〔註254〕　《歐陽修全集》，上冊，卷三，《居士集外集・二》，頁142。
〔註255〕　《歐陽修全集》，下冊，卷四，《奏議集》，頁196。
〔註256〕　《歐陽修全集》，上冊，卷三，《居士集外集・二》，頁85～86。

九〈列傳第七十八·歐陽修〉所說，對「布衣屏處，未爲人知，修即游其聲譽，謂必顯於世」的三蘇父子的發現，〔註257〕從而揭開盛宋蘇軾以佛教文學擅場的序幕。

《長編》卷一百八十五「仁宗嘉祐二（1057）年，正月癸未」條載：「翰林學士歐陽修權知貢舉。」〔註258〕朱東潤在《梅堯臣集編年校注》卷二十七說，梅堯臣「爲參詳官」，〔註259〕宋人孫汝聽編的《蘇穎濱年表》說，蘇軾、蘇轍昆仲，「試禮部中第」。〔註260〕這一次在禮部舉行的省試，共有三道題：第一道是詩：〈豐年有高廩〉，〔註261〕第二道是賦：〈佚道使民賦〉，〔註262〕第三道是論：〈刑賞忠厚之至論〉。〔註263〕歐陽修在景祐元（1034）年，呼應仁宗戒浮文的國策，而在〈代人上王樞密求先集序書〉中，倡議：

> 言以載事，而文以飾言，事信言文，乃能表見於後世。……事
> 信矣，須文；文至矣，又繫其所恃之大小，以見其行遠不行遠。
> 〔註264〕

歐陽修此一言之有物的內容與修辭藝術須有文采的統一論，對西崑文風從內容上做有限度的修正。也就是說，歐陽修在對初宋的文學革新之舉上，並不走全盤推翻的否定路線，而是將仍具有可行性的傳統經世致用觀，導入文學作品係美文的立場的適度改革論者。因此，在二十四年之後，歐陽修仍以革新者的角色，對石介在〈怪說·中〉指責楊億西崑體諸作，「窮妍極態，綴風月，弄花草，淫巧侈麗，浮華纂組。刓鎪聖人之經，破碎聖人之言，離析聖人之意，蠹傷聖人之道」的批評，〔註265〕認爲未免矯枉過正，何況石介著〈怪說〉凡三篇，全部是針對崇佛的楊億而發，因爲西崑詩人共有十七名，

〔註257〕《宋史》，第十三冊，頁10381。
〔註258〕《長編》，第八冊，頁4467。
〔註259〕《梅堯臣集編年校注》，下冊，頁911。
〔註260〕陳宏天、高秀芳點校，《蘇轍集》，第四冊，北京，中華書局，2004，頁1373。
〔註261〕宋人江休復在《江鄰幾雜志》說：「嘉祐二（1057）年，歐陽永叔主文，省試〈豐年有高廩〉詩，云出《大雅》。」宋·江休復撰，孔一校點，《江鄰幾雜志》，《宋元筆記小說大觀》，第一冊，頁595。蘇軾的作品尚存，見《蘇軾詩集合注》，下冊，頁2460。蘇轍之作已佚。
〔註262〕參見宋·程顥，〈南廟試佚道使民賦〉，《二程集》，上冊，《河南程氏遺書》，卷第二，〈明道先生文二〉，頁462～463。蘇軾昆仲的作品已佚。
〔註263〕蘇軾的答卷，收在《蘇軾文集》，第一冊，頁33～34。
〔註264〕《歐陽修全集》，上冊，卷三，《居士集外集·二》，頁83～84。
〔註265〕《徂徠集》，卷五，文淵閣《四庫全書》鈔本，葉3b。

石介除了選擇性極其明顯的全力批判精通佛學的楊億之外，並不及於第二者。〔註266〕因此，歐陽修藉著這次主文場屋之便，透過行政組織，運用公權力，公開執行仁宗發布於明道二（1033）年，「近歲進士所試詩賦多浮華，而學古者或不可以自進，宜令有司兼以策論取之」的詔命，〔註267〕而對附麗於石介等崇尚「險怪奇澀之文」的太學體，「痛排抑之」，〔註268〕以至於不惜干犯「相習為奇僻，鉤章棘句，寖失渾厚」的「囂薄之士」，在省試放牓之後，對歐陽修「羣聚詆斥之，至街司邏吏不能止」的眾怒，於是「文體自是少變」。，〔註269〕而宋文學新變的標誌，便是青年蘇軾以其富贍的學殖與博辯的屬文才華，與其弟蘇轍在科場的同時現身。

關於嘉祐二年二月的省試，歐陽修對蘇軾撰寫的〈刑賞忠厚之至論〉的看法，並沒有留下任何文記，即使是蘇軾自己，在〈上梅直講書〉中，也衹對早已知情的梅聖俞，在表達願為歐陽修的門徒時，輕描淡寫的提到：「今年春，天下之士羣至於禮部，執事與歐陽公實親試之。誠不自意，獲在第二。」〔註270〕此後就再也沒有人提起了，直到蘇軾中舉四十五年之後亡故的徽宗崇寧元（1102）年，蘇轍纔在〈亡兄子瞻端明墓誌銘〉中，透露出歐陽修為戒浮文、排抑太學體而以慧眼扶掖蘇軾那一段在當時不為人知的祕辛：

> 　嘉祐二年，歐陽文忠公考試禮部進士，疾時文之詭異，思有以救之，梅聖俞時與其事，得公論〈刑賞〉，以示文忠，文忠驚喜，以為異人，欲以冠多士，疑曾子固所為。子固，文忠門下士也，乃寘公第二。〔註271〕

可見「參詳官」是試卷經過抄錄並加彌封之後的初審官，當梅堯臣發現有兩份「超然皆絕足。……何言五百載，此論不可告」的卷子時，〔註272〕莫辨舉子為誰，〔註273〕但在看詳之後發現，既切仁宗戒浮文之旨，又符歐陽修

〔註266〕 參見王仲犖著錄，〈西崑唱和詩人姓氏〉及職官表。宋・楊億等著，王仲犖註，《西崑酬唱集註》，上海，世紀出版集團、上海書店出版社聯合出版，2001，頁1～2。

〔註267〕 《長編》卷一百十三「仁宗明道二（1033）年十月辛亥卯」條，第五冊，頁2639。

〔註268〕 《宋史》卷三百一十九〈列傳第七十八・歐陽修〉，第十三冊，頁10378。

〔註269〕 《長編》卷一百八十五「嘉祐二（1057）年正月癸未」條，第八冊，頁4467。

〔註270〕 《蘇軾文集》，第四冊，頁1386。

〔註271〕 《蘇轍集》，《欒城後集》，卷第二十二，頁217。

〔註272〕 〈送曾子固蘇軾〉，《梅堯臣集編年校注》，下冊，頁947。

〔註273〕 曾鞏的論文已佚，但他在當時亦「中進士第章衡牓」。參見楊希閔著，〈曾南

革新時文之意。因此，與歐陽修同為變革時文先驅的梅堯臣，自然具有審文識人的先見之明，於是在細讀蘇軾〈省試刑賞忠厚之至論〉依次條引《左傳》、《尚書》、《詩經》論證虞、夏、商、周時代「祥刑。其言憂而不傷，威而不怒，慈愛而能斷，惻然有哀憐無辜之心」時，〔註274〕出現在其思維中的是服膺儒家仁學思想的官員臨衙斷案的廉吏形象，與歐陽修寫於仁宗康定元（1040）年的〈縱囚論〉「是以堯舜三王之治，必本於人情」〔註275〕的「曲盡人情」之說，〔註276〕何其相似乃爾！因此，蘇轍順著文脈，繼續把蘇軾從梅聖俞那裏輾轉得知，而遲到中舉三十四年之後的哲宗元祐五（1090）年正月二十五日，始形諸於文字，而在〈太息一章送秦少章秀才〉一文中，透露給秦觀的陳年往事：

> 歐陽文忠公見吾文，曰：「此我輩人也，吾當避之。」方是時，士以剿裂為文，聚而見訕，且訕公者所在成市。曾未數年，忽焉若潦水之歸壑，無復見一人者。〔註277〕

蘇轍在送乃兄最後一程時，併同自己之所聞，再在〈亡兄子瞻端明墓誌銘〉中，回顧一遍說：

> 復以《春秋》對義，居第一，殿試中乙科。以書謝諸公，文忠見之，以書與聖俞曰：「老夫當避此人，放出一頭地。」士聞者始譁不厭，久乃信伏。〔註278〕

省試之後殿試之前，猶在闈場中的歐陽修，〔註279〕親自對蘇軾進行「供養三德為善」、「小雅周之衰」、「君子能補過」、「侵伐土地分民何以明正」……等十道《春秋》經義的口試答辯，〔註280〕以蘇軾胸有成竹，申論有據，經旨發揮得宜，加上口給無礙，而深得歐陽修的稱賞，並將之擢「居第一」，這件

豐年譜〉，宋・曾鞏撰，《曾鞏全集》，臺北，河洛圖書出版社，民64，頁5。又，「章衡榜」係指與狀元章衡同榜，即《長編》卷一百八十五「嘉祐二（1057）年三月丁亥」條所記，「賜進士建安章衡等二百六十二人及第，一百二十六人同出身」事。《長編》，第八冊，頁4472。

〔註274〕 《蘇軾文集》，第一冊，頁33。
〔註275〕 《歐陽修全集》，上冊，卷一，《居士集・一》，頁140。
〔註276〕 明・茅坤撰，《唐宋八大家文鈔評文・宋大家歐陽文忠公文鈔・論》，《歷代文話》，第二冊，頁1862。
〔註277〕 《蘇軾文集》，第五冊，頁1979。
〔註278〕 《蘇轍集》，《欒城後集》，卷第二十二，頁217。
〔註279〕 「出試院，時在清明前後。」《歐陽修紀年錄》，頁297。
〔註280〕 〈三傳義——南省說書十道〉，《蘇軾文集》，第一冊，頁182～192。

事，後來被楊誠齋在《楊萬里詩話》「第三十七則」附會爲：

> 歐公問：「皋陶曰：『殺之，三；宥之，三。』見何書？」
>
> 坡曰：「事在《三國志・孔融傳注》。」
>
> 歐聞之，無有。他日再問坡，坡云：「曹操以袁熙妻賜子丕。孔
> 融曰：『昔武王以妲己賜周公。』操問：『何經見？』融曰：『以今日
> 之事觀之，意其如此。』堯、皋陶之事，某亦意其如此。」
>
> 歐退而大驚：「此人可謂善讀書、善用書，他日文章，必獨步天
> 下。」〔註281〕

祇是此時外界仍然不知道歐陽修對蘇軾格外青眼擢愛的原因，祇知當時
深於時文太學體而有望中第的舉子，悉爲主文者歐陽修所黜，是以不免懷疑
是否有不足爲外人道的舞弊情事，而在名落孫山後，紛紛把矛頭指向歐陽修，
公然聚眾鬧事。蘇轍後來在〈歐陽文忠公神道碑〉中回憶說：

> 是時，進士爲文，以詭異相高，文體大壞，公患之，所取率以
> 詞義近古爲貴，凡以嶮怪知名者，黜去殆盡。牓出，怨謗紛然，久
> 之乃服，然文章自是變而復古。〔註282〕

至於隨後於三月辛巳日，由仁宗親自移駕崇政殿主試的殿試，論題是出
自《易經》「重巽卦」的〈重巽以申命論〉，〔註283〕由章衡奪魁，蘇軾、蘇轍
俱爲乙科「賜進士」。就在南省見過歐陽修與完成御試之後，蘇軾首先寫〈上
梅直講書〉，向梅聖俞自敘學思所由與對歐陽修的景仰，並表達了向歐陽修問
學的熱忱與樂爲其徒的深切願望：

> 軾七、八歲時，始知讀書，聞今天下有歐陽公者，……其後益
> 壯，始能讀其文，想見其爲人，意其飄然脫去世俗之樂而自樂其樂
> 也。……有大賢焉而爲其徒，則亦足恃矣。〔註284〕

蘇軾的信，讓梅聖俞想起了在闈中批閱蘇軾〈刑賞忠厚之至論〉的所思，
於是特別把來信與自己答覆蘇軾的信，謄錄成副本，加上自己寫的信，一齊
寄給歐陽修，而就在接獲梅聖俞的信之前，歐陽修也正在讀蘇軾寫的〈謝歐

〔註281〕《宋詩話全編》，第六冊，頁 5944。值得注意的是，這種解經方式，正是宋
　　　　儒不同於唐儒疏鈔學的根本區別，其影響一直深達清朝漢學「反宋返漢」之
　　　　說出，方漸次息論。

〔註282〕《蘇轍集》，《欒城後集》，卷第二十三，頁 229～230。

〔註283〕《蘇軾文集》，第一冊，頁 34～35。

〔註284〕《蘇軾文集》，第四冊，頁 1386。

陽內翰書〉，在謝函中蘇軾明確表達了對仁宗與歐陽修革新時文以創造宋文獨
特風格的高度關心，並含蓄的道出捨我其誰的志願：

> 自昔五代之餘，文教衰落，風俗迷靡靡，日以塗地。聖上慨然太
> 息，思有以澄其源，疏其流，明詔天下，曉諭厥旨。於是招來雄俊魁
> 偉、敦厚朴直之士，罷去浮巧輕媚、叢錯采繡之文，……伏維內翰執
> 事，天之所付以收拾先王之遺文，天下之所待以覺悟學者。……軾願
> 長在下風，與賓客之末，使其區區之心，長有所發。〔註285〕

歐陽修在讀過蘇軾的策論〈刑賞忠厚之至論〉，並親自面試以《春秋》經
義之後，對這個來自四川僻野，但學術根柢深厚、議論文章捷疾明利的青年，
早已在向來惜才、「獎引後進，如恐不及」的心版上，〔註286〕烙下既鮮明而又
深刻的印象，而就在剛剛出闈的此時，又得到蘇軾以其說是申謝拔擢的信函，
不如說是意在影從歐陽修廓清靡怪文風的志業，並樂於縱身濁流，以爲激濁
揚清而爲正本清源者的宣言，這讓歐陽修讀來，不深自明白後繼有人也難，
因此，在接獲梅聖俞的信時，便以極歡快的意緒，秉筆寫下傳誦千古的文壇
佳話，〈與梅聖俞〉第二十四簡「嘉祐二年」說：

> 讀軾書，不覺汗出，快哉！快哉！老夫當避路，放他出一頭地
> 也。可喜！可喜！……軾所言樂，乃某所深得者爾！不意後生達斯
> 理也。〔註287〕

蘇軾所言樂，一如在〈賀歐陽少師致仕啓〉中所及，既是深達歐陽修居
廟堂時「事業三朝之聖，文章百世之師」，〔註288〕致君堯舜與以經術持世濟國
之樂，亦是歐陽修外放時，自能與民同樂，並在樂民之所樂的同時，以超越
之思體現爲〈醉翁亭記〉的「樂其樂」，〔註289〕之於樂人民之樂的至樂，又是
在〈與謝民師推官書〉，說自己讀歐陽修迥異於時文，而如「精金美玉」之作
的賞會樂，〔註290〕更是於〈賀歐陽少師致仕啓〉中所說的「受知最深，聞道
有自」，〔註291〕終至於登堂入室，承挑其「付子斯文」而爲其徒之樂。〔註292〕

〔註285〕《蘇軾文集》，第四冊，頁1423～1424。
〔註286〕《宋史》卷三百一十九〈列傳第七十八・歐陽修〉，第十三冊，頁10381。
〔註287〕《歐陽修全集》，下冊，卷六，《書簡》，頁144。
〔註288〕《蘇軾文集》，第四冊，頁1346。
〔註289〕《歐陽修全集》，上冊，卷一，《居士集・二》，頁111。
〔註290〕《蘇軾文集》，第四冊，頁1419。
〔註291〕《蘇軾文集》，第四冊，頁1346。
〔註292〕〈祭歐陽文忠公文・潁州〉，《蘇東坡全集》，上冊，《後集》，第十六卷，臺北，

也就是說，蘇軾自嘉祐二（1057）年知遇於歐陽修之後，直到歐陽修在神宗熙寧五（1072）年閏七月二十三日病逝於穎州的十六年間，蘇軾不僅像〈祭歐陽文忠公文‧穎州〉所說的：

> 自齠齓，以學為嬉。童子何知，謂公我師。晝誦其文，夜夢見之。十有五年，乃克見公。〔註293〕

正如孔子那樣懷抱著夢見周公的孺慕之情，以學歐陽之學的恭敬心，終其一生念茲在茲的學習歐陽修在〈賀歐陽樞密啟‧代大中公作〉一文所提出的「通習世務，而皆有本源；講明經術，而不為迂闊」的處世態度與治學精神，〔註294〕更在另一篇〈祭歐陽文忠公文〉中，對歐陽修的惺惺相惜之情反覆致意，如說：「受教於門下者，十有六年於茲。」〔註295〕在學歐陽之學前後長達三十年的光陰中，蘇軾後來雖在仕途上，以其有所為有所不為的閱世態度履遭左遷。然而，猶如慧眼明達的歐陽修，一眼便看出蘇軾的文學才華那樣，把以「我所謂文，必與道俱」的變革太學體的重任，付予「實獲我心」的蘇軾。〔註296〕因此，在蘇軾終其一生，不曾停息過的謫宦生涯中，仍以歐陽修為典型，在自己汪洋宏肆的創作實踐上，在時譽正當麗日中天之際，即對後進不遺餘力的鼎力獎掖，並以蘇轍為翼，而最終為盛宋文藝學光芒萬丈時代的來臨，蘊蓄了豐沛的書寫能量，並在與佛學互文性的領域，開創出中國佛教文學空前的風華，而這正是後出轉勝，且博綜該練、圓通無方，有逾於歐陽修之處。

《宋史》卷十七〈哲宗‧一〉載，元祐元（1086）年九月「丁卯，試中書舍人蘇軾為翰林學士、知制誥」。〔註297〕此時，已五十一歲的中年蘇軾，雖在上哲宗的〈謝啟〉中，表達了「內自顧於衰遲」之憂，與「宜退安於冗散」的期望。然而，如果蘇軾沒有了在〈除翰林學士謝啟〉中所提到的身在「禁近」這個政治符號，〔註298〕那麼，中國文學史上，就不可能出現讓歷代雅士

河洛圖書出版社，民64，頁633。又，《蘇軾文集》失收。
〔註293〕《蘇東坡全集》，上冊，《後集》，第十六卷，頁633。
〔註294〕《蘇軾文集》，第四冊，頁1348。又，《蘇東坡全集》，下冊，《續集》，第十卷，作〈代賀歐陽樞密啟‧代大中公作〉，頁330。
〔註295〕《蘇軾文集》，第五冊，頁1937。
〔註296〕〈祭歐陽文忠公文‧穎州〉，《蘇東坡全集》，上冊，《後集》，第十六卷，頁633。
〔註297〕《宋史》，第二冊，頁323。又，《長編》卷三百八十七「元祐元（1086）年九月丁卯」條，無「知制誥」等語，第十六冊，頁9426。
〔註298〕《蘇軾文集》，第四冊，頁1332。

津津樂道的「蘇門四學士」的篇章。就在蘇軾晉任翰林學士的同一年，盛宋文學的兩座峯頂，終於從初宋侈麗的文風中脫穎而出，而在中國近古文學的雲表，以錢鍾書在《談藝錄》一「詩分唐宋」所指出的，相異於「以丰神情韻擅長」的唐音，而爲「以筋骨思理見勝」的宋調，〔註299〕聳然挺立，蔚然相望。

根據黃山谷後來在追憶中寫下的〈題東坡像〉說：「元祐之初（1086），吾見東坡於銀臺之東。」〔註300〕也就是說，自從黃山谷在熙寧五（1072）年，「舉四京學官，第文爲優，教授北京國子監」以前，〔註301〕蘇軾就已經留意到以才學見稱於世的新生代青年詩人黃山谷，並在這一年十一月寫〈再用前韻寄莘老〉詩時，特別在尾聯引用：「《後漢書》黃香博學經典，能文章。京師號曰：『天下無雙，江夏黃童。』」〔註302〕這幾乎是稱許黃山谷是不世出的天才詩人，同時表達了尙未與其從遊的遺憾說：「江夏無雙應未去，恨無文字相娛嬉。」亦且在詩末愼重其事的加上「黃庭堅，莘老壻，能文」的「自注」，〔註303〕而黃山谷也早已傾心繼歐陽修主盟文壇而名滿天下的盛宋文宗蘇軾。因此，在元豐元（1078）年黃山谷從北京前往衛州考舉人之前，便寫了寄意遙深的〈古風二首上蘇子瞻‧元豐元年北京作〉，同時在底稿中自注：「寄書一角，……與軾。」〔註304〕其一云：

> 江梅有佳實，託根桃李場。
>
> 桃李終不言，朝露借恩光。
>
> ……
>
> 得升桃李盤，以遠初見嘗。〔註305〕

時知徐州居彭城的蘇軾，在讀到黃山谷的詩時，正忙完抗旱，但猶喘息未定，就又忙著抗洪，〔註306〕等忙完洪潦非時的救災要務之後，又得旋身忙

〔註299〕錢鍾書著，《談藝錄》，《錢鍾書作品集》，增訂本第一冊，臺北，書林出版有限公司，民77，頁2。

〔註300〕劉琳、李勇先、王蓉貴校點，《黃庭堅全集》，第三冊，成都，四川大學出版社，2001，頁1588。

〔註301〕《宋史》卷四百四十四〈列傳第二百三‧黃庭堅〉，第十六冊，頁13109。

〔註302〕「王注援曰」，《蘇軾詩集合注》，上冊，頁378。

〔註303〕《蘇軾詩集合注》，上冊，頁378。

〔註304〕《黃庭堅全集》，第一冊，頁3。

〔註305〕《黃庭堅全集》，第一冊，頁2。

〔註306〕參見宋‧王宗稷編，《東坡先生年譜》「元豐元（1078）年戊午」條，吳洪

著照顧生病的家人，因而遲到該年夏秋之交，纔得空給已從衛州回到北京，且被「專念阿彌陀佛，晨香夜坐，未嘗少懈，每發願曰：『願我常精進，勤修一切善，願我了心宗，廣度諸含識。』乃與淨嚴法師，集十萬人爲淨土會」〔註307〕的佛教大護法「留守文彥博」繼續「留再任」國子監教授的黃山谷覆信，〔註308〕蘇軾在〈答黃魯直書〉第一簡，除了高度讚譽黃山谷善於「託物引類，眞得古詩人之風」的詩才之外，〔註309〕還特地把此前讀黃山谷詩文，並向孫莘老極力稱揚其將以詩鳴世，而不待任何人分外稱揚的往事，給仔細的回味了一番。可見蘇軾對黃山谷既有的印象之深，與能夠得到其爲自己而賦題的詩篇與手書的心情，是何等的歡悅：

> 軾始見足下詩文於孫莘老座上，聳然異之，以爲非今世之人也。……軾笑曰：「此人如精金美玉，不即人而人即之，將逃名而不可得，何以我稱揚爲？」然觀其文以求其爲人，必輕外物而自重者，今之君子莫能用也。其後過李公擇於濟南，則見足下之詩文愈多，而得其爲人益詳，意其超逸〔軼〕〔註310〕絕塵，獨立萬物之表，馭風騎氣，以與造物者遊，非獨今世之君子所不能用，……軾方以此求交於足下，而懼其不可得，豈意得此於足下乎？〔註311〕

黃山谷在哲宗建中靖國元（1101）年五月，撰〈跋王子予外祖父劉仲更墨蹟〉說：「某十五六時，游學淮南間。」〔註312〕表明在嘉祐四（1059）年十五歲時，離開洪州分寧故鄉，前往淮南追隨當時擔任提點淮南西路刑獄的母舅、至今仍爲學界所亟稱的藏書家李公擇讀書，並在〈黃氏二室墓誌銘〉中說：

> 豫章黃庭堅之初室，曰蘭溪縣君孫氏，故龍圖閣直學士高郵孫公覺莘老之女，年十八歸黃氏。……初，庭堅年十七，從舅氏李公擇學於淮南，始識孫公，得聞言行之要。啓迪勸獎，使知嚮道之方，

澤、尹波主編，《宋人年譜叢刊》，第四冊，成都，四川大學出版社，2003，頁 2734。

〔註307〕明・朱時恩等輯，《居士分燈錄》，卷下，《卍續藏》，第八十六冊，頁 594^a。

〔註308〕《宋史》卷四百四十四〈列傳第二百三・黃庭堅〉，第十六冊，頁 13109。

〔註309〕《蘇軾文集》，第四冊，頁 1532。

〔註310〕《宋史》卷四百四十四〈列傳第二百三・黃庭堅〉傳作「軼」，第十六冊，頁 13109。

〔註311〕《蘇軾文集》，第四冊，頁 1531～1532。

〔註312〕《黃庭堅全集》，第三冊，頁 1633。

孫公爲多。孫公憐其少立，故以蘭溪歸之。〔註313〕

　　黃山谷表明，因母舅與孫莘老的同僚之誼，而得以同時向時任昭文館館閣校勘的孫莘老問學，孫莘老愛惜宿慧早發的黃山谷，從而在嘉祐六（1061）年將女兒蘭溪嫁給年方十七歲的黃山谷。因此，不論是李公擇或孫莘老，對少年黃山谷的文學才華，比任何人都有更深刻與確實的認識，是以一旦跟蘇軾論及其詩文，自然能夠鞭闢入裏的描繪出黃山谷的文格與人格。雖然《宋史》卷四百四十四〈列傳第二百三·黃庭堅〉傳，稱黃山谷是因爲得到蘇軾的稱揚，而「由是聲名始震」，〔註314〕但值得注意的是向來惜賢的蘇軾，在既讀其文致企欲一見其人的長期懸念之下，意想求交於後進，卻又「懼其不可得」之際，不意先得到黃山谷的信，這樣難得的翰墨因緣，無怪乎蘇軾要在臨池裁答時，以其得以與英才論交，而在〈答黃魯直書〉第一簡中，以洋溢的快意，接著說：「喜愧之懷，殆不可勝。」〔註315〕而黃山谷在接獲蘇軾的信之際，隨即以煥發著孺慕與虔敬的愷切之心，寫下了〈上蘇子瞻書〉第一書，向文壇宗匠表達了願登蘇門問學的夙願：

　　　　伏惟閣下，學問文章，度越前輩，大雅愷弟，約博後來。立朝
　　　以直言見排，退補郡，輒上課，最可謂聲實相當，內外稱職。凡此
　　　數者，在人爲難兼，而閣下所蘊，海涵地負，特所見於一州一國耳！
　　　惟閣下之淵源如此，而晚學之士，不願親炙光烈，以增益其所不能，
　　　則非人之情也。……

　　　　庭堅天幸，早有聞於父兄師友，（閣下）已立乎二累（富貴、榮
　　　辱）之外。然獨未嘗得望履幕下，……。聞閣下之風，樂承教而未
　　　得者也。……閣下又不以未嘗及門，過譽斗筲，……故敢坐通書於
　　　下執事。〔註316〕

　　易言之，一個是尊禮後進不餘遺力的文壇巨擘，一個是望風蘄嚮的文壇新秀；一個是經歷熙寧變法致以「直言見排」，然後先除杭州通判，後轉知密州，此時雖落腳天災頻仍的彭城，但仍然風骨錚錚的顯宦。〔註317〕一個是直

〔註313〕《黃庭堅全集》，第三冊，頁1386～1387。

〔註314〕《宋史》，第十六冊，頁13109。

〔註315〕《蘇軾文集》，第四冊，頁1532。

〔註316〕《黃庭堅全集》，第二冊，頁475～476。

〔註317〕「熙寧四（1071）年辛亥，先生三十六歲：除通判杭州。……十一月到任。」
　　　　「熙寧八（1075）年己卯，先生四十歲：到密州任。」「熙寧十（1077）年丁

到此時，依然深深沈在「澗底」，〔註318〕而祇在地方上做過縣尉、教授的小吏。〔註319〕要非蘇軾以「以文會友」，而非以長官、前輩，乃至於文壇大老的身分，適時把握因緣，給黃山谷回覆了這麼一通揭顯「意其超逸絕塵」，表明一片以其風調本當平起平坐的平懷之書，而黃山谷也能在〈與蘇子瞻書〉中，恰如其分的體達蘇軾「海涵地負」的博厚胸襟，並以「不敢自絕，勉奉鞭勒」的虛懷，〔註320〕擔負起與蘇軾並轡而駕，並爲再造新時代的新書寫文風大任戮力以須，那麼，怎會有九年之後元祐元（1086）年的文壇盛事：蘇黃銀臺之會？〔註321〕

　　黃山谷知遇於蘇軾甚深，因此，當其外甥洪玉父在靖康元（1126）年，欽宗下詔檢討自哲宗紹聖（1094～1097）以來履禁「元祐學術」的得失之後，〔註322〕隨即在建炎元（1127）年著手整編乃舅黃山谷的遺稿，並在建炎二

〔註318〕　已，先生四十二歲：赴徐州任。」參見《東坡先生年譜》，《宋人年譜叢刊》，第四冊，頁2731～2733。

〔註318〕　晉詩人左思在〈詠史詩八首〉其二云：「鬱鬱澗底松，離離山上苗。」黃山谷反用其意而在〈古風二首上蘇子瞻〉其二云：「青松出澗壑，十里聞風聲。」參見《先秦漢魏晉南北朝詩》，上冊，「晉詩卷七」，頁733。《黃庭堅全集》，第一冊，頁3。

〔註319〕　「治平四（1067）年丁未：二十三歲。……調汝州葉縣尉。」「熙寧五（1072）年壬子：二十八歲。……除北京國子監教授。」參見劉琳等編，《黃庭堅簡譜》，《黃庭堅全集》，第四冊，「附錄・二」，頁2366～2367。

〔註320〕　《黃庭堅全集》，第三冊，頁1707。

〔註321〕　黃𥡴按《神宗實錄》「是歲四月丁丑，奉議郎黃庭堅爲校書郎」說，黃山谷於「元豐八（1085）年乙丑，……四月丁丑，以祕書省校書郎召。其到京師，當在六七月間」。劉琳等據《實錄》增說：「此年蘇軾自登州召入朝，尋爲中書舍人、翰林學士。張耒、晁補之、秦觀相繼入館，與黃庭堅志趣相投，亦同遊蘇軾之門，天下稱爲『四學士』。」這是把蘇黃銀臺之會繫於元豐八年的原始根據，孔凡禮則根據蘇軾〈祭歐陽文忠公夫人文〉云：「元祐之初，起自南遷。」把蘇軾「始與黃庭堅相見」，繫在元祐元（1086）年，依論者參覈所見，採用孔說。分別參見：
　1. 宋・黃𥡴編，《山谷年譜》，吳洪澤、尹波主編，《宋人年譜叢刊》，第五冊，成都，四川大學出版社，2003，頁3037。
　2. 劉琳等編，《黃庭堅簡譜》，《黃庭堅全集》，第四冊，「附錄・二」，頁2369。
　3. 《蘇軾年譜》，中冊，頁702。

〔註322〕　參見：
　1. 宋人葛立方在《韻語陽秋》卷第五說，哲宗「紹聖（1094～1097）初，以詩賦爲元祐學術，復罷之」，《歷代詩話》，第二冊，頁524。
　2. 黃以周等在《續資治通鑑長編拾補》卷二十一「哲宗崇寧二（1103）年四月丁巳」條載：「詔焚毀蘇軾《東坡集》並《後集》印板，」同年月「乙

（1128）年十月十日成書之際，撰〈豫章黃先生退聽堂錄序〉說：

> 凡詩斷自《退聽》始，《退聽》以前蓋不復取，獨取《古風》二
> 篇，冠詩之首，以見魯直受知於蘇公有所自也。〔註323〕

這是蘇軾在收讀黃山谷〈古風二首上蘇子瞻〉時寫〈次韻黃魯直見贈古風二首〉其一「期君蟠桃枝，千歲終一嘗」的具體成果，〔註324〕祇是在論究蘇黃文學時，除了看到他們在翰墨之間的純粹情誼之外，還應看到他們對彼此迥異風格的抉擇，纔不致被片面的斷言所遮蔽，如蘇軾在〈書黃子思詩集後〉說：

> 而李白、杜子美以英瑋絕世之姿，凌跨百代，古今詩人盡廢。
> 〔註325〕

蘇軾對李杜的評價，可以說至矣！盡矣！並用李白來比並黃山谷，而在〈書黃魯直詩後二首〉其一說：

> 讀魯直詩，如見魯仲連、李太白，不敢復論鄙事。〔註326〕

其二說：

> 每見魯直詩文，未嘗不絕倒。然此卷妙語，殆非悠悠者所識能
> 絕倒者也。〔註327〕

然而，週延的看，問題並沒有這麼絕對，因此，蘇軾在〈書黃魯直詩後二首〉其一的第二部分，調轉筆鋒接著說：

> 魯直詩文，如蝤蛑、江瑤柱，格韻高絕，盤飧盡廢，然不可多

亥」條載，詔：「三蘇集及蘇門學士黃庭堅、張耒、晁補之、秦觀及馬涓文集，……悉行焚毀。」清‧黃以周等輯注，顧吉辰點校，《續資治通鑑長編拾補》，第二冊，北京，中華書局，2004，頁739、741。

3. 宋人周密在《齊東野語》卷十六「詩道否泰」條說，徽宗「政和中（1111～1127），大臣有不能詩者，因建言：『詩為元祐學術，不可行。』時，李彥章為中丞，承望風旨，遂上章論淵明、李、杜而下皆貶之，因詆黃、張、晁、秦為禁科」。《宋元筆記小說大觀》，第五冊，頁5627～5628。

4. 畢沅在《續資治通鑑》卷九十六「欽宗靖康元（1126）年六月丙申」第三條載：「詔諫官極論得失。右正言崔鷗上疏曰：『……若蘇軾、黃庭堅之文，……悉以嚴刑重賞禁其收藏，其奇錮多士，亦以密矣！』」《續資治通鑑》，第四冊，頁2530。

〔註323〕《黃庭堅全集》，第四冊，「附錄三‧歷代序跋」，頁2379。
〔註324〕《蘇軾詩集合注》，上冊，頁814。
〔註325〕《蘇軾文集》，第五冊，頁2124。
〔註326〕《蘇軾文集》，第五冊，頁2122。
〔註327〕《蘇軾文集》，第五冊，頁2135。

食，多食則發風動氣。〔註328〕

　　意思是說蟶和干貝，都是頂級食材，不但來源稀少，取得不易，價格昂貴，而且有季節性的限制，但是一入技藝精湛的名廚手中，便會出諸於珍饈，用享高品位的饕客，搏得嘖嘖讚美，以致凡品再也上不了口，可是如此嘉餚，肯定當不得正餐，一旦偏食多喫，必有消化不良，甚至讓人感到反胃的後果。也就是說，黃山谷的詩文，在其學殖的富厚背景與開闊多端的技法之下，雖履履出諸於其捷疾的創造才華，而或爲「精金美玉」，光芒熠燁，流轉圓美，或爲「超逸絕塵」，不預俗調，不涉烟火，但仍須文質相濟，華實等觀，纔不失歐陽修變革初宋雕鎪舊習以爲盛宋風調的美意。因此，蘇軾在〈書黃子思詩集後〉又點出「發纖穠於簡古，寄至味於澹泊」的重要性，〔註329〕這是有宋一朝集其前歷朝文藝學之大成，進而獨立創造宋調自成風格的先聲，既是對傳統菁華選擇性的繼承，更是對時賢砥礪以批判性創造的硎石，不然，受知於蘇軾如此之深的黃山谷，怎會投之以桃報之以李的在〈東坡先生眞贊〉其一中，既贊蘇軾以：

　　　　子瞻堂堂，出於峨眉，司馬、班、揚。……言語以爲階，而投
　　諸雲夢之黃。東坡之酒，赤壁之簫，嬉笑怒罵，皆成文章。〔註330〕

　　這不僅指出蘇軾嚴正的史家客觀意識對其文藝書寫的滲透，更能出諸於主觀的率爾任運與遊戲三昧而不失其典雅的特質，並在〈答洪駒父書〉第二簡中，就怒罵一事對其進行挍計，並意味深長的說：「東坡文章妙天下，其短處在好罵，愼勿襲其軌也。」〔註331〕因爲泯一主客二元對立，使其得以在整全的生命意識之中，一致於超然無礙的境界，便都全部體現在黃山谷〈東坡先生眞贊〉其二的所說中：

　　　　是亦一東坡，非亦一東坡。

　　　　計東坡之在天下，如太倉之一稊米。

　　　　至於臨大節而不可奪，則與天地相終始。〔註332〕

　　元祐元（1086）年九月，蘇軾除翰林學士、知制誥，《宋史》卷四百四十四〈列傳第二百三・黃庭堅〉傳載：「哲宗立，召爲校書郎、《神宗實錄》檢

〔註328〕《蘇軾文集》，第五冊，頁2122。
〔註329〕《蘇軾文集》，第五冊，頁2124。
〔註330〕《黃庭堅全集》，第二冊，頁557。
〔註331〕《黃庭堅全集》，第二冊，頁474。
〔註332〕《黃庭堅全集》，第二冊，頁558。

－105－

討。」〔註333〕據《山谷年譜》卷十九「元祐元年丙寅・上」說：「先生是歲在祕書省。」〔註334〕可見本傳所說的「哲宗立」係指元祐元年。也就是說，因黃庭堅職司祕書省校書郎之故，開始與以翰林學士之名聞於天下的蘇軾密切從遊，並在蘇軾有意識的居中聯屬之下，逐漸在元祐年間形成史稱的「蘇門四學士」與「蘇門六君子」的盛宋文學氣象，如蘇軾在〈答張文潛縣丞書〉中說：

> 僕老矣，使後生猶得見古人之大全者，正賴黃魯直、秦少游、晁無咎、陳履常與君等數人耳！〔註335〕

在〈答李昭玘書〉中說：

> 軾蒙庇粗遣，每念處世窮困，所向輒值牆谷，無一遂者。獨於文人勝士，多欲所獲，如黃庭堅魯直、晁補之無咎、秦觀太虛、張耒文潛之流，皆世未知之，而軾獨先知之。〔註336〕

在〈答毛澤民〉第一簡說：

> 軾於黃魯直、張文潛輩數子，特先識之耳。始誦其文，蓋疑信者相半，久乃自定，翕然稱之，軾豈能為之輕重哉？〔註337〕

在〈答李方叔〉第十六簡說：

> 比年於稠人中，驟得張、秦、黃、晁及方叔、履長輩，意謂天不愛寶，其獲蓋未艾也。〔註338〕

此時年逾半百的蘇軾，不免有人到中年萬事休的感歎，加上黨爭並沒有因王安石與司馬光在同一年的夏天與秋天先後逝世而平息，如同《長編》卷四百四「元祐二（1087）年八月辛巳」條所載：「軾、頤既交惡，其黨迭相攻。」〔註339〕因此，於元祐二（1087）年八月，在朝廷爆發了以蘇軾為蜀黨之首、程頤為洛黨之首的洛蜀黨爭，就在此時再回首元豐二（1079）年七月的烏臺詩案，更使蘇軾感到終其一生在宦途上所遇到的不是「牆」就是「谷」，並在元祐五（1090）年之後，被政敵一路追打到天涯海角，直到元符

〔註333〕《宋史》，第十六冊，頁 13110。
〔註334〕《山谷年譜》，《宋人年譜叢刊》，第五冊，頁 3041。
〔註335〕《蘇軾文集》，第四冊，頁 1427。
〔註336〕《蘇軾文集》，第四冊，頁 1439。
〔註337〕《蘇軾文集》，第四冊，頁 1571。
〔註338〕《蘇軾文集》，第四冊，頁 1581。
〔註339〕《長編》，第十六冊，頁 9828。

三（1100）年五月，六十五歲的老人蘇軾，在辭世前一年，纔在儋州貶所接獲新皇帝徽宗的詔命，而得以放還北歸，並在歸途中寫下了〈答李方叔書〉第十六簡，而為「六君子」也為自己在仕途迍邅以終，在文學創作之路上又逢「天不愛寶，其獲蓋未艾」的困局，發出最深沈的感歎。這裏的「天」，既是指神宗，更是非立〈元祐黨籍碑〉的哲宗莫屬。至於「未艾」，則是在政爭中遭到文學創作上瘲罹深文荼毒之禍，仍然無法拔除、療癒的痛苦。然而，文學創作本屬深蘊於文藝家生命之中百摧不殆的自覺意識，每每不為外在困頓的環境所禁錮。因此，祗要機緣成就，便會透過各種途徑，以繁花似錦的藝術形式表現出來，並在揭開歷史的時空距離後，被後來的研究者逐漸廓清，同時將其最菁萃的本質給開掘出來。就在政潮詭譎的元祐年間，秦觀緊跟著黃山谷進入蘇門。《宋史》卷四百四十四〈列傳第二百三‧秦觀〉傳說：

> 元祐初，軾以賢良方正薦於朝，除太學博士，校正祕書省書籍。

遷正字，而復為國史院編修官。〔註340〕

《長編》卷三百九十九「元祐二（1087）年四月丁未」載：「先皇帝興學校，崇經術，以作新人材，變天下之俗，故科目之設，有所未遑。今天下之士，多通於經術而知所學矣，宜復制科之策，以求拔俗之才，裨於治道。……今復置賢良方正能直言極諫科，自今年為始。」〔註341〕清人錢大昕在《淮海先生年譜‧跋》說：「《宋史‧哲宗紀》：『元祐二年四月，……復制科。』蘇公薦賢良方正，當在其時。……實三（1088）年事。」〔註342〕宋人蔡正孫在《詩林廣記‧後集》卷八〈秦少游〉說：「少游，名觀，蘇子瞻以賢良薦於哲宗，除博士。」〔註343〕《長編》卷四百四十三「元祐五（1090）年六月丁酉」第三條載：「詔：『祕書省見校對黃本書籍可添一員，以明州定海縣主簿秦觀充。』校對黃本始此。」〔註344〕《長編》卷四百六十二「元祐六（1091）年七月己卯」條載：「左宣德郎呂大臨、祕書省校對黃本書籍秦觀並為正字。」〔註345〕《長編》卷四百六十四「元祐六（1091）年八月癸巳」第四條載：「詔

〔註340〕　《宋史》，第十六冊，頁13113。
〔註341〕　《長編》，第十六冊，頁9729～9730。
〔註342〕　《淮海集箋注》，下冊，「附錄三‧序跋」，頁1801。
〔註343〕　宋‧蔡正孫編，《詩林廣記‧後集》，卷八。文淵閣《四庫全書》鈔本，葉1ᵃ。
〔註344〕　《長編》，第十八冊，頁10652。
〔註345〕　《長編》，第十八冊，頁11034。

秦觀罷正字，依舊校對黃本書籍。」〔註346〕清人秦瀛重編《淮海先生年譜》說：「元祐八（1093）年癸酉，先生年四十五。先生在京師，由正字遷國史院編修。」〔註347〕

除了《宋史》「軾以賢良方正薦於朝，除太學博士」，與《詩林廣記・後集》「除博士」之說旁無所考之外，綜合上述文獻，可見秦觀得預蘇門之路，在洛蜀黨爭期間，是何等的崎嶇，首先是《長編》卷四百十四「元祐三年九月辛亥」條載：「御史中丞孫覺、戶部侍郎蘇轍、中書舍人彭汝礪、祕書省正字張績，考試應賢良方正能直言極諫科舉人。」〔註348〕當時已四十歲的中年考生秦觀，以〈進策〉三十篇、〈進論〉二十篇應舉，但卻遭到「門下侍郎韓維……御史趙挺之」等政敵，〔註349〕譖愬於哲宗而不售。這不但對考運始終欠嘉，致生活向來潦倒不已的秦觀是個重大的打擊，對好不容易纔從外放之地回到中樞眞除翰林學士，但卻一直英雄無用武之地，反而深陷黨爭泥淖的蘇軾，更有著冰炭滿懷的深沈苦楚，因思離開朝廷，以致一再自願堅乞外放，而上哲宗〈乞郡箚子〉，並爲其所「薦於朝」而竟然全軍盡墨的時賢秦觀等抱屈說：

> 臣所舉自代人黃庭堅、歐陽棐，十科人王鞏，制科人秦觀，皆
> 誣以過惡，了無事實。〔註350〕

其次是《長編》卷四百二十四「元祐四（1089）年三月丁亥」第二條載：「翰林學士蘇軾爲龍圖閣學士、知杭州。」〔註351〕蘇軾終於在呂惠卿、蔡確、周種等人的排擊之下，以〈謝除龍圖閣學士表二首〉其一所及的「晚歲積憂，但欲歸安於田畝」的心情，〔註352〕離開火窟似的京城。因此，當元祐五（1090）年祕書省要增加校對黃本書籍一人時，秦觀雖然在范純仁、蔡肇二人的薦舉之下，沒有受到阻礙的順利進入祕書省，〔註353〕並一直遲到三年之後的元祐八（1093）年遷國史院編修，纔在清人秦瀛重編的《淮海先生年

〔註346〕《長編》，第十八冊，頁 11073。

〔註347〕清・秦瀛編，《淮海先生年譜》，《宋人年譜叢刊》，第五冊，頁 3195。

〔註348〕《長編》，第十七冊，頁 10059。

〔註349〕〈乞郡箚子〉，《蘇軾文集》，第三冊，頁 827。

〔註350〕《蘇軾文集》，第三冊，頁 829。

〔註351〕《長編》，第十七冊，頁 10251。

〔註352〕《蘇軾文集》，第二冊，頁 671。

〔註353〕參見徐培均著，《秦少游年譜長編》，下冊，北京，中華書局，2002，頁 406～407。

譜》中，出現這麼一段話：

> 是時，先生與黃魯直、張文潛、晁無咎，竝列史館，時人稱爲
> 蘇門四學士。〔註354〕

　　秦瀛顯然是根據《宋史》卷四百四十四〈列傳第二百三・黃庭堅〉傳，「與張耒、晁補之、秦觀俱游蘇軾門，天下稱爲四學士」之說，〔註355〕並增益以「竝列史館」一語而來，而《宋史》的纂修者脫脫等，則是根據蘇軾〈答李昭玘書〉等多封寫給文友的信而來，然而，更重要的問題是秦觀對使自己成爲蘇門中人的自覺追求是怎麼開始的？而蘇軾又是如何回應秦觀，並使其成爲盛宋文學的另一朵奇葩的？同時代的詩僧惠洪在《冷齋夜話》卷一〈秦少游作坡筆語題壁〉中說：

> 東坡初未識秦少游，少游知其將復過維揚，作坡筆語，題壁於
> 一山寺中。東坡果不能辨，大驚。及見孫莘老，出少游詩、詞數百
> 篇，讀之，乃歎曰：「向書壁者，豈此郎也？」〔註356〕

　　圓極居頂在《續傳燈錄》卷第二十二〈黃龍心禪師法嗣・筠州清涼德洪禪師字覺範〉傳說，惠洪「博觀子、史有異才，以詩鳴京華縉紳間。……著《林間錄》二卷、《僧寶傳》三十卷、《高僧傳》十二卷、《智證傳》十卷、《志林》十卷、《冷齋夜話》十卷、《天厨禁臠》一卷、《石門文字禪》三十卷、《語錄偈頌》一編、《法華合論》七卷、《楞嚴尊頂義》十卷、《圓覺皆證義》二卷、《金剛法源論》一卷、《起信論解義》二卷，並行于世」。〔註357〕可見惠洪在盛宋文學論壇與史識的論域中，並非泛泛之輩，而且是當時學界所公認的跨越宗教與文學界限的巨擘。因此，惠洪的文記，在宋人王宗稷編的《東坡先生年譜》、宋人施宿編的《東坡先生年譜》、宋人傅藻編的《東坡紀年錄》、清人茆泮林編的《宋孫莘老先生年譜》中雖然都沒有被迻錄，直到清代秦瀛重編《淮海先生年譜》時，纔在局部改寫之後，繫於「熙寧七（1074）年甲寅，先生年二十六」條下，秦瀛說：

> 聞眉山蘇公，時爲文宗，欲往遊其門，未果。會蘇公自杭倅，
> 徙知密州，道經維揚，先生預作公筆語，題於一寺中，公見之大驚。
> 及晤孫莘老，出先生詩、詞數百篇，讀之，乃歎曰：「向書壁者，必

〔註354〕　《宋人年譜叢刊》，第五冊，頁3196。
〔註355〕　《宋史》，第十六冊，頁13110。
〔註356〕　《稀見本宋人詩話四種》，頁9～10。
〔註357〕　《大正藏》，第五十一冊，頁620^{a-c}。

此郎也。」遂結爲神交。〔註358〕

　　姑不論惠洪之說是否爲實錄，這樣的記載至少反應出一個值的留意的現象，即秦觀對蘇軾的景仰之情，早在元豐元（1078）年夏秦觀謁見蘇軾之前，就已騰播眾口，並被詩名滿京華的僧傳史家惠洪，認定爲具有相當的史料價值，纔會把它記錄下來，且在此後的九百多年之間，沒有人起而爲之糾繆。易言之，僧人惠洪之說，仍具有相當高的研究價值，這至少可從秦觀大量涉佛的文藝學文本書寫見出端倪。至於陳後山則在〈秦少游字序〉一文說：

　　　　熙寧、元豐之間，眉山蘇公之守徐，余以民事太守間，見如客揚秦子過焉，豐醴備樂，如師弟子，其時余病臥里中，聞其行道雍容，逆者旋目，論說偉辯，坐者屬耳，世以此奇之，而亦以此疑之，惟公以爲傑士。〔註359〕

　　陳後山生動的紀錄了三十歲的秦觀，在元豐元（1078）年夏天，赴京應舉途次徐州，首度謁見蘇軾時，就受到豐盛的款待，不但蘇軾視其如弟子般的親切，秦觀也在席間以進止有據的雍容論辯，引起座上客的驚疑，唯有目光邃徹的蘇軾，打從心裏讚賞著秦觀意蘊深平與興致遄飛的名士風華，並認爲是當時代少見的傑士。這幕一見如故的「情節」，至少說明了蘇、秦兩人之間，彼此所聞已久的不僅是虛名，更是在創作與思想上互相心儀有日的神交。可以說，這一次的蘇、秦之會，不但是時人眼中的文壇盛事，更爲盛宋蘇門文學在往後中國佛教文學星空的互爲輝映上，增添了一支勁旅。因此，施宿在《東坡先生年譜》「元豐元年戊午」條說：

　　　　秦觀，字少游。時，從先生學，後居四學士之列。僧道潛參寥，辛由先生得詩名，皆自是始見。〔註360〕

　　就在秦觀離開蘇軾官邸望京城而去不久之後的仲秋，參寥子雲遊到徐州，登門拜訪，這使盛宋詩豪蘇軾詩興大發，就在當年冬天結束之前，一連寫了八首與參寥子有關的詩，時間之短，比率之高，僅次於或次或和乃弟蘇轍韻之作，其中「復與參寥師放舟洪下，追懷曩游」的〈百步洪〉，〔註361〕早已是歷來研究蘇詩者必論之作，至於〈送參寥師〉詩云：

　　　　欲令詩語妙，無厭空且靜。

〔註358〕《淮海先生年譜》，《宋人年譜叢刊》，第五冊，頁3176。
〔註359〕《後山集》，卷十一，文淵閣《四庫全書》鈔本，葉3ᵇ。
〔註360〕宋・施宿編，《東坡先生年譜》，《宋人年譜叢刊》，第五冊，頁2785～2786。
〔註361〕《蘇軾詩集合注》，上冊，頁860。

　　靜故了羣動，空故納萬境；

　　……

　　鹹酸雜眾好，中有至味永。〔註362〕

　　此等的關目之句，更是論證蘇軾文學理論及其與佛教思想會通的極詣之境。可以說，〈百步洪〉是蘇軾華嚴思想與筆法的詩學體現，〈送參寥師〉則是文藝神思逸出傳統思維套路的般若思想在藝術實踐的超越之道。因此，秦觀爲蘇軾牽來與參寥子的法緣，可以說是使盛宋文士居士化佛僧士大夫化的現象更具有普遍意義，其在宋文學上的價值是值得細究的，否則秦觀在〈別子瞻學士〉詩中所說的「不將俗物礙天眞」，〔註363〕怎會正中蘇軾在〈次韻秦觀秀才見贈秦與孫莘老李公擇甚熟將入京應舉〉的「天遣君來破吾願」的下懷？〔註364〕

　　至於比秦觀還年輕的晁補之，在蘇長公的門下士之中，聲名雖然不像黃山谷與秦觀那樣爲人所廣知，但黃山谷於元祐元（1086）年在「銀臺之東」會見蘇軾時已經四十二歲，秦觀於元豐元（1078）年在徐州謁見蘇軾時也已三十歲，而《宋史》卷四百四十四〈列傳第二百三·晁補之〉傳說：

　　從父官杭州，秤錢塘山川風物之麗，著〈七述〉以謁州通判蘇
　　軾。軾欲先有所賦，讀之歎曰：「吾可以擱筆矣！」……由是知
　　名。〔註365〕

　　晁補之《雞肋集》卷二十八〈七述〉題下注云：「時年十七歲。」〔註366〕因此，晁補之知遇於蘇軾時是熙寧四（1071）年，而且還衹是個十七歲的少年，可以說是夙慧早發型的天才文學家，而讓一代文宗擱筆的〈七述〉，記錄了晁補之受學於蘇軾的經過：

　　予嘗獲侍於蘇公，蘇公爲予道杭之山川人物，雄秀奇麗，夸靡
　　饒阜，名不能殫者，且稱枚乘、曹植〈七發〉、〈七啓〉之文，以謂
　　引物連類，能究情狀，退而深思，倣其事爲〈七述〉，意者述公之言，
　　而非作也。〔註367〕

〔註362〕《蘇軾詩集合注》，上冊，頁864。

〔註363〕《淮海集箋注》，上冊，頁135。

〔註364〕《蘇軾詩集合注》，上冊，頁805。

〔註365〕《宋史》，第十六冊，頁13111。

〔註366〕宋·晁補之著，《雞肋集》，卷二十八。文淵閣《四庫全書》鈔本，葉4ᵇ。

〔註367〕《雞肋集》，卷二十八。文淵閣《四庫全書》鈔本，葉4ᵇ～5ᵇ。

這是一篇長達三千餘言，卻言之有物且思想成熟的少作，是以蘇軾在為其父晁端友撰寫〈晁君成詩集引〉時，筆鋒一轉，對其所為文，稱賞有加：

> 而其子補之，於文無所不能，博辯俊偉，絕人遠甚，將必顯於世。〔註368〕

無怪乎脫脫等要說晁補之「由是知名」了，而就在烏臺詩案爆發的元豐二（1079）年，二十七歲的晁補之舉進士第一，愈加彰顯其呼應蘇軾、歐陽修建立在深厚學術基礎上的戒浮文主張在盛宋的成熟，這可從神宗在閱讀晁補之的試卷時所說的一番話，看出一場上下齊心，開創盛宋文化新格局的運動，隨時都在朝廷的密切注意之下發展著，因此，《宋史》卷四百四十四〈列傳第二百三‧晁補之〉傳，接著說：

> 神宗閱其文曰：「是深於經術者，可革浮薄。」〔註369〕

也就是說，自太祖開國一百二十年來，在國政上雖然不斷出現新的變數，而且在邊防上也始終擾攘不寧，但大宋在繼承中古時期所積澱下來的輝煌文化成果的同時，對自己的時代所產生的自覺意識，並沒有停止過主動探索的創新能力，可以清楚看見的是在儒術思想理學化的進程上，以及在大唐時代確立下來的宗派佛學，依然以各種可能的形式，在弘傳的進路上，朝向與中國文化愈益深層共構的總體方向轉移。而儒〔理〕、釋、道思想的交涉，更是在彼此抉擇與銷釋的過程中，成為盛宋蘇門學士佛教文藝學最具開創性的共同心理定勢，所以晁補之在為蘇軾的畫像撰寫〈東坡先生真贊〉時，自然會把盛宋文化集大成的精神，給具體的呈現出來：

> 非儒非僊，非世出世間，不可以綸繳，亦不乘風雲而上天。何居乎？猶心醉經目。營海既逍遙乎？濤瀨忽焉，橫杖按膝而舒嘯，鸞鳳之音猶隱耳，而人固已反乎？無在也。〔註370〕

晁補之筆下的「無在也」，恰恰是「在」，是人存在的具體事實與生命在現實中超越的根據。因此，儒是治世之道的體制，在現實政教之所以能夠依循常態運作，而不致脫軌失序的根本須求。僊是出世之道，為現實世界不可避免的折衝，所準備的轉向閾閾，每每為困頓的生命，打開一條通往抱朴存形與煉養合濟的達觀之路。至於世出世間，更是解脫於不解脫即是解脫的當

〔註368〕《蘇軾文集》，第一冊，頁320。
〔註369〕《宋史》，第十六冊，頁13111。
〔註370〕《雞肋集》，卷三十二，文淵閣《四庫全書》鈔本，葉3[b]。

體即是的圓融之思，是宗寶本《壇經・機緣第七》，六祖大師「心迷《法華》轉，心悟轉《法華》」之思不思議境的具體開顯，〔註371〕也是歐陽修問《法華》於汪僧並直接灌注到慧能《壇經・行由第一》「何處惹塵埃」的要旨，〔註372〕而這在蘇門學士另外兩個成員的身上，也有同樣豐富的體現，即少公及其門下士張文潛。

誠如前及，宋文學新變的標誌，便是青年蘇軾以其富贍的學殖與博辯的屬文才華，與其弟蘇轍在盛宋科場的同時現身。嘉祐元（1056）年，十八歲的青年蘇轍追隨父兄離開故鄉眉山同赴京師，在出川之前拜見益州知州張方平，根據明人朱時恩在崇禎五（1632）年編竣的《居士分燈錄》卷上說：

> 張方平，……偶見《楞伽經》，取視之，忽感悟前身事，入手恊然，如獲舊物，開卷未終，痀障冰解，細視筆畫，手蹟宛然，讀至：「世間離生滅，猶如虛空華。」遂明己見，偈曰：
>
> 一念在生滅，千機縛有無；
> 神鋒輕舉處，透出走盤珠。〔註373〕

這是說，張方平不僅是一個深於內典義學與禪法實修的官僚居士，而且是一個參學有得且已開悟佛法要義的官僚。但更重要的是張方平對儒學思想的流變，以至於被餖飣已極的注疏學所遮蔽的衰頹後果，在盛宋理學緊追著儒術治國的總體方針之後，試圖從思想體系上也跟著新變的進路開展之際，但卻仍然陷在摸著石頭過河的思維困境時，以儒生身分應舉出身，官至位極人臣的文學家與思想家張方平，在看到了盛宋佛學普遍被文士所接受的同時，自然也看到了傳統儒學在方法論上還有許多空間需要重新建構，纔足以在理論上與思維體系既深密而又通達的佛學，在世出世法的世法上，取得方軌並駕的機會。因此，當王安石問張方平：「孔子去世百年之後有亞聖孟子興世，繼承與發揚儒學的道統，然而孟子之後這樣的學統就斷絕了，問題究竟出在那裏呢？」因此，引出了前舉張方平「儒門淡薄」的「達人之論」——值得注意的是直到盛宋時代，韓愈還沒有被列入儒學學統系譜中，亦即在學術上尚未取得上挑孟子道席的合法性。

說出「達人之論」的思想達人，便是蘇轍在〈追和張公安道贈別絕句並

〔註371〕　《大正藏》，第四十八冊，頁 355^c。
〔註372〕　《大正藏》，第四十八冊，頁 349^a。
〔註373〕　《卍續藏》，第八十六冊，頁 590^c～591^a。

引〉中「一見以國士相許」的佛學思想家張方平，〔註374〕這對蘇轍後來人生
觀與處世行誼，及其文藝學書寫的多維發展，具有從心理上自覺著要去實踐
的驅策動力。因此，當蘇轍在翌年三月，由仁宗御崇政殿，試進士及第，而
晉身國士之林後，便積極參訪時賢問學。而就這一年，十九歲的蘇轍，除了
謁見省試知貢舉歐陽修，從而與乃兄蘇軾預身時文變革的時代浪潮，一如其
在〈送歐陽辯〉詩所云，「我年十九識君翁，⋯⋯高論河決生清風。⋯⋯揚眉
抵掌氣相高。⋯⋯流梗低昂隨所遭」者之外，〔註375〕便是在張方平的啓發之
下，隨即致〈上樞密韓太尉書〉，表達了出川的願望：

> 轍生年十有九矣，其居家所與游者，不過其鄰里鄉黨之人，所
> 見不過數百里之間，無高山大野可登覽以自廣，百氏之書雖無所不
> 讀，然皆古人之陳跡，不足以激發其志氣。恐遂汩沒，故決然捨去，
> 求天下奇聞壯觀，以知天地之廣大。⋯⋯見翰林歐陽公，聽其議論
> 之宏辯，觀其容貌之秀偉，與其門人賢士大夫游，而後知天下之文
> 章聚乎此也。〔註376〕

青年進士，以儒學做爲治世與治學的深厚家底，其必然的歸趨，往往不
外致君堯舜與詩言志的陳套，何況此時的蘇轍，還有更重要的事要做，那就
是「通習吏事。⋯⋯且學爲政」。〔註377〕因此，在投身宦海去歷練世情之前，
是不會把心思轉向生命之學本身來照察自身存在的本質爲何的問題，也不可
能在思想上生發終極問題是生命問題的疑情，這從其丁母憂一年半之後，即
嘉祐四（1059）年十月二十一歲再出川時，沿途寫進《南行集》的文學文
本，對映入眼中的各色題材的書寫方式，可以看出，還停在白描取景，或以
故實取勝的層次，諸如從嘉州出發經過凌雲勝境之後，與蘇軾同題賦詩〈過
宜賓見夷牢〔中〕亂山〉，蘇軾從叢叢亂山中，看到的是從俗世中超越出來的
「高隱」之士，〔註378〕而蘇轍卻祇想到住在山中的人是「狀類麞鹿」的野
人。〔註379〕又如舟次瞿塘峽時，同賦詩曰〈入峽〉，蘇軾想到的是《莊子・
外篇・天運第十四》所說的「合體而成，散而成章，乘雲氣而養乎陰陽」，

〔註374〕 《蘇轍集》，第三冊，頁 1167。
〔註375〕 《蘇轍集》，第一冊，頁 299。
〔註376〕 《蘇轍集》，第二冊，頁 381。
〔註377〕 《蘇轍集》，第二冊，頁 382。
〔註378〕 《蘇軾詩集合注》，上冊，頁 6。
〔註379〕 《蘇轍集》，第一冊，頁 2。

〔註380〕與《史記》卷六十三〈老子〉傳，孔子告訴弟子的「其猶龍邪」的老聃，〔註381〕以及可能是根源於《壇經》所說的「八萬四千塵勞」，〔註382〕或《維摩詰所說經》卷中〈佛道品第八〉所說的「弟子眾塵勞，隨意之所轉」，〔註383〕而在世間充塞著眾苦，且開脫不得的「塵勞世方病」。〔註384〕但蘇轍所住心的卻祇是每爲水患所苦的唐堯與治水有功的夏禹，而吟出企想與歷史故實切然對應的詩句：

> 緬懷浡水年，慘蹙病有堯。
>
> 禹益決岷水，屢與山鬼鏖。〔註385〕

　　然而，應當看到的是蘇老泉在〈蘇氏族譜〉、〈族譜後錄〉、〈祭亡妻文〉諸文中，雖然沒有提到佛教做爲蘇家的主要信仰，或佛學做爲蘇軾兄弟的家學淵源，但不論在蘇軾的著作中，或在蘇轍的文章裏，卻可以脈絡分明的看出佛教信仰是蘇家的主要信仰，也是蘇母程太夫人的家庭信仰。問題是在佛教文藝學文本的創作上，將在怎樣的機緣之下被有意識的喚起，同時做爲文藝學文本完成的必然要素，被創作主體在書寫的實踐中，給具體的呈現出來，如蘇軾在〈十八大阿羅漢頌〉的引言說：

> 軾外祖父程公，少時游京師，還，遇蜀亂，絕糧不能歸，困臥旅舍。有僧十六人往見之，曰：「我，公之邑人也。」各以錢二百貸之，公以是得歸，竟不知僧所在。公曰：「此阿羅漢也。」歲設大供四。公年九十，凡設二百餘供。〔註386〕

　　從蘇軾的文記中，可見蘇家的佛教信仰得自於程太夫人的娘家，這不僅讓作品非常有限的蘇老泉，留下了佛教文學文本的名篇，如從心性論、士大夫排佛論、僧侶違戒背師論等論域所撰述的〈彭州圓覺禪院記〉，更從生死學的視野撰述菩薩信仰與淨土思想的〈極樂院造六菩薩記〉。因此，蘇軾在〈十八大阿羅漢頌〉的開頭先說程太夫人的佛教信仰根源，再在「跋」文中說出自家也供奉羅漢法相：

〔註380〕郭慶藩集釋，《莊子集釋》，臺北，河洛圖書出版社，民63，頁525。

〔註381〕《史記》，第三冊，頁2140。

〔註382〕《大正藏》，第四十八冊，頁350c。

〔註383〕《大正藏》，第十四冊，頁549c。

〔註384〕《蘇軾詩集合注》，上冊，頁17。

〔註385〕《蘇轍集》，第一冊，頁7。

〔註386〕《蘇軾文集》，第二冊，頁587。

軾家藏十六羅漢像，每設茶供，則化爲白乳，或凝爲雪花、桃、李、芍藥，僅可指名。或云：「羅漢慈悲深重，急於接物，故多神變。」……今於海南得此十八羅漢像，以授子由弟，使以時修敬，遇夫婦生日，輒設供祈年集福。〔註387〕

嘉祐六（1061）年冬十一月，蘇軾赴簽書鳳翔判官任，蘇洵受命留在京師任祕書省校書郎，職司修《禮書》兼編定《謚法》，蘇轍〈潁濱遺老傳·上〉說：「是時先君被命修《禮書》，而兄子瞻出簽書鳳翔判官，傍無侍子。轍乃奏乞養親。」〔註388〕就在子由留京侍親期間，兄弟之間寫下了大量的唱和詩，第一首即蘇軾在兼程赴任的路上寫給蘇轍的〈辛丑十一月十九日既與子由別於鄭州西門之外馬上賦詩一篇寄之〉：

　　　路人行歌居人樂，童僕怪我苦悽惻。

　　　亦知人生要有別，但恐歲月去飄忽。〔註389〕

蘇軾的詩句，拈出了《妙法蓮華經》卷第二〈譬喻品第三〉所說的「愛別離苦」，復以「五欲財利故，受種種苦；又以貪著追求故，現受眾苦」的法華思想，〔註390〕做出要蘇轍也看到避開愛別離與貪著追求等眾苦的規撫結論：

　　　寒燈相對憶疇昔，夜雨何時聽蕭瑟？

　　　君知此意不可忘，慎勿苦愛高官職！〔註391〕

這就把程太夫人埋在蘇轍的阿賴耶識中的種子，把張方平的提撕，望蘇轍的向上一路給灑上了《妙法蓮華經》卷第七〈觀世音菩薩普門品第二十五〉「慧日破諸闇」的超越之思的光芒，〔註392〕沃上了卷第三〈藥草喻品第五〉蕩滌胸次「如雨普潤」的法水，〔註393〕把向外看的眼光，收回到審視自我的心靈上來，而就在蘇轍寫〈懷澠池寄子瞻兄〉以「舊宿僧房壁共題」，〔註394〕做爲對「老僧奉閑」的共同記憶與詩料之後，〔註395〕蘇軾和以〈和子由澠池懷舊〉，從此開啓了兄弟倆在文學文本中，逐漸從可見的佛教文化現象上，朝

〔註387〕　《蘇軾文集》，頁591。
〔註388〕　《蘇轍集》，第三冊，頁1015。
〔註389〕　《蘇軾詩集合注》，上冊，頁89。
〔註390〕　《大正藏》，第九冊，頁13ª。
〔註391〕　《蘇軾詩集合注》，上冊，頁89。
〔註392〕　《大正藏》，第九冊，頁58ª。
〔註393〕　《大正藏》，第九冊，頁20ª。
〔註394〕　《蘇轍集》，第一冊，頁12。
〔註395〕　《蘇轍集》，第一冊，頁12，夾注。

內學義理的文下之文深涉而去。

　　當然，在論證佛教文學時，不能用想當然耳的臆測方式，去爲文學是佛學的派生做戲擬的互文性論斷，就像查愼行以天衣義懷禪師「雁過長空，影沈寒水，雁無遺蹤之意，水無留影之心。若能如是，方解向異類中行」的上堂開示語，生解「人生到處知何似？應似飛鴻踏雪泥。泥上偶然留指爪，鴻飛那復計東西」那樣，說爲「先生此詩前四句暗用此語」。〔註396〕因爲蘇軾兄弟讀到的《傳燈錄》，並沒有這一筆文獻，也沒有任何同時代的僧家史傳、禪籍有天衣義懷此說的記載。至於馮應榴對查愼行引《傳燈錄》不當，進而糾謬爲《五燈會元》，照樣是沒有根據的。因爲生活在北宋的文學家，不可能看到普濟編纂於南宋的書。是以，論者在此所要指出的兩年後的嘉祐八（1063）年，仍身在京師的蘇轍的文藝學話語，已從創造性的語境上，從抽象的術語著手，正式涉入內典義學，如〈畫文殊普賢〉詩說：「山林修道幾世劫？」〔註397〕也就在這一年，蘇軾寫了組詩〈鳳翔八觀〉，蘇轍逐首唱和，於是長者維摩詰居士的文藝意象，便從《維摩詰所說經》中的法象，朝少公的文藝學文本〈楊惠之塑維摩像‧在天柱寺〉中，以形象思維及藝術形式，被敷衍成爲具體的解脫者「金粟如來」。〔註398〕此後，佛教的思想底蘊，便成爲蘇門學士，乃至於盛宋時代文藝學書寫，僅次於儒士的言志觀，而且勝於眞人、至人、神人的逍遙觀，在彼此的創作意識中，從生命本質上，彰顯盛宋精神共在的當體即是觀，並爲熙寧三（1070）年，時十七歲的少年詩人張文潛的來游，做好了蘇門四學士，終於造就盛宋佛教文學，最足以教後人深心體究的篇章的充分準備。

　　孫汝聽在《蘇潁濱年表》說：「熙寧三（1070）年庚戌，二月戊午（二十六日），觀文殿學士、新知河南府張方平知陳州，方平奏改辟轍爲陳州教授。」〔註399〕距嘉祐元（1056）年，十八歲的蘇轍，在益州謁見「以國士相許」的知州張方平，迄今已過了十四年。時當三十二歲的蘇轍，到陳州教授任所後，即於公暇賦詩，並與仁宗至和二（1055）年歸老的在地文士李宗易酬唱，蘇轍〈在李簡夫少卿詩集引〉中說：「熙寧初，予從張公安道，以弦誦教陳之士大夫。……時，太常少卿李君簡夫，歸老於家，出入鄉黨者，十有

〔註396〕　《蘇軾詩集合注》，上冊，頁90。
〔註397〕　《蘇轍集》，第一冊，頁20。
〔註398〕　《蘇轍集》，第一冊，頁25。
〔註399〕　《宋人年譜叢刊》，第五冊，頁2938。

五年矣，間而往從之。」〔註400〕根據清人邵祖壽編的《張文潛先生年譜》說：「外祖李宗易。」〔註401〕可知《宋史》卷四百四十四〈列傳第二百三・張耒〉傳所載：

> 十七歲時作〈函關賦〉，已傳人口。游學於陳，學官蘇轍愛之，因得從軾游，軾亦深知之，稱其文汪洋沖澹，有一倡三嘆之聲。〔註402〕

《宋史》指的是十七歲的少年詩人張文潛，應外祖父的推薦，從故鄉楚州淮陰，間關又稱宛丘的陳州，拜在教授蘇轍的丈席下，而為蘇門入室弟子。就在這一年，蘇軾因與王安石變法的政見相左，而於翌年，即熙寧四（1071）年六月，自乞外放潁州通判不准，改除杭州通判，蘇軾〈與子明〉第六簡說：「軾近乞外補，蒙恩除杭倅□關，且夕且般挈往宛丘，相聚四、五十日。」〔註403〕也就是蘇軾在赴任杭倅途中，為達成在〈答李秀才元〉信中所提及的囑咐，向「安道、舍弟，當具道盛意」的致候之情，〔註404〕特地取道陳州，拜會張方平與探望蘇轍，而且在陳州一勾留就是四、五十天，就在這一段時期，少公門下士張文潛，在蘇轍的引見之下，得以「從軾游」，並於文學創作上，在後來受到蘇軾將之與蘇轍比肩的讚賞，蘇軾在〈答張文潛縣丞書〉說：

> 至慰！惠示文編，三復感歎。甚矣，君之似子由也！子由之文實勝僕，而世俗不知，乃以為不如。其為人深不願人知之，其文如其為人，故汪洋澹泊，有一唱三嘆之聲，而其秀傑之氣，終不可沒。〔註405〕

張文潛從游蘇轍兩年之後，即熙寧五（1072）年，在姑蘇參加進士考試，熙寧六（1073）年三月，於京師在神宗的親策下，賜進士及第出身，如同歷朝所有的舉子那樣，士子通過場屋應舉的長期前置備讀，以及及第之後奉公行政的儒術思維模式，必然會貫穿在絕大部分的文藝學文本書寫的或顯或隱的命意系絡之中，而表現為特定的文學觀。易言之，這樣的文學觀是受到現

〔註400〕《蘇轍集》，第三冊，頁1108。
〔註401〕《宋人年譜叢刊》，第五冊，頁3221。
〔註402〕《宋史》，第十六冊，頁13113。
〔註403〕《蘇軾文集》，第六冊，頁2520。
〔註404〕《蘇軾文集》，第四冊，頁1796。
〔註405〕《蘇軾文集》，第四冊，頁1427。

實工作條件制約的特殊文學觀，張文潛不能例外，蘇門學士中人亦無一人能例外，乃至於傳統中國文學家在文藝學文本的書寫上，具足與佛學思想互文性的創作根源，不論融浹得何等深密，如投乳於水，直到科舉在前清光緒朝廢止之前，剋實而論，祇要長期苦讀儒書準備應舉的人，不論及第與否，沒有人能在主要的立場上逸出這一道或明或暗的思想界限。因此，研究中國傳統文士的古典文藝學文本的書寫中的非儒學思想意蘊，便成為一道極具挑戰性的論題。然而，通過對蘇軾佛教文學的跨論域考索，與盛宋佛學思潮的具體弘通形態對應起來分析，仍然可以從各種可能的文本表現維度，清理出結構在其生命意識中的內學根據，是如何在創造的過程中，穿越諸種藝術表現的進路，而轉化為審美的對象，並以具足的超越之思，體現著漢梵文明彼此折衝、調適、接受、銷融、改造、創新的智慧光華。

第四節　佛教學中的隱在家法

在第一節論佛法東漸時，論者以發生學的方法探討了佛教在中國發生的諸種可能，並具體指出孔子的史學方法論，係以現存的現象逆推現象之所以如此而不如彼存在的根源，是在《論語・八佾第三》「夏禮，吾能言之，杞不足徵也；殷禮，吾能言之，宋不足徵也。文獻不足故也，足，則吾能徵之矣」的既定條件下提出來的研究策畧。如果說，這是上古學術的不得不然，那麼，對於佛教在中國中古時期，以中國佛教的概念做為被具體研究的對象而論，歷經長達九百年的中古時期（960～1842）所累積的大量文獻，在分析印度佛教文明與漢禮教文明相適應的進程所產生的思想與信仰問題時，現存的文獻是否足徵？如其足徵是否就又全然可信？尤其當佛教在中國的弘傳從上層社會往下層社會流動，而在民間四處野逸，再回到權力的政教中樞被皇家寺院所集中統制，再在唐武宗與後周世宗時被以釜底抽薪的方式，徹底驅趕到山林而為山林佛教，並在與中國學術相互抉擇的過程中，在政治、經術與宗教等方面所各自流傳下來的諸種文獻所記載的內容，能無不使後人在研究時發生其各說各話的疑慮，在客觀基礎上是不可能的。

也就是說，中國在宗法制度的建置上，在上古時期的周王朝，即已成為牢固的政教思維與實踐體系，並做為後起且深深陷在興衰循環論中的皇朝，得以成立與繼續持存的合法性根據，而具有顛撲不破的典範性。不論是西漢的獨尊儒術，抑或佛教東來之後所產生的廢佛與闢佛傳統，都在在表明了夷

夏之辨穩穩結構在知識菁英腦中的頑固性，更重要的是政教的推展，具有幾乎不言自明的實效性，其在執行上的順逆與良窳，都是可以從實務上進行解構與建構，並以其後效檢驗前提的成立是否符合實際訴求。

然而，關於宗教信仰所給出的命題，則全然與此相反，特別是佛教緣起論的宇宙觀、解脫論的人生觀、佛性論的眾生觀、心識論的心性觀、世出世法的體用觀、真空妙有的實相觀，以及中國人除了言意之辨之外就沒有思索過，或者很少觸及到的各種語言觀，如實效論的語言觀、實在論的語言觀、但名無實的語言觀、唯名的語言觀、意念論的語言觀，以及或言不立文字、或言不離文字、或言不執文字的語言觀，還有三輪體空的慈悲觀、唯證與證者乃能知之的修行開悟觀等等，其之於中國中古時期，雖迭經會通，而有格義生解方法的嘗試，但其相對失敗的結果，不僅不能證明佛教在中國的發展史上，找到了相對穩固的基盤，反而更加深刻的暴露出佛學做為一種學術，在理論上具足自身具足的體系，任何折衷的方法論的提出，都祇能做為中國人對之理解的可能途徑之一，而無法以中國人的思維模式去確論印度式的論證方法。可以說，這種不得已的生解方法，祇能在對佛教的認識上，得到約畧、髣髴、好像如此的模糊概念，並在片面的瞎比附之下，得到既非佛學亦非玄學的應有結論。

進而論之，佛教做為一種宗教信仰，更是中國人以傳統的宗教觀，所難以究詰其真章，究係意欲何為的生命之學？人死後既不為祖靈以蔭庇子孫，又不能透過「煉精化炁，煉炁化神，煉神還虛」的煉養之術，或羽化、或尸解而登僊，〔註406〕還要受自作自受的業力所牽引，隨所作往生十法界，除非究竟解脫，否則即使成仙，也無法擺脫業感而再再流浪生死苦海。至於生前割愛辭親，入佛出家修行的方式，更是絕人子息，從而徒然贏得不忠不孝的千古罵名，而使深於外學的沙門，備感融通的困難。

終整個中古時期，佛教在中國從格義佛學到學派佛學，到黃金時代的宗派佛學的基本發展格局，與中國文化主要是儒家文化的對應關係，就中國傳統學術與宗教來審視，其表現形態係兩條平行的軌道，在那上頭運行的是一部看起來顯然是一體並朝向一致的目的地奔馳而去的文化列車，但在事實上，這兩條軌道，卻具有在本質上各自獨立，而且永遠無法交通的特殊屬性，

〔註406〕 參見《太平御覽》第六百六十二卷〈道部四‧天仙〉、第六百六十四卷〈道部六‧尸解〉。

在支持著彼此之所以以其特殊方式如此存在的規定性。因此，在中古時期結束之前，既不會在學理上產生具有說服力的儒學式的佛學，並做為一門思想體系完整的獨立學門，從而取得學術話語合法化的權力，同時被承認其存在的合法性，也不會從信仰上發展出佛教式的儒教，並做為一種教理與儀式具足的獨立宗教，從而在信仰市場上開門營運，同時在終極問題上，解決人們之所以要皈信的任何訴求。可見佛法東來，在佛學與佛教兩方面，與中國的主流思想相提並論，在其三藏典籍自成內證根據，而無虞被外學對破並離散的要件之下，始終祇能以佛學與佛教的方式被正確認識到，並在這個學術與宗教平臺上，以可被觀察的表象來論究佛教史上的中國佛教，纔能找到佛教做為中國四大文化之一的意義，不是中國學術的附庸，也不是中國固有思想的螟蛉，反之亦然。

　　祇是現象既然已經存在了，就不可能不產生為甚麼會這樣存在的問題，易言之，中國佛教在盛唐時代，做為支撐中國文化的四根巨柱之一，既是中國學術問題，也是中國宗教問題，更是中國文化價值及其特有的文化形態問題，而中國佛學做為一個獨立的中國學術概念，中國佛教做為一個獨立的中國宗教學概念，在這一時期，已迴非印度佛學與印度佛教概念下的佛學與佛教。也就是說，佛法在中國落地生根長達千年的結果，必然會在被中國人接受的前提上，被中國式的思維方式在義學疏鈔學與判教論上，給逐步解構之後，再以全新的理論框架，重新建構，而朝本土化的慣性思維轉向。打個比方說，就是用同樣的建材，以不同的工法，建造不同風格的建築，而這種新風格，自會被烙上鮮明的中國化的印記，並於佛教在印度消亡之後，以漢傳佛教的學術徽號，成為二十一世紀全球研究佛教學學者，越過對巴利佛學的長期研究之後，所最關注的顯學。因此，當宋代在中國歷史的時間軸上，一轉而進入近古時期所開展的佛學思潮，必然會有更加深化的中國化意蘊被開掘出來，而成為宋人特殊的生命意識與精神形態，在文藝學書寫上的繁複意象，以及在社會生活各個層面上，展開出多元的景觀，而一再引起後人或遮或表的議論。

　　劉長東在《宋代佛教政策論稿》一書的〈前言〉中，首先檢視了二十世紀中外學者所撰寫的涉宋佛教史及相關論著，而從各種論域的「偏師取勝」現象，〔註407〕導出直到目前為止，學界對宋代佛教史及其相關論題的研究，

──────────

〔註407〕　《宋代佛教政策論稿》，頁3。

仍然亟待加強的結論。劉長東的言下之意，不無對總體研究成果表達了不足的感喟，而這也是論者在探索宋代佛學思潮時，每每感到失落的原因。

如果陳寅恪所說的「華夏民族之文化，歷數千載之演進，造極於趙宋之世」，是研究宋代學術的學者們，所絕大部分首肯的最大公約數，那麼，佛教文化之於趙宋之世，也就合當是華夏民族文化的造極表現，應該是無疑，是不該以任何意識形態予以覆蔽的。然而，偏見一旦造成，往往很難被回正過來，就像在詩學上相對於盛唐諸公的宋詩，不斷在泥古的泥潭裏被非理性的否定那樣。因此，當佛教思想在宋代沒有學派在理論上挍角的問題，也沒有開宗立派的創派需求，致遭長期輕忽其之所以以這種方式存在，並成為中國人普遍信仰的具體事實，以致通途所見的中國文學史的宋朝文學代表是詞，中國佛教史的宋代佛教祇有一花開五葉之後的殘英，都是不足深論的流亞現象。祇是論者不禁要問，這是宋文化的客觀實際嗎？如果不是，而是以訛傳訛、目力不及，乃至於有意誤讀、否證所致，那麼，宋代的佛學思潮之所是，又將會呈現出怎樣的面目？

《宋史》卷一〈太祖一〉說：「翰林承旨陶穀出恭帝禪位制書于袖中，宣徽使引太祖就庭，北面拜受已，乃掖太祖升崇元殿，服袞冕，即皇帝位。」〔註408〕宋太祖受後周恭帝柴宗訓禪國後，據元僧熙仲《歷朝釋氏資鑑》卷第九〈宋上〉說：「詔改周顯德七年，為建隆元（960）年，國號宋，歲庚申正月五日乙巳也。」〔註409〕而宋太祖即位之前六年，即後周世宗顯德二（955）年，據《長篇》卷一「建隆元（960）年春正月辛丑朔」條載，趙匡胤「自殿前都虞侯再遷都檢點」。〔註410〕值得注意的是就在趙匡胤獲得世宗親自拔擢陞官的這一年，世宗在仲夏五月甲辰下詔清理佛門，所持的理由是佛門罷弊已極，如果再不從法的規範上進行制約與改造，勢將因其藏污納垢而動搖國本，因此，《舊五代史》卷一百一十五〈周書・世宗紀第二〉載世宗詔曰：

> 釋氏貞宗，聖人妙道，助世勸善，其利甚優。前代以來，累有條貫，近年已降，頗紊規繩。近覽諸州奏聞，繼有緇徒犯法，蓋無科禁，遂至尤違，私度僧尼，日增猥雜，創修寺院，漸至繁多，鄉村之中，其弊轉甚。漏網背軍之輩，苟剃削以逃刑；行奸為盜之徒，

〔註408〕《宋史》，第一冊，頁 4。
〔註409〕《卍續藏》，第七十六冊，頁 218^b。
〔註410〕《長編》，第一冊，頁 1。

　　託住持而隱惡。將隆教法，須辨臧否，宜舉舊章，用革前弊。〔註411〕

　　世宗以革弊隆法為口實，以溯及既往的方法，用行政命令，開始對早已成立，卻被指為違制的既有寺院，凡「三萬三百三十六」所，大舉撤廢，〔註412〕與被指為私自出家的僧尼，凡「六萬一千二百人」，全數斥還原籍，〔註413〕至於自願出家者，也要經過一定的法定程序，纔能獲准取得僧尼全新的合法身分，如父母同意、不是家庭經濟的來源、沒有犯過任何罪刑，以及具有讀誦佛教經典能力並經過考試合格的人，庶免原本應該在世人面前彰示莊嚴氣象的道場，淪為「行奸為盜」之徒的賊窩。也就是說，自唐玄宗天寶十四（755）年，安史之亂使中國本部陷入長達兩百年的社會動盪以來，不但使人民在日常生活上，充滿了危機感，在政治生活上，隱伏著不安全感，與此相應的精神生活，也出現了混亂現象，連帶的造成佛門成為逃刑避役與以逸出經教而片面尋求身心安頓的庇護所，如此一來所造成的政治、經濟、社會、治安、文化等問題，必然會以外在的力量，滲透到佛門之中，從而引發宗教內部衝突的問題，並直接造成佛門的內在規範，在濫竽充數的劣勢下，朝向崩潰端傾斜、陷落，且在跌深反彈的同時，回過頭來成為蠹蝕國家與社會的漏源，最終以形成兩股偏離常態的逆勢力，相互為用的加速負增強，以致在物以類聚的情況下，引起社會普遍的不良觀感，擴張社會上層知識菁英闢佛的學術氛圍，最終在異質宗教衝突的缺口上，由道士趙歸真與宰相李德裕，以經濟利益、思想衝突、夷夏宗教之辨等多重問題為導火線，在會昌五（845）年引爆了唐武宗以皇權為絕對根據的滅佛法難，誠如《舊唐書》卷十八上〈武宗〉紀所載滅佛詔云：

　　　　朕聞三代以前，未嘗言佛，漢、魏之後，像教寖興。由是季時，傳此異俗，因緣染習，蔓衍滋多。以至蠹耗國風，而漸不覺；誘惑人意，而眾益迷。……晉、宋、齊、梁，物力凋瘵，風俗澆詐，莫不由是而致也。況我高祖、太宗，以武定禍亂，以文理華夏，執此二柄，足以經邦，豈可以區區西方之教，與我抗衡哉！……將使六合黔黎，同歸皇化。〔註414〕

　　唐武宗與後周世宗最大的不同，是不僅直接把佛教打入邪教的深淵，並

〔註411〕　《舊五代史》，第三冊，頁 1529。
〔註412〕　《舊五代史》，第三冊，頁 1531。
〔註413〕　《舊五代史》，第三冊，頁 1531。
〔註414〕　《舊唐書》，第一冊，頁 605～606。

以消滅佛教、大秦景教、祆教等一切外來宗教做為鞏固皇權的政治前提，使其在政治正確的原則上，目標明確的將在中國已經形成固有文化傳統之一的中國佛教，給徹底的殄滅。雖然，唐武宗在被道士所遮蔽的佛教視野中，淺狹到幾乎無視於六度萬行之般若波羅蜜度的義理，恰恰與「眾益迷」完全反義的圓融智慧。然而，就在翌年，即會昌六（846）年三月二十三日，武宗因「重方士，頗服食修攝，親受法籙。至是藥躁，……是日崩，時年三十三」。〔註415〕這就使推行甫八個月的滅佛國策，得以戛然而止。祇不過因其破壞力既巨大且深廣，以致自佛法東來後，從以寺院為弘法的主要形態上，全面性的撼動了中國宗派佛教，在盛唐黃金時期所奠立的八宗協作分弘的社會基礎。因此，一旦從經過武宗短暫摧折所造成的離析結果來看，佛教在中國文化的土壤中所植下的根基，在看似蓬勃發展的表象之下，仍存在著禁不住政治力強加干預的變數的襲擊，是以在暴露出其脆弱的一面之際，同時顯示出了佛學與佛教，雖然早已成為中國的主要學術與宗教，但卻不夠穩當，也還沒有全面浸透到中國人的生命底蘊裏去。這可從大唐的佛學文藝學書寫的有限性，看出其不足與限制，如王維通過山水田園詩所呈現的空靜與秀逸雅趣，白居易把禪的馬頭按到老莊的水窟喝水的吏隱與逍遙的附麗現象，凡此等等，都足以說明，即使在官僚士大夫知識階層層中，做到這個地步，也就碰到詩禪互涉的瓶頸，而無法在更為深刻的思想上，把從本質上會通儒、釋、道的通路，在審美的藝境上，給有效的接榫起來，並創造出中國文學的既有書寫形式，在文本表現上更加豐實的意蘊，也無法從理論的進路，提出任何新的認知圖式與論述模式，致使唐代的佛教文學，在與盛宋蘇軾佛教文學對參的同時，顯得相對的空疏。因此，初宋時期流行一時的白體，必然會在歐陽修革新時文的運動中，悄無聲息的退場而去。

而在宋太祖登基後，五代十國包括宋國在內，仍處在七國並峙的迫切戰局中，但其對佛教的態度，已與後周世宗有著根本的不同，而其翻轉對佛態度的動機，被儒生出身的史官所控制的正史本無所及，即使有所及，也往往被有意識的篡奪，如前述《舊唐書》卷十八〈本紀第十八·上·武宗〉中，載錄了武宗的滅佛詔，其規模之全面與徹底，由詔書所載，不難想見其慘況，但在《新唐書》卷八〈本紀第八·武宗〉中，卻祇剩下彷彿若無其事的九個字。是以就現存的筆記類等雜著來分析，雖令人難以輕信，但在當時代的文

〔註415〕《舊唐書》，第一冊，頁610。

獻中，既展現爲非孤證的現象，就有值得理性對待的必要，而不能衹是簡單的把它們看成沒有做爲徵證文獻價值的軼聞。如以官方身分，在眞宗景德元（1004）年承詔修訂《傳燈錄》的楊億，在《楊文公談苑・毀銅佛鑄錢》中，以佛教的業感報應思想爲根據說：

> 周世宗毀銅佛鑄錢，曰：「佛教以爲頭、目、腦、髓，有利於眾生，上無所惜，寧復以銅像爲愛乎？」
>
> 鎮州大悲銅像甚有靈驗，擊毀之際，以斧钁自胸鏡破之，後世宗北征，病疽發胸間，咸謂報應。〔註416〕

這一段文記被引入《長編》卷八「太祖乾德五年秋七月丁酉」條時，還有最後一句說：

> 太祖因重釋教。〔註417〕

咸信這一句話，是根據宋太祖自即位以來，所採行的一系列右佛政策與行動所必然要導出的結論，如《長編》卷一「太祖建隆元（960）年六月辛卯」條載：「諸路、州、府寺院，經顯德二年停廢者勿復置，當廢未毀者存之。」〔註418〕卷二「太祖建隆二（961）年春正月戊申」條載：「詔以揚州行宮爲佛寺。」〔註419〕同年「八月辛亥」第二條載：「幸崇夏寺，觀修三門。」〔註420〕同年「十一月己巳」條載：「幸相國寺，遂幸國子監。」〔註421〕《宋史》卷一〈太祖一〉建隆「三（962）年」載：「五月甲子，幸相國寺禱雨，……甲申，……復幸相國寺禱雨。」〔註422〕《宋史》卷二〈太祖二〉乾德「三（965）年」載：「十一月丙子，甘州回鶻可汗遣僧獻佛牙、寶器。」〔註423〕《長編》同一事則記爲：「回鶻遣僧法淵來貢方物。」〔註424〕《宋史》卷二〈太祖二〉乾德「四（966）年」載：「三月……癸未，僧行勤等一百五十七人，各賜錢三萬，遊西域。」《長編》卷七「太祖乾德四（966）年四月丁巳」第二條載：「河南府進士李靄〔藹〕，決杖，配沙門島。靄不信釋氏，嘗著書數千言，號《滅邪集》，

〔註416〕　《宋元筆記小說大觀》，第一冊，頁 490。
〔註417〕　《長編》，第一冊，頁 195。
〔註418〕　《長編》，第一冊，頁 17。
〔註419〕　《長編》，第一冊，頁 37。
〔註420〕　《長編》，第一冊，頁 52。
〔註421〕　《長編》，第一冊，頁 55。
〔註422〕　《宋史》，第一冊，頁 11。
〔註423〕　《宋史》，第一冊，頁 23。
〔註424〕　《長編》，第一冊，頁 159。

又輯佛書經爲衾裯，爲僧所訴，河南尹表其事，故流竄焉。」〔註425〕而在《宋大詔令集》卷第二百二十三〈釋道上〉則保留了楊億「太祖因重釋教」的法令根據，太祖在乾德五（967）年七月丁酉下〈存留銅像詔〉說：

> 禁銅以來，天下多輦佛像赴京銷毀。顧惟像教，民所瞻仰，忽從鎔廢，有異脩崇。應諸道、州、府，有銅像處，依舊存留。〔註426〕

以佛教共外道法的布施思想來看後周世宗的言論，乍然看來似乎不能說有錯，然而一旦簡諸內典所論，就不難一眼覷透破綻，如《妙法蓮華經》卷第四〈提婆達多品第十二〉，佛陀告訴諸菩薩及天人四眾說：

> 吾於過去無量劫中，求《法華經》，無有懈倦，於多劫中，常作國王，發願求於無上菩提，心不退轉，爲欲滿足六波羅蜜，勤行布施，心無恪惜，象、馬、七珍、國、城、⋯⋯奴、婢、僕從、頭、目、髓、腦、身、肉、手、足，不惜軀命。〔註427〕

要之，這種三輪體空的大悲布施，是以「發願求於無上菩提」爲前提，而以我之所有，施彼之所無，並滿足其所求。其終極法義，在《維摩詰所說經》卷中〈佛道品第八〉，則表述爲：「先以欲鉤牽，後令入佛智。」〔註428〕然後使受施者在六波羅蜜中開智慧，入解脫道，而非反其道而行的予奪他人之所有，實己之所無，因爲這是三毒之首的貪。因此，當深於佛陀教法的楊億，在書寫這一則筆記時，自然會導入善惡皆有報的因果報應說，以爲題中應有之義。當然，同一件事用不同的思維方式來思想，將會做出不同的詮釋，乃至於推論出完全相反的意義，如《舊五代史》卷一百一十五〈周書‧世宗紀第二〉說：「九月丙寅朔，詔禁天下銅器，始議立監鑄錢。」〔註429〕如反對歐陽修以私意篡奪《舊唐書》涉佛文本的司馬光，在其爲皇帝所編纂的帝王學教程《資治通鑑》卷二百九十二〈後周紀三〉中，竟也不能免去致君的儒生思維，把這一條史料擴大規模，記爲：

> 帝以縣官久不鑄錢，而民間多銷錢爲器皿，錢益少。九月，丙寅朔，敕，始立監采銅鑄錢，自非縣官法物、軍器及寺觀鍾〔鐘〕、磬、鈸、鐸之類聽留外，自餘民間銅器、佛像，五十日之內悉令翰

〔註425〕《長編》，第一冊，頁169。
〔註426〕不著編纂人，《宋大詔令集》，北京，中華書局鉛排斷句本，1962，頁860。
〔註427〕《大正藏》，第九冊，頁34b。
〔註428〕《大正藏》，第十四冊，頁550b。
〔註429〕《舊五代史》，第三冊，頁1532。

官，……

　　上謂侍臣曰：「卿輩勿以毀佛爲疑。夫佛以善道化人，苟志於善，
斯奉佛矣。彼銅像豈所謂佛邪？且吾聞佛在利人，雖頭、目猶捨以
布施，若朕身可以濟民，亦非所惜也。」〔註430〕

司馬光以「若朕身可以濟民，亦非所惜也」之說，把世宗毀銅佛鑄錢之
舉，上升到與《過去現在因果經》、《佛本行集經》中的佛陀形象相等的高度，
然後以儒家道統的仁學思想，予以合理化。因此，司馬光以「臣光曰」的方
式，把君主毀佛的政治行動與經世濟民的治世措施聯繫起來，同時以反質語
「彼銅像豈所謂佛邪」，做爲杜塞異議分子可能從佛學與佛教兩條進路以各自
執守的思想根據，進行難以達成儒、釋會通致遭反撥的口實，從而以既定的
政治意識形態，穩穩的站在儒術的立場上，對世宗的毀佛之舉大加頌美：

　　若周世宗，可謂仁矣！不愛其身而愛民；

　　若周世宗，可謂明矣！不以無益廢有益。〔註431〕

司馬光所頌美的滿懷仁心、親民愛物的後周皇帝，所呈現在後人眼中的
形象，無疑是一幅蓋世英主的聖王，唯其英明與賢聖是有非我族類者則有等
差對待的鴻溝存在的，而這一道巨大的鴻溝，宋太祖在繼承後周政權之後，
又是怎樣逐步跨越過去，而最終使佛教信仰成爲大宋皇朝的皇家信仰，並在
以儒術治國的既定建國指導思想之下，使盛宋士大夫紛紛浸潤到其中去，同
時把退避到後周國境之外的荒山野嶺中去的山林佛教再召喚回城市，從而使
佛教展現出一幅大雅的學術語境與方俗的農禪語境在對話上融通無礙的特殊
景觀，而最終體現爲士大夫居士化、僧侶名士化的全新文化圖景？

當然，做爲官居世宗都檢點大員長達六年的趙匡胤，在世宗以似是而非
的「將隆教法」爲前提的旨令下，而沒有提出任何具有建設性的右佛諫言，
顯見其對佛教的認識在當時仍然極其有限，但在大宋建國之後，卻對佛教的
復興開闢了扶掖的坦途，其前後矛盾的心理現象，難免讓闢佛者感到錯愕，
爲了使這樣的心理轉折，得到執守法統的中樞大臣的合理性諒解，除了北宋
晚期曾官居徽宗朝龍圖閣直學士兼侍讀的百衲居士蔡絛，在《鐵圍山叢談》
卷五，繼《楊文公談苑》太祖以因果報應觀而重釋教說之外，更以靈異說，

〔註430〕宋・司馬光編撰，《資治通鑑》，第十冊，臺北，洪氏出版社，民63，頁9529
　　　　～9530。
〔註431〕同上，頁9530。

或者說爲神通說，進一步坐實了太祖之所以廢止世宗鏟滅佛教的原因：

> 藝祖始受命，久之陰計：「釋氏何神靈，而苦患天下？今我抑嘗之，不然廢其教也。」

> 日且暮，則微行出，徐入大相國寺。將昏黑，俄至一小院戶旁，則望見一髡大醉，吐穢於道左右，方惡罵不可聞。藝祖陰怒，適從旁過，忽不覺爲醉髡攔胸腹抱定，曰：「莫發惡心，且夜矣，懼有人害汝，汝宜歸內，可亟去也。」

> 藝祖動心，默以手加額而禮焉，髡乃捨之去。藝祖得促步還，密召忠謹小璫：「爾行往某所，覘此髡爲在否？且以其所吐物狀來。」

> 及至，則已不見。小璫獨爬取地上遺吐，狼籍至御前，視之，悉御香也。釋氏教因不廢。〔註432〕

蔡絛所編出來的故事，雖不至於全然子虛，但也很難讓思想清明的人信以爲眞，因爲自唐睿宗改北齊建國寺爲相國寺以來，一直到太宗至道二年（996）重建後纔改名大相國寺。〔註433〕不過蔡絛指出了太祖曾經贊同世宗釋氏苦患天下的觀點，並在實際上參預了抑佛行動，而在即位後卻因一名不知何許人的醉和尚的警告，於是心生被刺殺的恐懼感，纔以帝王的九五之尊，偷偷的對之額首加禮，並以實際行動停止世宗的廢佛之舉。

像這樣的迷離惝怳之譚，最終被好事者敷衍爲讖緯之說，早已是國史上開國皇帝不斷被神化的既定劇本，在換湯不換藥的敘述模式下，被不斷再書寫的產物，本不足深論。不過一個闢佛者如何在稱帝之後，搖身一變而成爲以治權的終極權力的擁有者，做爲佛教得以以此爲憑藉而再度步上復興之路的最大外護，從而帶起盛宋佛學思想的學術浪潮與時文革新之後佛教文學書寫的盛況，仍是有其內在原因值得一探究竟的。因此，主要生活在盛宋時期，以象數學思想體系鳴世的理學家邵康節之子邵伯溫，首先在《邵氏聞見錄》卷七中，說出了連寫《佛祖統紀》的作者沙門志磐也予以改寫採錄的話：

> 河南節度使李守正叛，周高祖爲樞密使討之。有麻衣道者謂趙

〔註432〕《宋元筆記小說大觀》，第三冊，頁3097。

〔註433〕志磐在採錄蔡絛之說時，已將「大相國寺」改正爲「相國寺」。宋・志磐撰《佛祖統紀》，《大正藏》，第四十九冊，頁394ᵇ。

普曰：「城下有三天子氣，守正安得久？」

　未幾，城破。先是，守正子婦，符彥卿女也，相者謂：「貴不可言。」

　守正曰：「有婦如此，吾可知矣。」叛意乃決。

　城破，舉家自焚，符氏坐堂上不動。兵入，叱之曰：「吾父與郭相公有舊，汝輩不可以無禮見加！」或白公，命柴世宗納之，後為皇后。

　三天子氣者，周高祖、柴世宗、本朝藝祖，同在軍中也。麻衣道者，其異人乎？〔註434〕

這則讖緯式的筆記，宣說了趙匡胤在羣雄逐鹿的亂局中，早已在先天上稟承了既定的天命，是以擁有天下祇是早晚的事。就在趙匡胤有當皇帝的命的劇本中，趙匡胤果然應了「麻衣道者」的讖言當了皇帝。〔註435〕但這對早已經即皇帝位，並且變成佛教大護法的宋太祖來說，理由仍然不夠充分，也缺乏正當性。因此，稍晚於邵伯溫的進士觀如居士朱弁，索性於靖康之難宋室南渡後身陷金人的天牢時，在獄中把宋太祖升格為乘願再來的佛，如其在《曲洧舊聞》卷一〈定光佛出世得太平〉說：

　五代割據，干戈相尋，不勝其苦。有一僧雖佯狂，而言多奇中。

　嘗為人曰：「汝等望太平甚切，若要太平，須待定光佛出世始得。」

　至太祖一天下，皆以為定光佛後身者，蓋用此僧之語也。〔註436〕

朱弁的說法，設使僅從其文本的寫作的孤立環境來看，以其身罹戰禍，而被囚在大牢裏，苦苦回憶大宋曾經有過的盛世之故，不免有向壁虛擬的嫌疑。但值得注意的是朱弁的身分並不一般，朱弁除了是北宋文學家族晁氏家族的姻親之外，〔註437〕更是蘇軾晚年的門客，同時是歐陽修的深心服膺者，孔凡禮在《曲洧舊聞·點校說明》中申之甚詳。〔註438〕因此，論者有理由相信，把宋太祖升格為再來佛的朱弁，是根據一度闢佛，且在學理上闢得很不

〔註434〕　《宋元筆記小說大觀》，第二冊，頁1739。

〔註435〕　術士「麻衣道者」到了志磐筆下變成了「神僧麻衣和上」。《大正藏》，第四十九冊，頁394[b]。

〔註436〕　宋·朱弁撰，《曲洧舊聞》，孔凡禮點校，《唐宋史料筆記·師友談記·曲洧舊聞·西塘集耆舊續聞》合訂，北京，中華書局，2002，頁85～86。

〔註437〕　參見何新所著，《昭德晁氏家族研究》，上海古籍出版社，2006。

〔註438〕　參見《唐宋史料筆記·師友談記·曲洧舊聞·西塘集耆舊續聞》合訂，頁55～67。

充分的歐陽修的《歸田錄》之說，加以再治的結果，歐陽修說：

> 太祖皇帝初幸相國寺，至佛像前燒香，問：「當拜與不拜？」
>
> 僧錄贊寧奏曰：「不拜。」
>
> 問其何故？
>
> 對曰：「見在佛不拜過去佛。」
>
> 贊寧者，頗知書，有口辯，其語雖類俳優，然適會上意，故微
> 笑而領之，遂以爲定制。至今行幸焚香，皆不拜也。議者以爲得
> 禮。〔註439〕

儘管歐陽修還是有意識的規避了太祖皇帝何以要禮佛的原因，並藉機把贊寧醜化成討巧兼賣乖的臨時演員。然而，贊寧在緇門中，卻是個德望甚高，且精通內外學，並著作等身的僧官，其現存佛教史傳類著作，如《宋高僧傳》、《大宋僧史畧》等，一直是學界研究盛唐到宋初四十年凡三百五十年間的中國佛教史及僧家制度的重要文據。因此，高僧贊寧說的話，再加上闢佛者歐陽修慎重其事且「以爲得禮」的記錄，便會爲朱弁之說增加應有的可信度，如元僧覺岸寶州在其編著的《釋氏稽古畧》卷四「太平興國三（978）年四月」第二條載：

> 沙門贊寧，隨吳越王入朝，帝賜號通慧大師，勅住左街天壽寺，
> 命修僧史。明年詔寧乘驛，進明州阿育王山釋迦文佛眞身舍利，入
> 禁中供養，得舍利一顆，因之以開寶寺西北隅地造浮圖十一級，下
> 作天宮以葬之（《皇朝事苑》）。
>
> 太平興國七（982）年十月，勅寧編修《大宋高僧傳》，聽歸浙
> 東秉筆。初，梁武帝天監十八（519）年，嘉祥寺沙門慧皎作《高僧
> 傳》，始後漢明帝永平十（67）年至天監，成十四卷。唐太宗貞觀十
> 九（645）年，終南山西明寺道宣律師作《續高僧傳》，始天監之來
> 迄貞觀，成三十卷。
>
> 寧作始自唐貞觀二十（646）年至此端拱（988）元年，成三十
> 卷。用梁、唐義例，開十科，一、譯經科，二、慧解科，三、禪定
> 科，四、戒律科，五、護法科，六、感通科，七、遺身科，八、讀
> 誦科，九、興福科，十、雜科聲德。正傳者五百三十三人，附見者
> 一百三十人。

〔註439〕《歐陽修全集》，下冊，卷五，頁83。

　　　　端拱元年冬十月，遣弟子顯忠智輪詣闕，上表以進，璽書賜帛
獎諭，勅入《大藏》流通。

　　　　十一月詔寧赴闕，淳化元（990）年奉旨著《鷲嶺聖賢錄》一百
卷。

　　　　淳化二（991）年，詔寧充史館編修（《帝王年運詮要》）。

　　　　至道二（996）年，詔除寧掌洛京教門事（《宋僧傳・後序》）。

　　　　戊戌，眞宗咸平元（998）年，詔擢寧汴京右街僧錄，主管教門
公事。

　　　　次（999）年進左街。

　　　　己亥，咸平二（999）年春二月，東京左街僧錄史館編修，主管
教門公事。〔註440〕

　　覺岸筆下的贊寧，主要表述了太宗朝已被跨過的政教對立的鴻溝，及佛
教與朝廷良性互動的緊密對應關係，從而顯示了佛教做爲大宋皇家信仰的完
成，與僧侶參與了祗有儒生出身的史館編修的重要在俗工作，關於其細部論
述當屬後話。此際，論者所矚目的是除了《宋史》、《長編》等史籍，與諸多
筆記小說，對宋太祖如何由闢佛而皈佛，進而敉平政與教之間的鴻溝之外，
認爲還得對應上僧家的史傳類著作，來看方外人士眼中的太祖，諒必可以發
現，僧侶如何在政治環境的變遷上，以敏銳的洞見與同步行動，迅速掌握住
了自身重建的契機？以志磐撰的《佛祖統紀》卷第四十三〈法運通塞志第十
七之十・宋・太祖〉爲例，其對筆記小說、史籍如《楊文公談苑》、《皇朝景
命錄》、《皇朝龍飛記》、《蔡氏叢談》（《鐵圍山叢談》）、《國朝會要》、《廣陵志》、
《吳越王傳》等著作的摘錄、改寫與詮釋，不難通過僧家的視野，看到另一
組觀念，正在與時代的變遷趨勢，以全新的形式進行匯流的嘗試。如志磐在
「建隆元（960）年」條，錄《皇朝景命錄》載：

　　　　初，是後唐明宗（926～933，在位），於禁中焚香禱天曰：「臣
　　本夷狄，不足以王中原，願早生聖人，以安天下。」天成二（927）
　　年二月十六日，上降生於洛陽太內甲馬營，神光滿室，異香不散，
　　體被金色，三日而變，人知其爲應明宗禱云。〔註441〕

〔註440〕元・覺岸寶州編集再治，《釋氏稽古畧》，《大正藏》，第四十九冊，頁860^c～
　　　　861^a。

〔註441〕《佛祖統紀》，第四十九冊，頁394^a。

　　文後志磐以「讚曰」的史筆，把太祖的出生與現在佛爲過去佛的示現聯繫起來，並將其形象描繪成必然要在中國「興教護法」的聖王，以便爲後周世宗失當的滅佛國策，建立起翻轉論述的機杼，而爲佛教與宋王朝的關係，奠定合法化的對話基礎，降低反對者對佛教慧日重光的疑慮，因爲即使是極左的闢佛者，在堅持儒家治世法統與經世道統的前提之下，基於忠君思想的不容異議，即使以帶著顢頇性格的愚忠方式來表現，也不至於反對僧家對當朝帝王的聖化乃至於神格化的做法，是以親親而仁民、仁民而愛物的儒家天子，又何妨是緇徒所一體崇仰的法王？若然，在戰陣中立馬建功的趙匡胤，便在先天上具足了以佛法安天下的治世思維，而稟有爲萬世開太平的慈悲本質的天子，是以如其不致力於奉佛，毋寧是一件可奇怪的事！祇是登極之後的天下共主，在儒家的思想中，又怎能是奇怪的開國明君呢？也就是說，志磐在破題之際，就把闢佛者祇會說堯如何舜又如何如何的嘴給立即堵上了，因此，順理成章的給出大宋開國皇帝，就是乘願再來利物濟民以安天下的命題，從而讚曰：

　　　　神光金體，佛大士之瑞相也。開嘉運於五季久阨之年，踐大位
　　　於四海望治之日，而又知興教護法，慈臨民物，以爲社稷靈長之福，
　　　非佛大士之示生，其孰能與於此哉。〔註442〕

　　有這樣稟賦的皇帝，豈非社稷之福、人民之福？豈能不予以竭誠擁戴？所以《楊文公談苑》的報應說，《邵氏聞見錄》「麻衣道者」的讖言，《曲洧舊聞》的望太平說，經過志磐一即一切、一切即一的相即思維綜合處理之後，便在與毀佛、報應、亂世、平天下、人心望治、眞命天子興世、佛法大興一一對應的義理上，具有了必然的一體性，因而始終在場的主角，必非太祖莫屬，是以術士麻衣道者不應該是在場的人物，神僧麻衣和上也不應該是主動的言說者，理應是被詢問的配角，唯其如此，纔能證顯太祖對後周世宗廢佛之舉，從一開始就深深不以爲然的尋常存心，是「佛大士之示生」的必然結果，於是「建隆元（960）年」條，又載：

　　　　周世宗之廢佛像也（世宗自持鑿破鎮州大悲像胸），疽發於胸而
　　　殂。時，太祖、太宗目見之。
　　　　嘗訪神僧麻衣和上，曰：「今毀佛法，大非社稷之福。」
　　　　麻衣曰：「豈不聞三武之禍乎？」

――――――――――
〔註442〕《佛祖統紀》，第四十九冊，頁394ᵃ。

又問：「天下何時定乎？」

曰：「赤氣已兆，辰、申間（丙辰、庚申，956～960），當有眞
主出興，佛法亦大興矣。」（其後太祖受禪於庚申年正月甲辰，其應
在於此也）〔註443〕

世宗毀佛，不但不是社稷之福，連北魏太武帝、北周武帝、唐武宗的滅
佛之舉，都是導致國家動盪，乃至滅亡的禍端。反過來說，唐武宗對佛教「晉、
宋、齊、梁，物力凋瘵，風俗澆詐」的指控，都是政治層面物必自腐而後蟲
生的結果，並非崇佛所致，因爲在佛教東傳之前的戰國時期，「蠹耗國風」，
民不聊生，是禮崩樂壞，諸王僭越的結果。更重要的是連孔子週遊列國，悽
惶終身也賣不出去的儒術政見，也不足以「文理華夏」。因此，在中國無佛世
的戰國時代，攻伐兼併不休的滅佛版，便是五代十國分崩離析的複製。而這
都是昧於因果，以盲引盲，相牽入火坑必然現象。所以要把五代十國這種被
眾苦顛倒的世界，再顛倒過來，沒有通達內學的名儒，是看不出出世法是完
善世法的根據。反之，沒有老於世學的高僧，同樣無法在理論上顯明世法的
合理性運作，與出世法的超越之思，在原理原則上的一致性。

《長編》卷一「建隆元（960）年二月丙戌」條載：「長春節，……宰相
率百官上壽，賜晏相國寺。」〔註444〕此前，剛剛登基，三十四歲的天子，方
纔從血肉橫飛的戰場，走進金鑾殿，坐上龍椅，南面稱帝沒幾天，便在「正
月己未」接受〈宰臣請立長春節表〉的建議。〔註445〕因此，百官如期在二月
十六日，羣趨相國寺爲新皇帝慶生，志磐在「建隆元（960）年」條，又載宰
相范質製〈祝聖齋疏〉，疏云：

素虹紀瑞，表覺帝之下生（佛下生有白象貫日，滅度有白虹十
二道。今范公用事，恐別有所出）；紺馬效靈，應輪王之出世（金輪
王出時，七寶自至。紺馬寶，即其一也）。非夫威震四天，則不足感
自然之寶（金輪王統王四天下）！非夫位尊三界，則孰能致希有之
祥（佛爲三界大師）！壽命同百億須彌，德澤被三千世界，恒沙可
算，天祿難窮，墨海雖乾，皇基益固。云云。是日以慶誕，恩詔普
度童行八千人（《國朝會要》）。〔註446〕

〔註443〕《佛祖統紀》，第四十九冊，頁394[b]。
〔註444〕《長編》，第一冊，頁9。
〔註445〕《宋大詔令集》，頁3。
〔註446〕《大正藏》，第四十九冊，頁394[b~c]。

　　志磐的引文出自皇宋《國朝會要》，這部書不見於《四庫全書》史部政書類，楊家駱教授在〈新校本宋史并附編三種識語〉、〔註447〕〈宋史述要〉〔註448〕二文中，詳細清理宋代現存的史料時，也沒有提到，顯然早已亡佚，不過這並不妨礙當時代，有這麼一場為皇帝舉行的慶生會，在大宋開國之際，被以國家的禮制隆重開辦，也不妨礙侍中范質晉呈〈祝聖齋疏〉時所說的佛言佛語。〔註449〕至於太祖有沒有心所同然的接受，雖然不見有現存的文記述及，但從《宋史》卷二百四十九〈范質〉傳來看，太祖對制訂大宋禮文使之完備的范質的倚重與敬重，可以說，一個是察納雅言深知范質是學術與人格俱優的大臣的國主，一個是從後周宰相任內看著趙匡胤從人臣而為「覺帝」如佛下生的大臣。〔註450〕因此，君臣之間的這一番純佛教意義的人王與轉輪聖王的等同之比的說辭，便顯現出某種程度的合理性，也就是說，在蔡絛筆下曾經參預後周世宗抑佛行動的趙匡胤，有可能是在訛傳的情況下誤記的結果。若然，志磐接著范質〈祝聖齋疏〉之後，所發出的贊辭，就不該被看做妄發之論，志磐贊曰：

　　　　范公以名儒盛德，為佐命首相，當慶誕祝讚之辭，純用佛典，
　　以寓歸美，其為敬佛重君，有見於此論者，謂明良慶會，海宇統一，
　　皆佛大士，應世之祥也。〔註451〕

　　這是大宋儒、釋思想重新匯流的開始，也是佛教再度與中國政治的上層建築，緊密結構在一齊，而攜手共同創造中國近古文化，有別於其前累代文化風調的開始。不然，往下開展的盛宋氣象，在佛教不斷加深拓廣入世化的趨勢，與士大夫涉佛學術、儒道互訓界限日益模糊化的現象，將成為沒有思想源頭活水的心靈枯河。不然，在儒生長期把持的正史所不載的佛教重要事蹟，豈不都成為無根的浮談？至於僧家的理解，又豈不都成了往自己連臉上貼金的一廂情願的夢囈之語？問題是論者所徵用的文獻，概為當朝所撰並公開流通者，如係佛教史傳，亦是援例由各任皇帝詔准編入《大藏》者，

〔註447〕《宋史》，第一冊，頁1～16。
〔註448〕《宋史》，第一冊，頁1～25。
〔註449〕范質此時的官銜應為「司徒」、「門下侍郎」、「平章事」、「侍中」，志磐誤記為「宰相」。參見《長編》卷一「建隆元（960）年二月乙亥」第二條，第一冊，頁9。
〔註450〕《宋史》，第十一冊，頁8793～8796。
〔註451〕《大正藏》，第四十九冊，頁394ᶜ。

如有猥濫虛造以吹捧帝王而爲帝王所默許之處，又如何能逃過闢佛儒生的眼目，而不予深文逆述如烏臺詩案者？如以前及《長篇》所載，河南進士李靄著《滅邪集》謗佛獲罪致遭流放沙門島而論，志磐在「乾德四（966）年」條評議說：

> 儒家有排佛者，以不曾讀佛經耳！使稍知觀覽，必能服其爲道之妙。李藹〔靄〕造論，指佛爲邪，蓋傅奕、韓退之詆佛爲夷之餘波也，不有明主，孰能鑒其妄作。……〔註452〕

　　韓退之詆佛是通人皆知的事，但在大唐初建的高祖武德年間（618～626），太史令朝散大夫傅奕，曾〈上減省寺塔廢僧尼事十有一條〉書，〔註453〕在當時所引起的以儒挾道剿佛的思想論戰，引起僧家大規模的反樸，終至於以理平息而迎來盛唐佛教的黃金時代，在當時可以說比一百四十年後唐憲宗朝時韓退之的〈諫迎佛骨表〉所引起的爭議，還要來得更具全面性，祇因韓退之在中國文學史上具有顯赫的地位，以至成爲宋以迄於今護佛者不斷反質的靶標罷了。因此，志磐指出的儒學者的通病在於「不曾讀佛經」，但論者認爲東晉以來，儒者在中印學術交流史上，也大都讀過佛典，然而問題之所以始終存在，不外：

　　一、在思想固滯化上預設立場而走上對立之路。

　　二、讀了佛典之後無法通解佛教義理而斷章取義。

　　三、在一知半解的情況下被附會之說所遮蔽。

　　四、以自覺的誤讀方式從學理的途徑走上反擊之路。

　　這些現象的集大成者，便是與理學的集大成者一致的朱熹，當朱熹在論述佛學知見時，可以說眞的不知著到何處，也就是說除了以破碎佛學理論取勝之外，還以隨機對話的言說方式，模仿南禪話語，以其人之道還治其人之身。雖然，這已經是盛宋佛學思潮勃興以後的事，但從朱熹的時間軸往前看盛宋來臨之前，對僧家重建佛教的迫切用心，反而開彰得更加顯豁。因此，爲史籍所失錄的佛教史蹟，就不得不回到僧家敘述脈絡裏去索冀。但恰如志磐所留下的轉寫與詮釋問題，不免仍然要受到對顯上的質疑。是以論者以爲清聖祖康熙朝誠郡王愛新覺羅・胤祉命其門客陳夢雷纂輯，後爲世宗雍正皇

〔註452〕　《大正藏》，第四十九冊，頁 395^b。

〔註453〕　參見唐・道宣編撰，《廣弘明集》卷第十一，〈辯惑篇第二之七〉，《大正藏》，第五十二冊，頁 160^{a~c}。

帝命蔣廷錫等重新編校的《古今圖書集成・釋教部彙考》，可以從史著的視域，讓後人看到宋太祖興佛的事蹟，是如何爲盛宋佛學思潮的到來奠定堅實基礎的，茲擇要條陳如次：

1. 建隆元（960）年，詔以聖誕節，晉度行童，復諸路寺院及佛像。按《宋史・太祖本紀》，不載。

2. 建隆二（961）年，置建隆寺，爲死於兵者，薦冥福。又設千僧齋，詔誕聖節，命僧祝壽。按《宋史・太祖本紀》：「建隆二年春正月戊申，以揚州行宮爲建隆寺。秋八月辛亥，幸崇夏寺，觀修三門。」按《續文獻通考》：「二年，詔誕聖節，京師及天下，命僧升座祝壽爲準。」

3. 建隆三（962）年，詔館西域僧於相國寺，又詔試行童通經者給牒，高昌國遣僧獻佛牙。按《宋史。太祖本紀》，不載。……按《續文獻通考》：三年詔，每歲試行童通《蓮經》七軸者，給祠部牒披剃。

4. 乾德三（965）年，滄州僧道圓，以佛舍利、貝葉梵經來獻。按《宋史・太祖本紀》，不載。……按〈天竺國傳〉：乾德三（965）年，滄州僧道圓，自西域還，得佛舍利一，水晶器，貝葉梵經四十夾來獻。道圓晉天福（936～943）中詣西域，在塗十二年，住五印度凡六年，五印度即天竺也，還經于闐，與其使偕至，太祖召問所歷風俗、山川、道里，一一能記。

5. 乾德四（966）年，賜僧行勤等一百五十七人，錢各三萬，至西域求佛書。……按《宋史・太祖本紀》：「乾德四年春三月癸未，僧行勤等一百五十七人，各賜錢三萬游西域。」……按〈天竺國傳〉：四（966）年，僧行勤等一百五十七人，詣闕上言：「願至西域，求佛書。」許之。以其所歷甘、沙、伊、肅等州，焉耆、龜茲、于闐、割祿等國，又歷布路沙、加濕彌羅等國，並詔諭其國，令人引導之。

6. 乾德五（966）年，禁毀佛像，勅沙門文勝，編修《大藏經》。按《宋史・太祖本紀》。

7. 開寶二（969）年，長春節詔天下沙門，殿試經、律、論義十條，全中者，賜紫衣。按《宋史・太祖本紀》，不載。

8. 開寶三（970）年，幸開寶寺觀新鐘，詔成都造佛經。按《宋史·太祖本紀》：「開寶三年九月己酉，幸開寶寺觀新鐘。」按《續文獻通考》：「開寶三（970）年、詔成都造金、銀佛經各一藏。」

9. 開寶四（971）年，詔館梵僧於相國寺，勅雕《大藏經》板。按《宋史·太祖本紀》，不載。

10. 開寶五（972）年，禁鐵鑄浮屠及佛像；詔僧入大內誦《藏經》；又詔於尼寺，置壇受戒；又詔禁道場夜集士女；賜天竺沙門紫服金幣。按《宋史·太祖本紀》。

11. 開寶六（973）年，幸相國寺，限諸州僧及百人歲許度一人；詔天竺僧赴闕，賜紫方袍。按《宋史·太祖本紀》：「開寶六年三月丙子，幸相國寺觀新修塔。十二月限度僧法，諸州僧帳及百人歲許度一人。」

12. 開寶八（975）年，臨幸佛寺，禮無畏三藏塔，手書《金剛經》讀誦。按《宋史·太祖本紀》：「開寶八年冬十一月，臨視新龍興寺。」

13. 開寶九（976）年，幸諸寺院觀《藏經》。按宋《史太·祖本紀》：「開寶九年八月己亥，幸新龍興寺，乙巳幸等覺院，遂幸東築院，賜工人錢。又幸開寶寺，觀《藏經》。」〔註454〕

做爲開國君主，宋太祖在位祇有短短的十七年（960～976），不但在中國本部尚有吳越（907～978）與北漢（951～979）仍未統一，在北方更有與北宋相始終的契丹（960～1125／916～1125）在邊警上時時製造軍事危機，而在內政上更是百廢待舉。然而，根據對上述文獻簡單的清理，不難看出太祖對佛教的復興，已經在實際做爲上，盡了最大的努力了，如同對儒術的重視，也從知識與學術的進路對佛教給予最大的關注與支持，如「每歲試行童通《蓮經》七軸者，給祠部牒披剃」，「詔天下沙門，殿試經、律、論義」，避免後周世宗所欲革除的「私度僧尼」、「漏網背軍之輩」、「行奸爲盜之徒」，以及文盲混跡空門，破壞體制，毀敗清譽，淆訛經教。更重要的是《妙法蓮華經》，不但是天臺立宗的典據，更是大乘諸宗的通用教典，尤其是第二十五品〈觀世音菩薩普門品〉的觀音信仰，早就家喻戶曉婦孺皆知，而《蓮經》經文的文學性之強，也與《華嚴經》、《金剛經》、《維摩詰經》、《譬喻經》、《楞嚴經》、

《圓覺經》、《壇經》等等，同為涉佛士子所稱歎，並對文士的文藝學書寫發揮了一定的影響，為中國文學開拓了譬喻的手法與廣大的想像空間，是研究宋文學及其理論者所不能忽視的要項。至於「殿試經、律、論義」，更顯明了宋代佛教是一大藏經教並重，而非祇有時下跨文學論域研究者狹隘眼界中的禪學，或者說僅止於南禪，或更狹隘的分燈禪，即公案禪與詩學及其自身的語言問題而已。

又如「滄州僧道圓，以佛舍利、貝葉梵經來獻」，「僧行勤等一百五十七人，詣闕上言：『願至西域，求佛書。』」其所獻、所求得的佛書，為宋太宗於太平興國五年（980）二月在京城太平興國寺西建傳法院，踵繼唐太宗於貞觀二十二（648）年在大慈恩寺西北為玄奘造翻經院譯經的翻譯事業，做好了充分的前置工作，並在文官的參與證文之下，譯出多達七百餘卷的晚期佛典，而為中印宗教文化的交流，再造最後一座高峯。可惜的是宋譯佛典截至目前為止，都還沒有得到教界與學界應有的重視，更遑論以當代哲學、宗教學、文化學、史學等不同的研究方法對之進行應有的研究了。論者以為，如有學者避過由皇帝領銜、中樞級官僚士大夫綴證譯文的宋譯佛典，在宋代始於太宗太平興國五（980）年，止於神宗元豐五（1082）年，長達百年凡二百五十九部七百二十七卷梵典的傳譯，及其對教界所帶來的新視野，而懸擱不論，那麼，侈言宋代文化，在學術上便顯得不夠週延。〔註455〕

又如「勅沙門文勝，編修《大藏經》」，「詔館梵僧於相國寺，勅雕《大藏經》板」，亦即第二節「盛宋文學思潮的佛學根源」所以述及的《開寶藏》，呂澂說：「開寶四（971）年，宋太祖命高品張從信去益州（四川成都）計劃〔畫〕刻藏，經過十二年，到太宗太平興國八（983）年全部刻成，運到汴經（據說有十三萬板），就在新創的譯經院西邊建築了印經院，藏版〔板〕印刷，初印的本子恰好供給了譯經的參考。……一共四百八十帙（〈千字文〉編號為『天』字到『英』字），五千零四十餘卷。它的印本於淳化二（991）年傳到高麗；後來麗僧守其等用它校勘新刻《藏經》（即高麗再雕版）。」〔註456〕而

〔註455〕參見：
　　1.〔日〕中村元著，余萬居譯，《中國佛教發展史》，臺北，天華出版社，民73。
　　2.黃啓江著，《北宋佛教史論稿》，臺北，臺灣商務印書館股份有限公司，1997。
　　3.李國玲編著，《宋僧著述考》，成都，四川大學出版社，2007。
〔註456〕呂澂著，《歷朝藏經署考》，臺北，大千出版社，民92，頁1～2。

在中土久佚的太宗的主要佛學著作，如，《御製蓮華心輪迴文偈頌》二十五卷、
《御製祕藏詮懷感迴文五七言詩》三十卷，都還完整的保留在韓國東國大學
校東國譯經院二○○二年複印版的《高麗大藏經》第三十五冊中，值得注意
的是太宗大規模且主題集中的涉佛文學文本，纔是研究宋代佛教文學的起跑
線，而其以文學形式體現佛教法義的特殊性，可以現存於《佛祖歷代通載》，
第十八的御製〈新譯三藏聖教序〉爲具體代表：

> 大矣哉！我佛之教也，化道羣迷，闡揚宗性；廣博宏辯，英彥
> 莫能究其旨；精微妙説，庸愚豈可度其源？義理幽玄，眞空莫測，
> 包括萬象，譬喻無垠，總法網之紀綱，演無際之正教，拔四生之苦
> 海，譯三藏之祕言，天地變化乎陰陽，日月盈虧乎寒署，大則説諸
> 善惡，細則比於河沙，含識萬端，弗可盡述。〔註457〕

　　宋太祖對佛教的施爲，至少完成了三件重要的事，第一件是敉平了後周
世宗滅佛的鴻溝，第二件是使佛教信仰成爲大宋皇朝的皇家信仰，第三件是
開雕國史上第一部《大藏經》使有宋士大夫紛紛浸潤到其中去。而這一切雖
不足以與祖宗家法比論，但縱觀北宋佛教弘傳史，至少在徽宗於重和二（即
宣和元年，1119）年頒下〈佛號大覺金仙餘爲仙人大士之號等事御筆手詔〉之
前，〔註458〕太祖、太宗、眞宗、仁宗、英宗、神宗、哲宗凡七朝共一百六十
年（960～1119），都具有隱在家法的鮮明性質。當然，這並不是說佛教在北宋
的復興之路，是完全意義上的坦途，因爲闢佛的言論，始終沒有眞正的停息
過，且都集中在老問題上，如經濟、徭役、思想、災異等等。因此，始終有
大臣上疏皇帝，對佛教採行左抑的政策，如景祐三（1036）年右司諫韓琦〈上
仁宗論僧紹宗妖妄惑眾〉疏說：

> 臣又慮佞佛之徒，曲聞上聽，以至宮闈之内、戚里之間，冀有
> 頒賚，益其誇大，苟損財而爲助，固傷化之實深。……固不可因崇
> 奉，有害政猷。〔註459〕

　　其中名臣與極左儒學家，如王禹偁、余靖、歐陽修、司馬光與李覯、孫
復、石介等所持的觀點，已晷如前述，不再申詳。而直到哲宗朝，少時從孫

〔註457〕《大正藏》，第四十九冊，頁 659ᵃ。
〔註458〕《宋大詔令集》，頁 868。
〔註459〕宋・趙汝愚編，北京大學中國中古史研究中心校點整理，《宋朝諸臣奏議》
　　　　（舊署《皇朝諸臣奏議》，或《國朝諸臣奏議》），上冊，上海古籍出版社，
　　　　1999，頁 902。

復學《春秋》，仁宗嘉祐二（1057）年舉進士，並在哲宗即位時受司馬光薦舉除右正言的大臣朱光庭，於元祐元（1086）年一走馬上任，立即分從倫理綱常、堯舜道統、周孔禮制、王道思想、窮理盡性等儒家治世思想與性理之學的根元出發，給新皇帝紮紮實實的上了一課，如朱光庭在〈上哲宗乞戒約士大夫傳異端之學〔第一狀〕〉說：

> 君君、臣臣、父父、子子、夫夫、婦婦，誠意正心，修身、齊家、治國、平天下，自開闢以來，未有易此者也。堯、舜、禹、湯、文、武之所以為君，周公、孔子之所以為臣，以此為己任，以此為世教，明如日月，不欺於萬世。〔註460〕

朱光庭認為這一套先驗式的經國法理，是千秋不殆的永恆真理，是萬世憑以運作無失的靈丹，更是近悅遠來的王道，而其終極則是內聖之所以可能的性命之學。然而，天下之所以失去綱常，國政之所以凋敝，人心之所以墮落，全都是佛法東來惹的禍。因此，不消滅異端邪說的胡法，勢將君不君、臣不臣、父不父、子不子、夫不夫、婦不婦，而導致人心放誕、社會失序、國家動盪、天下大亂、日月無光的惡果。朱光庭在狀文中，舉了一個親眼目睹的例子，希望哲宗遍行敕令，立法禁止，直到徹底消滅胡法邪說而後已，不然儒術的大道將無以發明，亦無從化成天下：

> 臣訪聞今月二十日，相國寺有一沖長老者，開堂說法，士大夫奔走其門牆，環拜於座下者甚眾。當聖朝尊尚儒術之際，而士大夫不知自重，敗壞如此，可不懲之乎？……士大夫以至於庶民之家，今後亦不得令婦女入寺，明立之禁。庶幾可以息邪說，距詖行，正風俗。〔註461〕

沖長老是赫赫明師天衣義懷的法子，雪竇重顯的法孫，但在宋代雲門宗的傳法系譜中，與其師兄弟輩比肩而論，無疑是名不見經傳禪師，在現存的佛教史傳中，記載其事蹟者，不過五處，而且都相當簡畧，最短的衹有九個字，即附見於惟白編輯的《建中靖國續燈錄》卷第十五〈東京法雲寺大通禪師〉中的「慧林覺海禪師白槌竟」一句話。〔註462〕而這樣籍籍無名的人在盛宋時代「開堂說法」，就能招徠大批京官唯恐落後於人的汲汲奔走聽法，恰恰

〔註460〕《宋朝諸臣奏議》，上冊，頁907。

〔註461〕《宋朝諸臣奏議》，上冊，頁908。

〔註462〕《卍續藏》，第七十八冊，頁732ᶜ。

從朱光庭的眼底折射出當時代的佛教已深深浸透到士大夫的生命底層裏去了，因而稟有士大夫階層身分的文人雅士，又豈能例外？即使理學家也不能不在佛學上用心，不然將失去與時代思想對話的基礎，如理學的開山祖師周敦頤〈愛蓮說〉中的名句：

> 予獨愛蓮出淤泥而不染，濯清漣而不妖，中通而外直，不枝不蔓，香遠益清，亭亭靜〔淨〕植，可遠觀而不可褻玩焉！〔註463〕

這種思想顯然是瑜伽部佛典無著（Asamga，阿僧伽）菩薩所造的《攝大乘論》世親（Vasubandhu，婆藪槃豆）菩薩釋義的盛宋佛教文學意象版，如世親在《攝大乘論釋》卷第十五〈釋智差別勝相第十之三〉說：

> 《論》曰：「無量功德聚所莊嚴大蓮花王為依止。」
>
> 《釋》曰：「以大蓮華王，譬大乘所顯法界真如。蓮華雖在泥水之中，不為泥水所污，譬法界真如，雖在世間，不為世間法所污。又，蓮花性自開發，譬法界真如，性自開發，眾生若證，皆得覺悟。又，蓮花為羣蜂所採，譬法界真如，為眾聖所用。又，蓮花有四德：一、香，二、淨，三、柔軟，四、可愛，譬法界真如，總有四德，謂常、樂、我、淨。於眾花中，最大最勝故名為王，譬法界真如，於一切法中最勝。此花為無量色相功德聚所莊嚴，能為一切法作依止，譬法界真如，為無量出世功德聚所莊嚴，此法界真如，能為淨土作依止。復次，如來願力所感寶蓮花，於諸花中，最大最勝故名王，無量色相等功德聚所莊嚴，能為淨土作依止。」〔註464〕

又如被朱熹《伊洛淵源錄》與周敦頤、邵雍、二程並列的理學奠基者之一，據《宋史》卷四百二十七〈列傳第一百八十六・道學一〉，被南宋理宗，於「淳祐元（1241）年封郿伯，從祀孔子廟庭」的張載，〔註465〕在《正蒙・太和篇》提出宇宙的本體為「氣」，說：「太虛無形，氣之本體。」〔註466〕這種從儒典《易經》發展出來的以氣為本體的氣化宇宙論，與佛教緣起性空的宇宙論，在學術義界上是兩種全然不同的理論。然而，張載並沒有失去使用

〔註463〕《周子全書》卷十七〈進呈本周子遺文併詩〉，頁333。

〔註464〕《大正藏》，第三十一冊，頁264^a。

〔註465〕《宋史》，第十六冊，頁12725。

〔註466〕宋・張載撰，清・王夫之注，《張子正蒙注》，臺北，河洛圖書出版社，民64，頁3。

佛學話語與當時代學者言說的能力，儘管張載是牢牢站在名教的基盤上對佛教的生死觀提出了批判，因此，在〈與呂微仲書〉中說：

> 浮圖明鬼，謂有識之死，受生循環，亦出莊說之流，遂厭苦求免，可謂知鬼乎？以人生爲妄見，可謂知人乎？……自其說熾傳中國，儒者未容窺聖賢門牆，已爲引取，淪胥其間，指爲大道。〔註467〕

這後一句話與朱光庭在相國寺所目擊者，何其相似迺爾？至於明道先生程顥在論儒家之「道」時，也採取與佛家對顯的方式，纔能顯示出一代學人的知見是如何具備左右逢源的氣象，如〈明道先生語三〉說：

> 釋氏說道，譬之以管窺天，祇務直上去，惟見一偏，不見四旁，故皆不能處事。聖人之道，則如在平野之中，四方莫不見。〔註468〕

即令明道先生之弟程頤〈伊川先生語四〉也說：

> 又問：「敬莫是靜否？」
> 曰：「纔說靜，便入於釋氏之說也。」〔註469〕

又說：

> 問：「某嘗讀《華嚴經》，第一眞空絕相觀，第二理事無礙觀，第三事事無礙觀，譬如鏡、燈之類，包含萬象，無有窮盡，此理如何？」
> 曰：「祇爲釋氏要周遮，一言以蔽之，不過日萬理規於一也。」
> 〔註470〕

可見張方平對舒王指出的「儒門淡薄，收拾不住，皆歸釋氏」之說，並非空穴來風的訛傳，而是當時極具普遍性的學界實錄。然而，朱光庭祇看到了士大夫、庶民、婦女與佛教的關係，見識還沒有闢佛的老前輩歐陽修那樣廣，所以新官一上任，就忙不及待的想借皇帝的手抑扼佛教，歐陽修在〈本論・上〉說：

> 今八尺之夫，被甲荷戟，勇蓋三軍，然而見佛則拜，聞佛之說，則有畏慕之誠者，何也？彼誠壯佼，其中心茫然無所守而然也。一介之士，眇然柔懦，進趨畏怯，然而聞有道佛者，則義形於色，非

〔註467〕 宋・張載撰，《張載集・文集佚存》，臺北，漢京文化事業有限公司，民72，頁350～356。
〔註468〕 《二程集》，上冊，頁198。
〔註469〕 《二程集》，上冊，頁189。
〔註470〕 《二程集》，上冊，頁195。

　　徒不爲之屈，又欲驅而絕之者，何也？〔註471〕

　　在歐陽修的眼裏，連三軍將士都是靠信仰佛教從心中驅動保家衛國的大義，是知恥近乎勇的思想根源，是儒、釋不知何時已在無聲無臭中泯一了不殺生但也不貪生的差別，否則，雖不至於敵前倒戈，卻不免於臨陣脫逃。也就是說，佛教在太祖著力的復興之下，往後百餘年的弘傳，已不分士庶、匹夫匹婦、敵前敵後，已極爲深刻的進入宋人的生命意識、學術思想與生活形態中，並在邊防上體現爲國家意志，雖不是國教，但從這種現象來析論，卻具有準國教的意謂，因此，朱光庭第一次給哲宗的建言，顯然沒有被立刻採納，於是在第二天，就又唯恐所言不售，並忙不迭的呈上〈第二狀〉說：

　　　　唯是釋氏最爲大惑，人無賢愚，皆被驅率：高明之士則沈溺於

　　　　性宗，中下之才則纏縛於輪迴，愚淺之俗則畏懼於禍福。……臣訪

　　　　聞今月二十日，相國寺慧林院長老開堂，衣冠大集座下，聽法者曲

　　　　拳致恭，環拜致禮，無所不盡。在無知輩不足責，其士大夫背棄吾

　　　　道，不知自重如此，不可以不責也。臣昨日上章，……〔註472〕

　　朱光庭顯然不知道哲宗何以沒有接受建言的原因，以其不知哲宗與沖長老的法緣之故，前及沖長老在佛教史傳中的文記極其有限，而就在這有限的蛛絲馬跡中，卻透露了「不知自重，敗壞如此，可不懲之乎」的對象，除了國之重臣、士大夫、庶民與婦女之外，竟然包括皇帝本身在內。更何況沖長老開堂說法，還是執行哲宗爲自己的新登基、爲國家賀太平的詔命，如熙仲輯錄的《歷朝釋氏資鑑》卷第十〈宋中〉說：

　　　　東京慧林禪寺覺海禪師若沖，江寧府鍾氏子，相國韓公絳，太

　　　　師文公彥博，常加師仰。詔住慧林，開堂日，哲宗遣中使降香。

　　　　師謝恩畢，乃云：「詔令臣僧，爲國開堂，流通至道，開發人

　　　　天。……云云。」

　　　　良久云：「三乘有旨難彰，則一句『無私賀太平』，此日流通般

　　　　若，普集妙善，上祝聖躬，伏願寶圖永固，鳳曆長新，同日月照臨，

　　　　若乾坤覆載，位隆北極，壽等南山，伏惟珍重。」〔註473〕

　　可以說，朱光庭動土動到了太歲爺頭上去了，也就是說慧林院長老即慧

〔註471〕　《歐陽修全集》，上冊，卷一，《居士集・一》，頁126。
〔註472〕　《宋朝諸臣奏議》，上冊，頁908。
〔註473〕　《卍續藏》，第七十六冊，頁230^c～231^a。

－143－

林覺海禪師，即覺海禪師若冲，即若冲覺海禪師，從這是個雖然名不見經傳卻受到皇帝禮遇有加，並委以「爲國開堂」重任的禪師，便足以說明，論者所提出的崇佛是宋代隱在的家法，其深刻性高於每爲時下學者常常以政治論題，以及特定意識形態引用的《長篇》卷二十四「太平興國八（983）年冬十月甲申」第二條所說的「浮屠氏之教有裨政治」那樣，〔註474〕把宋代佛教與政權的關係，從文化底蘊、學術思想、政教功能、生命意識與社會生活的實際中，給片面淺碟化成政治對宗教的凌躪、利用與宰制，而自行取消主體性的甘心服務於封建集權政體，而宗教對政治的攀緣與依附，則是自我保全的貪生之道。試想，佛教做爲一種緣起論、實相論且思想體系圓備、論理方程縝密，並以自覺的方式強調智慧、開悟與解脫的出世法與世法等觀的宗教，如果墮落到對向上一路顧頇佛性，對入世化的精進做爲變成世俗化的腐敗，與其費心扶植它、控制它、利用它，不如從根本上鏟滅它。因爲這樣的佛教是沒有任何價值的佛教，而失去諸種可能價值的佛教，也同時在文化上喪失了存在的基礎，更沒有被做爲文藝學寓意書寫的意義。然而，在事實上論者所看到的並不如此，否則與之相應的一切研究的價值，又怎能因其無價值而顯現出文化價值？

第五節　佛學與文學會通的途徑

《四庫全書》「集部二·別集類一」所收書，「漢至五代」，凡七百五十五年間的著作，共一百一十部，一千五百一十八卷，而「集部三·別集類二」所收書，「北宋建隆至靖康」，凡一百二十七年間的著作，共一百二十二部，三千三百八十一卷，如果把詞也算上去，則還要多，這雖然不足以呈現北宋文學高度發達的實際情況，但從文化學的視域來看，已足證陳寅恪的造極說，是有確實根據的。然而，如以二十世紀到二十一世紀初，對宋代各種文獻的整理與出版成果來看，一旦站在已編纂並完成出版的《全宋詞》、《全宋詩》、《全宋文》，以及《宋僧著述考》的基礎上來審視，那麼，可以說《四庫全書》所收北宋人的文藝學文本，祇能用「九牛一毛」來比況。

關於涉宋佛教文學研究，有一個現象值得特別留神，即《四庫》「別集類一」所收僧家著作有唐人寒山子等著的《寒山子詩集·附豐干、拾得詩》各

〔註474〕《長編》，第一冊，頁554。

一卷、唐僧釋皎然撰的《杼山集》十卷、後唐僧釋齊己撰的《白蓮集》十卷、蜀僧釋貫休撰的《禪月集‧補遺》共二十六卷，亦即唐及五代十國的三百四十三年間，共有僧家六人，在《四庫》中留下詩作四十六卷，而「別集類二」所收僧家著作則有釋契嵩撰的《鐔津集》二十二卷、釋重顯撰的《祖英集》二卷、釋道潛撰的《參寥子集》十二卷、釋惠洪撰的《石門文字禪》三十卷、釋饒節撰的《遺倚松老人集》二卷，共有僧家五人，在《四庫》中留下詩文著作六十八卷。其中最大的不同，在於唐及五代十國祇有一種文體，即詩，北宋則包羅諸體，而且涉入儒釋互為抉擇的思想範疇，如《鐔津集》既有〈孝論〉、〈刑法〉、〈問兵〉、〈非韓〉等大量與世學對顯的論著，又有詩、書、啟、狀、志、敘、碑、記、銘、表、辭、述、題、書、贊、傳、評，以及外學〈中庸解〉，甚至〈萬言書上仁宗皇帝〉等，其與文士區別距離的大幅縮小，與眾多官僚士大夫關係的密切，不但史無前例，更是盛宋佛學普遍入世化的表徵。

又，如果把李國玲編著的《宋僧著述考》中，所鉤稽出來的非佛學類詩文著作，不論存佚也都列入「別集類」來參照的話，那麼，人們勢將看到，詩僧，或者說文士化的文化僧家之眾，從佛教自東漢傳入中國到五代為止，約九百年來，更是前無古人。而其詩文類著作的所以亡佚，論者以為，因其不屬於疏鈔、論集、史傳、事彙、禪典類，也就是說本土僧家的文藝學文本書寫與經、律、論三藏的相關性屬於弱聯繫，乃至於沒有聯繫，本不在入藏的選題範圍之內，又不為宋後繼續著闡佛的文士所重視之故，如《四庫》所收者，除《鐔津集》被輯入《大藏經》之外，《祖英集》、《參寥子集》、《石門文字禪》等等，要非《四庫》容留，恐怕早就不知所蹤了。是以，探討北宋佛學與文學會通的進路，除了從佛教在宋代的復興與弘傳本身來考查之外，還得從文士的別集類著作中去探源，纔有可能描繪出一幅較為清晰的互文性圖式。

以佛學本身而論，盛唐的宗派佛學經武宗法難致分崩離析而衰微，主要表現在道場的拆毀、僧侶還俗、傳承中斷，而更嚴重的則為梵漢譯經藏的梵本與本土著述的大量亡佚。因此，北宋諸帝除亡國之君徽宗之外，雖全都奉行太祖所立下的隱在家法，致力於佛教的護持，而使佛教在做為皇家信仰的前提之下，既成為知識階層與儒術等觀的文化意識與治世思想，甚至做為宗教信仰進入士大夫生命的終極關懷中，且在廣大的社會裏成為民俗風習，並

與生活意識緊密連結成普遍的心理結構。然而，佛門傳承的中斷，在初宋時期雖有《開寶藏》的椠行，但以義學僧材的後繼無人，造成宗派佛學始終無法恢復盛唐黃金時代思想與理論的繁榮格局，致使北宋佛學的復興，首先由純粹中國化且在南方的叢林中避過廢佛，並以農禪方式參修的南宗諸法脈，往汴梁北弘爲主流，這些流派主要爲法眼、雲門、臨濟、曹洞四宗。

法眼宗是禪宗一華五葉分燈後最後成立的宗派，時已入五代後唐（923～936），而大盛於十國時代晚期入吳越國主法的高僧永明延壽時期，永明延壽是宗通教通並精通中國傳統世學的高僧，就教下而言，法相、華嚴、天臺、淨土諸宗，無不嫻熟，且是淨土宗六祖，至於宗門除自宗之外，潙仰、臨濟、曹洞、雲門諸派的禪法，亦靡不精詳，並同時爲法眼宗三祖，其對佛學最大的貢獻，從其所編纂都達百卷的《宗鏡錄》來看，正是意圖從思想上把教下與宗門諸宗統歸心宗，是以永明延壽在〈宗鏡錄序〉說：

> 眞源湛寂，覺海澄清，絕名相之端，無能所之迹。……無縛脫之殊，既無在世之人，亦無滅度之者。二際平等，一道清虛，識智俱空，名體咸寂，迥無所有，唯一眞心。……刓禪宗之骨髓，標教網之紀綱。……然雖標法界之總門，須辯〔辨〕一乘之別旨，種種性相之義，在大覺以圓通，重重即入之門，唯種智而妙達。……不知性相二門，是自心之體用。……相達性原，須知體用相成，性相互顯。今則細明總別，廣辯〔辨〕異同，研一法之根元，搜諸緣之本末。……今詳祖佛大意，經論正宗。……舉一心爲宗，照萬法如鏡。〔註475〕

從永明延壽的序文中，祇要對中國佛教學從南朝學派佛學、教相判釋學，到唐朝宗派佛學，以及南禪分燈的發展源流，具有一定概念者，都不難看出，永明延壽的宗門思想建基在教下的磐石之上，且朝向義學復歸，而這種博綜圓通、該練無礙的佛教學論證方法，論者以爲與大宋由初而盛轉折的思維方法，正是如出一轍，並對儒學擺脫疏鈔學的窠臼，從而建立王安石新學與宋學意義的理學，有一定的啟發作用，同時全面性的展現爲盛宋學術在儒、釋、道互爲抉擇的過程中，爲彼此提供了會通的可能形式，而爲文藝學家在進行文藝審美觀照與思維其藝術形象時所影從，即使有關佛者始終存在，並以學統的認識方式朝理學的諸種學派聚焦，但在官僚士大夫的相互酬和之中，已

〔註475〕《大正藏》，第四十八冊，頁 415[b]～417[a]。

鮮有能自外於佛學已朝自身諸宗歸元的進程，思想自家的思想如何重新創建的可能之道，即使在庶民階層，其禪淨合流的思想與念佛禪的行修方法，一直到二十一世紀的今天，仍是全球漢傳佛教信眾所一體遵行的信仰主流。因此，儘管法眼宗的傳法系譜，在大部分禪史的敘述中止於永明延壽，但永明延壽對宋代佛教學在方法論與思維形態上奠定牢固根基的功績，不應該再被長期的輕忽。然而，入宋以後尚有一個更被輕忽其對宋文化的開展極具重要性的法眼宗傳人，即《傳燈錄》的原始編纂者永安道原禪師，茲將道原被輕忽的現象，依現行相關著作的出版年代序，先臚列如次，再簡論其對宋文化的重要性。

從二十世紀初到二十一世紀初的今日，百年來道原在禪宗史中似乎一直沒有一席之地，如山田孝道的《禪宗辭典‧禪宗譜系‧印度及中國》的「法眼宗」，〔註476〕忽滑谷快天的《禪學思想史》下卷「中國部‧第四編‧禪道熟爛的時代‧前期」，〔註477〕孤峯智璨的《中印禪宗史》第二編「中國‧第二期‧禪宗隆盛時代‧後期‧禪宗持續時期」，〔註478〕郭朋的《宋元佛教》第四章〈宋代禪宗〉，〔註479〕阿部肇一的《中國禪宗史——南宗禪成立以後的政治社會史的考證》第三篇「宋朝的禪宗史」，〔註480〕洪修平的《中國禪學思想史》第九章〈禪宗的演進與禪學的新觀點〉，〔註481〕顧偉康著的《禪宗六變》第五章〈宋元明清禪——禪宗五變〉，〔註482〕王志躍的《分燈禪》第六章〈法眼宗：聞聲悟道，見色明心〉，〔註483〕水月齋主人的《禪宗師承記》第四篇〈宋代禪宗〉，〔註484〕呂澂的《中國佛學源流畧講‧南北宗的禪學流行》，〔註485〕

〔註476〕〔日〕山田孝道編，《禪宗辭典》，東京，國書刊行會，大正4（1915），頁10。

〔註477〕參見〔日〕忽滑谷快天著，《禪學思想史》，下卷，東京，玄黃社，大正14（1925），頁1～348。

〔註478〕參見〔日〕孤峯智璨著，釋印海譯，《中印禪宗史》，臺北，正聞出版社，民70，頁187～233。

〔註479〕參見郭朋著，《宋元佛教》，福州，福建人民出版社，1985，頁27～101。

〔註480〕參見〔日〕阿部肇一著，關世謙譯，《中國禪宗史——南宗禪成立以後的政治社會史的考證》，臺北，東大圖書股份有限公司，民80，頁273～830。

〔註481〕參見洪修平著，《中國禪學思想史》，臺北，文津出版有限公司，民83，頁277～301。

〔註482〕顧偉康著，《禪宗六變》，臺北，東大圖書股份有限公司，民83，頁237～263。

〔註483〕參見王志躍著，《分燈禪》，臺北，圓明出版社，民88，頁227～259。

〔註484〕參見水月齋主人著，《禪宗師承記》，臺北，圓明出版社，民89，頁369～529。

麻天祥的《中國禪宗思想發展史・修訂版》第二編「宋代禪宗思想的綜合與滲透」，〔註486〕杜繼文等的《中國禪宗通史》第六章〈兩宋社會與禪宗巨變〉等等，〔註487〕在這些較爲通行的著作中道原可以說是不存在的。

　　至於高雄義堅的《宋代佛教史研究》第五章〈宋代禪宗的特性〉，祇說：「由沙門道原所編纂的《景德傳燈錄》三十卷，是針對基於教相判釋的教門佛教，宣揚尊重代代相承的宗門佛教權威的著作。」〔註488〕魏道儒的《宋代禪宗史論》，關於道原也祇有從文獻中直接抄出的「眞宗詔令道原所撰的《傳燈錄》入藏流通」十六個字，〔註489〕即使楊曾文的最新力作《宋元禪宗史》第二章〈北宋法眼宗的學僧〉，也祇著力在與《傳燈錄》相關文獻的簡單整理和敘述，〔註490〕而沒有看出這部繼唐僧智〔慧〕炬撰於德宗貞元十七（801）年的第一部具有宗門意義的禪學史《大唐韶州雙峯山曹溪寶林傳》，以及靜、筠二師編著於南唐元宗保大十（952）年的《祖堂集》之後，對宋代各種領域的學人在後二書非殘即東流高麗竟爾在中國佚失的情況下，是如何在官方修訂並自入藏頒行以來，做爲把握中國禪學宗統及其思想的唯一根據。

　　在本章第二節，已詳論眞宗詔令楊億以官方學者爲代表，對《傳燈錄》進行一如正史般的修訂原則，是爲增益禪史的傳信性與可讀性，並例以蘇軾〈僕曩於長安陳漢卿家見吳道子畫佛碎爛可惜其後十餘年其後十餘年復見之于鮮于子駿家則已裝背完好子駿見遺作詩謝之〉詩、秦觀〈醴泉開堂疏〉等，無非都是爲了說明宋人的禪學，乃至於佛學知識的來源，及其在文藝學文本書寫的創作實踐上的佛學根據，係以《傳燈錄》爲本，唯其範圍都祇限定在蘇門學士之中，是以，論者在此必須同時指出的是佛教與文學的關係，或者直接說爲佛教文學本身，在《傳燈錄》中是被做爲獨立範疇來處理的，如卷二十九祇收讚、頌、偈、詩類，卷三十祇收銘、記、箴、歌類，而這八種文

〔註485〕呂澂著，《中國佛學源流畧講》，臺北，大千出版社，民92，頁316～406。
〔註486〕參見麻天祥著，《中國禪宗思想發展史・修訂版》，武昌，武漢大學出版社，2007，頁43～178。
〔註487〕參見杜繼文、魏道儒著，《中國禪宗通史》，江蘇人民出版社，2007，頁397～482。
〔註488〕〔日〕高雄義堅著，陳季菁譯，《宋代佛教史研究》，《世界佛學名著譯叢》，第四十七冊，臺北，華宇出版社，佛2530，頁102。
〔註489〕魏道儒著，《宋代禪宗史論》，《中國佛教學術論典》，第三冊，高雄，佛光山文教基金會，2001，頁32。
〔註490〕楊曾文著，《宋元禪宗史》，北京，中國社會科學出版社，2006，頁23～85。

體，除了偈之外全都是中國傳統大雅文學的特殊表現形式，也是自《昭明文選》以降文選學選家，在編纂古典文學總集時所不能棄而不取的文類，而這是現存第一部完整的禪史《祖堂集》所沒有立項的。〔註491〕因此，當宋代善於屬文的士大夫，在看《傳燈錄》讀到這一部分的文本時，豈能沒有相應的觀解產生？即中國固有的文學體裁是適合做爲承載與表達佛學思想的有效工具，並使其抽象，乃至以不無玄妙，竟至不可思議的理境，以可直觀的藝術形象，親切的展現出來。而這在理學家那裏，從開山周敦頤以降的文與道之辨，在具有文學意謂的文本書寫上所採行的審美方法與藝術形式，是沒有甚麼差別的。易言之，道原集中立下了一個從形式到內容已被會通起來的文藝學書寫的先在典範，而這樣的典範隨著文士階層對佛學的浸潤日久，便會從其筆端以藝術的諸種形態從審美的進路給體現出來。

　　然而，做爲僧傳史家的道原，在編纂《傳燈錄》的前前後後，論者以爲必有自家特有的史識與佛教史學方法論，或者說爲特定的編輯學思維方式，做爲自我依循的軌則，並被以或序、或跋的方式放在書前或書後，用以說明自家的編纂要旨，但在現行的版本中，或者所有存在於《大藏經》中有關道原、《傳燈錄》、楊億的文獻中，完全沒有提到道原自己的看法，是以，論者有理由認爲道原的序、或跋、或任何其他相關的文記，在入藏之前已被移除了。因此，衹能再度以修訂者楊億的《景德傳燈錄‧序》，做爲認識道原編纂《傳燈錄》的旨趣，楊億說：

> 昔釋迦文，……開權、實、頓、漸之門，垂半滿、偏、圓之教，隨機悟理，爰有三乘之差。……逮五葉而始盛，分千燈而益繁。達寶所者蓋多，轉法輪者非一。蓋大雄付囑之旨，正眼流通之道，教外別行不可思議者也。……考其論譔之意，蓋以眞空爲本，將以述裹聖入道之因，標昔人契理之說。機緣交激，若挂於箭鋒。智藏發光，旁資於鞭影。誘道後學，敷暢玄猷。……其有大士示徒，以一音而開演，含靈聳聽，乃千聖之證明。……馳激電之迅機，開示妙明之眞心，祖述苦空之深理。……聊存世系之名，庶紀師承之自然。〔註492〕

〔註491〕參見南唐‧靜、筠二禪僧編，張華點校，《祖堂集》，鄭州，中州古籍出版社，2001。

〔註492〕《大正藏》，第五十一冊，頁196[b]～197[a]。

　　楊序一破題便標明《傳燈錄》是一部以法華思想爲根柢，以教相判釋爲
方法，以般若思想爲旨歸的教外別行之作，清楚說明了中國禪學的思想根源
是大乘佛學的究竟了義。因此，從六祖慧能開始，其認知方式與持行模式，
雖已徹底中國化，並在禪法的操作上，有因機提撕、應緣作畧不同的五葉分
宗，乃至於同一宗派之不同禪師，在接引學人時所使用的方法也不同，進一
步而論，同一禪師在接引不同學人時，所使用的方法也不盡然相同，即使在
不同的機緣之下對同一學人的開示也未必相同。也就是說，教法上的分殊，
並非就是理上的不同所致，而是一如永明延壽所指出的「名、體」、「性、相」、
「體、用」之論，是從「唯一眞心」、「一法之根元」所開出的事相。因此，
事相儘管千差萬殊，但其悟後風光，卻都不離「照萬法如鏡」的「一心」，而
這一心所覺照的萬法，在《維摩詰所說經》卷上〈佛國品第一〉中，寶積有
很貼切的說明：

> 佛以一音演說法，眾生隨類各得解，
> 皆謂世尊同其語，斯則神力不共法。
> 佛以一音演說法，眾生各各隨所解，
> 普得受行獲其利，斯則神力不共法。
> 佛以一音演說法，或有恐畏或歡喜，
> 或生厭離或斷疑，斯則神力不共法。〔註493〕

　　寶積所說的「一音」及「不共法」，正是楊億的「一音」及其「開演」之
所本，而一音便是鏡、是根元、是即一心而實無一心的心體、性體與理體，
是中國禪宗五葉分流的根本，是〈南宗頓教最上大乘摩訶般若波羅蜜經六祖
惠能大師於韶州大梵寺施法壇經〉之所以成立的根本法門：「頓漸皆立無念爲
宗，無相爲體，無住爲本。……於一切法上念念不住，即無縛也，以無住爲
本。……但能離相，性體清淨，是以無相爲體。於一切境上不染，明爲無念……
是以立無念爲宗。」〔註494〕而不是共外道的靜坐與小乘禪法的禪數學，乃是
六祖家法的祖師禪，即《六祖壇經》接著說的：

> 何名坐禪？此法門中，一切無礙，外於一切境界上念不起爲坐，
> 見本性不亂爲禪。何名爲禪定？外離相曰禪，內不亂曰定；外若離
> 相，內性不亂，本自淨自定。只緣境觸，觸即亂，離相不亂即定。

〔註493〕《大正藏》，第十四冊，頁538ª。
〔註494〕《精校燉煌本壇經》，《華雨集》，第一冊，頁427～428。

外離相即禪，內外不亂即定，外禪內定，故名禪定。〔註495〕

因此，綜賅法眼宗永明延壽與道原的禪學思想根據，不難追索藉由《傳燈錄》而進入大宋士大夫視域中的禪悅詩學，遠比訶佛罵祖的宗門流亞，或處處牽合莊禪、禪玄的敘述，在教下義學的具體把握上，要來得更深廣、更根本。不然，禪悅做爲文藝學書寫的心理動因，如果僅止於「名、相、用」的因襲與比附，或「性、體」上的擬議，是無法從生命之學的進路，通過文藝學途徑，體現無念、無相、無住的能所雙泯，卻又文本審美俱在「名、相、用」而不礙與「性、體」圓通一如的超越之思，是如何可能的方便作畧。

其次是雲門宗，黃啓江在〈雲門宗與北宋叢林之發展〉中說：

雲門宗是宋代禪宗的主要支派之一，在北宋中葉盛極一時。〔註496〕

志磐在《佛祖統紀》卷第四十二〈法運通塞志十七之九・昭宗〉天復三（903）年載：

韶州雲門文偃禪師，聚徒千人。漢主劉氏，召入內殿（都廣州），咨問法要，事以師禮。師得法於雪峯，號雲門宗（清源第七世）。〔註497〕

寶州覺岸在《釋氏稽古畧》卷第三說：

戊申年，廣主屢請入內問法，待以師禮，賜號匡眞禪師。〔註498〕

雲門文偃生於唐懿宗咸通五（864）年，唐於哀帝四（907）年亡於後梁，南漢建國於乾亨元（917）年。因此，志磐與覺岸的記載應理解爲：雲門宗由文偃禪師創立於唐末，十國時得到南漢政權的支持，並任國師，而於南漢乾和六（948）年，獲中宗劉晟敕賜「匡眞禪師」德號。〔註499〕至於文偃的主要

〔註495〕《精校燉煌本壇經》，《華雨集》，第一冊，頁430。

〔註496〕黃啓江著，《北宋佛教史論稿》，臺北，臺灣商務印書館股份有限公司，1997，頁224。

〔註497〕《大正藏》，第四十九冊，頁390[a]。

〔註498〕《大正藏》，第四十九冊，頁851[a]。

〔註499〕參見：

1. 黃啓江在〈雲門宗與北宋叢林之發展〉，「二、雲門宗的來源與世系」中把「十國」誤記爲「五代」。參見《北宋佛教史論稿》，頁224。

2. 黃敏枝亦同。參見黃敏枝著，《宋代佛教社會經濟史論集》，第一章，〈宋代佛教概論〉。臺北，臺灣學生書局，民78，頁2。

禪學思想，可概括爲：

一者，源自於法華思想、般若思想的《大般涅槃經》卷第六〈如來性品第四之三〉所標舉的「眾生悉有佛性」論，[註500] 即文偃在《雲門匡眞禪師廣錄》卷中〈垂示代語〉所說的「人人盡有光明在」，[註501] 在宗寶本《壇經》中六祖則說爲：「自心地上，覺性如來。」[註502] 就像「廚庫三門」，[註503] 或「你的眉毛」那樣尋常，並沒有任何玄虛之處，祇要反觀覺照，人人都可以開悟。

二者，源自於般若部《大般若波羅蜜多經》卷三百四十一〈初分願喻品第五十六之一〉的「不應執著即心離心，亦不應執著即心修行離心修行」法門，[註504] 而爲《六祖壇經》「離假即心眞」禪法的敷揚，[註505] 即文偃在《雲門匡眞禪師廣錄》卷上〈對機〉所說的「諸和尚子，莫妄想，天是天，地是地，山是山，水是水，僧是僧，俗是俗」的觸處會道論，[註506] 其行法則爲無妄則離假，離假則不執，不執則無所謂即心，亦無所謂離心，因此，假即眞，也就是說「假」眞的是「假的」，所以說假即爲眞。勘透了這一層，離假並不是否定假，而是藉假識眞，亦即在直覺知的現量境中，如實識知藍天爲天的當際天爲藍天，而不以比量知去推論雲天或夜天爲黑天，元來是當體如是的法爾，所以文偃若無其事的說：「日日是好日。」[註507]

至於每爲禪學研究者所津津樂道的「函蓋乾坤，目機銖兩，不涉春緣」，即文偃在《廣錄》卷中〈垂示代語〉所說的「一鏃破三關」，[註508] 後由二世弟子德山緣密再以「雲門三句」的形式，戲擬爲〈頌雲門三句語〉說：

---

3. 楊曾文則把「五代」與「十國」混爲一談。參見楊曾文著，《宋元禪宗史》，第三章，〈北宋雲門宗的興盛〉，頁86。

4. 《佛光大辭典》把「南漢乾和六（948）年，獲中宗劉晟敕賜「匡眞禪師」德號」誤記爲「後漢隱帝乾祐元年（948），南漢王劉龑敕賜『匡眞禪師』」，「劉龑」應爲「劉龑」係南漢高祖（917～942，在位）。參見《佛光大辭典》，頁5336。

〔註500〕《大正藏》，第十二冊，頁399ᵃ。
〔註501〕《大正藏》，第四十七冊，頁563ᵇ。
〔註502〕《大正藏》，第四十八冊，頁341ᶜ。
〔註503〕《大正藏》，第四十七冊，頁563ᵇ。
〔註504〕《大正藏》，第六冊，頁753ᵇ。
〔註505〕《大正藏》，第四十八冊，頁344ᵃ。
〔註506〕《大正藏》，第四十七冊，頁547ᶜ。
〔註507〕《大正藏》，第四十七冊，頁563ᵇ。
〔註508〕《大正藏》，第四十七冊，頁563ᵃ。

　　函蓋乾坤：

　　乾坤并萬象，地獄及天堂，物物皆眞現，頭頭總不傷。

　　截斷眾流：

　　堆山積岳來，一一盡塵埃，更擬論玄妙，氷消瓦解摧。

　　隨波逐浪：

　　辯口利舌問，高低總不虧，還如應病藥，診候在臨時。〔註509〕

　　緣密的三句，已是前兩者從互文性轉軌到超文性派生關係的戲擬，就禪法的持行而論，本不足一談。惟如就超文性派生關係的仿擬而論，則可以看出在表現功能的轉換上的詩學風格，即在表現上對傳統詩學形式的傾斜。因此，站在中國佛教文學研究從宗教端向文學端轉移的進路上來審視，不難發現何以禪宗從不立文字、到不執文字、到不離文字，而最終在盛宋時期拔出文字禪的浪頭，進而將參禪的官僚士大夫，統統都捲入禪悅詩學的遊戲三昧中去，是有跡可尋的宗教學與文藝學在傳達感悟的宗教性文本與文藝性文本不同書寫範疇的共構現象，具有文化會通與相互適應著共同發展的必然性。而其進一步的深化，便是嚴羽銷釋慧地法師劉勰的神思論而爲妙悟論的文學批評方法的提出。但更值得注意的則是在宗教端，也同時把詩僧捲進名士的詩學創作實踐中，使原來不具中國詩學意義的偈頌，從內容到形式，都愈來愈具有詩意，甚至造成放而不還的偈就是詩的詩偈現象，而詩就是公開用於參禪證悟的話頭，如臨濟宗楊岐派四世法孫克勤禪師在《圓悟佛果禪師語錄》卷第二〈上堂二〉中，以王維〈終南別業〉詩所「舉似」的那樣：

　　　　上堂云：「眨上眉毛早蹉過，塞却眼更形言語。轉周遮合取口，盡大地都爲一塵。佛眼覷不見，一《大藏》都爲一句。海口莫能宣，也未提得一半在，忽然踏破化城時如何？『行到水窮處。坐看雲起時。』」下座。〔註510〕

　　誠如《全宋詩》把僧家的偈幾乎鉅細靡遺的收錄進去的事實，可以說，至遲在二十世紀末葉，已是中國傳統文學研究者的基本共識。〔註511〕

〔註509〕　《大正藏》，第四十七冊，頁 576[b]。

〔註510〕　《大正藏》，第四十七冊，頁 720[c]。

〔註511〕　據論者統計，《全宋詩》輯錄僧家詩偈多達 643 家，唯仍有未全者，依四角號碼檢索序，已知元璉、承古、歸省、法遠、洪諲、蘊聰、常總諸家失收，至於已有詩偈收錄而仍有失收者，尚有方會、了元、重顯、法演、克勤、慧南、

　　雲門宗自入宋之後，直到北宋晚期的一百六十年間，其法脈之盛，叢林覆蓋面之廣，與皇室及官僚士大夫關係之緊密，再無其他教下宗派或宗門流派能出其右者。因此，涉宋文學研究，祇要進入北宋的論域，即使論題不在佛教文學上，也要在當時代文士的視域中，常常看到雲門禪師開堂的身影、叢林的意象、參禪的騷人墨客及擊節吟詩的禪僧。至於僅就文學作品的單純欣賞而論，特別是盛宋時期的名篇，想擺脫參禪文士的禪悅氛圍，在客觀上幾乎是不可能的，中國人民大學宗教學系教授方立天，在《中國佛教與傳統文化》的〈前言〉中，有一段話正足以扼要的說明此一事實：

> 　　自漢、魏、兩晉、南北朝以來，儒家、道家（道教）、佛教三家的思想文化匯合而成了中國傳統文化，也就是形成了中國文化的多種成分的複合結構。有的學者說：「不懂佛學，就不懂漢、魏以來的中國文化。」「撇開佛教文化，連話也說不週全。」這是深切瞭解佛教與中國文化的密切關係的有識之見。〔註512〕

　　方立天是以總體宏觀的視野，來觀待佛教文化在中國文化中的普遍性，而用以表現這種特性的文藝學，又豈能自外於自身的多元主流根源之外，並對之視若無睹？單就蘇門學士佛教文學的領袖蘇軾來看，在其文學作品中出現的僧侶所佔的比例，不但足堪與文士比肩頡頏，即使作品本身，除開奏議、內制、應詔等應用文與策論之作以外的創作，如果把涉佛作品給取消掉了，那麼，不但做為文學家的蘇軾便不再存在了，蘇門學士與君子也不存在了，甚至盛宋文學的之所以為盛就再也不足以名之為盛了。舉例而言，如果沒有雲門五世法孫佛印了元，就沒有〈怪石供〉，沒有臨濟宗黃龍派二世法子東林常總，就沒有眾口騰播的的〈題西林壁〉：

> 　　橫看成嶺側成峯，遠近高低各不同。
>
> 　　不知廬山真面目，只緣身在此山中。〔註513〕

　　如果沒有〈贈東林總長老〉，也不會有直到現在仍題寫在高雄佛光山寺禮佛大道兩側的：

> 　　溪聲便是廣長舌，山色豈非清淨身？

契嵩、曉聰、善昭、懷璉、省念等等，可備為研究《全宋詩》所收僧詩者的補遺。

〔註512〕方立天著，《中國佛教與傳統文化》，臺北，桂冠圖書股份有限公司，1994，頁3。

〔註513〕《蘇軾詩集合注》，中冊，頁1155。

夜來八萬四千偈，他日如何舉似人。〔註514〕

　　凡此，都將在以下各章節中的論述中，給具體的呈現出來。唯不論法眼
與雲門，抑或臨濟與曹洞，又或者黃龍與楊岐，論者以爲，大乘禪法做爲不
共法，從如來禪到完成中國化禪宗的祖師禪，不論在「超佛越祖」的行法現
象上，有著怎樣的不同，在終極思想的根源上則無本質的差異。而做爲吸納
中國傳統儒學思想的祖師禪，與做爲苞蘊莊學思想的分燈禪，相應於大乘佛
法的法義與教下宗派的對應，也無非是理一分殊的現象與本質的辯證統一。
否則自祖師禪而下的分燈禪，乃至於禪淨雙修，都不應以佛教之名行世。而
今其之所以仍名之爲宗教學意義上的佛教與哲學意義上的佛學，要不外與文
化發展相互調適的方便法所展現出來的創動性圖景，亦即佛學之於中國學術
的抉擇、銷釋與會通之後的開展，沒有變成宗教學意義上的新興宗教，也沒
有開創出哲學意義上的新學派，都在在證明了諸法與實相相即的思想，在佛
教本身向來都不會用否證的方法去遮除他者來證立自我的合理性，因此，在
表詮上便成爲一大開放性系統，所以當佛教以表詮方法證立諸法的同時，文
藝學便自然而然的進入與之相適應的位置，從而以審美的方式取得合法性的
發言權，官僚文士型的居士佛教於焉繁興，是以，以蘇軾領銜的盛宋蘇門學
士佛教文學，便自然而然的在臨濟宗的靈山山彙中，添上了東林常總的法嗣
蘇軾、上藍順禪師的法嗣蘇轍、晦堂祖心的法嗣黃山谷、建隆昭慶禪師的法
嗣秦觀等多座別具鮮明特色的文學峯頂，而與王維、白居易、王安石、李卓
吾、公安三袁的禪悅學風，前後相互輝映，允宜張培鋒說：

　　　蘇門的形成，並不以其「同」，而是以其「和」爲靈魂的，這
　　是中國古人「和而不同」理想在學術宗派方面的最佳體現，而這一
　　點，又與其成員對佛教的共同信仰和相近的佛學觀有密切關係。
〔註515〕

　　當然，宋代的佛教，雖迭經安史之亂，唐武宗、後周世宗兩度廢佛，致
使八宗離析，典籍漸散，法脈中斷，氣象淪沒於一時，但佛教做爲五代時期
各國主要信仰的宗教，並沒有因此而消亡。也就是說，佛教傳到了宋代，
並成爲皇家信仰而具備了隱在家法的特質，從而走上了復興之路的並不祇

〔註514〕《蘇軾詩集合注》，中冊，頁1154～1155。
〔註515〕張培鋒著，《宋代士大夫佛學與文學》，北京，宗教文化出版社，2007，頁
　　　　204。

有禪宗一家。因此，佛教在五代時期不絕如縷的法事活動，正是大宋佛教之所以能夠復興的前提，如《新五代史》卷十三，〈梁家人傳第一・昭儀陳氏〉載：

> 太祖嘗疾，昭儀與尼數十人，晝夜爲佛法，未嘗少懈，……開平三（909）年，度爲尼，居宋州佛寺。〔註516〕

《舊五代史》卷三十二《唐書・八・莊宗紀第六》載，同光二（924）年冬十月甲戌：

> 河南尹張全義上言：「萬壽節日，請於嵩山開琉璃戒壇，度僧百人。」從之。〔註517〕

《舊五代史》卷七十六《晉書・二・高祖紀第二十六》載，天福二（937）年正月丙寅：

> 是日，詔曰：「西天中印土摩竭陀舍衛國大菩提寺三藏阿闍梨沙門室利縛羅，宜賜號弘梵大師。」〔註518〕

宋僧贊寧在《宋高僧傳》卷第七〈義解篇第二之四・漢杭州龍興寺宗季傳〉載：

> 釋宗季者，俗姓俞，臨安人也。……時，僧正蘊讓給慧，縱橫兩面之敵也。與閭丘方遠先生、江東羅隱爲莫逆之交也。見而申問，季作二百語誚之，讓正賞歎，遂請開講四十餘年，出弟子七八百人。〔後〕漢乾祐（948）戊申歲，疾終于本房。……撰《永新鈔》釋《般若心經》、《暉理鈔》解《上生經・彌勒成佛經疏鈔》、《補猷鈔》關諸別行義章，可數十卷，並行于世。〔註519〕

宋人王溥在《五代會要》卷五〈節日〉載：

> 周廣順三（953）年七月，敕：「內外文武臣寮，遇永壽節辰，皆於寺觀起置道場，便爲齋供。今後中書、門下與文武百官等，共設一齋；樞密使與內諸司使、副等，共設一齋；侍衛、親軍、馬步、督軍、指揮使已下，共設一齋。」〔註520〕

〔註516〕 宋・歐陽修撰，楊家駱主編，《新校本新五代史并附編二種》，第一冊，臺北，鼎文書局，民79，頁130。
〔註517〕 《舊五代史》，第一冊，頁442。
〔註518〕 《舊五代史》，第二冊，頁996。
〔註519〕 《大正藏》，第五十冊，頁750b。
〔註520〕 宋・王溥撰，《五代會要》，臺北，世界書局股份有限公司，民52，頁59。

　　以上係依後梁、後唐、後晉、後漢、後周建國的時間序，唾手摘錄各國佛教活動的抽樣文獻，做為說明佛教在唐朝滅亡之後的活動方式，有那些特點，即：

一、佛教與各朝皇室的關係密切，顯然亦為皇家的主要信仰。

二、梵僧仍然自西天東來，可見中印佛教交流並未因中國的國體裂解而中斷，而後在宋朝傳法院的譯場上大放異彩。

三、僧侶依然在陞座講經，而為教下義學的傳承在中土保住了如來家業。

而不在抽樣文獻中的現象，可注意者亦有：

一、抑佛的現象仍然因社會經濟與僧尼的墮落現象而存在。

二、佛教信仰仍是常民的主要生活方式之一。

三、士大夫階層對佛學的研討並沒有因時局的動盪而停息。

　　從此，不難看到宋代禪講共生的或分弘、或合會現象，並非沒有根據的無源之水，要不然在論究盛宋佛教文學的佛學思想浪潮時，單單憑據早已中國化的分燈禪，及其為數龐大到幾乎不下於一大藏經教的諸家語錄，仍是極其貧乏的，而且這種蒼白的現象，正是二十世紀中國佛教文學研究被不自覺化約成祇有禪文學的通弊，因為當代的佛教文學研究者，還沒有看到宋人意識中宏大的佛教學知識全景之故，如華嚴思想來自於華嚴宗的立宗典據《大方廣佛華嚴經》，及其相關的論、疏，淨土思想來自於淨土宗的立宗典據《佛說無量壽經》、《佛說觀無量壽經》、《佛說阿彌陀經》，及其相關的論、疏，法華思想、般若思想來自於天臺宗的立宗典據《妙法蓮華經》、《大般涅槃經》、《摩訶般若波羅蜜多經》，及其相關的論、疏，而這些在大宋文士手中與《維摩詰所說經》、《大方廣圓覺修多羅了義經》、《大佛頂如來密因修證了義諸菩薩萬行首楞嚴經》同樣時髦的佛書，恰恰都是當時代的文士在儒學範疇的專業學科之外，既愛讀而又能領會其理趣的課外讀物，因此，這首先得從禪家之外的天臺家說起。

　　天臺宗是中國佛教從學派佛教過渡到宗派佛教的完成的第一個佛教宗派，始立宗於陳隋之際的天臺三祖智顗，智顗的主要思想全都體現在其獨創的教相論與觀行論上，其心法為一心三觀，以教觀統一為教相判釋論，以一念三千為宇宙觀，以性具善惡為佛性論，並在行法上採用了以自力結合他力

的常行三昧，於是具有鮮明的淨土思想，而以思想體系森密的《摩訶止觀》所揭櫫的最高要義圓頓止觀，做爲「圓建立眾生」的解脫根據。〔註 521〕更重要的是智顗在《妙法蓮華經玄義》所建立的佛教詮釋學方法論，對後世學者「遍解眾經」的啓發，〔註 522〕具有深遠的影響，直到二十一世紀的今天，仍有學者在會通西方詮釋學之後，回過頭來以智顗的方法爲根據，意圖重新建立全新的中國佛教詮釋學。智顗在《妙法蓮華經玄義》中所開創的五重玄義釋經學，即：

> 釋名第一，辨體第二，明宗第三，論用第四，判教第五。〔註 523〕

在《妙法蓮華經文句》卷第一上〈序品第一〉中所建構的佛教詮釋學操作方法四意消文，即：

> 今帖文爲四，一、列數，二、所以，三、引證，四、示相。列
> 數者，一、因緣，二、約教，三、本跡，四、觀心。始從「如是」，
> 終于「而退」，皆以四意消文。〔註 524〕

智顗更進一步發展龍樹在《大智度論》所說傳釋的《摩訶般若波羅蜜多經》的「四種悉檀：一者、世界悉檀，二者、各各爲人悉檀，三者、對治悉檀，四者、第一義悉檀」，〔註 525〕以爲《摩訶止觀》卷第一上所深化的「融通經論，解結出籠」，〔註 526〕在「圓教中行」，〔註 527〕以及「消解執著經文者的滯結」，〔註 528〕而爲四悉檀義釋經學，並最終體現爲《妙法蓮華經玄義》的操作功能論：

> 陰、入、界隔別是世界，因緣和合故有人是爲人，正世界破邪
> 世界是對治，聞正世界得悟入是第一義。……通是世界悉檀也；四
> 悉遍化眾生，通是爲人；四悉檀皆破邪，通是對治；隨聞一種皆能
> 悟道，通是第一義也。〔註 529〕

〔註 521〕《大正藏》，第四十六冊，頁 2^b。
〔註 522〕《大正藏》，第三十三冊，頁 682^a。
〔註 523〕《大正藏》，第三十三冊，頁 681^c～682^a。
〔註 524〕《大正藏》，第三十四冊，頁 2^a。
〔註 525〕《大正藏》，第二十五冊，頁 59^b。
〔註 526〕《大正藏》，第四十六冊，頁 4^a。
〔註 527〕蔡仁厚著，《中國哲學史大綱》，臺北，臺灣學生書局，1999，頁 171。
〔註 528〕隋・智者大師說，隋・章安灌頂記，王雷泉釋譯，《摩訶止觀》，臺北，佛光文化事業股份有限公司，1997，頁 60。
〔註 529〕《大正藏》，第三十三冊，頁 687^{b-c}。

值得注意的是儒學發展到唐朝時已然殭斃的疏鈔學，已為宋代學者有意識的揚棄，而這種全新的論理方法對宋代學術之所以為宋學而不為漢學，是否有所影響，可從理學家與文學家的解經進路去求索，說不定會有因操作工具的不同而導出不同學風的新發現。當然，論者所特別關切的是精於儒學亦且旁涉內學的宋代文士，是以怎樣的觀點來看待思想體系嚴整，論理思維邃密卻又在文本的表達上清通可讀的天臺學所依據的主要經典的問題，這些宋代文士愛讀的經典，根據志磐在《佛祖統紀》卷第四十五〈法運通塞志十七之十二・仁宗〉的記載，天聖二（1024）年，仁宗「詔賜天臺教文入藏」，〔註 530〕未審是否包括這些經疏在內，雖有待進一步的研究，但就現存的文獻來看，宋代文士的文藝學文本書寫，與天臺學正相關的部分，主要有三類：

一、智顗親自撰述，含智顗親自講說，後由灌頂整理的部分，如《維摩經玄疏》、《維摩經文疏》、《觀音玄義》。

二、智顗親自講說，後由灌頂大幅修治整理的部分，如《妙法蓮華經玄義》、《妙法蓮華經文句》。

三、灌頂撰述，但署名智顗的部分，如《金光明經玄義》、《金光明經文句》、《觀音義疏》。〔註 531〕

因唐武宗滅佛，天臺典籍嚴重散佚，此後雖偶有祖師傳天臺止觀，但學統已隱然不彰，這可以從《佛祖統紀》卷第二十三〈歷代傳教表第九〉的繫年記載清楚看出來，直到「太祖建隆元（960）年，吳越王錢俶，遣使往高麗、日本，求遺逸教乘論疏。建隆二（961）年，高麗國遣沙門諦觀，持天臺論疏至螺溪」，〔註 532〕天臺宗纔因典籍的回流，分別在四明知禮及慈光悟恩的丈席下，與大宋的開國同步走上復興之路。然而，天臺宗在大宋復興的途徑，並不在理論上走如何繼承、復元、重構、發展與完善智顗與湛然思想的道路，卻在宗派內部對天臺義學本身的抉擇上，分裂為山家與山外兩派的論爭，吳忠偉在〈宋代天臺佛教的復興——山家山外之爭〉中說：

> 山家山外之爭是一場學術運動，這一獨特的精神文化現象理應

〔註 530〕　《大正藏》，第四十九冊，頁 408^c。

〔註 531〕　參見〔日〕大野榮人著，「天臺智顗の著述について」，《天臺止觀成立史の研究》，京都，法藏館，平成 6，頁 24～34。

〔註 532〕　《大正藏》，第四十九冊，頁 249^b。

得到重視。〔註533〕

　　易言之，山家山外的論爭，不祇是封閉在佛學內部的詮釋學之爭，而應在學術上被看做一場具有更大意義的開放性的學術運動。如就其運動形態來看，理學的闢佛與佛學的援儒入釋、或援釋入儒的論爭，可以說，宋朝從立國開始就已在蘊釀的儒學中的漢學與宋學的建構模式，儒學與佛學的會通進路，佛學宗派與宗派不同行法的選擇，佛學同一宗派詮釋上的紛歧，以及與道家與道教的互動所構成的宋人思想的繁複性，最終成為集大成者的輩出，是可以理解的學術與創作共構的底蘊，不然，研究蘇門佛教文學，必會因其領袖蘇軾，與諸學士的儒、釋、道兼通，並全部將之做為導入審美的藝術表現視域的現象，就很難從本質上，把握到盛宋文士特具的文學精神。關於這場前後長達四十餘年的學術運動過程，已逸出本論的範疇，故僅以牟宗三教授在〈天臺宗之分為山家與山外〉之說，做為發軔的簡要概括：

　　　　天臺宗山家山外之分乃起于知禮時智者《金光明經玄義》有廣
　　略兩本並行于世。錢塘慈光悟恩製《發揮記》，專解略本，謂廣本有
　　十心觀法，乃後人擅添爾。彼有二弟子，即錢塘奉先源清與嘉禾靈
　　光洪敏，共構難辭，造二十條，輔成師義，共廢廣本。四明尊者知
　　禮作《扶宗釋難》，專救廣本十種觀心，兼斥不解發軫揀境之非，觀
　　成歷法之失。錢塘梵天慶昭、孤山碼瑙智圓，皆奉先源清之門學也，
　　乃撰《辨訛》，驗《釋難》之非，救《發揮》之得。知禮撰《問疑書》
　　詰之，慶昭有《答疑書》之復。知禮復有《詰難書》之徵，而慶昭
　　構五義以答。知禮撰復作有《問疑書》之責，慶昭稽留逾年而無答。
　　知禮復有《覆問書》之催答。慶昭始有最後之《釋難》，翻成不腆之
　　文矣。〔註534〕

　　知禮最後把兩方論爭的文獻，選編成《四明十義書》，因係選編，無法還原當時論爭的實況，不過有兩件事，引起論者格外的留心，即知禮對山外派諸師闡明觀境真妄的十義，以及山外以華嚴學的思維方法論證天臺學。知禮在《十義書》卷上說山外諸師：

〔註533〕潘桂明、吳忠偉著，《中國天臺宗通史》，南京，江蘇古籍出版社，2001，頁
　　　　389。
〔註534〕牟宗三著，《佛性與般若》，下冊，臺北，臺灣學生書局，民78，頁1123。

一、不解能觀之法。

二、不識所觀之心。

三、不分內外二境。

四、不辨事理二造。

五、不曉觀法之功。

六、不體心法之難。

七、不知觀心之位。

八、不會觀心之意。

九、不善銷文。

十、不閑究理。〔註535〕

　　其實，知禮這十個「不」，總起來說祇有一個「不」，即「不善銷文」，而這「不善銷文」正是佛教自東傳中國以來，直到今天始終都在佛教詮釋學上嚴重存在的問題。因此，格義格不清，最後不了了之，決疑決不明，致法相宗二傳即斷卻了法脈，闢佛闢不到核心，而總是似是而非，比附者比附到最後，也都成了類似佛法，更嚴峻的是成了騙喫佛飯的附佛外道，成了獅子身上蟲，這在宋朝天臺義學的內部之爭上如此，在佛學與儒學的互援互證上如此，在教下與教下的教相判釋上如此，在教下與宗門的對顯上如此，在離開典據愈來愈遠的宗門與宗門的作畧上更是如此。而所言在教下與教下的判釋上如此，特指山外以智顗判釋爲圓頓教的華嚴思想，賅攝天臺「圓頓醍醐之教」的華法與涅槃思想。〔註536〕這種畧過義理鼇辨的方法，就像通途所知的以概括的籠統的方法說爲：「祇要是宗教都是勸人爲善的。」或說爲：「宗教是人民的鴉片。」就可以不用論證其之所以如此證立的根據，是否與結論具有必然關係。因此，天臺宗在大宋的復興，與長達四十餘年波瀾壯闊的學術運動，就宗教係文化構成的要件之一，而以文化學的視域來看，不可能是孤立現象。也就是說，這樣風起雲湧的文化事件，在當時的文化人眼中，是如何觀待的，而天臺圓教義下的典據，在文士的讀誦下，又是如何把藝術做爲諸法用以體達實相的義理，以智顗在《摩訶止觀》卷九下「第四明修止觀者」所說的「無明即法性，煩惱即菩提，欲令眾生即事而眞」〔註537〕的「當體全

〔註535〕《大正藏》，第四十六冊，頁832ᶜ。

〔註536〕〔日〕安藤俊雄著，蘇榮焜譯，《天臺學：根本思想及其開展》，臺北，財團法人慧炬出版社，民93，頁62。

〔註537〕《大正藏》，第四十六冊，頁131ᵃ。

是即」的思想，〔註538〕從元祐黨人困頓的生命途程中，以形象的手法自我錘鍊，而最終昇華成莊嚴的獨好風光，是值得從盛宋文藝學文本的文下之文中去開掘的精神寶藏。

教相判釋學是中國佛教學獨有的佛教知識學理論體系建構的特殊方法論，始於學派佛學形成期的南北朝，至宗派佛學時期的隋唐時代天臺宗、三論宗、華嚴宗皆各有判釋方法，依題爲華嚴宗初祖唐僧杜順撰的《華嚴五教止觀》，〔註539〕判自宗爲「第五華嚴三昧門」而爲一乘圓教，〔註540〕並引東晉·西來僧佛馱跋陀羅譯的《大方廣佛華嚴經》卷第三十六〈寶王如來性起品第三十二之四〉普賢菩薩所說偈，證顯華嚴圓教殊勝於他教：

> 爲饒益眾生，令悉開解故；
>
> 以非喻爲喻，顯現眞實義。
>
> 如是微密法，無量劫難聞；
>
> 精進智慧者，乃聞如來藏。〔註541〕

當華嚴宗發展到三祖法藏賢首時，又立十宗，判釋如來一代教法，著《華嚴一乘教義分齊章》說：

> 十、圓明具德宗：
>
> 如別教一乘，主伴具足，無盡自在所顯法門是也。〔註542〕

法藏賢首以華嚴教旨，顯明自宗爲一乘圓教的經典根據，而華嚴宗在唐朝五傳至圭峯宗密，圭峯宗密圓寂於唐武宗會昌元（841）年，四年之後的會昌五（845）年，武宗詔令滅佛，諸宗經論，一時銷毀殆盡，華嚴宗亦隨即中衰，是以一般中國佛教史在論述華嚴思想，及敘述華嚴宗史至唐季時，都止於圭峯宗密，此後直到大宋建國的百餘年間，華嚴宗的傳承處於法脈不明的狀態，但這並不妨礙華嚴宗立宗典據仍然存世的事實，即佛馱跋陀羅譯六十卷本的《大方廣佛華嚴經》、唐·西來僧實又難陀譯八十卷本的《大方廣佛華嚴經》、唐·西來僧般若譯四十卷本的《大方廣佛華嚴經》，依序又分別稱爲：

〔註538〕釋慧嶽著，《天臺教學史》，臺北，中華佛教文獻，1995，頁280。

〔註539〕日本學者高峯了州呼應結城令聞的研究，「斷定該書，決非是法順大師的作品」。參見〔日〕高峯了州著，釋慧嶽譯，《華嚴思想史》，臺北縣，中華佛教文獻編撰社，民68，頁107～108。

〔註540〕《大正藏》，第四十五冊，頁509^a。

〔註541〕《大正藏》，第九冊，頁631^a。

〔註542〕《大正藏》，第四十五冊，頁482^a。

一、《六十華嚴》、《晉譯華嚴》、《舊譯華嚴》。

二、《八十華嚴》、《新譯華嚴》。

三、《四十華嚴》、《後譯華嚴》、《貞元經》。

其中以《六十華嚴》最早出，故影響深遠，以《八十華嚴》譯文練達與文義曉暢，故流傳最廣，至於《四十華嚴》則不甚弘通。因此，論者有理由相信，宋代文士與華嚴學者所讀到的《大方廣佛華嚴經》，不是《六十華嚴》就是《八十華嚴》。關於華嚴思想，自《六十華嚴》與北魏·西來僧菩提流支、勒那摩提等譯出《華嚴經·十地品》的注釋書世親撰的《十地經論》以降，即在中國進行各種論域的研究，湯用彤在《漢魏兩晉南北朝佛教史》的壓卷之處說：

　　北魏末葉，《地論》、《華嚴》之學甚盛，實開唐代華嚴宗派。……

六十卷本既翻譯，始有《華嚴經》之研究。〔註543〕

然而，從菩提流支、勒那摩提兩人開始，便在理解上發生了歧見，而分裂為南道地論與北道地論兩派，呂澂在〈南北各家師說·下〉指出了兩者的區別：

　　南道講染淨緣起是以法性（真如、淨識）為依持，故與本有說

（現果）有關係；北道講染淨緣起則以阿梨耶識為依持，同攝論師

相近，認為無漏種子新熏，與佛性始有說（當果）有關係。〔註544〕

至於杜順的五教止觀、智儼的一乘十玄門思想、李通玄的判教、法藏的法界緣起說、澄觀的四法界體系論以及新十玄、宗密的華嚴教禪一致論等等，都試圖從經典文本上清理出華嚴思想而為一簡明的系統圖式，因此，每一華嚴學大師雖迭有新見提出，但都不離如下幾個方面：

一、法界緣起觀：即澄觀別行疏，圭峯宗密隨疏鈔，《大方廣佛華嚴經普
　　賢行願品別行疏鈔》卷第二所說的：「統唯一真法界，謂寂寥虛曠，
　　沖深包博，總該萬有，即是一心。」〔註545〕與清涼澄觀在《大方廣
　　佛華嚴經疏》卷第二〈世主妙嚴品第一〉中所說的：「圓教中所說，
　　唯是無盡法界，性海圓融，緣起無礙，相即相入，如因陀羅網，重
　　重無際，微細相容，主伴無盡。」〔註546〕

〔註543〕湯用彤著，《湯用彤全集》，第一卷，頁648～650。

〔註544〕《中國佛學源流畧講》，頁219～220。

〔註545〕《卍續藏》，第五冊，頁245[b]。

〔註546〕《大正藏》，第三十五冊，頁513[a]。

二、四法界觀：即清涼澄觀在《大方廣佛華嚴經疏》卷三十〈十迴向品
　　第二十五〉所說的：「一等、理法界故。《經》云：『如法界一性，……
　　如法界自性清淨，善根迴向，亦復如是。』其文非一。二等、事法
　　界。《經》云：『欲見等法界，無量諸佛；調伏等法界，無量眾生。』
　　或願起等法界無量行，或願成等法界無量德，或願得等法界無量果，
　　皆即理之事也。三等、理事無礙法界。《經》云：『願一切眾生，作
　　修行無相道法師，以諸妙相而自莊嚴。』則相無相無礙，皆其類也。
　　四等、事事無礙法界。故《經》云，一佛刹中，現一切佛刹等。然
　　其四事，全等四種法界，融而無二故，此能等即是所等，非有二物，
　　而可依之故。」〔註547〕

三、一乘十玄門：即法藏在《華嚴經探玄記》卷第一所說的：「顯義理分
　　齊者……畧舉十門撮其綱要：一、同時具足相應門，二、廣狹自在
　　無礙門，三、一多相容不同門，四、諸法相即自在門，五、隱密顯
　　了俱成門，六、微細相容安立門，七、因陀羅網法界門，八、託事
　　顯法生解門，九、十世隔法異成門，十、主伴圓明具德門。然此
　　十門，同一緣起，無礙圓融，隨有一門，即具一切，應可思之。」
　　　　　　〔註548〕

四、六相圓融：六相圓融說始創於華嚴宗第二祖唐僧智儼，後為法藏、
　　澄觀所發展，即澄觀在《大方廣佛華嚴經隨疏演義鈔》卷五十三〈十
　　地品第二十六〉所說的：「一、總相者，一含多德故。二、別相者，
　　多德非一故。三、同相者，多義不相違故。四、異相者，多義不相
　　似故。五、成相者，由此諸義緣起成故。六、壞相者，諸緣各住自
　　性不移動故。」〔註549〕

　　不論是《六十華嚴》或《八十華嚴》，如將其漢譯譯文不視為宗教文本而
視文為文學文本讀來，其周折富麗的筆法與描述藝術，不僅充滿了文藝色彩，
其場景的宏闊與深遠和變化多端，更洋溢著大製作的戲劇性，至於人物的活
動情節與對話模式，尤其可以看到大河小說的敘述結構，而其偈頌又瀰漫著
想像詩學的特質，誠如前舉普賢菩薩所說偈：「以非喻為喻，顯現真實義。」

〔註547〕《大正藏》，第三十五冊，頁730^a。
〔註548〕《大正藏》，第三十五冊，頁123^{a-b}。
〔註549〕《大正藏》，第三十六冊，頁414^b。

這一「喻」字，在後代華法嚴學者建構其思想圖式時，更是被發揮到了極致，以法藏在《華嚴一乘教義分齊章》卷第四解「六相圓融」為例，足使任何讀者驚歎其想像力之繁複，其說理之通透，而又能不死於理下的展現著譬喻文學的精湛理趣，故論者不嫌文長，特將之全部轉寫而來，以做為鐵證，法藏說：

> 然緣起法，一切處通，今且畧「就緣成舍」辨。
>
> 問：「何者是總相？」
>
> 答：「舍是。」
>
> 問：「此但椽等諸緣，何者是舍耶？」
>
> 答：「椽即是舍。何以故？為椽全自獨能作舍故，若離於椽，舍即不成，若得椽時，即得舍矣。」
>
> 問：「若椽全自獨作舍者，未有瓦等，亦應作舍？」
>
> 答：「未有瓦等時不是椽故不作，非謂是椽而不能作。今言能作者，但論椽能作，不說非椽作。何以故？椽是因緣，由未成舍時無因緣故，非是緣也。若是椽者其畢全成，若不全成不名為椽。」
>
> 問：「若椽等諸緣，各出少力，共作不全作者，有何過失？」
>
> 答：「有斷、常過。若不全成但少力者，諸緣各少力，此但多箇少力，不成一全舍故，是斷也。諸緣並少力，皆無全成，執有全舍者，無因有故，是其常也。若不全成者，去卻一椽時，舍應猶在，舍既不全成，故知非少力並全成也。」
>
> 問：「無一椽時，豈非舍耶？」
>
> 答：「但是破舍，無好舍也。故知好舍全屬一椽，既屬一椽故，知椽即是舍也。」
>
> 問：「舍既即是椽者，餘板、瓦等應即是椽耶？」
>
> 答：「總並是椽。何以故？去卻椽即無舍故。所以然者，若無椽即舍壞，舍壞故不名板、瓦等，是故板、瓦等即是椽也。若不即椽者，舍即不成，椽、瓦等並皆不成，今既並成，故知相即耳！一椽既爾，餘椽例然，是故一切緣起法，不成則已，成則相即鎔融，無礙自在，圓極難思，出過情量，法性緣起，一切處準知。」
>
> 第二別相者，椽等諸緣別於總故，若不別者總義不成，由無別時即無總故。此義云何？本以別成總，由無別故總不成也。是故，

別者即以總成別也。

問：「若總即別者，應不成總耶？」

答：「由總即別故，是故得成總，如椽即是舍故名總相，即是椽故名別相，若不即舍不是椽，若不即椽不是舍，總、別相即，此可思之。」

問：「若相即者，云何說別？」

答：「祇由相即，是故成別，若不相即者，總在別外，故非總也，別在總外，故非別也。思之可解。」

問：「若不別者，有何過耶？」

答：「有斷、常過。若無別者，即無別椽、瓦，無別椽、瓦故，即不成總舍故，此斷也。若無別椽、瓦等，而有總舍者，無因有舍，是常過也。」

第三同相者，椽等諸緣，和同作舍，不相違故，皆名舍緣，非作餘物故，名同相也。

問：「此與總相，何別耶？」

答：「總相唯望一舍說，今此同相，約椽等諸緣，雖體各別，成力義齊故，名同相也。」

問：「若不同者，有何過耶？」

答：「若不同者，有斷、常過也。何者？若不同者，椽等諸義，互相違背，不同作舍，舍不得有故，是斷也。若相違不作舍，而執有舍者，無因有舍故，是常也。」

第四異相者，椽等諸緣，隨自形類，相望差別故。

問：「若異者，應不同耶？」

答：「祇由異故，所以同耳！若不異者，椽既丈二，瓦亦應爾，壞本緣法故，失前齊同成舍義也。今既舍成，同名緣者，當知異也。」

問：「此與別相，有何異耶？」

答：「前別相者，但椽等諸緣，別於一舍，故說別相。今異相者，椽等諸緣，迭互相望，各各異相也。」

問：「若不異者，有何過失耶？」

答：「有斷、常過，何者？若不異者，瓦即同椽丈二，壞本緣法，

不共成舍故，是斷。若壞緣不成舍，而執有舍者，無因有舍故，是常也。」

第五成相者，由此諸緣，舍義成故，由成舍故，椽等名緣，若不爾者，二俱不成，今現得成故，知成相互成之耳。

問：「現見椽等諸緣，各住自法，本不作舍，何因得有舍義成耶？」

答：「祇由椽等，諸緣不作故，舍義得成。所以然者，若椽作舍去，即失本椽法故，舍義不得成。今由不作故，椽等諸緣現前故，由此現前故，舍義得成矣！又，若不作舍，椽等不名多緣，今既得緣名，明知定作舍。」

問：「若不成者，何過失耶？」

答：「有斷、常過。何者？舍本依椽等諸緣成，今既並不作，不得有舍故，是斷也。本以緣成舍名為椽，今既不作舍故無椽，是斷。若不成者，舍無因有故，是常也。又，椽不作舍，得椽名者，亦是常也。」

第六壞相者，椽等諸緣，各住自法，本不作故。

問：「現見椽等，諸緣作舍成就，何故乃說本不作耶？」

答：「祇由不作故，舍法得成，若作舍去，不住自法，有舍義即不成。何以故？作去失法，舍不成故，今既舍成，明知不作也。」

問：「若作去，有何失？」

答：「有斷、常二失，若言椽作舍去，即失椽法，失椽法故，舍即無椽，不得有，是斷也。若失椽法，而有舍者，無椽有舍，是常也。又，總即一舍，別即諸緣，同即互不相違，異即諸緣各別，成即諸緣辦果，壞即各住自法。」〔註550〕

從法藏用具象的譬喻詮釋抽象法義的方式，論者不免要發出這樣的疑問：難道說這就是大宋文士好說理並以善於議論為文之所本？是嚴羽在《滄浪詩話·詩辨》中，得出如下結論的命題？嚴羽說：

近代諸公乃作奇特解會，遂以文字為詩，以才學為詩，以議論為詩。〔註551〕

〔註550〕《大正藏》，第四十五冊，頁507^c～508^c。
〔註551〕《宋詩話全編》，第九冊，頁8720。

－167－

　　祇是這種與遭到鍾嶸在《詩品》中強烈批判永嘉玄言詩「理過其辭，淡乎寡味。……皆平典似〈道德論〉」的論理的方式，〔註552〕乍然看來既不同於傳統儒家，也迥異於道家，細細讀來亦不同於佛家，唯一合理的解釋是印度式的思維方式，在向中國式的思維方式過渡的進程中所出現的變式，而它之所以被中國人所逐漸認同與接受，就像有些重要的經典何以需要一譯再譯，乃至於像《楞伽阿跋多羅寶經》那樣，前後凡三譯，像《金剛般若波羅蜜經》那樣，前後凡六譯，像《摩訶般若波羅蜜多心經》那樣，前後凡七譯，纔符合中國人的閱讀反應模式，而廣爲知識階層與平信徒所普遍受、持、讀、誦，同時在長期讀、誦的薰習中，將儘管譯文已盡量漢化，但這些漢化的文字符號，卻仍然以潛在的方式，牢牢結構在印度式思維的根本架構上，而在濡染中習焉不察的轉移到中國人的思維系絡中，從而內化成深深隱伏的認知脈絡，並在各體文藝學文本創作書寫實踐時，自然而然的流露出來。然而，值得注意的是這三部字數極簡短的經典的辯證理式，比法藏的「六相圓融」喻，要來得複雜與週延多了。因此，當與大宋幾乎同時誕生的華嚴學僧長水子璿，〔註553〕依法藏華嚴判教的理論，將疑爲唐人房融等託名所作的《楞嚴經》，納入華嚴學體系，判屬華嚴宗五時教判的終教，並賅括頓、圓二教，便成爲值得特別注意的現象，誠如長水子璿在《首楞嚴義疏注經》卷第一之一中所說：

　　　　若於五中，顯此經分齊，正唯終教，兼於頓圓。若將此經與五
　　教互相攝者，五唯後三攝此，此總攝彼諸教。〔註554〕

　　這就使可能是出諸於中土人士手筆的《楞嚴經》，在論理方式與中國人的思維習慣脗合的情況下，在弘通上與其他疑似經論，如《圓覺經》、《大乘起信論》那樣，〔註555〕顯得格外突出，且深得文士的喜愛。如再就長水子璿以華嚴學判教的思維結構發揮《楞嚴》要義，與華嚴學做爲與大宋的建國而同步復興的這一現象來思考，長水子璿的解經方式，是否有華嚴教學在宋時也跟著朝中國式思維傾斜，而最終使宋人看待經教的視線，從繁瑣的宗教哲學

〔註552〕《歷代詩話》，第一冊，頁2。
〔註553〕高峯了州說：「宋代華嚴學者，聞名的當推子璿大師，號東平，俗姓鄭，宋太祖乾德三（965）年三月三日誕生於嘉禾（浙江錢塘縣）。」《華嚴思想史》，頁227。
〔註554〕《大正藏》，第三十九冊，頁824c。
〔註555〕參見王文顏著，《佛典疑偽經研究與考錄》，臺北，文津出版有限公司，1997。

中轉移出來的可能？如果論者的推論具有可能的真實性，那麼，出現在宋代文人雅士書案上，體現在文藝學文本書寫中的佛學思想，就不可能袛片面的固著在宗門的公案、語錄與史傳等文獻上，去做捕風捉影的活計，而應有更深廣的教下義學背景，而此一背景顯係如同分燈禪那樣，是在認知方式上經過改造的結果，因為長水子璿不但在禪學思想上崇奉圭峯宗密「教禪融會」的觀點，〔註556〕並根據圭峯宗密的《圓覺經晷疏》，以華嚴思想頻頻陞座，宣講這一部甚為中國文士所愛讀的經典，誠如清人錢謙益在《楞嚴經疏解蒙鈔》卷第十之一〈重修長水疏主楞嚴大師塔亭記〉說：

> 而於《楞嚴》，尤明隱賾，厥後登法席，開繡〔誘〕緇褐，無慮三十餘會。……又，講《法界觀》、《圓覺十六觀》等，亦無慮數十會。大中祥符六（1013）年，翰林學士錢公易，奏賜號楞嚴大師。
> 〔註557〕

　　可注意的是端坐在法席之下，以虔敬的態度聆聽法要的人，豈不正是闢佛諸臣不斷向皇帝上疏，意欲治其以異端之罪的官僚士大夫文士？當然，在大宋傳華嚴學的學者，在長水子璿之後，尚有晉水淨源等，唯此，已毋須具論。至於淨土信仰，發展到宋朝，亦與禪宗、天臺、華嚴、律宗合流，而成為最普遍的方便法門，加諸其已混入他力信仰論，故亦不再詳及，唯於分論蘇軾佛教文學而顯有明確淨土經教思想處，再與文學文本互文性所及者併論。

第六節　蘇軾佛教文學並非理論預設下的產物

　　如果袁宏《後漢記》佛教東漸於孝明帝永平十三（70）年的記載，係第一手足徵文獻的話，那麼，關於中印文化的交流，直到大宋建國已長達八百九十年，在這樣漫長的歷史進程中，漢梵文明的互涉史，涵蓋了國史上古史的晚期與整個中古時期，這一現象對漢文明的發展，究竟蘊涵著怎樣的意義與價值呢？

　　單就佛教學本身在中國的弘傳而論，從根本佛教學到大乘佛教學、從格義佛教學到教相判釋學、從學派佛教學到宗派佛教學、從禪學中國化的完

〔註556〕　《華嚴思想史》，頁228。
〔註557〕　《卍續藏》，第十三冊，頁841°。

成到超佛越祖的開展進路來看，其內在的變衍規律，在現象上明顯開出一條不斷遠離印度並朝向漢文明深入的軌跡，而這一條漢化的思想運動軌跡，正是中國人在逐步接受與改造佛教學思想的路途上所刻劃出來的遺存，而這種形態的思想遺存，在二十世紀下半葉，被佛教學界與南傳佛教學、藏傳佛教學對舉而為漢傳佛教學，它說明了佛教學穿越近古與近代中國，而在一九一二年之前在中國本土化的最終完成。反過來看問題，便意謂著漢傳佛教學對根本佛教學的悖離，因此，望前比論與南傳佛教學在思想與行法模式上有著根本的不同，望後比論與藏傳佛教學在儀軌與行法模式上亦有著根本的不同。

　　然而，適應中國人根性的佛教學，一旦回到本質上去看問題，還能說中國佛教學是根本佛教學意義所限定的佛教學嗎？如果在本質上已不是根本佛教學義項下的佛教，那麼，名之為中國佛教學或漢傳佛教學，在命名上顯然有重新商榷的必要，如果中國佛教學或漢傳佛教學，一旦揭去了在長遠的歷史變衍進程中，朝向中國化或說為朝向漢化傾斜，以致在外顯現象上幾乎與根本佛教學完全不同，是否就能顯露出兩者在本質上的同一，是中國佛教學仍為佛教的保證，從而可以明確的指出，中國佛教學就是佛教學，就是完全意義上的佛教學思想與信仰，而在兩者之間，因與分弘地域文化相適應的方便作為，是以祇有表象上的差異，並無本質上的質變問題，因而在學術上並無思想上的差異，祇有清理現象方法的不同。至於在信仰上，則不論教下與宗門，照樣都可以依據行者所持修行門的不同，而以不同的觀法體達佛說，並達致最後的解脫。如果說，在中國佛教學內部變衍的規律，儘管與外在所反應的現象具有對應關係，但內在的體不變，變的祇是相與用，那麼，還有誰能斷言漢傳佛教學不是佛教呢？恐怕沒有的吧！不然，佛教就不會是宗教學上的佛教，剩下來的將祇是佛教的軀殼──學院佛教，具體的說，祇剩下學者操弄學術技藝的所謂佛教學，而再也沒有真正的佛教了，如有些當代日本學者所做的那樣。〔註558〕

〔註558〕參見：

1. 〔美〕杰米‧霍巴德、保羅‧史萬森（Jamie Hubbard and Paul Swanson）主編，龔雋等譯，《修剪菩提樹：「批判佛教」的風暴》（*This Edition of Pruning the Bodhi Tree: The Strom Over Critical Buddhism*），上海古籍出版社，2005。

2. 〔日〕松本史朗著，肖平等譯，《緣起與空──如來藏思想批判》，北京，

問題是大宋佛教學的思想狀態，是以怎樣的思維模式運作的呢？在宋朝之前，佛教學與玄學、儒學、老莊道學、醫學、文學、文藝美學、生死學、民俗學等等學門，都已有各種形式的互涉。可以說，印度佛教學在現象上朝向漢文化傾斜的任何一個階段，都有學者在做存異求同的思想工作，而由上述諸多層面所折射出來的思想光譜，是否可以在世學上反證印度佛教學的第一義諦，在法義上與任何世俗諦都是同在的一體兩面？如西晉·西來僧竺法護譯《度世品經》卷第一說：

> 菩薩有十事，逮得總持。何謂爲十？博有所聞輒則奉持，懷抱經典悉不忘失，執法錠燎有所宣化，皆從方便解諸經典，曉法自然逮法光明，致諸佛道不可思議，執諸定意現在聞佛，面前啓受尋奉行法，入道場音能隨方俗，演出言辭不可思議。〔註559〕

又如訶梨跋摩在《成實論》卷第一〈法寶論初三善品第六〉說：

> 語善者，隨方俗語，能示正義，故名語善。所以者何？言說之果，所謂義也。是故，諸所言說，能辨義理，是名語善。〔註560〕

因此，在思想上由衝突而通過「皆從方便解諸經典」，與「入道場音能隨方俗」，而以「隨方俗語，能示正義」的「語善」，會通出「演出言辭不可思議」的結果，必能將不可思議的第一義諦，如實的轉化爲由會通而接受的圓融根據。如果答案是肯定的，那麼，一旦把光譜的任何一個層次做爲論題抽離出來單獨研究，且能不悖離訶梨跋摩「能辨義理」的「語善」論，也就不會顯得突兀了。

祇是在研究盛宋時期蘇軾佛教文學的論域上，論者還要指出，蘇軾佛教文學之所以是一個獨立的學術論題，並不是蘇軾在事先做好了理論準備的產物，然後擴而充之，也不是在蘇門文學集團隱然形成的過程中，被諸學士逐漸凝聚出來的共識，因爲蘇門學士並非先有結社意識之後纔結集到一起的文學團體，而是既沒有任何宣言，也沒有組織章程的自然人，在同一文化氛圍下自然而然發出求其友聲的走到一齊的文士，所以不會有佛學文藝學書寫的具體指導綱領，使後人據以做爲研究的憑據。而其困難還不僅止於此，即自盛宋結束於徽宗靖康元（1126）年的八百八十餘年以來，也沒有人爲蘇軾佛教

中國人民大學出版社，2006。

〔註559〕　《大正藏》，第十冊，頁620ᵇ。
〔註560〕　《大正藏》，第三十二冊，頁243ᵇ。

文學的之所以成立與存在的方式，在思想上做過理論總結，並指出其自身具足的任何可能的價值。

易言之，本論撰寫的目的，即嘗試著從各類文本的互文性進路，詮釋佛教學思想在蘇軾文藝學的審美體現上的共構現象，而其共構的要件，不外中國佛教學在大宋時代已是中國文化的根元之一，是大多數宋人的民俗生活方式，是建構大多數宋人人生觀的主要內涵之一，是大多數宋人的心理定勢，是大多數大宋文士文學書寫的涉入對象，更是大多數宋人生命意識的自然流露，所以在蘇軾各體文本的書寫中，雖尟少以理論的方式析論佛教學，但在有限的線索中，卻可以通過其所最擅場的語言藝術在創作實踐上的具體表現，清楚的讀出蘇軾把心靈深深浸潤在大宋隱在家法之中，進而以「妙在言其用，不言其名」的文藝手法，書寫著佛教意象，如與當時人有所不同，不外深淺之候有別而已。

第三章　蘇軾的文學與佛學思想

第一節　甚麼是文學

　　甚麼是文學？古今中外所有研究文學的學者，都回答過這個沒有標準答案的問題，即使遲到十九世紀末二十世紀初以來，迄今長達百年的西方學術界，為了因應實證科學的可檢證性，開始在文學批評的論域中，試圖以科學的方法把文學做為一門獨立科學來研究，並嘗試著給出操作性定義。然而，二十世紀的文學批評流派之多，就其做為文學研究的內部問題，始終都沒有辦法取得共識了，又怎能在與其他科學學科對話的同時取得確定性的發言權呢？

　　沒有文學科學的發言權，那麼，意圖以實證科學的方法論述文學話語的理論，也就沒有了科學的合法性，頂多祇保有了相對詮釋的權利，並在特定架構的理論體系之中，盡其可能的把研究對象與理論的關係，論述得完整些，以便看起來讓文學文本的存在，是因為某一理論在方法論上的週延所致。然而，這種文學批評策署，在理論上的自身完整與作品的關係，論者以為恰恰是倒果為因的自說自話，進而讓絕大部分先於理論而存在的文學自身，喪失了文學的主體性。所以，二十世紀的文學批評流派，儘管多如雨後春筍，但卻都有一個共同的現象，亦即每一種理論，都是持有特定方法論與片面有效性的短命理論，並且充滿了來自理論本身隨時都有被自我與他者顛覆的焦慮性，而其反作用，便是本來並不焦慮的文學文本，也莫名所以的跟著理論的焦慮視野，而焦慮了起來。

　　可見文學一詞的定義，與生俱來就帶有先天的歧異性，而任何可能的定義，之所以被認爲有效，其有效性也是相對限定的有效，一旦逸出某一理論在研究方法上限定的邊界，不是失效，便是造成另一定義的混淆，乃至於理論與理論，在適用性上的衝突，因而在理論的盲睛中，喪失了文學文本本身。也就是說，在人類世界中，並不存在放諸四海皆準的文學定義，更沒有普遍有效的文學批評方法，在原理上足堪做爲文學研究的通則，是以永無休止的爭論，以及意義的重新論述，往往因此而起。如以相對詮釋的權利而論，柏拉圖與說詩人伊安論靈感的對話，從文學理論在西方發生伊始，便展現出問題與答案的同一性，是問題與答案的不確定性所決定的：

　　　　蘇格拉底：現在你肯定荷馬和其他詩人，其中有赫西奧德和阿基洛庫斯，全都處理相同的主題，然而卻不是以同樣的方式，一個人說得很好，而其他人說得很差。

　　　　伊安：我說的話是對的。

　　　　蘇格拉底：如果你能識別說得好的詩人，那麼你也能識別說得差的詩人，能看出他們說得差。

　　　　伊安：似乎是這樣的。

　　　　蘇格拉底：那麼好吧，我親愛的朋友，當我們說伊安對荷馬和對其他所有詩人擁有同樣的技藝，這樣說不會錯。結果肯定如此，因爲你自己承認過同一個人有能力判斷所有談論相同題材的人，而詩人們全都處理相同的主題。

　　　　伊安：但是蘇格拉底，你又如何解釋我的行爲呢？……〔註1〕

　　伊安做爲一個詮釋者，之所以能夠或者說有能力，把荷馬的詩詮釋得很好，根據蘇格拉底的看法，是因爲伊安對荷馬的詩，在詮釋上具有獨特的靈感，就像詩人創作的稟賦，是來自於靈感，而不是技藝。因此，詮釋的技藝，如果不能與詩人的靈感具有同一性，那麼，是無法把詮釋的對象說得恰到好處的。然而，在詮釋上與創作靈感恰到好處的同一性，又是根據甚麼方法來判斷並給定的？卻始終都是一個見仁見智的問題。所以，相同的詮釋技藝，

〔註1〕　〔古希臘〕柏拉圖著，王曉朝根據 *The Loeb Classical Library* 叢書希臘文《柏拉圖文集》漢譯，《伊安篇》，《柏拉圖全集》，第一卷，北京，人民出版社，2002，頁303～304。重要別譯，另見朱光潛譯，《文藝對話集‧伊安篇——論詩的靈感》，《朱光潛全集》，第十二卷，合肥，安徽教育出版社，1996，頁6～7。

對同一主題但卻來源於不同靈感的創作者而言，往往顯得無能為力與不適用。是以蘇格拉底與伊安討論的範疇，雖然包括了主題、創作實踐與詮釋方法，而創作實踐之所以可能，則是來自神力所驅遣的靈感，與此相適應的詮釋之所以可能，與創作之所以可能一樣，也必須具備神力所驅遣的靈感，做為說得好或說得差的保證。因此，蘇格拉底與伊安，在這裏所討論的詩與說詩相對適應的方式，論者以為，可以理解為當代概念下的文學文本與文學批評方法之一的文學詮釋學。祇是論者所要指出的是，文學詮釋學做為一種文學批評的技藝，在操弄此一技藝的手藝人手上，將用這樣的手藝去開掘存在於文學文本中的甚麼，同時使開掘出來的成果，具備了被彰顯的價值？而這樣的價值，是文本本身在被創作的當際，便被作者或自覺或不自覺所賦予的，抑或被開掘者以片面的主觀意願給安上去的呢？如果答案是後者，那麼，這樣的技藝，儘管建構得極其精巧與邃密，也不會顯示出任何價值。可見文學文本做為研究的客觀對象的根本價值，存在於研究者所無從迴避的文本本身，並祇有通過與其相適應的詮釋，纔能將其被研究者的主觀認識，所片面遮蔽的自身具足的根本價值，給恰如其所是的開顯出來，而不至於造成頭上安頭的過度詮釋。至此，問題就顯得清楚多了，亦即文學的價值是甚麼？亞理士多德在《論詩》第九節中，提供了探索的途徑：

> 詩人的職能不是敘說那些確實已經發生的事情，而是描述那些可能發生的事情，這些可能發生的事情或出於偶然，或出於必然。歷史學家和詩人之間……的真正差別在於一個敘述了已經發生的事情，另一個談論了可能會發生的事情。因此，詩比歷史更富有哲理、更富有嚴肅性，因為詩意在描述普遍的事件，而歷史則在記錄個別的事實。所謂「普遍的事件」是指某種類型的人或出於偶然，或出於必然而可能說的某種類型的話、可能做的某種類型的事，這就是詩在以此為目標而給人物命名。〔註2〕

〔註2〕〔古希臘〕亞里士多德著，崔延強根據 *The Loeb Classical Library* 叢書希臘文本漢譯，《論詩》（*peri Poietikes*），《亞里士多德全集》，第九卷，北京，中國人民大學出版社，1997，頁654。重要別譯，參見：
1. 姚一葦譯註，《詩學箋註》（*On Poetics*），臺北，臺灣中華書局股份有限公司，民71，頁86。
2. 陳中梅譯註，《詩學》（*Aristotelis de Arte Poetica Liber*），北京，商務印書館，2003，頁81。

　　亞理士多德的《論詩》，現存的衹有論述悲劇部分的殘卷，以當代的文學概念而論，「論詩」可以理解爲「論文學」、「論藝術」、「論哲學」，就像二十世紀下半葉以來的「文學理論」被稱爲「詩學」、哲學被稱爲「哲性詩學」那樣，並不單單指一種文體學分類上的詩創作論，或以不同的文學批評方法對詩文體的研究而論，更大範圍的說，是指研究所有文類文本的理論、研究所有文學文類文本的文學理論、跨論域研究的文化理論，乃至於美學、哲學而論。〔註3〕因此，亞理士多德認爲，詩比歷史更哲學，因爲歷史所顯示的是已發生的事，而詩所顯示的是可能發生的事。或者說，歷史所表現的是殊相，而詩所表現的是共相。也就是說，詩比歷史更具有普遍性與可能性，詩提示了更高的眞實，說明了詩比歷史更具有創造性，更富於哲學意謂，從而肯定

〔註3〕　如下列「詩學」著作，九成以上都與文學文類的「詩」研究無關，但都是名之爲「詩學」的理論，已足以說明「詩學」研究對象覆蓋面的廣大：

1.〔美〕斯蒂芬・葛林伯雷（Stephen Greenblatt）著，盛寧譯，〈通向一種文化詩學〉，張京媛主編，《新歷史主義與文學批評》（*The New-Historicism and Literary Criticism*），北京大學出版社，1997。
2. 王一川著，《中國形象詩學》，上海三聯書店，1998。
3.〔俄〕巴赫金著，白春仁、顧亞玲譯，《陀思妥耶夫斯基詩學問題》，《巴赫金全集》，石家莊，河北教育出版社，1998。
4. 王岳川著，《二十世紀西方哲性詩學》，北京大學出版社，2000。
5. 王曉路著，《中西詩學對話：英語世界的中國古代文論研究》，成都，巴蜀書社，2000。
6. 李凱著，《儒家元典與中國詩學》，北京，中國社會科學出版社，2002。
7. 蘇桂寧著，《宗法倫理精神與中國詩學》，上海三聯書店，2002。
8.〔俄〕維謝洛夫斯基著，劉寧譯，《歷史詩學》，天津，百花文藝出版社，2003。
9. 李咏吟著，《詩學解釋學》，上海人民出版社，2003。
10. 侯敏著，《有根的詩學：現代新儒家文化詩學研究》，上海人民出版社，2003。
11. 李平著，《神祇時代的詩學》，上海人民出版社，2004。
12. 高建爲著，《自然主義詩學及其在世界各國的傳播和影響》，南昌，江西教育出版社，2004。
13. 楊大春著，《感性的詩學：梅洛－龐蒂與法國哲學主流》，北京，人民文學出版社，2005。
14. 劉成紀著，《青山道場——莊禪與中國詩學精神》，北京，東方出版社，2005。
15. 劉介民著，《道家文化與太極詩學——老子、莊子藝術精神》，廣州，廣東人民出版社，2005。
16. 劉小楓著，《詩化哲學・重訂本》，上海，華東師範大學出版社，2007。

了藝術家的創造活動是殊性與共性、現實性與可能性、必然性與偶然性的有機統一，進而確立了以詩做爲文學的代詞，而在詩學上具備被論述的肯定地位與普遍價值。

從歷史的時間軸來看，生活於西元紀元前三八四至三二七年古希臘時代的亞理士多德的眼力如此，生活於二十一世紀的理論家的視界也是如此。那麼，生活在中國近古時期甫開端不久的盛宋時代的文藝學創作實踐者蘇軾的觀照面，是否也具備了如此的普遍性，以做爲其文藝學文本在書寫上的互文性根據，而這不僅與理學家特具排他性與否定性的文藝學書寫在儒學思想的表現上大相逕庭，並以其獨到的文學觀做爲轉運站，一任各種不同義界的思想內涵進出自如，圓轉無礙？易言之，在蘇軾的文學心靈上，所體現出來的各種類型的中國傳統文化遺存，再從其筆端流出的既繁複而又整一的精神光芒，蘇軾自己是怎麼說的，而蘇軾自己的觀點，又是否可以成爲證立自己的文藝學之所以如此而不如彼的內證？這首先成爲論者在思維蘇軾的文學與文學思想時的關注核心。

第二節　蘇軾儒學文化學視域中的文學觀

嘉祐二（1057）年，歐陽修在〈與梅聖俞〉第二十四簡中，表達了放蘇軾「出一頭地」的歡快心情，[註4] 是因爲看到了蘇軾的書寫才華，迥異於太學體險怪、奇僻的時文風習，並認爲蘇軾在省試時撰寫的〈刑賞忠厚之至論〉是通經達理之作，於是在三年後，蘇軾除母喪回朝，等候授官的嘉祐五（1060）年，向仁宗皇帝上〈舉蘇軾應制科狀〉，薦拔新人「應材識兼茂明於體用科」之試時，將二十五歲的青年蘇軾的器識與口碑，概括爲：

> 學問通博，資識明敏，文采爛然，論議蠶出；其行業修飭，名
> 聲甚遠。[註5]

這是當時文壇領袖，在蘇軾還未出頭之前，在文壇新秀，前途仍未卜之際，即將其知識背景、個人才具、書寫能力、文章格調，與時賢對其行誼的美稱諸要素，綜合起來，說明蘇軾是一個能夠在諸種行業上，放心的賦予重責大任的可造之才。因此，歐陽修的著眼點，雖然如同子夏在《論語・子張

〔註4〕 《歐陽修全集》，下冊，卷六，《書簡》，頁144。
〔註5〕 《歐陽修全集》，下冊，卷四，《奏議集》，頁257。

第十九》所提出的「學而優則仕」那樣，〔註6〕都集中在為國舉賢的行政職能上。然而，這一系列展現一個人是否具備成為國家股肱之臣的賢能特質，在官僚士大夫幾乎相等於文士的科舉時代，歐陽修還同時看到了，包括一個文人所應該具足的質素，還要有學問該練、思理捷利、文字暢達、人格美善諸內涵，並有充分實踐的勇氣，來承祧梅歐開創革新時文，以為通變古今文化的志業，而這就把蘇軾的多重華彩，預先在迎向盛宋時代的思想大潮前沿，代為揮灑出一幅隱然展現在時賢眼前的願景來。因此，當人們在觀解蘇軾論述自家所特有的文學觀時，都可以站在這個基盤上來審視。就在這個基盤上，明人曾鼎在《文式》卷下〈文章精義〉第十四則中，看到了蘇軾文學的多重側影，曾鼎說：

> 蘇子瞻文，學《莊子》（入虛起似，《凌虛臺》、《清風閣》之類是也）、《戰國策》（論利害處似之，《策畧》、《策別》、〔《策斷》〕之類是也）、《史記》（終篇惟作他人說，末後自說一句，《表忠觀碑》之類是也）、《楞嚴經》（《魚𩾏冠頌》之類是也。子瞻文字到窮處，便濟以此一著，所以千萬人過他關不得）。〔註7〕

然而，蘇軾是根據甚麼理論，來建構自家在創作表現上的思想基礎的呢？孔子在《論語‧衛靈公第十五》說：

> 辭達而已矣。〔註8〕

《春秋左傳》襄公二十五年引孔子說：

> 《志》有之：「言以足志，文以足言。」不言，誰知其志？言之無文，行而不遠。〔註9〕

在《論語‧雍也第六》說：

> 質勝文則野，文勝質則史。文質彬彬，然後君子。〔註10〕

在《論語‧顏淵第十二》子貢轉述孔子的話說：

> 文猶質也，質猶文也。虎豹之鞟，猶犬羊之鞟。〔註11〕

〔註 6〕 《十三經》，下冊，頁2096。
〔註 7〕 《歷代文話》，第二冊，頁1564。
〔註 8〕 《十三經》，下冊，頁2079。
〔註 9〕 清‧阮元，《重栞宋本左傳注疏附校勘記》，卷三十六，江西，南昌府學，嘉慶20，葉14ᵃ。
〔註 10〕 《十三經》，下冊，頁2019。
〔註 11〕 《十三經》，下冊，頁2053。

　　孔子在文與言的表現上，提出了內容與形式有機統一的辯證關係，在學術與純文學文藝尚未分途論述的時代，已蘊涵了詩學意義上，素樸的創作方法論與審美觀，近代文論家，雖然把它釐爲尚文與尚用兩個範疇來析論，〔註12〕但論者以爲，孔子在現象上，已同時關照到，文與質在傳達上一而二、二而一，在本質上一體兩面的對應性，如果兩者在對應上失焦，便會出現《論語・子罕第九》所說的「苗而不秀者有矣夫！秀而不實者有矣夫」的不良結果，〔註13〕如此一來，就無法導出在《論語・八佾第三》中所總結出來的「郁郁乎文哉！吾從周」的文理一致論，〔註14〕即周之所以「郁郁乎」，並值得孔聖人去超越亂世而夢迴的光景，係禮文煥發著炳然的人文精神之故，否則，如何值得在體制上，倡導秩序的合理性，在生命情懷上，善於敷揚活潑妙趣的蘇軾，對之反覆致意再三？蘇軾在〈與謝民師推官書〉中說：

> 孔子曰：「言之不（無）文，行而不遠。」又曰：「辭達而已矣。」
> 夫言止於達意，即疑若不文，是大不然。求物之妙，如繫風捕影，
> 能使是物了然於心者，蓋千萬人而不一遇也。而況能使了然於口與
> 手者乎？是謂之辭達。辭至於能達，則文不可勝用矣。……因論文
> 偶及之耳。〔註15〕

　　隱而不顯的內在之「意」，是可見的行跡之「文」，所要向他者傳達的內容，而傳達方式，是否得「辭達於文而已矣」之體，並不是一件輕易可以辦到的事。首先傳達者要使所欲表現的內容，不論是以思維見勝的推論方式，或以當體即是的直觀方法，皆能在形諸於筆墨之前了然於心。就文藝創作的書寫而論，亦即書寫主體對有感於心的意，在理悟上是否達到了全然通透的境地，是否已深切明白自我內在所覺受的感受性，已經由表層的感應深化爲深層的體悟，並在理上達致了感與悟的融通無礙，且以此做爲確證是否進行書寫傳達或不傳達的根據，纔能使其次的表現形式，將以甚麼方法與語言來有效完成的問題，成爲實踐的選項，祇是如其所以然而然的寫出，而沒有眼高手低，乃至於辭不達意的落差呢？就像算學上的算式那樣，做到一是一、二是二就算達到目的了，抑或還有其他的考量，需要面面俱到的去多方照應，

〔註12〕　參見郭紹虞著，《中國文學批評史》，臺南，平平出版社，民64，頁13。
〔註13〕　《十三經》，下冊，頁2036。
〔註14〕　《十三經》，下冊，頁2004。
〔註15〕　《蘇軾文集》，第四冊，頁1418～1419。

纔能使所表現的對象，具足感人的深刻意蘊？誠如慧地法師劉勰所說：

> 夫神思方運，萬塗競萌，規矩虛位，刻鏤無形。登山則情滿於山，觀海則意溢於海。我才之多少，將於風雲而並驅矣。方其搦翰，氣倍辭前。暨乎成篇，半折心始。何則？意翻空而易奇，言徵實而難巧也。〔註16〕

顯然，孔子所關注的是，傳達的有效性是如何有效的命題。因此，文與辭這一對概念的提出，便成為書寫者在表現方法上，得以把握到自我檢驗的重要工具，表達形式與構成內容外顯形象的修辭，於是被提了出來。因為在文學書寫的任一形式上，把審美觀照通過藝術創造的實踐，適切體現主體心、意、識內在活動狀態的文與辭，具有決定由體而相、由相而用、由用而行、由行而遠的關鍵功能。因此，不易了然於心的物理，既是書寫主體在遂行書寫之前，便已存在的內與外對應的心理關係，而這種關係，不僅充滿了因機應緣而變的不確定性，譬諸於繫風捕影，凡六根正常的人，皆能以身根感觸到風的真實存在，以眼根覺照到影的歷歷分明，都是在客觀上具體持存的現象。但如何透過現象，掌握到具有被表達價值的本質，也就是如何掌握到表達主體對現象與本質對應的理的給出的必要性，祇是做為殊性的主體主觀的片面意願，還是殊性之外仍具備被接受，乃至於行遠流傳的普遍因子，做為傳達心物對應而不對立的共性？這就涉入了表達才具的問題，亦即往來於心物之間、出入於現象與本質之間的理，是通過怎樣的潛在意識運動狀態，或已上升到被創造主體明確掌握到的思維規律，或昇華成直覺知的當體即是的冥一，而被有機聯繫起來的，纔能使既紛繁且遷流不息的緣影，之於不易被覺知的物之妙，通過文藝學書寫所遺存下來的行跡，轉化成合理性且圓通無礙的理之妙，並把書寫主體與之相應的精神境界，在人與人之間具備可傳達性的基礎上，做為被與創造者等流的他者，在鑑賞時能夠接受的客體，給恰如其分的創作技巧，適當而有效的如實彰顯出來，亞理士多德在《論詩》第二十二節論修辭時指出：

> 最重要的莫過於恰當使用隱喻字。這是一件匠心獨運的事，同時也是天才的標誌，因為善於駕馭隱喻意味著能直觀洞察事物之間的相似性。〔註17〕

〔註16〕《文心雕龍》卷六〈神思第二十六〉，頁 1^{a-b}。
〔註17〕《亞里士多德全集》，第九卷，頁 677。

　　隱喻做爲譬喻的修辭格之一，具有其他類型的修辭格所沒有的直觀性，亦即認識上相對於推論知的直覺知，所以喻體與喻依的對應，是相即的結合關係，在表達上，不用經過現象的還原過程，〔註 18〕即能持有現象當體即理體的意義。易言之，隱喻的特質在變幻無常的現象與如實的理的對應關係上，並不需要通過所緣緣（alambana-pratyaya）的判斷途徑，或以比量（anumāna-pramāna）的推論知來識知，即能在心物對應的當際，直接出諸於現量（pratyaksa-pramāna），〔註 19〕而這樣的譬喻能力，纔是蘇軾與亞理士多德所說的「千萬人而不一遇」的「天才的標誌」，也纔能是孔子在《論語‧顏淵第十二》中取消喻詞的「君子之德，風；小人之德，草。草上之風，必偃」的德與風與草的當體顯明君子與小人的區別，〔註 20〕而不需要再透過任何多餘的比附與推論，即能在直觀的同時，於言相應於口，於書相應於手的意在識上的持存之後，透過在時間不免延宕的或言、或書寫的形式，給恰如其本眞的並有效的傳達出來，且在脫離創造母體，進入他者的視聽當際，給如實

〔註 18〕　參見：

1. 〔德〕埃德蒙德‧胡塞爾（Edmund Husserl）著，李幼蒸譯，《純粹現象學通論——純粹現象學和現象學哲學的觀念‧第一卷》（*Ideen zu Einer Reinen Phänomenologie und Phänomenologischen Philosophie Erstes Buch Allgemeine Einführung in die Phänomenologie*），北京，商務印書館，1997。
2. 〔德〕埃德蒙德‧胡塞爾著，克勞斯‧黑爾德編，倪梁康譯，《現象學的方法‧修訂本》（*Die Phänomenologische Methode*），上海譯文出版社，2005。
3. 倪梁康著，《胡塞爾現象學概念通釋‧修訂版》，北京，三聯書店，2007，頁 396～405。

〔註 19〕　參見：

1. 眾賢造，唐‧玄奘譯，《阿毗達磨順正理論》，《大正藏》，第二十九冊。
2. 無著造，唐‧玄奘譯，《顯揚聖教論》，《大正藏》，第二十一冊。
3. 彌勒講述，無著記，唐‧玄奘譯，《瑜伽師地論》，《大正藏》，第三十冊。
4. 唐‧窺基撰，《因明入正理論疏》，《大正藏》，第四十四冊。
5. 清‧王船山著，《夕堂永日緒論‧內編‧第四十八則》，《船山全書》，第十五冊，長沙，岳麓書社，1998，頁 842。
6. 〔日〕戶崎宏正著，《後期大乘佛教的認識論》，《講座佛教思想》，第二卷，東京，理想社，1974，頁 145～186。
7. 陳宗元著，〈陳那唯識理論的初探以《集量論‧現量章》爲中心〉，《法光學壇》，第一期，臺北，法光佛教文化研究所，1997。
8. 陳雁姿著，《陳那觀所緣緣論研究》，九龍，志蓮淨苑文化部，1999。
9. 何建興著，《法上正理滴論廣釋‧現量品譯註》，稿本，嘉義，南華大學宗教學研究所，2004。

〔註 20〕　《十三經》，下冊，頁 2055。

解悟到，乃至於給祇可意會不可言說的神悟到。

　　然而，值得注意的是，孔子的文理一致論，與蘇軾在〈與謝民師推官書〉中所提出的「常行於所當行，常止於所不可不止。文理自然，姿態橫生」的創作論，〔註21〕比起亞理士多德膚淺的相似性之說，〔註22〕顯然更具超越性與深刻性，因爲相似性並不是隱喻的特性，而是譬喻最簡單的構成方式，即明喻的喻體與喻依必須依賴喻詞纔能成立的相類關係。因此，蘇軾在〈答虔倅俞括〉書中，仍然依據孔子的文理一致論，進一步揭示了現象與本質之間，在理上的心物關係說：

　　　孔子曰：「辭達而已矣。」物固有是理，患不知之，知之患不能達之於口與手。所謂文者，能達是而已。〔註23〕

　　蘇軾在給俞括的回信中，雖然沒有深論文與理的認識論問題，也沒有舉出文辭與書寫對象與意之間如何通達的論例，而是單單指出理本身在現象與本質上是各自固有的，並在識知上具有相即關係，而這種相即關係，從文理一致論的辭達境界來看，就像抹除喻詞的隱喻那樣，也合當已然是直接共同固有的。也就是說，被書寫者所書寫的對象的理，與書寫者書寫或不書寫都已在意上體悟的理的關係，在直覺知本身本來就具足同一性。問題是言說者與書寫者，是否能在審美傳達上，將恰如心物當體之所是的體悟，以其所擅長的藝術媒介，把兩者的相即性如實的表現出來。如果不能，就顯示出在表達主體與客體之間，仍存在兩個不被推論知所識知的問題，即不被識知的不自覺知，與即使覺知但卻在技的層次缺乏實踐的基本能力。

　　第一個問題，在書寫主體端，如果不能識知自身的不覺知，就無法在傳達的實踐上，將之上升到直覺知的相即端，因而無法通過任何形式的譬喻技巧，適切的將心物關係通過言說或文辭的進路體達出來。是以，做爲第二個問題的表達方式，必然會導致傳達上的障礙，而這就回到了更根本的問題上去了，即如何有效的駕馭表現工具的技術問題，亦即一個文藝學書寫者，如

〔註21〕《蘇軾文集》，第四冊，頁1418。

〔註22〕崔延強、姚一葦、陳中梅的譯文，都說明了亞理士多德的結論仍具有推理的性質。參見：
　　1. 姚一葦譯註，《詩學箋註》，臺北，臺灣中華書局股份有限公司，民71，頁176。
　　2. 陳中梅譯註，《詩學》，北京，商務印書館，2003，頁158。

〔註23〕《蘇軾文集》，第四冊，頁1793。

果缺乏適切掌握表達工具的精密能力，那麼，是不可能取道口與手，並假藉文辭的載體，上達心物相即的境界，去體現在書寫主體心中所早已了然的理，蘇軾於是在〈與王庠書〉中進一步指出：

> 孔子曰：「辭達而已矣。」辭至於達，止矣，不可以加矣。〔註24〕

　　到此，在表現形式上，「不可勝用」的文，都已在「常止於所不可不止」的極詣之境中，以其「文理自然」，達致增一分則太多，減一分又太少的「不可加矣」的圓融狀態，而此一狀態，便是物我關係，在合理性的秩序中，所體現的本眞之理。然而，蘇軾的極詣之境，在帶有鮮明出世性格的佛教文學中，又是如何與孔孟帶有積極入世性格的儒理，與老莊絕聖棄智與逍遙無待的道理，在世學中與世尊的佛理之於不離世學的出世學中，共同持存而止於辭達的？從文學研究的進路而論，理通常與道並稱爲道理，因此，蘇軾在〈與謝民師推官書〉中所提出的「文理自然」說，即指明了人與形上之道的關係，而在思想根源上，上紹到儒家的根本經典《易經》的第二十二卦：

> ䷕ 離下
> 艮上 賁：亨，小利有攸往。
>
> 《彖》曰：「賁：亨，柔來而文剛，故亨；分，剛上而文柔，故小利有攸往。天文也；文明以止，人文也。觀乎天文以察時變；觀乎人文，以化成天下。」〔註25〕

　　在論述形上之道前，先明止義。「文明以止，人文也」，王弼《周易注·上經》注曰：

> 止物不以威武，而以文明，人之文也。〔註26〕

孔穎達《正義》曰：

> 文明，離也。以止，艮也。用此文明之道，裁止於人，是人之文、德之教。此賁卦之象，既有天文、人文，欲廣美天文、人文之義，聖人用之以治於物也。〔註27〕

程顥、程頤在《周易程氏傳》卷第二說：

> 止謂處於文明也。質必有文，自然之理。理必有對待，生生之

〔註24〕　《蘇軾文集》，第四冊，頁1422。
〔註25〕　清·阮元，《重栞宋本周易注疏附挍勘記》，〈周易兼義上經隨傳卷第三〉，江西，南昌府學，嘉慶20，葉13[b]～14[b]。
〔註26〕　魏·王弼著，樓宇烈校釋，《王弼集校釋》，北京，中華書局，1980，頁326。
〔註27〕　《重栞宋本周易注疏附挍勘記》，〈周易兼義上經隨傳卷第三〉，葉14[a-b]。

本也。〔註28〕

蘇軾在〈黃州上文潞公書〉說：

> 到黃州，無所用心，輒復覃思於《易》、《論語》，端居深念，若
> 有所得，遂因先子之學，作《易傳》九卷。又自以意作《論語說》
> 五卷。〔註29〕

在〈與滕達道〉第二十一簡說：

> 某閑廢無所用心，專治經書。一、二年間，欲了卻《論語》、《書》、
> 《易》。〔註30〕

在〈與陳季常〉第七簡說：

> 《易》義須更半年功夫，練之乃可出。〔註31〕

在〈與章子厚參政書〉第一書說：

> 見寓僧舍，布衣蔬食，隨僧一餐，……閑居未免看書，惟佛經
> 以遣日。〔註32〕

上述蘇軾的書信，都是在神宗元豐三（1080）年，四十五歲謫居黃州之
後所寫的，距哲宗元祐二（1087）年八月，在朝廷爆發的洛蜀黨爭，尚有一
段很長的時日。論者以為，盛年蘇軾在覃思《易》義的傳統疏解的同時，不
可能不關注到時人洛黨程氏兄弟的說法，也不可能不在並軌深入「釋氏書，
深悟實相，參之孔、老」的同時，〔註33〕不反過來參照佛教經藏的法義，更
何況老聃的繼承者莊周的技與道的辯證！是以明人王世貞在《讀書後》卷四
〈書三蘇文後〉說：

> 吾嘗謂子瞻非淺於經術者，其少之所以不□（精），則明允之餘
> 習，晚之所以不純，則蔥嶺之緒言。然得是二益，亦不小也。〔註34〕

舒大剛在〈撫視三書，即覺此生不虛過〉中也說：

> 三蘇父子的通達之處，正在於不肯抱殘守缺地死守儒學教條，
> 而是廣採博取諸家學術以補充和完善儒家理論，他們不但暗自做融

〔註28〕 《二程集》，下冊，頁808。
〔註29〕 《蘇軾文集》，第四冊，頁1380。
〔註30〕 《蘇軾文集》，第四冊，頁1482。
〔註31〕 《蘇軾文集》，第四冊，頁1567。
〔註32〕 《蘇軾文集》，第四冊，頁1412。
〔註33〕 〈亡兄子瞻端明墓誌銘〉，《蘇轍集》，《欒城後集》，卷第二十二，頁225。
〔註34〕 轉引自四川大學中文系唐宋文學研究室編，《蘇軾資料彙編》，上編三，北京，
中華書局，2004，頁1013。

通諸子、合會三教的學術再造工作，而且敢於公開承認自己對於老、
莊，對於佛學的愛好。〔註35〕

然而，王世貞與舒大剛都是片面的以儒學為基準，做為檢證蘇軾建立自
家思想的前提，不免在方法上讓人產生先有答案再找問題的觀解，以致誤判
釋、道兩家的思想，在蘇軾的認識上，是以做為為儒學而服務的婢女的身分
而出現的。如果蘇軾的文學創造力與經術思辨力僅止於此，便會在義理通達
與藝術實踐的轉化上，產生混淆與相互遮蔽的現象，使儒、釋、道三者與文
學表現的主體性同時喪失。因此，論者認為，蘇軾在思想上再造儒學的學術
工程，並不衹是為了「補充和完善儒家理論」，而是為了在深入各家元典的同
時，釐辨清楚三家思想最終的同異，以便在生命遷流的途程上，以無執的態
度隨緣自適，在文藝學的創作實踐上因機等觀，從而在生生不已與緣起緣滅
的任何有感於心的心靈狀態上，應機取得文藝學文本書寫當際的最合理的思
想根據。然而，務須釐辨清楚的是，創化論與緣起論，在終極問題上，是兩
個沒有思想交集的範疇。因為在這個閑廢時期中，從蘇軾自己所開的書單來
看，除了元典之外，可以說是心無旁鶩的在思考儒家的形上之道，與觀照佛
家的實相之理，及其緣起論原則的思維模式。

就儒家的思維模式來看，關於《象》辭所說的止義，就不可能衹停留在
對從初到上的爻辭的裂解與離析上，〔註36〕而僅止於推尋陰陽吉凶與闔闢窮
通等假藉俯察仰觀的天人變化之道，並以「布卦」的方式隨機給出的數理，
去掩飾惑於迂闊的「異端之說」。因此，當蘇軾還年青時就在〈三傳義・南省
說書十道・問供養三德為善・昭十二年〉中深入「伏羲、文王、孔子之所盡
心焉者」的爻辭之前，〔註37〕便已在〈易論〉破題時開宗明義的指出：

> 《易》者，卜筮之書也。挾策布卦，以分陰陽而明吉凶，此日
> 者之事，而非聖人之道也。聖人之道，存乎其爻之辭，而不在其數。
> 數非聖人之所盡心也。〔註38〕

從此，便可以順利導出蘇軾所說的「不可加矣」的止，就是賁卦「上九，

〔註35〕 曾棗莊等著，《蘇軾研究史》，南京，江蘇教育出版社，2001，頁509。
〔註36〕 卦爻由下而上是為：初、二、三、四、五、上，如乾卦全為陽爻，爻辭順序
　　　　即為初九、九二、九三、九四、九五、上九，坤卦全為陰爻，爻辭順序即為
　　　　初六至上六。
〔註37〕 《蘇軾文集》，第一冊，頁182。
〔註38〕 《蘇軾文集》，第一冊，頁52。

白賁无咎」，〔註39〕就是「聖人之所盡心」的爻辭的結論。孔穎達《正義》
說：

> 「白賁无咎」者，處飾之終，飾終則反素，故在其質，素不勞
> 文飾，故曰「白賁无咎」也。〔註40〕

如此一來，孔子所說的「言之無文，行而不遠」，「質勝文則野，文勝質
則史」，便都在不及的鄙野與太過的情僞中，因著天文、人文變理得恰到好處
的自然文理，以辭達於文的文理一致論，體現爲當體相即的「大全」，而見於
《東坡易傳》卷八的易學大全說，馮友蘭以維也納學派反對形上學詩學的視
野，「用負底方法」，觀解文學與道的關係之後，對道的大全概念，在莊禪亦
爲「文質彬彬」之道的道理上，有很好的「負底」文學理解，如在《新知言》
第十章〈論詩〉中，馮友蘭揭示說：

> 不可感覺亦不可思議者，是道或大全。一詩，若祇能以可感覺
> 者表示可感覺者，則其詩是止於技底詩。一詩，若能以可感覺者表
> 顯不可感覺祇可思議者，以及不可感覺亦不可思議者，則其詩是進
> 於道底詩。〔註41〕

> 陶淵明……其詩以祇可感覺、不可思議底南山、飛鳥，表顯不
> 可感覺亦不可思議底渾然大全。〔註42〕

> 禪宗中底人常藉可感覺者，以表顯不可感覺、不可思議者。……
> 他們所用底方法有與詩相同之處，所以他們都喜引用詩句。……欲
> 以可感覺者表顯不可感覺、不可思議者。〔註43〕

維也納學派（Vienna Circle），係一九二二年由 Moritz Schlick 等人，在維
也納共同討論科學知識與自我意識的哲學論壇，又稱邏輯實證主義（logic
posi-tivism），Thomas Uebel 說：

> 該學派採用檢證論：假設經驗概念，若無法分辨其可應用的範
> 圍，即被排斥於科學之外。……檢證論展現了科學知識的訴求及消

〔註39〕 《重栞宋本周易注疏附校勘記》，〈周易兼義上經隨傳卷第三〉，葉 16^a。
〔註40〕 同上。
〔註41〕 馮友蘭著，《貞元六書》，下冊，上海，華東師範大學出版社，1996，頁 958
～959。
〔註42〕 同上，頁 960。
〔註43〕 同上，頁 961～962。

除形而上學。〔註44〕

Thomas Uebel 認為，既無法在生活現象上被實際經驗，又在科學上被證明無誤的形而上學，是「無意義的」，是「永遠不能解決的問題」，或「似是而非的問題」。誠如一開頭，論者所指出的當代西方文論家，意圖向實證科學爭取發言權那樣，乞靈於科學研究方法論，同樣自覺到，所使用於論述的方法與表達的話語，是否符合於實證科學的要求，纔發生合法化危機的哲學家，也不例外。因此，施太格繆勒在《當代哲學主流》第九章〈現代經驗主義〉中，論維也納學派的主要觀點時總結說：

> 按照他們嚴格的科學態度，強調指出必須在（一）科學和（二）藝術與宗教這兩者之間明確劃清界限。……在他們看來，通常的形而上學論文所包含的思想在最好的情況下也祇有一部分能在科學上加以辯護的。這樣的著作也是半詩歌半宗教的。〔註45〕

馮友蘭順著維也納學派之道而行，「用負底方法」接著說：

> 詩中所說底話，亦是不可以邏輯底真假論，亦是無意義底。但其無意義底話，可以使人得到一種感情上底滿足。形上學亦說無意義底話，其無意義底話，亦可以使人得到一種感情上底滿足。
>
> 〔註46〕

雖然說「詩中所說底話，亦是不可以邏輯底真假論」，但在論文藝家的詩學思想想時，就不能以理性的規避態度存而不論。馮友蘭站在否定的立場上肯定維也納學派的否定，而使詩歌或者說為文學，在美學中保有傳統的地位，並肯認宗教與文學在維也納學派也一併否除的心理上，具有滿足人類情感訴求的功能，而且應該在以科學掛帥的近代學壇，繼續佔有應得的一席之地，唯其以唯物史觀將形上學與維也納學派一致的將之判為「無意義的」，且把它向下拉到形器世界中來片面附會以情感之說，則顯得過於麤暴。因為在現當代意義下的科學理論，仍不可實證或不能證實的諸多心物現象，與文學神思

〔註44〕 〔英〕羅伯特・奧迪（Robert Audi）主編，林弘正中文版審訂召集，《劍橋哲學辭典》（*The Cambridge Dictionary of Philosophy*），臺北，貓頭鷹出版社，2002，頁1282。

〔註45〕 〔德〕施太格繆勒（Wolfgang Stegmüller）著，王炳文等譯，《當代哲學主流》（*Heuptströmungen der Gegenwartsphilosophie*），上卷，北京，商務印書館，2000，頁379。

〔註46〕 《貞元六書》，下冊，頁958。

的發生，及其在藝術創作實踐上的審美給出的心靈活動，未必是不科學的，或者在一時看來不科學的，亦未必是無意義的，否則在號稱科學世紀的二十世紀，做爲獨立科學學門的宗教學、人類學、美學等等所研究的對象，在其尚無法以現代科學方法論進行辯護的部分領域，豈不全都失去了科學研究的基礎與其結果的無意義？更何況這種二十世紀的亦且帶有局限性的科學觀，並不能用來做爲釐定思想之所以如此思想或如彼思想的思想方法與思想內涵的思維規律的唯一且永久有效的判準。

如果說，科學的任務與挑戰，是以不斷推陳出新的有效研究工具，來研究未知並顯明它存在的意義與價值，那麼，祇以一個歷史階段的科學方法論，探究做爲形而上學所論述的對象，是否符合於當時未必科學的科學知識的做法，本身就具有實證與理論的危險性。因此，當馮友蘭以大全的視野討論文學與宗教時，可以說祇看到了盾牌的一面，不過僅僅這樣一面，在二十世紀初中國學界的引進與轉述，並用來論述文學與宗教，不能不說是一種中國學術的進步。易言之，不全然能夠以科學證明其合法性的文學與宗教學的不可感覺與不可思議，在可感覺與可思議的情感與現象上，仍然是昇華與超越的根據，而其在蘇軾的文藝學精神中，首先體現爲一種集盛唐風華之大成的思想，在〈書吳道子畫後〉，蘇軾說：

> 智者創物，能者述焉，非一人而成也。君子之於學，百工之於技，自三代歷漢至唐而備矣。故詩至於杜子美，文至於韓退之，書至於顏魯公，畫至於吳道子，而古今之變，天下之能事畢矣。道子畫人物，……得自然之數，不差毫末，出新意於法度之中，寄妙理於豪放之外。〔註47〕

蘇軾在〈與謝民師推官書〉中說「求物之妙」的前提，是「能使是物了然於心者」，而其終極表現，即了無匠氣與斧鑿痕的「文理自然」，而表現「文理自然」的「自然之數」，又正是「智者創物」對於理的體悟，與在表達上以辭達於文的必然結果，是以，可見的是「法度」，是可感覺與可思議的「科學」，至於不可感覺與不可思議的「妙理」，或者說，從現象中來而超越現象的妙趣或理趣，如果不由形上之道，乃至於玄學之路，去上求、去以直覺知識知的話，那麼，文藝學文本的存在與價值，將會因其絕大多數的無從分析與檢證，或直到現在仍然沒有有效的檢證工具之下，失去它存在的

〔註47〕《蘇軾文集》，第五冊，頁 2210～2211。

價值與精神根據。一如說愛滋病是醫學科學以科學方法檢證後證明為器質上的一種疾病，但不能說在醫藥學上還沒有研製出特效藥以達致愛滋病的療癒而使其仍停留在絕症的階段，就片面的宣稱醫學與醫藥學是非科學的，在科學研究依然處處都存在著實證方法有限與理論困境的二十一世紀，形下之道都如此難以完全用科學方法來判定了，更何況形上之道的「物固有是理」了。

然而，這就是科學檢證論的目的嗎？如果是，論者要說的是，那是狹義科學閾限下的目的，而不是維也納學派所反對的胡塞爾現象學，及其弟子海德格的存在主義，充滿超越之思，或超科學的文學與宗教學的目的。因為文藝學以人巧所鋪展的各種藝術形式，在創作上雖然局限在技的層次，並以此為範疇，而被鑑賞者在聞、視之際給具體的或認識、或體會、或直觀到，但在可操作的藝術形式中所蘊涵的天工所開展的精神境界，亦即「聖人之所盡心」的心，與「化成天下」的「時變」所顯明的化成之道，一旦被取消了，那麼，在形式上儘管可以做到完美無瑕的人工合成鑽石的品質，然而，文藝的精神勢將因此而凋謝，創作者的藝術生命亦將由是而死亡。如此一來，論究藝術的價值，必將成為毫無價值的餘事。此所以在盛宋時，主倡革新時文的歐陽修，要在〈代人上王樞密求先集序書〉中，以「事信言文」之論，〔註48〕對西崑體從內容上做有限度的修正之故。因此，盡心與化成，從形而下往形而上的上升過程，便成為文藝創作者以創作實踐，與文學批評者以實際批評，而使其知所以「能達之於口與手」的體道的道的流衍狀態，在文藝學書寫家的手中是技與道的共構關係，這可以說為蘇軾儒家視野在道論上的老莊轉向與更進一境的超越。

第三節　蘇軾莊學文化學視域中的文學觀

在〈眾妙堂記〉中，蘇軾設辭問答說：

其徒有誦《老子》者曰：「玄之又玄，眾妙之門。」……

子驚歎曰：「妙蓋至乎此！庖丁之理，解！郢人之鼻，斲！信矣。」

二人者釋技而上，曰：「子未覩真妙，庖、郢非其人也。是技與

〔註48〕　《歐陽修全集》，上冊，卷三，《居士集外集・二》，頁 84。

道相半，習與空相會，非無挾而徑造者也。子亦見夫蜩與雞乎？夫蜩登木而號，不知止也。夫雞伏首而啄，不知仰也。其固也如此。然至蛻與伏也，則無視無聽，無饑無渴，默化於荒忽之中，候伺於毫髮之間，雖聖智不及也。是豈技與習之助乎？」〔註49〕

蘇軾之論，與其說為老莊轉向，不如說為莊學轉向，因為蘇文中《老子》第一章的典據，祇從外部說到了道的難以理解，以及同樣難以理解的道是「一」，是從「一」觀照「無」的奧妙與有的無際的體道之道——門戶，而沒有以任何譬喻的喻依說出喻體為何？因此，從《老子》來釐析蘇軾道家道學的形上思想，就其做為一個文藝家而非哲學家而論，事實上仍存在著論證上的困難，是以蘇軾隨即轉軌到大量運用文學語境的莊學，而與儒家道論向道德論轉移的思維進路區分開來，並朝莊學與佛學銷釋的進路上轉出。《莊子·內篇·養生主第三》庖丁說：

臣之所好者道也，進乎技矣。……方今之時，臣以神遇而不以目視，官知止而神欲行。依乎天理，批大卻，導大窾，因其固然。〔註50〕

《莊子·雜篇·徐无鬼第二十四》說：

莊子送葬，過惠子之墓，顧謂從者曰：「郢人堊慢，其鼻端若蠅翼，使匠石斲之。匠石運斤成風，聽而斲之，盡堊而鼻不傷，郢人立不失容。」〔註51〕

深於莊學的蘇軾，並非不知道善於運用文學手法體道的莊子，為使抽象的形上道意，假藉有限的言辭，盡可能的顯露出來，往往用形象思維的方式，取道寓言的途徑，而處處出諸於譬喻。因而同樣善喻的蘇軾，為了引起兩個在眾妙堂「灑水薙草」的園丁，〔註52〕一番更深刻的不可思議的議論，採取同莊子一樣設問、設譬的文藝技巧，透過園丁越技而上達於道之論，對被淺人津津樂道的庖丁與匠石的神乎其技，用莊子別有更高的體道之思，以內證的方式予以否證，《莊子·內篇·人間世第四》，有一節孔顏之間從形而下的器到形而上的道的對話，說明了蘇軾在論證技與道的關係時的第一階段的超越論之所本，莊子說：

〔註49〕 《蘇軾文集》，第二冊，頁 361～362。
〔註50〕 《莊子集釋》，頁 119。
〔註51〕 《莊子集釋》，頁 843。
〔註52〕 《蘇軾文集》，第二冊，頁 362。

顏回曰：「吾無以進矣。敢問其方？」

仲尼曰：「齋，吾將語若！有〔心〕而爲之，其易邪？易之者，皞天不宜。」

顏回曰：「回之家貧，唯不飲酒、不茹葷者數月矣。如此，則可以爲齋乎？」

曰：「是祭祀之齋，非心齋也。」

回曰：「敢問心齋？」

仲尼曰：「若一志，无聽之以耳，而聽之以心，无聽之以心，而聽之以氣！聽止於耳，心止於符。氣也者，虛而待物者也。唯道集虛。虛者，心齋也。」〔註53〕

這是對儒家的「聖人之所盡心」的心，採用以其人之道還治其人之身的簡單方法，假藉孔子對自己的禮樂學說，進行徒具形式的批判的提升與超越，是對可感覺的現象與可思議的形式上的對破，而其實踐之道，便是馮友蘭所指出的「以可感覺者表顯不可感覺衹可思議者，以及不可感覺亦不可思議者」。也就是說，道是對耳目所及的客觀規律，在如其所是的具體掌握的同時，捨棄對掌握道的工具的執著，使心從感官的層次超離出來，而進入意的境界。衹是這樣還是有所依待，亦即心物依待與心意依待。如果一個文藝家的文下藝境僅止於此，雖不至陷落於蘇軾在〈書韓幹牧馬圖〉詩中所說的「鞭箠刻烙傷天全」那樣遊刃無地，〔註54〕也不能體現「不可感覺亦不可思議底渾然大全」。因爲在層層的依待中，必須依賴彼此之間相適應的概念，去做可能的任何聯繫，亦即被文藝書寫者操弄的工具所掌握的理，在這個層次上，雖已不執著於工具，如庖丁之刀、匠石之斧，但卻仍執著於運刀弄斧之理，而誤以爲這就是最完善的道體。然而，論者以爲，蘇軾在這裏看到的是，更加切近於直覺知的問題，所以假藉兩園丁之口，指出莊子的心齋是「聖智不及」的。

至此，或有人要反質於論者，如此一來蘇軾豈不與其集大成的「智者創物」之論自相矛盾？如這樣認爲，是沒有喫透蘇軾何以要對技的層次進行剝離的命意，蘇軾在〈書吳道子畫後〉說：

道子畫人物，如以燈取影，逆來順往，旁見側出，橫斜平直，

〔註53〕　《莊子集釋》，頁146～147。

〔註54〕　《蘇軾詩集合注》，上冊，頁694。

各相乘除，得自然之數。〔註55〕

蘇軾是以無方所的圓融思想，做為表顯文藝創作之智之所以為智，是以實入、以虛出的無待之說，並在肯認虛實皆無待的同時，往更高的理境穎脫而出。而其「出新意於法度之中」的思維機杼，正是一個「出」字，所出的法度，也正是《莊子·內篇·大宗師第六》再度假藉孔顏之說，對孔顏家法仁、義、禮、樂等固滯於形式的理，反而使理蔽於形式的否證，所以在心齋的問題上，是老師教學生而顯得合乎儒家制禮作樂由上而下的倫理綱常，但在〈大宗師〉中，莊子則把導出結論的權力，轉移到顏回手上，以顯示對儒家所執守的倫理界限的突破，莊子說：

他日，復見，曰：「回益矣！」

曰：「何謂也？」

曰：「回坐忘矣！」

仲尼蹴然曰：「何謂坐忘？」

顏回曰：「墮肢體，黜聰明，離形去知，同於大通，此謂坐忘。」

仲尼曰：「同則無好也，化則無常也。而果其賢乎？丘也請從而後也。」〔註56〕

「墮肢體」，就是對固滯於官能的超越。「黜聰明」，就是對固滯於概念途徑的超越。「離形去知」，就是對固滯於概念的超越。「同於大通」，就是對「无聽之以心」的超越。在莊學這裏，對儒學出諸於「負底方法」，從而使一切的拘執出諸於氣，進而使「虛而待物」成為體道的可能進路，是以此物已非耳、目、肢、體諸感官所及的實體對象，而是切近於直覺知的集虛之道，是謂「唯道集虛」。然而，祇有再進一層的達到蘇軾在〈石室先生畫竹贊〉敘所說的「蓋可謂與道皆逝，不留於物者也」的境界，〔註57〕纔能對心物從有待向無待的逍遙之道中，再超越出來，而從化境達致物我雙泯的空境，亦即蘇軾在〈寶繪堂記〉指出的：

君子可以寓意於物，而不可以留意於物。〔註58〕

〔註55〕 《蘇軾文集》，第五冊，頁2210～2211。

〔註56〕 《莊子集釋》，頁284～285。

〔註57〕 《蘇軾文集》，第二冊，頁613。

〔註58〕 《蘇軾文集》，第二冊，頁356。

第四節　蘇軾莊學文學視域向佛學視域銷釋的勝義
　　　　　文學觀

　　從「莊周」的比量境向「浮圖人」的現量境開脫與銷釋而去，是爲蘇軾論證技與道的關係的第二階段的超越論。如以創作時間序來看，應該說爲還原而去，而蘇軾表顯其銷釋之道的方式，並不是用理論去論述，而是用文藝創作去實踐。首先是作於元祐二（1087）年冬翰林學士任內的〈書晁補之所藏與可畫竹三首〉，其一詩云：

> 與可畫竹時，見竹不見人；
>
> 豈獨不見人？嗒然遺其身。
>
> 其身與竹化，無窮出清新；
>
> 莊周世無有，誰知此凝神。〔註59〕

　　蘇軾以兩個《莊子》典故資詩，做爲傳釋其根源於莊子的文藝學思想的論據，其一，〈齊物論第二〉說：

> 南郭子綦隱机而坐，仰天而噓，荅〔嗒〕焉似喪其耦〔偶〕。

〔註60〕

　　清人王夫之在《莊子通》一書中，以「比竹」論〈齊物論〉，〔註61〕猶如蘇軾以〈齊物論〉論文與可畫竹的創作心態。王夫之在《莊子解》卷二又說：「故我喪而偶喪，偶喪而我喪，無則俱無，不齊者皆齊也。」〔註62〕王夫之意圖用俱喪的論點，排除主客的對立性，使對立的此在，在彼此相對應的此在協諧共構的同時，消滅了彼此的存在，就像把暗室的燈熄掉，使在光影中可見的參差不齊的境象，一時俱爲黑所淪滅，而在黑中得到俱無的平等。或以否定儒家與墨家自是其所是而非其所非的是非之爭，而以「照之於天」的自然之道，〔註63〕均一因等差而產生的對立之爭，所以莊子說：

> 彼亦一是非，此亦一是非。果且有彼是乎哉？果且无彼是乎
>
> 哉？彼是莫得其偶，謂之道樞。〔註64〕

〔註59〕　《蘇軾詩集合注》，中冊，頁1433。

〔註60〕　《莊子集釋》，頁43。

〔註61〕　參見清‧王夫之著，《老子衍‧莊子通‧尚書引義》，臺北，河洛圖書出版社，民64，頁50～51。

〔註62〕　清‧王夫之著，《莊子解》，臺北，河洛圖書出版社，民63，頁11。

〔註63〕　唐‧成玄英疏：「天，自然也。」《莊子集釋》，頁67。

〔註64〕　《莊子集釋》，頁66。

　　運轉「道樞」這個機轉的動能，便是達致「物化」的「天地與我並生，而萬物與我為一」的命題的給出，〔註65〕這是道家與自然物化的思想，迥異於儒家人文化成思想之處，也是逍遙藝境在莊學中體現的無待與自在，是以徐復觀在〈宋代的文人畫論〉一文，以李公麟畫馬的摹仿論與審美的移情論，在「莊子藝術的生死觀」的論域中討論這首詩之後，引蘇軾的〈篔簹谷偃竹記〉為證，而做出結論說：

　　　　生命是整體的。能把握到竹的整體，乃能把握到竹的生命。但在精神上把握竹的整體生命，不是來自分解性的認知，而是來自反應於精神上的統一性觀照。〔註66〕

　　如果徐復觀就此擱筆於「不是來自分解性的認知」，就算在物我當體相即的藝境上，領悟到蘇軾的超越之思了，但徐復觀卻從《莊子》庖丁、匠石、輪扁等人的心手相應說，把已經看到的「統一性觀照」的道，拉回技的層次，而接著說：

　　　　將觀照所得的整體對象移之於創造，卻須將觀照付之於反省，因而此時又由觀照轉入到認知的過程，以認知去認識自己精神上的觀照，乃能將觀照的內容通過認知之力而將其表現出來。由觀照的反省而轉入認知作用以後，則原有的觀照作用將後退，而由觀照所得的藝術的形相，亦將漸歸於模糊。〔註67〕

　　徐復觀的這種轉移思路，正是從現量向比量退行之論，殊不知莊子以寓言論道，是從言的途徑往意的境界上升，並以意做為體道的保證，而非以言的書寫做為道之所以為道的確證，《莊子·外篇·天道第十三》是這樣說的：

　　　　語之所貴者意也。〔註68〕

　　在此這就有必要回到〈人間世〉「若一志」的一志說之所以成立的前提，即論據二的〈達生〉的「用志不分，乃凝於神」的凝神之說上去體證了。〔註69〕莊子這個「痀僂承蜩」之所以得蜩之道，蘇軾在〈眾妙堂記〉中，已藉園丁之口表出，際此，宋僧寂音尊者慧洪在《智證傳》中，假蘇軾

〔註65〕　《莊子集釋》，頁 79。
〔註66〕　徐復觀著，《中國藝術精神》，桂林，廣西師範大學出版社，2007，頁 278。
〔註67〕　《中國藝術精神》，頁 278～279。
〔註68〕　《莊子集釋》，頁 488。
〔註69〕　《莊子集釋》，頁 641。

見迹得本的超越知見，進而以佛學銷釋說：

> 則承蜩、意鉤、履狶、畫墁，未有不與如來同者也。東坡之言
> 吾法，如杜牧論兵，曰：「如珠在盤。」至於圓轉橫斜，不可得知，
> 所可知者，珠不出盤耳。如來應迹，本以度生，有法可傳，則即時
> 授與，但與授記者，明知無法可傳也。〔註70〕

　　然而，痀僂得蜩之道，與莊周嗒然物化爲蝶，乃至於集虛的心齋，與同於大通的坐忘，以馮友蘭的「渾然大全」說來釐辨文藝家「智者創物」的藝境的淺深之候，在理論上可以表述爲：以可感覺者表顯不可思議者。因此，明末四大高僧之一的紫栢尊者達觀眞可，雖給予極高的評價，但明眼人一眼就可以看出，其高之所以爲高，仍然是不離以長養色身做爲道家永遠看不透的形器的第二義諦的最高，是開脫而不解脫的最高，是以有爲無而以無爲有，而非以有爲空、以空爲空空的眞空妙有、妙有眞空的最高。也就是說，慧洪所指的「未有不與如來同者也」的之所同，是就世諦共法而論的，是以，達觀眞可在《紫栢尊者別集》卷之二〈五言偈〉第二偈說：

> 承蜩蜩不飛，蜩飛我有意；
> 蜩正不飛時，蜩我本無二。
> 有二則情生，情生神不凝；
> 神凝我物敵，彼此各有形。
> 有心尚不可，有形安可承？
> ……
> 形忘貴無我，無我神始凝；
> 此旨頓然曉，可以學長生。〔註71〕

　　從此可以看出，蘇軾的莊學轉向的再轉向，必然是對老莊的超越，與「藉可感覺者，以表顯不可感覺、不可思議者」的復歸，而其復歸之路，正是對無我的超克，也是以「無住爲本」的無住。而這恰恰可以反證，達觀眞可所說的「長生」，其文下之文，正是龍樹在《大智度論》卷第五十〈釋發趣品第二十之餘〉所說的「於無生滅諸法實相中，信受通達無礙不退」的無生，〔註72〕也是龍勝在《順中論義入大般若波羅蜜經初品法門》卷上所說的

〔註70〕　《卍續藏》，第六十三冊，頁173ᶜ。
〔註71〕　《卍續藏》，第七十三冊，頁415ᵃ。
〔註72〕　《大正藏》，第二十五冊，頁417ᶜ。

「一諦名不生」的無生，〔註73〕而非登僊久視的不死之生。

其次是元豐元（1078）年，蘇軾作於知徐州任所的〈送參寥師〉詩，在第一章〈緒論〉中論及「詩法不相妨」時，曾簡畧的提到蘇軾文藝學思想中的華嚴與般若思想，亦在第二章〈蘇軾佛教文學發生論〉中，畧及「欲令詩語妙」的文藝神思，係逸出傳統思維套路，而與佛教思想會通的極詣之境，而劉若愚在《中國文學理論》第二章〈形上理論〉中，把這首詩與〈書晁補之所藏與可畫竹三首〉其一，及司空圖的《二十四詩品》、《文心雕龍‧神思》篇等，統統附會到莊學的自然觀的形上道論裏去，顯見劉若愚的論點不出唐人成玄英疏「照之於天」的莊學觀之外。因此，無法從徹底的超越之思的觀照方法，去簡別與釐辨兩種在思想根源上迥異的義界，及其通過「智者創物」的生命意識，在文藝學書寫上所達致的不同境界。〔註74〕至於孫昌武、周裕鍇、劉石等人的相關研究，對這兩首蘇詩的思想根源則一無所及，〔註75〕蘇詩云：

> 上人學苦空，百念已灰冷；
> 劍頭惟一吷，焦穀無新穎。
> 胡爲逐吾輩，文字爭蔚炳？
> 新詩如玉屑，出語便清警。
> 退之論草書，萬事未嘗屏；
> 憂愁不平氣，一寓筆所騁。
> 頗怪浮圖人，視身如丘井！
> 頹然寄淡泊，誰與發豪猛？
> 細思乃不然，眞巧非幻影；
> 欲令詩語妙，無厭空且靜。
> 靜故了羣動，空故納萬境；

〔註73〕《大正藏》，第三十冊，頁39c。

〔註74〕〔美〕劉若愚著，杜國清譯，《中國文學理論》（*Chinese Theories of Literature*），臺北，聯經出版事業公司，民74，頁59～67。

〔註75〕參見：
1. 孫昌武著，《禪思與詩情‧增訂本》，北京，中華書局，2006，頁440、442。
2. 周裕鍇著，《中國禪宗與詩歌》，高雄，麗文文化事業股份有限公司，1994，頁91～92。
3. 劉石著，《論蘇軾與佛教》，《中國佛教學術論典》，第三十八冊，高雄，佛光山文教基金會，2001，頁387～389。

閱世走人間，觀身臥雲嶺。

鹹酸雜眾好，中有至味永；

詩法不相妨，此語當更請。〔註76〕

上人（purusarsabha），據《摩訶般若波羅蜜經》卷第十七〈堅固品第五十六〉說：

「復次，須菩提！菩薩摩訶薩常具足菩薩五根，信根、精進根、念根、定根、慧根，是名阿惟越致相。復次，須菩提！阿惟越致菩薩摩訶薩爲上人、不爲下人。」

須菩提白佛言：「世尊！云何爲上人？」

佛告須菩提：「若菩薩摩訶薩一心行阿耨多羅三藐三菩提心，不散亂，是名上人。以是行、類、相貌當知，是名阿惟越致相。」

〔註77〕

菩薩是菩提薩埵（bodhisattva）對音譯漢的署稱，主要的意思是大覺有情；摩訶薩是摩訶薩埵（mahāsattva）對音譯漢的署稱，主要的意思是大士；阿惟越致對音譯漢的音轉異譯是阿鞞跋致，阿鞞跋致（avinivartanīya）是鞞跋致（vivartya）加否定前綴阿（a）的否定語而形成，主要的意思是不退轉；阿耨多羅三藐三菩提是 anuttara-samyak-sajbodhi 的對音譯漢，主要的意思是無上正等正覺；這主要是大乘佛教般若義學的用法，與東晉・西來僧瞿曇僧伽提婆譯的原始佛教的根本經典《增壹阿含經》卷三十五〈莫畏品第四十一・第三經〉「當觀七處之善，又察四法」的內涵，〔註78〕在行法上有著僅止於向內照察一己之心、意、識與對內既照察一己之心、意、識，又同時對外觀照諸法流轉於緣起緣滅的根本差別，更與道家「順天地自然之性，遊六氣變化之途，無功無名，抑且無己」，〔註79〕但實有己的至人、神人、眞人，與儒家道統由堯、舜、禹、湯、文武、周公，最終定尊於孔子的仁、義、禮、忠恕等範疇的聖人，有著既肯認現象之不解脫，又超越於逍遙自在與洩導人情之上的終極關懷，與究竟解脫的不究竟與究竟的差別。因此，參寥子所學的道，正是歷來涉佛文士所學的苦與空。值得注意的是，空係至小無內至大無外的芥子與須彌，是「豎窮三際，橫遍十方」的圓融之道，是器界形

〔註76〕《蘇軾詩集合注》，上冊，頁863～864。

〔註77〕《大正藏》，第八冊，頁342b。

〔註78〕《大正藏》，第二冊，頁745b。

〔註79〕王邦雄等著，《中國哲學史》，臺北，國立空中大學發行，民84，頁154。

而下說法的法界自性觀，也是佛界形而上的十法界等觀之道。是以在盛宋時期廣弘教禪於京師汴梁的廣智本嵩在《華嚴七字經題法界觀三十門頌》卷下說：

> 去住都無我，縱橫豈有他？
> 入浪穿雲，都無罣礙。

> 此頌去住者，三際出入無礙也。縱橫者，十方往來自在也。由前八門我、法二執都遣，到此空、色同如，豈有他法於其間哉？由是豎窮三際，橫遍十方，爲一味之圓通，顯二法之無我，非情識之所測，唯同道乃方知。〔註80〕

至於「苦」則是佛陀證得無上正等正覺之後，在波羅奈〔斯〕（Vārānasī，今同，惟羅馬拼音轉寫爲 Varanasi）國鹿野苑爲憍陳如、頞鞞、跋提、十力迦葉、摩男俱利等五比丘初轉法輪時，所說的佛教基本教義四聖諦之一，《增壹阿含經》卷第十四〈高幢品第二十四之一·第五經〉說：

> 彼云何名爲苦諦？所謂生苦、老苦、病苦、死苦、憂悲惱苦、愁憂苦痛，不可稱記。怨憎會苦、恩愛別苦、所欲不得亦復是苦，取要言之，五盛陰苦，是謂苦諦。〔註81〕

佛陀在此率先舉出，從生苦乃至於死苦所開展的生命進程的不可逆轉性，既是有生必有死的現象，更是在透視現象之後而得以超越解脫的實相。然而，受苦的人如果不能洞達《大般若波羅蜜多經》卷第五百六十八〈第六分念住品第五〉所說的「有情顛倒，妄起樂想，異生愚癡，謂苦爲樂」的「諸受皆苦」，從而「爲斷滅苦，應修精進」的話，〔註82〕祇能在不斷流逐的人生旅途中，深陷五陰熾盛苦的絕境而無從自拔。

以生死學的論域來看，就在這種不可逆轉的生命進程中，儒家自孔子在《論語·述而第七》倡言「不語怪、力、亂、神」開始，〔註83〕便被懸擱起來，不再做進一步討論，如〈先進第十一〉：「季路問事鬼神。子曰：『未能事人，焉能事鬼？』曰：『敢問死？』曰：『未知生，焉知死？』」〔註84〕而使生死問題，停滯在現象界的孝論與禮論層次上爲已足，如〈爲政第二〉說：「生，

〔註80〕《大正藏》，第四十五冊，頁 700[b]。
〔註81〕《大正藏》，第二冊，頁 619[a]。
〔註82〕《大正藏》，第七冊，頁 933[b]。
〔註83〕《十三經》，下冊，頁 2025。
〔註84〕《十三經》，下冊，頁 2046。

事之以禮；死，葬之以禮，祭之以禮。」〔註85〕所以儒家的終極解脫道，在心性論上祇能達到〈雍也第六〉「其心三月不違仁」的高度。〔註86〕而在道家莊子那裏，也祇以「縣解」做為生死可以達觀的保證，如〈養生主第三〉說：「可以保身，可以全生，可以養親，可以盡年。……安時而處順，哀樂不能入也。」〔註87〕然而，這種「照之於天」的自然生死觀，雖可在心靈上達致「逍遙無待之遊，是主體的超拔飛越，天籟齊物之論，是物我的同體肯定」。〔註88〕但論者不同意，王邦雄據此判定其境界為「破生死之惑」，〔註89〕因為那是自然論下委順生死於自然律的物化之說，〔註90〕是沒有辦法解決生死苦的斷論。而這種出苦的觀念，在蘇軾少年時便有感於心。因此，於晚年謫降儋州別駕時，在〈與王庠〉第一簡中回憶說：

> 軾少時本欲逃竄山林，父兄不許，迫以婚宦，故汩沒至今。南遷以來，便自處置生事，蕭然無一物，大暑似行腳僧也。……緣此斷葷、血、鹽、酪，日食淡麵一斤而已。非獨以愈疾，以求寂滅之樂耳。〔註91〕

可見苦成為蘇軾佛教文學書寫的本質要素，與表達觀念之一，是其來有自的，而其究竟理地，則為寂滅之樂，是以在其文藝學實踐中，唾手可得例證，如〈次韻王鬱林〉有句云：「晚途流落不堪言。」〔註92〕又，〈自題金山畫像〉六言詩云：

> 心似已灰之木，身如不繫之舟；
> 問汝平生功業，黃州惠州儋州。〔註93〕

儘管蘇軾在首聯反用《莊子‧內篇‧齊物論第二》「形固可使如槁木，而心固可使如死灰乎」？〔註94〕與〈雜篇‧列禦寇第三十二〉「巧者勞而智者憂，

〔註85〕　《十三經》，下冊，頁1999。

〔註86〕　《十三經》，下冊，頁2017。

〔註87〕　《莊子集釋》，頁115～128。

〔註88〕　王邦雄等著，《中國哲學家與哲學專題》，上冊，臺北，國立空中大學發行，民78，頁252。

〔註89〕　《中國哲學家與哲學專題》，上冊，頁254。

〔註90〕　參見徐復觀著，《中國藝術精神》，頁83～86。

〔註91〕　《蘇軾文集》，第五冊，頁1820。

〔註92〕　《蘇軾詩集合注》，下冊，頁2229。

〔註93〕　《蘇軾詩集合注》，下冊，頁2475。

〔註94〕　《莊子集釋》，頁43。

无能者无所求，飽食而敖遊，汎若不繫之舟」兩個事典。〔註 95〕但細審詩的文外之義，〈高幢品〉所及的八苦，那一苦不具體而微的蘊藉於其字裏行間？而這樣的流逐與佛義的現世輪迴，又是何等的若合符節？至於「寂滅之樂」，既是同四聖諦爲佛教根本教法的三法印的內涵，如唐僧義淨譯《根本說一切有部毘奈耶》卷第九〈妄說自得上人法學處第四〉，世尊告訴賢首說：

> 諸行皆無常，諸法悉無我，
>
> 寂靜即涅槃，是名三法印。〔註 96〕

又是涅槃思想的要義，如東晉僧法顯譯《大般涅槃經》卷下說：

> 諸行無常，是生滅法，
>
> 生滅滅已，寂滅爲樂。〔註 97〕

而這些要義，在早期漢傳的大乘佛學中，是透過般若性空觀，去對無常與生滅，或漸次否除，或頓悟的。因此，蘇軾指出參寥子所學的空，是以般若智慧照了諸法實相，而度過生死輪迴的苦流，以便從此岸解脫至涅槃的彼岸，不論是內空或無性自性空，都是般若筏喻，如《大般若波羅蜜多經》卷第三〈初分學觀品第二之一〉，佛說：

> 復次，舍利子！若菩薩摩訶薩欲通達內空、外空、內外空、空空、大空、勝義空、有爲空、無爲空、畢竟空、無際空、散空、無變異空、本性空、自相空、共相空、一切法空、不可得空、無性空、自性空、無性自性空，應學般若波羅蜜多。若菩薩摩訶薩欲通達一切法眞如、法界、法性、不虛妄性、不變異性、平等性、離生性、法定、法住、實際、虛空界、不思議界，應學般若波羅蜜多。若菩薩摩訶薩，欲通達一切法盡所有性、如所有性，應學般若波羅蜜多。若菩薩摩訶薩欲通達一切法因緣、等無間緣、所緣緣、增上緣性，應學般若波羅蜜多。若菩薩摩訶薩欲通達一切法如幻、如夢、如響、如像、如光影、如陽焰、如空花、如尋香城、如變化事，唯心所現性相俱空，應學般若波羅蜜多。〔註 98〕

凡此，一言以蔽之，正是宋代臨濟僧冶父道川禪師在《金剛經註解》卷第一〈如理實見分第五〉中所頌說的：

〔註 95〕 《莊子集釋》，頁 1040。
〔註 96〕 《大正藏》，第二十三冊，頁 670^c。
〔註 97〕 《大正藏》，第七冊，頁 204^c。
〔註 98〕 《大正藏》，第五冊，頁 13^{b-c}。

身在海中休覓水，日行嶺上莫尋山；

鶯啼燕語皆相似，莫問前三與後三。〔註99〕

　　際此，蘇軾便進入了明僧覺明妙行在《西方確指》所指出的「打得念頭死，許汝法身活」的勝義文學觀了。〔註100〕而「上人學苦空」，或者說涉佛文士學苦空之後，在淺人寸光所及的眼皮底下，往往祇能看到外在的退行現象，如「百念已灰冷」，便可以被旁解為積極不作為，而產生一種當事人自我否證的消極影像，亦即以負面思維理解的結果，必然會從社會上與學壇中，讓人坐實不佳的觀感，而這樣的觀感，每每最容易落入闢佛者的手中，並被以斷章取義的誤讀，給輕易的轉化為挑刺的劍鋒。但論者以為，蘇軾藉參寥子的修為，在回顧中，看到的是在寫這一首詩之前六年的熙寧六（1073）年，在杭州通判任內所寫的〈再遊徑山〉詩的境界，詩云：

從來白足傲生死，不怕黃巾把刀槊；

榻上雙痕凜然在，劍頭一映何須角？〔註101〕

　　這是蘇軾從生死苦的知見上超越（傲）出來的解脫觀，也是一個涉佛文士在文藝學文本中流露出六波羅蜜多的忍辱波羅蜜多（kṣānti-pāramitā）與精進波羅蜜多（vīrya-pāramitā）。因此，蘇軾以自己的詩句「劍頭一映何須角」，在互文性中做為體現「劍頭惟一映」的共存關係，來向讀者暗示自己在詩學上的表述，是以佛學思維的比量方式，沙汰因應人生逆境時所抖落的精神垃圾，而說為「焦穀無新穎」，正是精進波羅蜜多，把昏亂迷惑的念頭打死，而為現量境中所將體達的般若波羅蜜多（prajñā-pāramitā），留下世出世法等觀的伏筆。因為現象的本質是幻，反之，幻的本質是現象，故常人執現象以為實有，致爭逐無有了時，苦乃至於苦苦，亦無有了時，而這都是從已經烤熟的穀種長出來，但在實際上並不存在的煩惱芽，誠如《維摩詰所說經》卷第二〈觀眾生品第七〉，維摩詰說：

譬如幻師，見所幻人，菩薩觀眾生為若此，如智者見水中月，如鏡中見其面像，如熱時焰，如呼聲響，如空中雲，如水聚沫，如水上泡，如芭蕉堅，如電久住，如第五大，如第六陰，如第七情，如十三入，如十九界。菩薩觀眾生為若此，如無色界色，如焦穀牙，

〔註99〕《卍續藏》，第二十四冊，頁770ᵇ。
〔註100〕《卍續藏》，第六十二冊，頁474ᶜ。
〔註101〕《蘇軾詩集合注》，上冊，頁476。

如須陀洹身見，如阿那含入胎，如阿羅漢三毒，如得忍菩薩貪恚毀禁，如佛煩惱習，如盲者見色，如入滅盡定出入息，如空中鳥跡，如石女兒，如化人起煩惱，如夢所見已寤，如滅度者受身，如無烟之火，菩薩觀眾生爲若此。〔註102〕

　　然而，別以爲說了這一番否證現象不實的維摩詰居士是斷論者，如說了「百念已灰冷」的蘇軾是退行者，以方便法而證究竟勝義，即以第二義諦表顯第一義諦而論，識知本質空現象有的識知，如同識知灰冷的意念仍然是可被識知的意念，都是爲了證成寂滅的空樂而務必在止觀上共時存在。因此，蘇軾纔會用反問句，既反問參寥子，而又反問反問參寥子的好事者，出家人何必跟著在家文士搖起筆桿來寫詩，而且在文藝學書寫的技藝上與詩家「爭蔚炳」呢？如果詩僧的詩學書寫僅止於此，那麼，盛宋佛教文藝學在文學與內學的跨論域研究中，也就沒有深論的價值了。如通途所說，祇要將僧人在中國禪宗立宗以後入世化的進程中，敘述爲世俗化並附庸風雅的跟著詩人寫詩，以向士大夫討喜與討巧，且簡單的說爲禪僧士大夫化便了事了。但有誰能判定《佛所行讚》（*Buddhacarita*）不是內典文學，而其作者馬鳴菩薩不是佛教上三道位的菩薩呢？又有誰能說《百喻經》不是內典文學，而其作者僧伽斯那不是佛教中的僧人呢？如同沒有一個西方文論家能判定但丁（Dante Alighieri，1265～1321）的《神曲》（*Divine Comedy*）、彌爾頓（John Milton，1608～1674）的《失樂園》（*Paradise Lost*）、約翰・本揚（John Bunyan，1628～1688）的《天路歷程》（*Pilgrim's Progress*）等著作，祇是完全意義上的文學而與神學無關，一如陳昭第在《文學元素學——文學理論的超學科視域》第五章〈作家的理想（文化）特徵〉，論「宗教理想與審美解放」時說：

　　　　文學創作常常是表現宗教理想的重要藝術形式和手段，許多宗教經典本身就是絕妙的文學作品。宗教理想又常常能夠爲文學創作提供素材、思想乃至方法的支持。……如果說禪宗的理想給予王維、蘇軾等唐以後的中國詩人以內省的工夫，使他們能夠以禪入詩、以禪喻詩，達到了對生命本體和詩歌本體的更加透徹的領悟，很大程度上形成他們的創作風格的話，基督教的宗教理想則給予巴爾扎克、雨果、托爾斯泰等西方作家以理性的二元論的支持，使他們在表現肉體與靈魂、獸性與靈性方面顯示出了一定優勢，乃至成爲其

〔註102〕《大正藏》，第十四冊，頁547^b。

創作風格的最為牢固的基礎。〔註 103〕

　　就蘇軾與蘇門學士，乃至於蘇門君子的佛教文學書寫，以文士的身分而論，與但丁、彌爾頓、約翰・本揚沒有甚麼不同，而參寥子的文藝學書寫與馬鳴菩薩、僧伽斯那也沒有甚麼等差，所以蘇軾認為參寥子以「智者創物」的文藝創造力創作出來的「新詩如玉屑，出語便清警」，慢說得到盛宋文豪如此高評價的詩，在同時代的文士中除了龜繹先生、謝民師、范文正、歐陽修、黃子思、蘇轍及蘇門六君子之外，著實不多。可見蘇軾看到的不是作者身分表徵這種簡單的問題，而是一種深湛的文藝美學佛教文學觀的給出。雖然金人元好問在〈論詩三十首〉其二十二，批評蘇軾與黃山谷說：「祇知詩到蘇黃盡。」〔註 104〕清人施國祁引宋人劉克莊《後村詩話》注曰：「元祐以後詩人迭起，不出蘇、黃二家。」〔註 105〕又引宋人陳與義云：「詩至老杜極矣，蘇、黃復振之，而正統不墜。」〔註 106〕劉、陳兩家說蘇、黃詩，都給予以極高的推崇。但論者以為，元好問的詩義並不如此，而是說蘇、黃詩的作態與破壞正統。然而，就文藝美學佛教文學而論，蘇軾與元好問的看法卻是一致的，元好問〈答俊書記學詩〉云：

　　　　詩為禪客添花錦，禪是詩家切玉刀；

　　　　心地待渠明白了，百篇吾不惜眉毛。〔註 107〕

〔註 103〕陳昭第著，《文學元素學》，北京，中國社會科學出版社，2006，頁 217。

〔註 104〕金・元好問撰，清・施國祁箋注，《元遺山詩注》，第二冊，卷十一，臺北，臺灣中華書局股份有限公司，民 55，葉 9^b。

〔註 105〕《元遺山詩注》，第二冊，卷十一，葉 9^b。

〔註 106〕《元遺山詩注》，第二冊，卷十一，葉 9^b。又，陳與義之說不見於：
　　1. 宋・陳與義撰，《簡齋集》，文淵閣《四庫》鈔本。
　　2. 宋・陳與義撰，《陳與義集》，臺北，漢京文化事業有限公司翻印北京中華書局本，民 72。
　　3. 清・厲鶚著，錢鍾書補正，《宋詩記事補正》，第六冊，卷三十八，〈陳與義〉，遼寧人民出版社、遼海出版社聯合出版，2003。
　　4. 四川大學中文系唐宋文學研究室編，《蘇軾資料彙編》，北京，中華書局，2004。
　　5. 宋・陳與義著，張興彥編纂，《陳與義詩話》，吳文治主編，《宋詩話全編》，第三冊，南京，鳳凰出版社，2006。
　　6. 施國祁之所本，當抄自僅見的《宋詩鈔》。參見清・吳之振、呂留良、吳自牧選，清・管庭芬、蔣光煦補，《宋詩鈔》，第二冊，《簡齋詩鈔・序》，北京，中華書局，1996，頁 1279。

〔註 107〕《元遺山詩注》，第二冊，卷十四，葉 14^b〜15^a。

　　因此，詩禪互文的文藝美學，已不祇是技進於道的形而下之器與形而上之道，在藝術表現上的創造精神昇華與否的問題，而是在現象與本質上同為本真的生命自覺的本身。自覺是否證的前提，本真是超越的證立，是以被否證者即被證立者。用佛教的方式來論述，可表述為心地法門，此一法門所欲教人「明白了」的內涵，五代禪師法眼宗開祖法眼文益，在《宗門十規論·自己心地未明妄為人師第一》中，有極精要的詮釋：

> 心地法門者，參學之根本也。心地者何耶？如來大覺性也。由無始來，一念顛倒，認物為己。……所以諸佛出世，方便門多。滯句尋言，還落常斷，祖師哀憫，心印單傳，俾不歷堦級，頓超凡聖，祇令自悟，永斷疑根。〔註108〕

　　「認物為己」與「滯句尋言」，不但是佛家教下行者依教持修，或宗門禪和參禪的大忌，也是文學創造與欣賞的大忌，同屬不解心地是如來大覺性的庸妄者之所執。因此，元好問回答俊書記說，想把詩學好，就要有禪客以空花參禪而不溺於花的修為，這在《維摩詰所說經》卷中〈觀眾生品第七〉的天女散華喻中，已指出其境界為「無住為本」，〔註109〕而在蘇軾的創作論中，就是〈自評文〉所說的「隨物賦形」，〔註110〕所以「禪是詩家切玉刀」，切出來的正是參寥子筆下「如玉屑」般的「新詩」。因此，蘇軾教參寥子作詩，就像元好問教俊書記如何學詩那樣，都是在使其朝向上一路超越上「不惜眉毛」的，誠如《續傳燈錄》卷第八〈大鑑下第十二世〉，慧林宗本圓照禪師說：

> 山僧今日不惜眉毛，與汝諸人說破。拈起也，海水騰波，須彌岌峇。放下也，四海晏清，乾坤肅靜。敢問諸人，且道拈起即是，放下即是？〔註111〕

　　也就是說，我都把作詩的心法說破了，就像宋代曹洞宗僧，倡行默照禪風的天童正覺，在《萬松老人評唱天童覺和尚拈古請益錄》卷上〈第五十則陸亘坐臥〉說：

> 白雲不惜眉毛，與汝註破。得，又是誰？道來！不得，又是誰？道來！汝若更不會，老僧今夜為汝作箇樣子。〔註112〕

〔註108〕《卍續藏》，第六十三冊，頁37^a。
〔註109〕《大正藏》，第十四冊，頁547^c。
〔註110〕《蘇軾文集》，第五冊，頁2068。
〔註111〕《大正藏》，第五十一冊，頁512^b。
〔註112〕《卍續藏》，第六十七冊，頁484^a。

　　袛要你一旦悟入，便能如「萬斛泉源，不擇地皆可出」，而沒有甚麼好雕鍥不已的，誠如石介所撻伐的西崑祭酒楊億那樣。可惜的是這種如精金美玉般會通精進波羅蜜多、禪定波羅蜜多（dhyāna-pāramitā）、般若波羅蜜多，纔能達致清警的審美藝境，用流俗的話來說，便是創造者與鑑賞者，以其自覺所持有的主觀能動性，卻爲古今論家給長期忽視了。然而，問題的可怪性，全在於以詩學、文藝學、美學等領域研究蘇軾的學者，是不會漏掉對這一首詩的論述的，今人已畧如前及，〔註113〕古人如查愼行、汪師韓、紀昀、宋長白、王文誥、香巖、趙克宜等人，也都不吝給予這首文論詩較好的評語，尤其是袛要涉佛的蘇詩便被紀昀打落，但此際不然，紀昀說：

　　　　余謂潛本僧，而公之詩友。若專言詩，則不見僧；專言禪，則
　　　　不見詩。故禪與詩併而爲一，演成妙諦。……（起處）直涉理路，
　　　　而有揮灑自如之妙，遂不以理路病。言各有當，勿以王孟一派，概
　　　　盡天下古今之詩。〔註114〕

　　當然，紀昀評詩並沒有抖落嚴羽以下，直至同光體出現之前，大部分傳統評家評宋詩的習氣。但在這裏，既然看到了禪與詩的思想會通，在藝術實踐上有「演成妙諦」的內在聯繫，不能不說是一種進步。因此，如從外在的表象，來看修持中的「浮圖人」，看到的將袛是不動如荒丘、不波如古井那樣了無生氣，以至引起處處講趣味的藝匠的驚怪。殊不知這不動不波的丘井，不袛是宋代美學清、平、澹、遠思潮之所寄，更是禪定波羅蜜多以明覺的能觀心注心一境的最佳體現。而禪定波羅蜜多與精進波羅蜜多，乃至於其他四波羅蜜多，在一個行者的身上，是一完整的共在，也就是馮友蘭所指出的「不可思議底渾然大全」，而這大全在佛家講來就是無方所、無終始的圓，尋常的話說爲有機的統一體，麤畧的說，是辯證的統一。其在華嚴宗第三祖賢首法藏的《華嚴經金師子章註》中，則說爲：

　　　　萬像紛紜，參而不雜，雖四像遷移，各住自位。一切即一，皆
　　　　同無性，攝末歸本，不礙末也。一即一切，因果歷然，依本起末，

〔註113〕又，參見：
　　1. 李厚〔李澤厚〕著，《美的歷程》，〔臺北〕，元山書局，〔民73〕，頁161～
　　　165。
　　2. 鄭蘇淮著，《宋代美學思想史》，江西，江西人民出版社，2007，頁190～
　　　195。
〔註114〕曾棗莊主編，《蘇詩彙評》，上冊，成都，四川文藝出版社，2000，頁734。

不礙本也。力用相收，卷舒自在，力顯性起，圓融法門無礙，故名一乘圓教。〔註115〕

在天臺宗創宗者智顗的天臺圓教極詣之作《摩訶止觀》中，則說爲「圓融三諦」，即卷第六下「第三橫豎一心明止觀者」所說的「即空、即假、即中不思議三諦」。〔註116〕而在舊題唐僧玄覺禪師著，實際上是荷澤宗之祖神會撰的《證道歌》中，則發展爲：

> 一性圓通一切性，一法遍含一切法。
> 一月普現一切水，一切水月一月攝。〔註117〕

在幻師眼中的水月，就在荒丘之上的天宇中，在古井的井心之中，在「力用相收」時看來，顯明的境相是平、淡、清、寧，致予外行人以髣髴頹然無寄的錯覺。然而，就蘇軾的詩學來諦觀，則是有寄予淡泊之境的，而與其相適應的保證，則是「誰與發豪猛」的「卷舒自在」，也就是《鎮州臨濟慧照禪師語錄》在〈行錄〉中所表述的：

> 路逢劍客須呈劍，不是詩人莫獻詩。〔註118〕

易言之，「頹然寄淡泊」的淡泊，在文藝學創作者及其最終輸出的文本與欣賞者之間，有一重是否爲天才與其知音的關係。如果欣賞者不是作品與作者等流的知音，任你是一個寫得無比高妙的天才，一旦看在欣賞能力匱乏者的眼裏，終究不過是華藏世界與韶樂之於如痁如聾的人罷了，更遑論鑑賞與

〔註115〕《大正藏》，第四十五冊，頁 669^b。

〔註116〕《大正藏》，第四十六冊，頁 84^b。

〔註117〕《大正藏》，第四十八冊，頁 396^b。又，參見：

1. 月溪法師著，《神會大師證道歌顯宗記溯源》，《月溪法師文集》，第五冊，臺北，圓明出版社，民 85，頁 43。

2. 關於《證道歌》的作者問題，在佛教經藏中皆署與神會同時代的永嘉玄覺。然而，月溪法師在〈神會與證道歌〉說：「好多年前月溪於西安臥龍寺偶然獲得到一本宋板的《證道歌》，著者卻是神會，引起我的疑心，於是我拿《證道歌》來和《永嘉集》仔細的對參，覺得兩者在思想和口胞上皆大相逕庭；又把它來和神會的《顯宗記》參對，則不但思想相同，而且文字口胞都極近似。……後來讀了胡適根據敦煌寫卷的《神會和尚遺集》，我再把它拿來詳細的參對……於是我便確定《證道歌》是神會爭南宗正統時的作品。」同前，頁 29。

3. 胡適寫於 1927 年的〈海外讀書雜記・四・所謂永嘉證道歌〉，根據法國巴黎國立圖書館所藏 P.2104 號敦煌寫卷，進行了版本考證。參見〔日〕柳田聖山主編，《胡適禪學案》，臺北，正中書局，民 79，頁 356～358。

〔註118〕《大正藏》，第四十七冊，頁 506^b。

領受。至於碰到一知半解，或被特定意識形態套住思維方法的人，就像韓愈
論草聖張旭與高閑上人的書法那樣，不免要錯用眼力的，如北涼・曇無讖譯
《大般涅槃經》卷三十六〈迦葉菩薩品第十二之四〉，佛說：

　　善男子！我往一時，在耆闍崛山，與彌勒菩薩，共論世諦，舍
利弗等五百聲聞，於是事中都不識知，何況出世第一義諦？〔註119〕

　　這種執幻以為真，如同時下某一路數的藝評人，以藝術品之所是為藝術
家創作的目的，而不問其精神與寓意那樣，把不留於物的藝術的本真，物化
為市場機制的產物，有價值是一場交易，沒有價值也是一場交易。唯其就創
作者而論，「頹然」可理解為在宋人身上特別具有普遍性的內斂精神，是創作
動能被啓動為「力用」之前，仍處於葆養真元的內觀（vipaśyanā）狀態，也
就是慧地法師劉勰在《文心雕龍・神思第二十六》中所說的「寂然凝慮，……
陶思文均」的沈潛狀態，〔註120〕亦即行者在持修的二六時中被視為丘井的狀
態。然而，了達的人深知這種心、意、識的狀態在伏而未發之際，便已同時
俱備了「思接千載，……視通萬里，……卷舒風雲」的能力，〔註121〕用佛家
的表述方式來說，即唐代天臺宗第九祖荊溪湛然在《法華玄義釋籤》卷第二
中所說的「因果俱時，華果體即」。〔註122〕因此，蘇軾要人細思其所不然者的
不然之處，也就是「真巧非幻影」如何可能的命題的提出。

　　在這句五言詩中，蘇軾一連舉出了真、巧、幻、影四個佛家最常見的名
相，用來開拓文藝美學思想的深廣度。簡單的說：真的意思是真實，但不是
一般意義上真假的真實，而是在理上與不究竟的世俗諦對顯的究竟的真諦，
如前述的四聖諦，義在顯明諦理的真實不妄，是對在相上亦真實不妄的苦、
集、滅、道，每每在凡夫邊失於造作的超克。巧的意思是方便，其複合詞即
善巧方便，也是觀四聖諦的法門善巧。用世學來說真巧，在文藝學上可表述
為如在眼前既真切而沒有隔歷的美妙意象，在行家裏手筆下則展現為以直覺
知識知的現量境。幻又稱幻化，意思是虛而不實的假相，是真空妙有的有，
如龍樹在《大智度論》卷第六〈初品中十喻釋論第十一〉所說：

　　諸法相雖空，亦有分別可見、不可見。譬如幻化象、馬，及種
種諸物，雖知無實，然色可見、聲可聞，與六情相對，不相錯亂。

〔註119〕《大正藏》，第十二冊，頁574^c。
〔註120〕《文心雕龍注》，卷六，葉1^a。
〔註121〕《文心雕龍注》，卷六，葉1^a。
〔註122〕《大正藏》，第三十三冊，頁828^b。

　　諸法亦如是，雖空而可見、可聞，不相錯亂。〔註123〕

　　也就是說，幻是第一義諦諦理眞實義項下的第二義諦眞實，而且在現象上是與六根相應的六塵。影的意思則是一大光明藏的障礙，並可在餘光中顯現出與本體相對而在本質上並無實性的色相，且在根塵相應上執有幻的功能，而往往與幻連稱爲幻影，如明人無依道人徐昌治在《般若心經解》說：「無無明，亦無無明盡，乃至無老死，亦無老死盡。……眞空中，本來常覺，覺則不動。當其動時，原是堪〔湛〕然不動。純一大光明藏，何從而有無明？自行、識，以至老死，當處發生，隨處滅盡，緣無可緣。起原無起，本性空。六根之身且無，將甚的爲老死，而謂有老死盡耶？」〔註124〕且經常被拿來當例證的，便是《金剛般若波羅蜜經》的〈六如偈〉：

　　　　一切有爲法，如夢幻泡影，

　　　　如露亦如電，應作如是觀。〔註125〕

　　這在文藝學上，可表述爲幻影在藝術家的視象中，是被直覺知於識知的當際識知的對象。缺乏悟性的寫匠，來到這裏也就滿意的收手了。但高妙如蘇軾者，卻在以「非」字否證幻影的同時，用幻影這種世諦眞實，同步證成勝義諦的眞巧。這對初學者來說，是需要以推論知的方式去細思的。然而，祇有從比量境中超越出來的作手，纔能把「眞巧非幻影」轉化爲當體相即的藝境，並以文藝學的任何可能的藝術形式體達出來。要之，這種特具「詩性智慧」的文藝美學思想，〔註126〕迥異於「禁止一切摹仿性的詩進來」理想國的柏拉圖的理式與摹仿說，〔註127〕因而使詩人在十法界都保有以藝術莊嚴百千萬億國土的權利與崇高的地位。如說林園建築是一首充滿人文之美之詩歌，那麼，它就建在華嚴法界中，且看唐・西來僧般若譯的《大方廣佛華嚴

〔註123〕《大正藏》，第二十五冊，頁 101^c。

〔註124〕《卍續藏》，第二十六冊，頁 906^c～907^a。

〔註125〕《大正藏》，第八冊，頁 752^b。

〔註126〕參見〔義〕維柯（Gianni Battista Vico）著，朱光潛譯，《新科學》(*The New Science of Gianni Battista Vico*)，上冊，北京，商務印書館，1997，頁 171～435。

〔註127〕參見：

　　1. 〔古希臘〕柏拉圖著，朱光潛譯，《文藝對話集・理想國（卷十）——詩人的罪狀》，《朱光潛全集》，第十二卷，頁 59～79。

　　2. 〔古希臘〕柏拉圖著，郭斌和、張竹明譯，《理想國》，北京，商務印書館，1997，頁 387～426。

　　3. 〔古希臘〕柏拉圖著，王曉朝譯，《國家篇》，第十卷，《柏拉圖全集》，第一卷，頁 612～648。

經入不思議解脫境界普賢行願品》卷第十一，如是說：

> 爾時，善財即遍觀察，見其舍宅，廣博嚴麗，於其四面，各開
> 二門，閻浮檀金，之所合成；白銀爲牆，周匝圍遶；玻瓈爲殿，雜
> 寶莊嚴；紺瑠璃寶，以爲樓閣；硨磲妙寶，而爲其柱；階墀、軒
> 檻、戶牖、窗闥，靡不咸以眾寶所成；百千種寶，莊嚴校飾；碼碯
> 寶池，香水盈滿；四面欄楯，絡以眞珠；雜寶樹林，周遍行列；赤
> 珠摩尼，爲師子座，阿僧祇寶，間錯莊嚴；毘盧遮那摩尼寶王，以
> 爲其帳，於其座前，左右建立，光焰熾盛；摩尼寶幢，雜色光明，
> 如意珠王，而爲其網，以覆其上。〔註128〕

　　從善財童子的所見，可以看到佛教禪宗清澹美學的另一面，即沒有被偏知者所期期以爲非徹底消滅掉的繁複與富麗。而繼「眞巧非幻影」的命題之後，蘇軾緊接著給出創作主體諦觀森羅萬象的空靜觀。就文藝美學而論，要把諦觀表述爲審美觀也可以。而詩人觀照的對象既是形器世間，也是蘇軾在〈鼉繹先生詩集敘〉中所說的「莫不超然出於形器之表」的世間。〔註129〕蘇軾雖然沒有指出那是怎樣的世間，但順藤摸瓜，不難發現那就是包括器世間與眾生世間在內的智正覺世間，爲易理解故，可先表述爲姜一涵在〈書畫美學〉一文中的說法：

> 詩人和整個宇宙是並存的，從有人類起，就有詩人存在；這個
> 世界若沒有了詩人，也就沒有「眞正的人」存在了。〔註130〕

　　姜一涵的說法，雖然祇達到了美學的高度，而沒有達到儒學、老莊與大乘佛學的高度，但卻是一級讓人在頓超直入之前，可具體立足的最後階梯，一旦跨過這個階梯，就可以試著先來理解，中國佛教文學做爲以文學形式表顯內學的超越之思的大乘文學，在蘇軾的「超然出於形器之表」的世間觀上，有怎樣可能的思想根據，被主要體現在啓發蘇軾迴絕之思的華嚴勝義中，而其根源則來自於中國文士普遍愛讀的《大乘起信論》。龍樹在注《大乘起信論》的《釋摩訶衍論》卷第三，則是這樣說的：

> 頌曰：
> 性淨本覺智，三種世間法，

〔註128〕《大正藏》，第十冊，頁709^{b~c}。
〔註129〕《蘇軾文集》，第一冊，頁313。
〔註130〕姜一涵等著，《中國美學》，臺北，國立空中大學發行，民81，頁279。

皆悉不捨離，爲一覺熏習。

莊嚴法身果，故名因熏習，

鏡輪多梨花，空容受遍一。

論曰：

性淨本覺，三世間中，皆悉不離。熏習彼三，而爲一覺。……
云何名爲三種世間？一者，眾生世間；二者，器世間；三者，智正
覺世間。眾生世間者，謂異生性界；器世間者，謂所依止土；智正
覺世間者，謂佛菩薩；是名爲三。此中鏡者，謂輪多梨花鏡，如取
輪多梨花，安置一處，周集諸物，由此花熏一切諸物，皆悉明淨。
又，明淨物華中，現前皆悉無餘。一切諸物中，彼華現前，亦復無
餘，因熏習鏡，亦復如是。……種種諸色，唯同一種，大虛空故。
如本二者，因熏習鏡，謂如實不空，一切世間境界，悉於中現故。
〔註131〕

在佛教思想中，以「空容受遍一」而「皆悉不捨離」的「三種世間」，在
以儒士出身，並處身於儒、釋、道三家思想全面會通的文化氛圍裏的盛宋文
士的視域上與心靈中，靜與動的關係，又是如何透過空靜的觀照方式，被文
藝創作實踐給具體把握到的？在儒士的視域中，最早看到的是《周易·繫辭》
所說的：

動靜有常，剛柔斷矣。方以類聚，物以羣分，吉凶生矣。在天
成象，在地成形，變化見矣。是故剛柔相摩，八卦相盪。……夫乾，
其靜也專，其動也直，是以大生焉；夫坤，其靜也翕，其動也闢，
是以廣生焉。廣大配天地，變通配四時，陰陽之義配日月，易簡之
善配至德。〔註132〕

《周易·繫辭》的動靜變化之理，屬於宇宙論的範疇，在《東坡易傳》
卷七與卷八中，〔註133〕蘇軾會通《老子·第三十九章》：「昔之得一者，天得
一以清，地得一以寧，神得一以靈，谷得一以盈，萬物得一以生，侯王得一
以爲天下貞。」〔註134〕〈第四十二章〉：「道生一，一生二，二生三，三生萬

〔註131〕 《大正藏》，第三十二冊，頁621c～622a。
〔註132〕 《重栞宋本周易注疏附校勘記》，〈周易兼義卷第七〉，葉2a～15a。
〔註133〕 參見文淵閣《四庫》鈔本。
〔註134〕 高明撰，《帛書老子校注》，北京，中華書局，2007，頁9。

物。」〔註135〕其「一」係指宇宙本體，其本質體現爲靜，是「變」得以可能的內在根據，而變的開展則爲用，既有用的現象就有了進入文藝學的書寫途徑，一俟文藝學家在體察動靜的關係顯現在可觀察的相上的變化之理後，以各種藝術形式對現象予以把握的同時，理應也跟著把握到了本質，也就是形上之道，這在他人或恐不然，但在蘇軾博綜該練的思想體系中，無疑是至捷的方便之道，如其〈天慶觀乳泉賦〉說：

> 陰陽之相化，天一爲水。六者其壯，而一者其稺也。夫物老死
> 於坤，而萌芽於復。故水者，物之終始也。意水之在人寰也，如山
> 川之蓄雲，草木之含滋，漠然無形而爲往來之氣也。爲氣者水之生，
> 而有形者其死也。死者鹹而生者甘，甘者能往來，而鹹者一出而不
> 復返，此陰陽之理也。〔註136〕

黃慶萱在〈周易的文學價值〉一文中，已拈出了《周易》的「文學形式論」，但祇斷言：「文學作品，原是模擬天地之道的，當然也要配合現象的變化而變化其形式。」〔註137〕以這樣的機械論論文學，有類於西方從古希臘時代延續到十九世紀還未被納入本體論範疇來論述的摹仿說。〔註138〕然而，《莊子・外篇・天道第十三》輪扁所說的「斲輪，徐則甘而不固，疾者苦而不入」的「苦」，〔註139〕恰似蘇軾所說的「死者鹹」，以致「鹹者一出而不復返」。因爲文學做爲理一分殊的分殊現象，在其發生的任何一個階段的本質上，就同時領有了「一」的本質，如文藝家在觀照時、在書寫時，作品完成時，乃至於讀者在閱讀時、文論家在論述時、批評家在批評時，或者批評家在批評批評時，其做爲一即一切的一切，在華嚴家看來，則不如此片面，也不僅止於動靜變化的以無生有的生生之理而已。因爲在蘇軾看來，相對於現象的「不復返」，在本質上則同時存在「復返」的往來，如清涼澄觀在《大方廣佛華嚴經疏》卷第二所詳明：

> 舉體全是彼一切法，而恒攝他同己，令彼一切即是己體，一多
> 相即混無障礙。〔註140〕

〔註135〕《帛書老子校注》，頁29。
〔註136〕《蘇軾文集》，第一冊，頁15。
〔註137〕黃慶萱著，《周易縱橫談》，臺北，東大圖書股份有限公司，民84，頁246。
〔註138〕參見王岳川著，《藝術本體論》，北京，中國社會科學出版社，2005。
〔註139〕《莊子集釋》，頁491。
〔註140〕《大正藏》，第三十五冊，頁515^{b}。

　　此中「令彼一切即是己體」，即是即現象即本質，即諸法即實相，而文藝學正是現象，亦即諸法，也就是蘇軾「謫居於黃」之後，在「馳騁翰墨」時得以「如川之方至」的當際所「深悟」的「實相」。至於在老莊的視域中，最早看到的是《老子》第五章所說的：

　　　　虛而不屈，動而愈出。〔註141〕

　　在老莊的思想中，有一系列的動靜論，以及在蘇軾文藝學中所體現的復返論，而以虛靜爲根本來顯示區別於儒家偏於創動的陽剛之美的陰柔如水之美，如《老子・第十六章》說：「致虛極，守靜篤。萬物並作，吾以觀復。夫物芸芸，各復歸其根。歸根曰靜，是謂復命。復命曰常，知常曰明。」〔註142〕〈第二十六章〉說：「靜爲躁君。……燕處超然。」〔註143〕〈第三十七章〉說：「不欲以靜，天下將自定。」〔註144〕〈第四十五章〉說：「靜勝躁，寒勝熱，清靜爲天下正。」〔註145〕〈第五十七章〉說：「我好靜而民自正。」〔註146〕而其歸根之論，反過來說，便是〈第四十一章〉所說的「反者，道之動」，〔註147〕而這正是蘇軾所說的「生者甘，甘者能往來」之謂。關於莊子的動靜論，則集中在〈天道第十二〉中，不再申詳。〔註148〕然而，一旦將《老子・第四十章》所接著說的「天下萬物生於有，有生於無」的論題，並置到大乘佛學的論域上來簡別，就不難發現老子是無因生論者，龍樹在《中論》卷第一〈觀因緣品第一〉說：「諸法不自生，亦不從他生，不共不無因，是故知無生。」〔註149〕古印度論師青目解釋說：

　　　　不自生者，萬物無有從自體生，必待眾因。復次，若從自體生，則一法有二體：一謂生，二謂生者。若離餘因從自體生者，則無因無緣，又生更有生，生則無窮。自無故他亦無，何以故？有自故有他。若不從自生，亦不從他生，共生則有二過，自生他生故。若無因而有萬物者，是則爲常，是事不然，無因則無果，若無因有果者，

〔註141〕《帛書老子校注》，頁245。
〔註142〕《帛書老子校注》，頁298～301。
〔註143〕《帛書老子校注》，頁355～356。
〔註144〕《帛書老子校注》，頁427。
〔註145〕《帛書老子校注》，頁45。
〔註146〕《帛書老子校注》，頁107。
〔註147〕《帛書老子校注》，頁27。
〔註148〕參見《莊子集釋》，頁457。
〔註149〕《大正藏》，第三十冊，頁2^b。

－212－

　　布施、持戒等應墮地獄，十惡、五逆應當生天，以無因故。〔註150〕

　　易言之，現象的有之所以為有，就四生而論都有過，以其從因緣生故，是以有「空故納萬境」的萬境，而因緣生的體性，恰恰是「空故納萬境」的空，因此，龍樹在《中論》卷第四〈觀四諦品第二十四〉接著說：

　　　　眾因緣生法，我說即是無〔空〕，

　　　　亦為是假名，亦是中道義。

　　　　未曾有一法，不從因緣生，

　　　　是故一切法，無不是空者。〔註151〕

青目解釋說：

　　　　眾因緣生法，我說即是空。何以故？眾緣具足和合而物生，
　　　　是物屬眾因緣故無自性，無自性故空，空亦復空，但為引導眾生
　　　　故，以假名說，離有無二邊故名為中道，是法無性故，不得言有，
　　　　亦無空故，不得言無，若法有性相，則不待眾緣而有，若不待眾緣
　　　　則無法，是故無有不空法，汝上所說空法有過者，此過今還在汝。
　　〔註152〕

　　其中「是法無性故，不得言有，亦無空故，不得言無」，正是龍樹自己在《釋摩訶衍論》中說的「謂如實不空，一切世間境界，悉於中現故」，而這「如實不空」所顯現的「一切世間境界」，正是文藝寫家在或「閱世走人間」，或「觀身臥雲嶺」的任何生命情境中，所該以般若波羅蜜多明覺到「蠢動」的生起與歸趨，且以現量知識知其「至味永」的，並在「詩法不相妨」的創作原則下，將這樣的思想以藝術的形式體達出來。

　　值得注意的是，在這一句詩中的「詩法」，並非作詩的技藝，而是文體學上的「詩」體與佛法之「法」，其在蘇軾佛教文學的思想中，法應當做為所觀境與能觀者體即一如的超越之思來看，即《大佛頂首楞嚴經》卷第五所說的「我於爾時，觀界安立，觀世動時，觀身動止，觀心動念，諸動無二，等無差別」，〔註153〕唯其「等無差別」，纔能假藉做為諸法的文學，以有差別的方式，去開顯亦做為實相的文學的無差別的極詣之境，是為諸法即實相的諸法實相之學，用蘇軾自己的話來說，正是「辭至於達，止矣，不可以加矣」的

〔註150〕《大正藏》，第三十冊，頁2^b。

〔註151〕《大正藏》，第三十冊，頁33^b。

〔註152〕《大正藏》，第三十冊，頁33^b。

〔註153〕《大正藏》，第十九冊，頁127^c。

境界，而馮友蘭的「禪宗中底人常藉可感覺者，以表顯不可感覺、不可思議者」之說，則勉強可說爲庶幾近之之論。

第五節　蘇軾在佛教視域中佛學思想的運動形態

蘇軾在哲宗紹聖元（1094）年，作〈子由生日以檀香觀音像及新合印香銀篆盤爲壽一首〉，詩云：

> 君少與我師皇墳，旁資老聃釋迦文。〔註154〕

從蘇軾五十九歲時的自述，可知其對佛學的學習，是在啓蒙時便與對儒典、道籍的鑽研同步開展的，唯研究蘇軾的儒學與莊學，在最低限度上都有現存的學術專著做爲考索的進路，如輯錄在文淵閣《四庫》鈔本中「經部一‧易類」的《東坡易傳》九卷，「經部二‧書類」的《東坡書傳》十三卷，以及集中編在《蘇軾文集》第二至第六卷「論」、「書義」與「解」類之中大量的《書》、《詩》、《易》、《禮》、《春秋》、《中庸》、《孟》、《荀》，以及《莊子‧廣成子解》等，〔註155〕唯獨涉及佛學思想的文字，全部出諸於文學體裁，特種文體主要爲頌、贊、偈、銘、詩、詞等，散文體則有序、跋、記、疏、書、碑、傳等，其中除了「記」具有較強的議論性之外，其他文類幾乎都以表現的、審美的或實用的方式，以文藝學創作的手法去表現對佛學思想的接受與體悟，或以對佛教參學的方法去觀待世相，再在審美上轉由文藝學文本去做言說上的藝術體現。至於以官僚的身分，呼應大宋皇家佛教信仰的相關文字，或與文士及僧侶往來的書信，或碑、傳等，則以相當零散的方式，或三言兩語，或五句、十句的夾敘夾議。而這些文字迄今爲止，尚無學者以蘇軾整體的佛學思想爲題，以當代學術研究爲方法去爲之鉤沈，並在理論上以主題學方法重新建構。

以論者眼力所及而論，蘇軾文藝學雖是當今全世界宋文學研究的首席，〔註156〕專著之多，專論之細，可謂無出其右者。但這些研究，一旦碰上佛學，

〔註154〕《蘇軾詩集合注》，下冊，頁 1910。

〔註155〕蘇軾另撰有《論語解》五卷，據明人焦竑〈東坡先生易傳序〉說：「而子瞻《論語解》，卒軼不傳。」參見《蘇軾研究史》，頁 555。

〔註156〕主要論著參見：

    1. Kathleen Tomlonovuic, *Poetry of Exile and Return: A Study of Su Shi (1037~1101)*, Thesis (Ph. D.), Universty of Washington, 1989.

    2. Michael A. Fuller, *The Road of East Slope: The Development of Su Shi's Poetic*

就髣髴喫到了銅豆子一般，嚼咬不動，以致所論，往往不知著到何處，或有意識的避開浩瀚的佛學義海，專在宗門下做餖飣的死工夫，或大量附會筆記類的浮根遊談，繼續說閑話，或輾轉謄寫二手資料，接著有違佛教法義的理解，以斷章取義的方式，糊裏糊塗的接著往下不知所云而去，或以特定的史觀與意識形態，去斷論佛教本身具足的知見，因而論得愈多，離根源就愈遠，離根源愈遠，就愈加顯得義理模糊不堪。是以論者不免要問，蘇軾的佛學思想，既然來自佛教經藏，何不來處來去處去的直搗黃龍？所謂不入虎穴，焉得虎子？唯從蘇軾涉佛之深之廣來看，這無疑是一項艱鉅的學術工程，論者此時雖有意這樣做，但有太多論域，將因此而逸出本文之外，故有待來諸，此際所能完成的，祇能說是，試圖從分散在上述文類的文字中，去條理出蘇軾佛學思想的大要，以做為第四章論述〈蘇軾對文學與佛學的會通實踐〉的思想根據。

　　在第二章第五節「佛學與文學會通的途徑」中，論者指出：「當佛教以表詮方法證立諸法的同時，文藝學便自然而然的進入與之相適應的位置，從而以審美的方式取得合法性的發言權，官僚文士型的居士佛教於焉繁興，是以，盛宋蘇門學士佛教文學，便自然而然的在臨濟宗的靈山山彙中，添上了東林常總的法嗣蘇軾。」蘇軾以其與當時代僧侶廣交游之故，於是在佛教史傳中領有一席不可輕忽的法席。因此，在具論述蘇軾的佛學思想之前，應該先從僧家的眼中，看見蘇軾在佛教視域中佛學思想的運動形態，以其至少有一重《景德傳燈錄》卷第三十〈五臺山鎮國大師澄觀答皇太子問心要〉所說的「唯證者方知」的意思在。〔註157〕最早把蘇軾寫入僧家史傳的是，南宋僧雷庵正受編於寧宗嘉泰四（1204）年的《嘉泰普燈錄》，此時距蘇軾辭世於徽宗建中靖國元（1101）年，不過一百零四年，當不為無據，雷庵正受在卷第二十三〈內翰蘇軾居士〉中說：

　　　　Voice, Stanford, Calif., Stanford Universty Press, 1990.

3. Ronald Egan, *Word, Image, and Deed in the Life of Su Shi*, Cambridge, MA: Harvard-Yenching Institute Monograph Series, 1994.

4. Beata Grant, *Mount Lu Revisited: Buddhism in the Life and Wrtings of Su Shi*, Honolulu: Universty of Hamaii Press, 1994.

5. Benjamin B. Ridgway, *Imagined Travel: Displacetment, Landscape, and Literati Identity in the Song Lyrics of su Shi (1037~1101)*, ProQuest Dissertations and Theses, 2005.

〔註157〕《大正藏》，第五十一冊，頁459^b。

字子瞻，號東坡，宿東林，日與照覺常總禪師論無情話，有省，
黎明獻偈曰：

溪聲便是廣長舌，山色豈非清淨身？

夜來八萬四千偈，他日如何舉似人？

未幾，抵荊南，聞玉泉皓禪師機鋒不可觸，公擬抑之，即微服
見皓，皓問：「尊官高姓？」

公曰：「姓秤，乃秤天下長老底秤。」

皓喝曰：「且道這一喝重多少？」

公無對，於是尊師。之後過金山，有寫公照容者，公戲題曰：

心似已灰之木，身如不繫之舟；

問汝平生功業，黃州惠〔惠〕州瓊州。〔註158〕

在《嘉泰普燈錄》中，蘇軾的身分祇是「賢臣」，而名列其中的都是煊赫
一時的佛教外護，如楊億、王安石、富弼等國之重臣，與蘇轍、黃庭堅等名
士。但在稍後由普濟糅寫《景德傳燈錄》、《天聖廣燈錄》、《建中靖國續燈錄》、
《聯燈會要》、《嘉泰普燈錄》五書為一帙的《五燈會元》卷第十七，蘇軾首
度被賦予「東林總禪師法嗣」的身分。〔註159〕普濟並沒有交代之所以這樣做
的根據，但依常情可知，蘇軾應為東林常總的俗家弟子，並以其傑出的佛學
修為，被列入嗣續法統者之林，是合理的推論。

蘇軾與東林常總禪師論「無情話」，係在元豐七（1084）年五月，從黃州
團練副使任上，量移汝州安置，途經廬山覽勝時，蘇軾在〈東林第一代廣惠
禪師真贊〉中，尊東林常總為「堂堂總公，僧中之龍」，可謂推崇備至，並將
其任運弘化的氣象形容為：

呼吸為雲，噫欠為風。且置是事，聊觀其一戲。蓋將拊掌談笑，

不起于座，而使廬山之下，化為梵釋龍天之宮。〔註160〕

象在佛教中，常常與龍連詞為龍象，〔註161〕而做為有德高僧的代詞，如
《大般若波羅蜜多經》卷四百七十九〈第三分舍利子品第二之一〉，佛陀說：

〔註158〕《卍續藏》，第七十九冊，頁 428$^{b\sim c}$。

〔註159〕《卍續藏》，第八十冊，頁 363^{a}。

〔註160〕《蘇軾文集》，第二冊，頁 623。

〔註161〕如隋僧胡吉藏在《維摩經略疏》卷第四〈不思議品第六〉說：「此言龍象者，
只是一象耳。如好馬名龍馬，好象〔云〕龍象也。」《卍續藏》，第十九冊，
頁 212。

　　復次，舍利子！若菩薩摩訶薩修行般若波羅蜜多，作如是念：「我
何時得如龍象視，容止肅然爲眾說法，身、語、意業，隨智慧行，
皆悉清淨，於經行時，足不履地，如四指量？」欲成是事，應學般
若波羅蜜多。〔註162〕

　　龍象也是修爲圓滿，且具足不可思議解脫智慧者的象徵，如《維摩詰所
說經》卷中〈不思議品第六〉，維摩詰告訴大迦葉說：

　　住不可思議解脫菩薩，有威德力故，現行逼迫，示諸眾生，如
是難事；凡夫下劣，無有力勢，不能如是逼迫菩薩，譬如龍象蹴踏，
非驢所堪，是名住不可思議解脫菩薩智慧方便之門。〔註163〕

　　龍象更是用以說明度越一切煩惱的禪定力用，如東晉・西來僧瞿曇僧伽
提婆譯的原始經典《中阿含經》卷第二十九第《一一八經・大品龍象經第二》，
尊者烏陀夷說：

　　正覺生人間，自御得正定，修習行梵跡，息意能自樂，人之所
敬重，越超一切法。〔註164〕

　　也就是說，在蘇軾的體悟中，東林常總禪師，不僅是個修行圓滿的高
僧，更是弘化一方的人天龍象。因此，一旦把問題逆推回去看待，東林常總
接受蘇軾的呈偈，便意謂著在法上契理契機的印可。可見以意在見性的遊戲
三昧行禪的東林常總，以及以遊戲三昧優游於詩文創作，並時時以文字作佛
事的蘇軾，在人生現實的事相亦爲諸法變異不住的遷流中，都已深得隨緣自
在，即是體達實相的入道機杼。因而就《景德傳燈錄》這部在當時代廣爲通
行的禪典，論起「無情話」的究竟義來，自然是有如知己在燈下說尋常話那
樣，句句貼切。而「無情話」具言「無情說法」，這個論題在宗門中，第一次
由惠能下二世南陽慧忠國師提出來討論時，中國禪宗方立宗不久，正是如來
禪向祖師禪轉移，並剛剛被確立之際，所以還帶有鮮明的義學性格，與越祖
分燈之後，各宗參禪以參疑情、參話頭或輔以拈槌豎拂等肢體語言的禪法迥
然不同，如《景德傳燈錄》卷第二十八〈諸方廣語・南陽慧忠國師語〉說：

　　僧又問：「阿那箇是佛心？」

　　師曰：「牆壁瓦礫。」

〔註162〕　《大正藏》，第七冊，頁432[a]。
〔註163〕　《大正藏》，第十四冊，頁547[a]。
〔註164〕　《大正藏》，第一冊，頁608[b]。

是僧曰：「與經大相違也。《涅槃》云：『離牆壁無情之物，故名佛性。』今云是佛心，未審心之與性，爲別不別？」

師曰：「迷即別，悟即不別。」

曰：「經云：『佛性是常，心是無常。』今云不別，何也？」

師曰：「汝但依語，而不依義，譬如寒月，水結爲氷，及至暖時，氷釋爲水，眾生迷時，結性成心，眾生悟時，釋心成性，若執無情無佛性者，經不應言：『三界唯心。』宛是汝自違經，吾不違也。」

問：「無情既有心性，還解說法否？」

師曰：「他熾然常說，無有間歇。」

曰：「某甲爲甚麼不聞？」

師曰：「汝自不聞。」

曰：「誰人得聞？」

師曰：「諸佛得聞。」

曰：「眾生應無分邪？」

師曰：「我爲眾生說，不爲聖人說。」

曰：「某甲聾瞽，不聞無情說法，師應合聞？」

師曰：「我亦不聞！」

曰：「師既不聞，爭知無情解說？」

師曰：「我若得聞，即齊諸佛，汝即不聞我所說法。」

曰：「眾生畢竟得聞否？」

師曰：「眾生若聞，即非眾生。」

曰：「無情說法，有何典據？」

師曰：「不見《華嚴》云：『刹說眾生說，三世一切說。』眾生是有情乎？」

曰：「師但說：『無情有佛性。』有情復若爲？」

師曰：「無情尚爾！況有情耶？」〔註165〕

值得注意的是，南陽慧忠禪師與某僧的討論，用的全是佛語而非祖語，這是研究宋代佛教文學，而將之片面的限定在禪文學者，所一直在規避的論域，是以總在呵佛罵祖與離經悖教的末議上，試圖披金撿砂，以至說到最後，

〔註165〕《大正藏》，第五十一冊，頁438ª。

乾脆把無法理解或斷章取義的宗門語，統統含糊籠統的掃入無意義語的垃圾推中便了事。要之，當南陽慧忠首先在宗門以義學方法論證無情說法之所以不違佛意的根據的同時，正是中興天臺第九祖荊溪湛然，接受華嚴宗第三祖賢首法藏，依《大方廣佛華嚴經》，而在《大乘起信論義記》「卷中本」中所主張的隨緣眞如說，賢首法藏說：

> 依如來藏有生滅心者，謂不生滅心因無明風動作生滅，故説生滅心依不生滅心；然此二心竟無二體，但約二義以説相依也。如不動之水，爲風所吹而作動水，動靜雖殊，而水體是一，亦得説言依靜水，故有其動水，當知此中理趣亦爾，準可思之。謂自性清淨心名如來藏，因無明風動作生滅，故云依如來藏有生滅心也，《楞伽》、《勝鬘》俱同此説。〔註166〕

荊溪湛然進而證以《楞伽阿跋多羅寶經》、《大乘密嚴經》所詮顯的如來藏緣起思想，並以此爲根據，論證《大乘起信論》卷第一〈解釋分〉所說：

> 一者、心眞如門，二者、心生滅門。是二種門，皆各總攝一切法。此義云何？以是二門，不相離故。心眞如者，即是一法界大總相法門體。所謂心性，不生不滅，一切諸法，唯依妄念，而有差別，若離妄念，則無一切境界之相。是故一切法，從本已來，離言説相、離名字相、離心緣相，畢竟平等、無有變異、不可破壞。唯是一心，故名眞如，以一切言説，假名無實，但隨妄念，不可得故。言眞如者，亦無有相。謂言説之極，因言遣言，此眞如體，無有可遣，以一切法，悉皆眞故；亦無可立，以一切法，皆同如故。當知一切法不可説、不可念故，名爲眞如。〔註167〕

荊溪湛然確立眞如緣起的理論後，即在《大般涅槃經疏》卷第十七〈梵行品第二十〉中，正式提出「無情有性」說，〔註168〕並在《金剛錍》卷中，透過「余患世迷，恒思點示，是故癉言，無情有性。何謂點示？一者示迷元從性變，二者示性令其改迷，是故且云：『無情有性。』若分大小，則隨緣不變之説，出自大教」的論證進路，〔註169〕導出如下的結論：

> 萬法是眞如，由不變故；眞如是萬法，由隨緣故。子信無情無

〔註166〕《大正藏》，第四十四冊，頁254^{b~c}。
〔註167〕《大正藏》，第三十二冊，頁576^a。
〔註168〕《大正藏》，第三十八冊，頁139^b。
〔註169〕《大正藏》，第四十六冊，頁782^c。

佛性者，豈非萬法無真如耶？故萬法之稱，寧隔於纖塵？真如之體，
何專於彼我？是則無有無波之水，未有不濕之波，在濕詎間於混澄，
爲波自分於清濁，雖有清有濁，而一性無殊。〔註170〕

　　從荊溪湛然的「無情有性」說，與南陽慧忠的「無情說法」，來觀解蘇軾
〈贈東林總長老〉一詩所云的「溪聲便是廣長舌，山色豈非清淨身」的「無
情話」，便不難領解，蘇軾對大乘佛學的學理，如果沒有當機相應的證悟，是
不可能讓歷來僧史家、高僧與文學界中人，持續投以注視的目光的。因爲這
首在文評家眼中的詩，與純文學的詩，相去實不可以道里計，而其之所以仍
然是詩學意義上的詩，並做爲文藝學文本而被津津樂道，要非深深蘊藉其中，
做爲普遍哲理而被認識到的佛教思想，那麼，還會是甚麼呢？是以「溪聲」、
「山色」與「牆壁瓦礫」，雖俱爲無情物，然而，由其與以法印爲基礎的緣起
論，探索諸法開展本源的論旨等一，因此，在宋人的理解中，不論是宋僧守
千在《般若心經幽贊崆峒記》卷上所指出的「眞有俗空」論，〔註171〕從佛教
無終始點而圓轉不已的時間觀，去做論理性的闡釋。抑或虎溪尊者了然在《大
乘止觀法門宗圓記‧序》中所指出的「眞空俗有」論，〔註172〕從諸法即實相
證立即空、即假、即中的「三諦圓融」說的不可破性，其之於心物本身，及
其與任何形態的對應關係，都在性相上不出生、住、異、滅與成、住、壞、
空的範疇。

　　問題的區別，祇在於一心之所見，是有爲法之見，還是無爲法之見，是
顛倒見，還是如實見？而蘇軾既見無情物是法的理體，猶如有情，乃至於蠢
動之於可見，或不可見的諸種「身」是法的理體。那麼，溪聲宣說究竟法，
山色顯明解脫清淨身，也就不是西方興起於十九世紀，以唯物主義相對限定
的唯心主義的妄論了。合法義的說，蘇軾的語言，在佛學中合法性的取得，
當從其在離開黃州前夕，應安國寺僧繼連而作的〈黃州安國寺記〉所述的「盍
歸誠佛僧」，所再度確認的洗心論以得正解。〔註173〕而洗心之道，正是清涼澄
觀在《大方廣佛華嚴經普賢行願品別行疏鈔》卷第二，釋「總該萬有，即是
一心」時所指出的「萬法一心，三界唯識」。〔註174〕唯其如此，纔能將在生命

〔註170〕《大正藏》，第四十六冊，頁782^c。
〔註171〕《卍續藏》，第二十六冊，頁663^b。
〔註172〕《卍續藏》，第五十五冊，頁511^b。
〔註173〕《蘇軾文集》，第二冊，頁391。
〔註174〕《卍續藏》，第五冊，頁245^b。

意識的亂流中所隨波影現，並被無端拘執的習氣，在心性上予以徹頭徹尾的耘本鋤末，而將受到世情重重隱蔽的本具的佛心，給徹底的解放出來，誠如明人唐文獻在〈跋東坡禪喜後〉所說：

> 子瞻〈廬山偈〉云：
>
> 溪聲便是廣長舌，山色豈非清淨身。
>
> 　說者謂東坡猶是門外漢，無山無水時，全身跳入，悉茫茫地。
> 大柢禪爲生死，不爲文字，生死之根，根於瞥起初念、瞥起一念。
> 若使如蛾赴焰，如蚊嘬鐵，心路既斷，生死永消，把一切老胡，痛
> 棒熱喝，總向人生死初根，一齊斬截，到此方云，盡大化是個悟門，
> 盡一切微塵所轉法輪。此何以故？於瞥起處，心路不行，則草木瓦
> 石，無非大善現前；不動不搖，瓦飄石鳴，無非老胡痛棒熱喝。如
> 是者是名眞禪喜。……子瞻於生死二字，雖不能與維摩、龐蘊爭一
> 線，然其談笑輕安，坦然而化。如其爲文章，則餔禪之糟，而因茹
> 其華者多也。〔註175〕

第六節　梁任公無當於理與蘇軾當於第一義諦理辨

　　值得注意的問題是，自民國初元以來，以近代學術方法開佛學研究先河的先驅者梁任公，既著有《大乘起信論考證》、〔註176〕《說無我》、〔註177〕《佛學研究十八篇》等佛學專論，〔註178〕卻在《詩話》中對蘇軾的證境，表示懷疑說：

> 　　自唐人喜以佛語入詩，至於蘇東坡、王半山，其高雅之作，大
> 半爲禪悅語，然如「溪聲便是廣長舌，山色豈非清淨身」之類，不
> 過弄口頭禪，無當於理也。〔註179〕

　　這種輕易拋出的隨筆之說，顯見梁任公之於蘇軾之悟，猶有較些子，從

〔註175〕轉引自《蘇軾資料彙編》，第三冊，頁1055。
〔註176〕梁啓超著，《大乘起信論考證》，張曼濤主編，《大乘起信論與楞嚴經考辨》，《現代佛教學術叢刊》，第三十五冊，臺北，大乘文化出版社，民67，頁13～72。
〔註177〕梁啓超著，《說無我》，張曼濤主編，《佛教根本問題研究·一》，《現代佛教學術叢刊》，第五十三冊，臺北，大乘文化出版社，民67，頁301～308。
〔註178〕梁啓超著，《佛學研究十八篇》，天津市，天津古籍出版社，2005。
〔註179〕梁啓超著，《飲冰室文集類編》，下冊，臺北，華正書局，民63，頁834。

下述的論證，可見問題的關棙，深具「無當於理」之究竟理地，就在蘇軾的文本中，呈顯著迴絕理境的第一義諦。至於「夜來八萬四千偈」，要非從蘇軾達悟的性海，與無情有性的性，亦為性海中當體相即的自然流出，何以能以此「極數」，體現諸法的「一切」現象，正是實相在本質上的「即一」？因為無情物的「溪聲便是廣長舌」，當如實又難陀譯《大方廣佛華嚴經》卷第三十三〈十迴向品第二十五之十一〉所說的「阿僧祇寶河，流出一切清淨善法」。〔註180〕而有情眾生的蘇軾，則有如天親在《十地經論‧法雲地第十》卷第十二所說：

> 菩薩從菩提心，流出善根大願之水，以四攝法，充滿眾生界，不可窮盡，轉復增長，乃至滿足，得一切種〔智〕，一切智智。〔註181〕

準此以觀，蘇軾呈給東林常總禪師的偈，在文藝學文本的書寫上，雖約之以一，但在無情說法與自己的菩提心的相應上，則是森羅萬有，橫遍豎窮的，如晉譯《大方廣佛華嚴經》卷第四十七〈入法界品第三十四之四〉所說的「於一切剎、一切劫中」，以初發的菩薩心，即能「究竟十方法界」。〔註182〕因此，在文本約之以一的極數，自然要在藝術表現上，以「八萬四千」的夸飾手法，突破言每每難以如實體達意的困境，來做象徵性的開展，這在曾經自述「少時本欲逃竄山林」的蘇軾，在年輕的時候，就已對當時雖未悟，但總認為其中必有深意的世情，以有限度的橫遍豎窮的肉眼、以憐憫的悲懷，來審視幻生幻滅，乃至於幻妄無端的現象界，而對之發出可憐的感歎，如仁宗嘉祐四（1059）年，二十四歲的青年蘇軾，與父蘇洵及弟蘇轍，再度赴京敍官，路過忠州時，寓目即景，賦詩〈望夫臺〉，有句云：

> 可憐千古長如昨，船去船來自不停；
> 浩浩長江赴滄海，紛紛過客似浮萍。〔註183〕

千古、船、長江、滄海，與逐名征利無少歇的浮萍，不論當場可目擊或不可目擊者，哪一個以一元多重世界的方式並時浮現在眼前的意象，不是在對著詩人說著隨順世緣往復逐流的無情話？又有哪些並時說出的無情話，不分明聽在詩人與之共在的耳裏？雖然那時的蘇軾，還沒有「聽之以氣」的莊

〔註180〕《大正藏》，第十冊，頁174^c。
〔註181〕《大正藏》，第二十六冊，頁200^c～201^a。
〔註182〕《大正藏》，第九冊，頁698^c。
〔註183〕《蘇軾詩集合注》，上冊，頁27。

學修爲，在六根門頭上，也還不具備以現量知，識知在眼前紛至沓來的諸法，即是理體顯明當際的般若智慧，但蘇軾已從此開啓探索究竟義的門扉，如創作於稍後，航行在巫峽舟次的〈巫山〉詩，即已明確指出，心物交感的變化關係，並對蘊涵在現象中的哲理，透過具象的景物，逸出中國詩學形象思維固有的藩籬，開始進行初始化的抽象思維，是以詩云：

> 人心隨物變，遠覺含深意。〔註184〕

如此深意，對絕大部分的眾生而言，恐怕縱使經歷了佛傳《眾許摩訶帝經》卷第五所說的「三大阿僧祇劫」，〔註185〕也要無動於衷。但蘇軾不然，在隨後離開巫峽之際，立即把心的運動歸趨，與景物變化的對應關係，放在共時覺照的境界上，平置起來觀解，而不論所面對的是險峻的巉巖，還是舒張的平曠，任其映入心版，都已不懼不喜，但得一片無有罣礙的平懷，因此，〈出峽〉詩云：

> 吾心淡無累，遇境即安暢。〔註186〕

此後十數年，蘇軾已在官場歷練有得，從鳳翔簽判、大理寺丞、殿中丞、試館職、直史館、判官告院反對王安石變法、杭州通判，並遭受到人生最嚴峻的情感試煉，三十歲時喪妻、三十一歲時喪父，連「當避此人，放出一頭地」的文壇領袖歐陽修，也在蘇軾三十七歲時辭世了。因此，在出峽十五年後的熙寧六（1073）年，已三十八歲的杭州通判，在〈次韻答章傳道見贈〉詩，便顯現出以宏廓的眼界，在紛紛擾擾的世間，以迥然之思，翻出一層全新的視野，詩云：

> 並生天地宇，同閱古今宙；
>
> 視下則有高，無前孰爲後？〔註187〕

當然，這種從變滅不已的現象界，直顯真如理體如如不動的視界，已比有限度的比量境，朝圓晱的等觀境，橫遍豎窮而去，而更上一層樓了，祇是相去無有高、下、前、後的究竟等觀，還有一大段路要走。因此，當蘇軾在元豐二（1079）年二月，四十四歲時，從徐州移湖州，四月二十日到任，半個月之後的五月五日端午節，與秦觀同遊飛英諸寺，賦〈端午遍遊諸寺得禪字〉詩，不但沒有即將爆發的烏臺詩案前夕，山雨欲來風滿樓的驚恐與憂、

〔註184〕《蘇軾詩集合注》，上冊，頁 37。
〔註185〕《大正藏》，第三冊，頁 946°。
〔註186〕《蘇軾詩集合注》，上冊，頁 46。
〔註187〕《蘇軾詩集合注》，上冊，頁 397。

悲、惱、苦，反而以隨緣自適的優游意態，在「盆山不見日，草木自蒼然」的曲徑通幽處，超乎一切世情，超乎憂讒畏譏之爲何事的：

> 忽登最高塔，眼界窮大千。〔註188〕

這一「窮」字，讓蘇軾的視野，在最不作意之際，給豁然打開了，而得能以超越的視域，看穿迷障重重的現象界。可以說，此時蘇軾的看，已非肉眼僅止於根、塵相對應的看，而是以慧眼透視根、塵、界的同時，覺照到了晉譯《大方廣佛華嚴經》卷第七〈賢首菩薩品第八之二〉的「三千大千妙莊嚴，化一蓮華滿世界」的重重無盡的清淨世界。〔註189〕這就使蘇軾自然而然的把自己的心、意、意識，望無方所的法界超越而去。

值得注意的是，宋人施宿在《注東坡先生詩》，以《阿彌陀經》爲蘇軾「大千」的出典，清人查慎行在《補注東坡先生編年詩》，以唐僧釋道宣的《釋迦方志·統攝篇》解「大千」，〔註190〕這都是失之於救首不救尾之故。因爲此時蘇軾的佛學思想，主要體現在對《大佛頂首楞嚴經》、《圓覺經》、《維摩詰所說經》等諸經義，及般若、法華與華嚴思想上，而非僅止於淨土思想，這可從端午前後，分別作〈次韻秦太虛見戲耳聾〉〔註191〕與〈送劉寺丞赴餘姚〉〔註192〕二詩，及這首詩特具相關性的強聯繫上，輕易看出來。在〈次韻秦太虛見戲耳聾〉詩中，有已非肉眼僅止於根、塵相對應的看之說，即詩云：

> 閒塵掃盡根性空。〔註193〕

聞是以耳根指代其餘五根，塵是以聲塵統括其餘五塵，分開來，可表述爲「十二入處」的六組對應關係，如「眼塵掃盡根性空」，乃至於「意塵掃盡根性空」。而蘇軾之所以單用耳根，無非爲了切題。至於〈送劉寺丞赴餘姚〉詩，則在帶出〈黃州安國寺記〉「盍歸誠佛僧」的「君亦洗心從佛祖」的洗心論之後，立即進入「手香新寫《法界觀》」的華嚴法界。〔註194〕《法界觀》全稱《修大方廣佛華嚴法界觀門》，係初唐時華嚴宗初祖杜順極重要的立宗論著

〔註188〕《蘇軾詩集合注》，上冊，頁920。
〔註189〕《大正藏》，第九冊，頁438^b。
〔註190〕《蘇軾詩集合注》，上冊，頁920～921。
〔註191〕《蘇軾詩集合注》，上冊，頁919～920。
〔註192〕《蘇軾詩集合注》，上冊，頁921～924。
〔註193〕《蘇軾詩集合注》，上冊，頁919。
〔註194〕《蘇軾詩集合注》，上冊，頁923。

之一，其立論的用意，在指導學人，以眞空觀、理事無礙觀、周遍含容觀等三種觀門，做爲悟入佛陀在《大方廣佛華嚴經》所示顯的法界眞理的樞要，即理法界、事法界、理事無礙法界、事事無礙法界。唐宣宗朝重臣，河東大士裴休，在爲華嚴宗第五祖宗密撰述的《註華嚴法界觀門》時，即開宗明義的說：

> 法界者，一切眾生身心之本體也，從本已來，靈明廓徹，廣大虛寂，唯一眞之境而已，無有形貌，而森羅大千，無有邊際，而含容萬有，昭昭於心目之間，而相不可覩，晃晃於色塵之內，而理不可分，非徹法之慧目，離念之明智，不能見自心如此之靈通也。

〔註195〕

因此，做爲蘇軾佛學思想的根柢，源自於宗門者少，植根於義學者多，而且廣及教下各宗，及各部類經論，而與其儒學之在儒典、道家之學之在《老》、《莊》、《列》、《抱》的著作，無不以其世智，舉一賅收，而無有遺餘者。就佛學而論，具言之，蘇軾可謂宗通教通之通人，是以在呈偈予東林總長老時，不得不在最後留下一團「如何舉似人」的疑情，這從一個側面，反應了蘇軾對同時代祇參祖語而不檢點經教者的不滿，也從另一個側面，體現了蘇軾佛學思想的高度，不能片面的概括爲官場不如意所致。

一個簡單的看法，在帝制皇權至上政體中的中國傳統文官，有誰不終其一生幾起幾落的在宦海中浮沈不已，而文官又都身兼文學家與思想家，何以直到盛宋蘇軾出，纔把佛學思想全方位的銷釋到文藝學文本中，且鮮有枘鑿不合生搬硬套的生澀現象？一如當代某新詩人的涉佛互文性詩作，以極其荒誕不經的書寫方式，把「南無阿彌陀佛」，敷衍爲「北無阿彌陀佛／東無阿彌陀佛／西無阿彌陀佛」，以其不知「南無」（namas）一字爲何義之故。可見蘇軾文藝學的佛學體現，無疑來自於對佛教義學的深刻理悟，從而喚起生命自覺意識的覺醒，而得以在覺照現象時，以八正道的正語道，假途文藝學的技法，從權入實，以超越之思、以諦觀的現量，在向上一路上，徑予藝術審美的方便法，寓物而不留物的上訴眞宰，而向解脫的歸程，昂然邁步而去。因此，後人不難從其飛軒的背影中，看出文學與佛學會通的森羅境界，正是〈……人詩意地棲居……〉的本眞境界，是以馬丁・海德格，要以充滿詩意的哲思說：

〔註195〕《大正藏》，第四十五冊，頁683[b]。

祇有當詩與思明確地保持在它們的本質的區分之中，詩與思纔相遇而同一。同一絕不等於相同，也不等於純粹同一性的空洞一體。……同一則是從區分的聚集而來，是有區別的東西的共屬一體。惟當我們思考區分之際，我們纔能說同一。在區分之分解中，同一的聚集著的本質纔得以顯露出來。同一驅除每一種始終僅僅想把有區別的東西調和為相同的熱情。同一把區分聚集為一種原始的統一性。〔註196〕

蘇軾的佛教文學，狹義的說佛教詩學，在通過藝術審美心靈等觀容受後的創造實踐上，就海德格「本質的區分」而論，即示現在根、塵、界的諸法的實相——空性的區分，而這種語言藝術的創造行為，與明確覺照的同一，便是在現象上有區分的諸法的聚集，與本質共屬一體，並以完成顯露本質的同一性為最終的歸趣，亦即從對諸法等觀的審美進路，通過諸法與實相的相即關係，首先體現為諸法即實相的同一，並進一步以超越之思，逸出文藝學實踐的工具——言的限制，且在諸法分明俱現的當體，體達法界「從本已來，靈明廓徹」的「原始的統一性」，是以對「眼塵」，乃至於聲塵、香塵、味塵、觸塵、法塵的掃盡，在本質上，原是不掃之掃的「區分的聚集」，是「詩與思纔相遇而同一」的當體的證境的證立。所以海德格說「同一」，並非「同一性的空洞一體」的頑空，乃至於斷滅空，而是真空妙有、妙有真空的「根性空」，乃至於法性空。這就是蘇軾文藝學文本與佛學思想互文性書寫，得以以其超越之思，肯認不超越即超越，超越即不超越，而非以否證不超越來片面證立超越，從而使審美的藝術，得以通過心靈影塵，並假藉語言的諸種可能形式，確證以文字大作佛事的堅實思想基礎。

〔註196〕〔德〕馬丁‧海德格爾（Martin Heidegger）著，孫周興譯，《演講與論文集》（*Vorträge und Aufsätze*），北京，三聯書店，2005，頁202。參見：
　　1. 葉秀山著，〈海德格爾在「思想」的道路上〉，《思‧史‧詩——現象學和存在哲學研究》，北京，人民出版社，1999，頁136～186。
　　2. 劉小楓選編，《德語詩學文選》（*Reading German Poetics from 1780～1990*），上卷，上海，華東師範大學出版社，2006，頁310。